ro
ro
ro

Lene Schwarz wurde 1976 in Thüringen geboren. Nach Abschluss des Studiums der Literaturwissenschaften in Berlin und Bologna hat es sie in die Verlagsbranche verschlagen. Ihre große Leidenschaft gilt spannenden Kriminalfällen. Sie lebt mit ihrer Familie in einer alten Mühle am Stadtrand von München und träumt davon, über den perfekten Mord zu schreiben. «Waldesgrab» ist ihr Debütroman.

LENE SCHWARZ

WALDESGRAB

KRIMINALROMAN

ROWOHLT TASCHENBUCH VERLAG

Originalausgabe
Veröffentlicht im Rowohlt Taschenbuch Verlag, Hamburg,
Dezember 2019

Redaktion Anke Pregler
Covergestaltung FAVORITBUERO, München
Coverabbildung Jason Ching; ailin1/shutterstock
Satz aus der Berthold Baskerville
bei hanseatenSatz-bremen, Bremen
Druck und Bindung CPI books GmbH, Leck, Germany
ISBN 978-3-499-00069-0

Ein Baum strebt immer nach dem Licht –
der Mensch aber hat die Wahl
zwischen hell und dunkel.

PROLOG

Als Leon durch das offene Eisentor rollte, war es schon nach fünf. Das satte Azurblau des Spätnachmittags ergoss sich über die spitzen Wipfel, deren Grün im abnehmenden Licht langsam dunkler wurde. Sein Parkplatz war der erste auf dem Grundstück, etwa fünfzig Meter hinter dem Tor nach links in eine kleine Waldbucht hinein, wo außer ihm nur im Winter der Schneepflug-Jeep des Hausmeisters stand.

Er hielt vor der großen Lärche, stieg aus und warf die Fahrertür zu. In der Stille des Waldes klang der Schlag wie ein Gewehrschuss. Besitzergreifend warf die Lärche ihren ausladenden Schatten auf ihn. Er mochte den Baum, der im Winter ohne seine weichen Nadeln irgendwie schutzlos und nackt wirkte, zwischen all den immergrünen Fichten und Kiefern ringsum. Jetzt im Sommer jedoch strahlte die Lärche etwas Majestätisches aus. Ihre langen, krummen Zweige waren weit ausgebreitet, als forderte sie von den benachbarten Bäumen einen gebührenden Abstand. Diese schienen zu gehorchen, sodass in ihrem Rücken und zu ihren Seiten ein Halbkreis aus Sonnenlicht auf den Waldboden traf.

Hinter dem Lärchenstamm, neben einer Wurzelschlaufe, stand noch immer der Steinpilz, den Leon bereits beim Wegfahren entdeckt hatte, und so holte er sein Taschenmesser aus der Hosentasche. Kaum hatte er einen Schritt in den Wald gesetzt, da sah er das Reh. Es stand keine fünf Meter entfernt im Zwielicht unter den Bäumen. Leon traute seinen Augen nicht. Was machte es so nah am Gasthaus? Und wieso rannte es nicht weg? Hatte es ihn nicht gehört, obwohl er gerade die Autotür zugeschlagen hatte?

Er rechnete damit, dass das Tier jeden Moment wegsprang. Doch es blieb reglos stehen und starrte ihn mit seinen riesigen schwarzen Augen unentwegt an. Sie waren matt, ohne jeglichen Glanz. Auch die großen, weit aufgestellten Lauscher zuckten nicht. Das Reh stand tot im Wald.

Leon blinzelte, um seine Augen an das Dämmerlicht zu gewöhnen. Das Tier stand nicht aufrecht, er sah keine Beine. Vielmehr schien es irgendwie in sich zusammengesackt, nur sein Rumpf lehnte seitlich am Stamm einer Fichte, in einer ungewöhnlichen Haltung. Es wirkte wie ein erschöpfter Wanderer, der neben einem Baum saß und sich mit Schulter und Schläfe an den Stamm schmiegte, um ein Nickerchen zu machen. Leon bemerkte, dass noch etwas mit dem Reh nicht stimmte. An seinem Hals befand sich eine seltsame Verdickung, sein Rumpf wirkte unförmig und viel zu lang.

Langsam und gebückt ging er unter der Lärche hindurch. Konturen schärften sich, Farben traten deutlicher hervor. Das rostbraune Fell war stumpf, fast so, als sei das Tier schon länger tot. Er richtete sich auf und ging in einem Bogen um das Reh herum, bevor er sich ihm mit vorsichtigen Schritten näherte. Der säuerliche Geruch von ausgenommenem Wild drang ihm in die Nase, und er hielt sich die Hand vors Gesicht.

Er war bis auf zwei Schritte herangekommen, als er abrupt stehenblieb. Die Fragmente des Bildes, das sich ihm bot, waren so unglaublich und falsch, dass er sich mit aller Kraft konzentrieren musste, um sie zu einem logischen Ganzen zusammenzusetzen. Als es ihm schließlich gelang, hatte er das Gefühl, den Boden unter den Füßen zu verlieren.

Die deutliche Verdickung, die das Tier anstelle eines Halses hatte, war nicht mit Fell bewachsen. Es waren Haare. Blonde Haare, zu schmutzigen Strähnen verklumpt. Leons Zehen krümmten sich in seinen Schuhen. Er brauchte Halt, musste sich irgendwo abstützen. Seine Hand krallte sich in die raue Rinde einer Kiefer, er rutschte ab. Aus seinem aufgeschürften Handballen rann Blut.

Er ignorierte das brennende Gefühl und zwang sich, erneut zu den verklebten Strähnen zu sehen. Er blickte auf den Kopf eines Menschen, dem das Haupt eines toten Rehs wie eine Haube übergestülpt war. Dieser Mensch saß auf dem Waldboden, mit der linken Seite lehnte er an der Fichte. Was Leon für den Rumpf des Tieres gehalten hatte, war in Wirklichkeit ein menschlicher Rücken. Er war unter einem Rehpelz verborgen.

Leons Beine zitterten, als er sich dem hässlichen Gebilde so weit näherte, dass er in das Gesicht des Menschen sehen konnte. Ein schmaler Kegel aus Sonnenlicht hatte sich durch die Fichtenwipfel gebohrt. Winzige Mücken tanzten darin. Der Sonnenstrahl fiel auf eine kalkweiße Stirn und versickerte in einem Paar milchig grüner Augen. Vor Angst und Entsetzen aufgerissen starrten sie Leon an.

Ein unsichtbarer Schlag in die Magengrube ließ ihn aufschreien. Nein, in diesen Augen war rein gar nichts zu lesen, aus ihnen sprach nur der Tod. Sie waren so ausdruckslos und leer, dass sie dem fahlen Gesicht mit den dünnen, farblosen Lippen etwas Maskenhaftes verliehen. Auch wenn Leons Verstand ihm sagte, dass das Gesicht einmal Linda gehört haben musste, drang diese Wahrheit nicht ganz bis zu ihm durch. Sie glich einem anschwellenden dunklen Fluss, der höher und höher stieg, aber bis jetzt von einem breiten Deich zurückgehalten wurde.

Leons Beine gaben nach, er sackte in die Knie. Dabei glitt sein Blick von Lindas Gesicht hinab zu ihrem Oberkörper, und er fuhr zusammen. Das Rehfell, das ihren Rücken umhüllte, lag wie eine Decke über ihren Schultern. Vorn dagegen war ihr Oberkörper nackt. Nein, es war mehr als das. Eine hässliche blutrote Höhle klaffte in ihm.

Auf den Knien versuchte Leon zurückzuweichen. Er verlor das Gleichgewicht und kippte zur Seite. Panisch rappelte er sich auf. Er keuchte. Lindas Bauchdecke und Brustkorb waren aufgeschlitzt, vom Schambein bis hinauf zur Luftröhre. Der tiefe Schnitt hatte Gewebe und Muskeln zerteilt. Als wäre ihre Haut nicht mehr als ein Mantel gewesen, den man öffnen und aufklappen konnte. Doch das, was die Haut normalerweise schützend unter sich verbarg, war nicht mehr da. Sämtliche inneren Organe fehlten. Jemand hatte Linda ausgeweidet wie ein totes Tier. Mit der Erkenntnis kam der Ekel, der Leon wie eine mächtige Flutwelle erfasste, über ihm zusammenschlug und ihm die Luft zum Atmen nahm. Die Wahrheit zog ihn in die Tiefe. Linda war ermordet worden, auf eine unfassbar grausame Weise. Er krümmte sich, wollte schreien, doch brennende Magensäure schoss ihm in den Mund. Nur mühsam kam er auf die Beine, während er hustete und sich übergab.

Welcher Mensch hatte ihr das angetan? Welcher Mensch hatte sie aufgeschlitzt und sich wie ein Monster über ihre Innereien hergemacht? Lindas Wirbelsäule, ihre Rippen und die verbliebene Haut waren nicht mehr als eine schaurige Hülle. Ihr Körper war leer.

Aber nein, etwas hatte dieser Mensch zurückgelassen. Auf der linken Seite des Brustkorbs, dort, wo zwei Rippen fehlten, steckte es. Leon wurde eiskalt, als ihm klar wurde, dass dieser Klumpen Lindas Herz sein musste. Es war schwarz wie Teer.

TEIL EINS

HERZ AUS STEIN

EINS

Es war der 24. Juli, als die Buchen am Waldweg, den Leonhard Bosch jeden Morgen entlangging, über Nacht beschlossen hatten, dass der Herbst gekommen war.

Das Erste, was er wahrnahm, war der Duft. Ein betörender Duft, vertraut und doch gänzlich unpassend zu dieser Jahreszeit. Er kündete von tiefen Nebelschwaden, die sich wie feuchte Watte um die Baumstämme legten, vom ersten Raureif auf Gräsern und Sträuchern, von der heimeligen Düsternis kurzer Tage, von Ruhe und Gemütlichkeit.

Gedankenverloren raschelte Leon mit seinen Turnschuhen durch das dichte Laub, bevor er erstaunt den Blick hob und die aufgehende Sommersonne durch die schütteren goldgelben Baumkronen blitzen sah. Die wenigen verbliebenen Blätter an den kahlen Ästen waren nicht mehr grün, sie waren gelb, orange, rotbraun. Wie war das möglich? Wie konnte es sein, dass die Bäume dem Lauf der Jahreszeiten um ein Vierteljahr voraus waren? Gestern erst hatten die Hundstage begonnen, die heißeste Zeit des Sommers. Die Nächte waren kurz, tagsüber wanderte die Sonne steil den Himmel hinauf – der Herbst war noch lange nicht in Sicht.

Wie so oft war Leon auch an diesem Tag früh um acht aufgebrochen, war an den beiden Nachbarhäusern vorbei den Hügel hinauf auf den plateauartigen Forstweg gestapft und nach ein paar Minuten auf einen schmalen Pfad abgebogen, der ihn tiefer in den Wald hineinbrachte, dorthin, wo die besonderen Kräuter und Zutaten für seine ungewöhnlichen Gerichte zu finden waren.

Er sah zurück auf seine im trockenen Laub verborgenen Füße. Ungläubig verfolgte er, wie sie mit jedem Schritt die braunen Blätterhaufen durchpflügten. Der altbekannte Duft von Regen und Wind, von frischer Erde und vermoderndem Leben, von Dunkelheit und Zerfall stieg auf. Mitten im Hochsommer konnte Leon den Herbst mit Händen greifen. Trotz der Wärme spürte er, wie klirrende Kälte ihn umschloss, und er versuchte, sich in einen breiten Flecken Sonnenlicht zu retten. Fast ungehindert fielen die Strahlen nun durch das lichte Geäst. Neugierig betastete die Sommersonne den welligen Boden über dem dichten Wurzelgeflecht der Buchen, den sie sonst nie zu Gesicht bekam.

Doch ihre Wärme konnte nicht verhindern, dass eine kribbelnde Ahnung an Leon hinaufkroch wie ein langer Tausendfüßler, der in ein Hosenbein geschlüpft war. Der Wald hatte sein Schweigen gebrochen. Nach fünf Jahren. Ohne Vorwarnung. So als wollte er nicht länger Leons schuldiger Komplize sein. Als hätte er keine Kraft mehr für dieses unrühmliche Versteckspiel. Die Bäume warfen ihre Blätter ab, sie streckten die Waffen. Mit selbstzerstörerischer Gewalt schienen sie erzwingen zu wollen, dass die Wahrheit endlich ans Licht kam.

Nackt und vorwurfsvoll schienen sie ihn anzustarren. Er drehte sich im Kreis, glaubte Blicke im Nacken zu spüren und rieb sich über die Gänsehaut auf den Armen. Gestern noch war hier, wo er jetzt stand, dichter Schatten gewesen. Mit ihrem breiten Blätterdach hatten die Rotbuchen Menschen, Tiere und Pflanzen vor der Hitze beschirmt. Jetzt streckte die Sonne ihre Finger bis zu den Baumwurzeln am Waldboden vor, unter denen ein Kapitel aus Leons Vergangenheit begraben war, das er am liebsten für immer aus seinem Gedächtnis gestrichen hätte.

Er kannte die etwa zwanzig Buchen gut. Seit sicher mehr als einem Jahrhundert standen sie hier, am oberen Rand einer Lichtung, von der aus man fast die ganze Stadt überblicken konnte. Im Grunde kannte er sie besser, als ihm lieb war, und ihm wurde bewusst, wie sehr sein eigenes Schicksal mit dem der Bäume verknüpft war. Die Leichtigkeit, die er noch vor wenigen Minuten verspürt hatte, war wie weggefegt. Voller Tatendrang war er den Berg hinaufgegangen, um Eichenholz und Kräuter zu suchen. Doch sein Elan war einem diffusen Gefühl der Beklemmung gewichen.

Unwillkürlich schlugen seine Beine den bekannten Weg ein, an den Buchen vorbei und auf einem engen Pfad hinein in den dunklen Wald, zwischen dicken Stämmen über Wurzelverwerfungen, knackendes Totholz und einen Teppich aus gelben Nadeln weiter den Berg hinauf, bis die Kuppe erreicht war und der Pfad in eine stille Senke führte. Hinter einem Bach lichteten sich die Kronen, vereinzelte Wiesenflecken tauchten auf. An schattigen Stellen waren sie mit Moos gepolstert, an sonnigen überwuchert von den Zwergsträuchern der Heidelbeere.

Leon ging in die Hocke und bog die winzigen Äste mit den runden Blättchen auseinander, die seit einer Woche glänzende blaue Früchte trugen. Er pflückte einige von ihnen und steckte sie sich in den Mund. Obwohl er wusste, dass sie saftig und süß waren, nahm er nur einen schalen Geschmack wahr. Seine Fingerspitzen waren taub. Das passierte ihm seit Annas Tod immer wieder.

Er streifte durchs Unterholz, sammelte Sauerampfer und Waldsauerklee und wickelte beides in Geschirrtücher. Mit dem Taschenmesser sägte er einen dreifingerdicken Zweig von einer Eiche ab. Mit diesen Schätzen in seinem Rucksack schlug er den Weg zum «Quellbach» ein und wanderte eine gute Stunde bis zu seinem abgelegenen Arbeitsplatz mitten im Grün des Harzes. Normalerweise fuhr er mit dem Auto zm Gasthof, aber hin und wieder, wenn keine Übernachtungsgäste da waren, die ein Frühstück verlangten, gönnte er sich diesen Luxus einer morgendlichen Wanderung.

Kurz vor dem Gasthaus betrat er einen breiten Forstweg und kam an einem Stapel frisch gefällter Bäume vorbei. Er roch den intensiven Duft von Harz, Borke und grünen Fichtennadeln. Eine Handvoll davon zupfte er von einem unverletzten Wedel und ließ sie in eine kleine Papiertüte rieseln.

Ein paar Schritte weiter bog er auf die asphaltierte Zufahrtsstraße zum Gasthaus ab. Hinter einer scharfen Linkskurve passierte er zwischen zwei gemauerten Säulen das hohe, dunkelgrün lackierte Eisentor, das dem Neuankömmling eine gewisse Ehrfurcht einflößen sollte, das allerdings – auf den zweiten Blick erkennbar – von dicken Rostflecken durchsetzt war. Außerdem stand es, wie Leon recht schnell herausgefunden hatte, zu jeder Tag- und Nachtzeit offen.

Nach einer weiteren Kurve in die entgegengesetzte Richtung rückte das längliche zweistöckige Gebäude des Gasthauses ins Sichtfeld. Es machte einen eher schüchternen ersten Eindruck. Zurückhaltend duckte es sich mit seiner dunkelgrauen Schindelverkleidung seit nunmehr fast zwei Jahrhunderten unter die hohen Bäume ringsum. Hätte nicht der weiße Schriftzug *Quellbach* über dem Eingang geprangt, hätte das Haus regelrecht abweisend gewirkt, und wohl kein Gast hätte sich je dort hineinverirrt.

Die Fenster starrten finster in den Wald. Und wie fast jeden

Tag seit vier Jahren ließ sich Leon einen Moment täuschen und glaubte, dass das Gasthaus ausgestorben sei. Sosehr er auch jedes Mal im Nachhinein über sich selbst lachte, durchzuckte ihn an dieser Stelle doch immer der Gedanke, dass etwas Schlimmes passiert sein musste, weil kein Mensch in dem düsteren Wirtshaus zu sehen war. Erst ein paar Schritte weiter war das trüborange Licht zu erkennen, das aus den Fenstern sickerte. In den meisten Räumen glomm es Tag und Nacht, denn die Sonne schaffte es nur zwischen Mai und August, über die hohen Bäume zu steigen, und selbst dann für kaum mehr als ein paar Minuten um die Mittagszeit.

Durch den Lieferanteneingang an der Rückseite des Gebäudes betrat Leon die Küche. Obwohl es noch früh war, stand dicker Dunst in dem viel zu kleinen Raum, und es roch deftig nach angeschwitzten Zwiebeln und leicht angebranntem Fleisch. Jan-Philipp, der zweite Auszubildende im Team, ein vorlauter Teenager mit schwarzen zurückgegelten Haaren, war mit dem Rinderbraten beschäftigt, der schnellstens aus der Pfanne in den Ofen musste. Wie immer hantierte der Junge, der außerdem Neffe des Gasthauschefs war, mit aufgesetzter Gelassenheit und demonstrativer Behändigkeit herum. So als würde er sich in einem angesagten Gourmettempel befinden, wo die Gäste bereits Monate im Voraus reserviert hatten, und nicht in einem betagten Wirtshaus, wo man schon froh war, wenn wenigstens am Wochenende der Gastraum voll war.

Leon ließ dieser Umstand nicht kalt, und er tat alles dafür, dass das Gasthaus seinen muffigen Ruf loswurde, aber an schlechten Tagen musste selbst er sich eingestehen, dass das Quellbach seine besten Zeiten längst hinter sich hatte.

Er warf Beata einen kurzen Blick zu, die sofort verstand,

was ihr Chef von ihr wollte. Sie hatte ohnehin nicht vorgehabt, den gefährlich selbstsicheren Jungen aus den Augen zu lassen. Viel zu oft schon waren seine «Kreationen» – wie er selbst die Speisen nannte, an die er Hand anlegte – statt auf dem Teller im Müll gelandet.

Nachdem sie Jan-Philipp zum mindestens zwanzigsten Mal erklärt hatte, wie der Ofen zu bedienen war, kehrte die kleine Polin mit den kurzen roten Haaren, die Leons Aushilfe für die Sommermonate war, zurück an ihre Arbeitsfläche. Dort lagen vier gerupfte Fasane, aus denen sie mit einer Pinzette die Schrotkugeln zog.

Leon machte sich gar nicht erst die Mühe, sich über diese Kleinwild-Lieferung zu wundern, die er nicht in Auftrag gegeben hatte. Hierzulande hatten Fasane bis Oktober Schonzeit, die Jagd auf die Tiere wäre illegal gewesen. Das alles konnte nur bedeuten, dass der Hausherr da war. Sicher hatte er die Vögel irgendwo in Polen oder Tschechien geschossen und plante, sie am Abend mit ein paar guten Freunden im Jagdsalon zu verspeisen.

«Sind die von Lohmann?», fragte Leon, und Beata nickte nur.

Im Grunde hätte auch ein Blick auf die vielen Schrotkugeln, die sie aus dem rötlichen Fleisch pulte, als Antwort gereicht. Reinhard Lohmann war der größte Bauunternehmer vor Ort und seit vier Jahren Besitzer des Quellbach. Und er war ein schlechter Jäger, dem es nur selten gelang, ein Tier waidgerecht zu töten.

«Er wünscht sich für den Abend die Fasane im Speckmantel mit Rotweinsauce, vorweg eine Pfifferlingsuppe», teilte Beata sachlich mit, ohne eine Miene zu verziehen. Ihr starker polnischer Akzent stand in gewissem Widerspruch zu dem ungewöhnlich korrekten Deutsch, das sie sprach, obwohl sie erst seit vier Wochen im Lande war. Ob sie schon länger geplant hatte hierherzukommen? Leon wusste es nicht. Ohnehin wusste er kaum etwas von ihr.

In dem Abstellraum mit dem kleinen Fenster, der ihnen als Umkleide diente, legte Leon seine Alltagskleidung ab und schlüpfte in seine Kochmontur. Nachdem er ein großes Glas Wasser hinuntergekippt hatte, machte er sich an die Arbeit.

Als er zum ersten Mal an diesem Tag auf die große Wanduhr blickte, war es bereits später Nachmittag. Mit seinem Einverständnis hatte Beata Jan-Philipp zum Putzen der Pfifferlinge verdonnert, und der Junge, der sich längst zu Höherem berufen fühlte, versuchte in einem vermeintlich unbeobachteten Augenblick, die Arbeit an die stille Linda zu delegieren. Erst da nahm Leon das Mädchen mit dem langen blonden Flechtzopf, dem blassen Gesicht und den feingliedrigen Fingern an diesem Tag überhaupt wahr. Gewissenhaft und beinah lautlos arbeitete die elfenhafte Zwanzigjährige vor sich hin.

Jan-Philipp wusste genau, dass es ihr grundsätzlich schwerfiel, nein zu sagen. Aber Linda war nicht dumm und hatte ein feines Gespür dafür, wenn jemand diese Schwäche ausnutzen wollte. Mit dem freundlichen Hinweis, dass sie noch Waldbeeren suchen und ebenfalls putzen musste, ließ sie seine Bitte an sich abperlen.

«Chef, wir hatten doch ausgemacht, dass ich heute den Rinderbraten beaufsichtige», beklagte sich Jan-Philipp, und Leon musste sich das Lachen verkneifen. Der Braten garte allein im Ofen vor sich hin und hatte keinerlei Aufsicht nötig.

«Dazu hast du noch genug Zeit, wenn du mit den Pilzen fertig bist. Dein Onkel will seine Pfifferlingsuppe pünktlich um sechs auf dem Tisch haben.» Damit nahm Leon ihm den letzten Wind aus den Segeln.

Widerwillig fügte sich der Junge in die – in seinen Augen – Strafarbeit und begann, die erdverkrusteten Stiele und Hütchen zu säubern. Es würde mehr als nur einen Durchgang brauchen, bis die Pilze in reinem Goldgeld erstrahlten.

Eigentlich hätte Leon keinen zweiten Azubi gebraucht und erst recht keinen, der mehr Arbeit machte, als er erledigte. Aber natürlich hatte er Lohmann nicht in diese Personalentscheidung hineingeredet. Immerhin blieb ihm an diesem Abend so genug Zeit, eine neue Nachspeise auszuprobieren, und er wagte sich an die Zubereitung einer Eiscreme mit Eichenholz, auch wenn er wusste, dass dieses kulinarische Experiment im Grunde Perlen vor die Säue war.

Beata hatte ihn in ihren ersten Tagen misstrauisch beäugt und sich garantiert gefragt, ob sie nicht bei einem Verrückten gelandet war. Für einen Außenstehenden war es sicher kaum zu verstehen, warum sich jemand in einem Gasthaus wie dem Quellbach derart verkünstelte. Aber für Leon war es eine Art Therapie. Und so nahm er sich den Eichenzweig vor, den er am Morgen von seiner Wanderung mitgebracht hatte, zerteilte ihn und schabte vorsichtig das helle, weiche Mark heraus. Anstelle von Bourbonvanille rührte er es in ein selbstgemachtes Sahneeis, das er anschließend mit den karamellisierten Fichtennadeln garnierte. Als Versuchskaninchen mussten Lohmann und seine Kumpane herhalten. Der Hausherr war der perfekte Testesser, da er alles andere als ein Feinschmecker war und im Grunde nur zwei Kategorien kannte: «schmeckt» oder «schmeckt nicht».

Als er sich am Ende des Abends in die kleine Küche zwängte, warteten seine Angestellten gespannt auf sein Urteil.

Mit seinem massigen Körper und seiner lauten, sonoren Stimme hätte Lohmann als Opernsänger durchgehen können, wäre er nicht so nachlässig mit seinem Äußeren umgegangen. Er schien stets dasselbe hellblaue Hemd und dieselbe beigefarbene Hose zu tragen, die immer ein paar Flecken aufwies, weil er überall mit anpackte. Waren irgendwo Handwerker im Haus, konnten sie sicher sein, dass Lohmann ihnen zeigte, wie man es besser machte. Auch sein Gesicht war ungepflegt. Barthaare sprossen ihm aus jeder Pore von den Ohren bis zum Hals und bildeten einen löchrigen Vollbart.

«Die Vögelchen im Speck waren echte Gaumenschmeichler», lobte er gönnerhaft, nachdem er mit Leon und seinem Neffen leutselig über das Wetter geplaudert hatte.

Leon sah, wie Beata bei diesen Worten schnell zu Boden blickte, um die Abneigung zu verstecken, die aus ihren Augen sprach.

«Mein Ranzen wird zwar immer runder, wie ich ständig von meiner Frau zu hören kriege, aber was soll's – das Leben ist zu kurz für Langeweile und Diäten.» Lohmann schlug sich mit der flachen Hand auf sein Hemd, dessen Knopfleiste über dem gewölbten Bauch gefährlich spannte, bevor er seinem Küchenchef kräftig auf die Schulter klopfte.

Obwohl Leon einige Zentimeter größer war, wirkte er gegenüber dem bulligen Lohmann wie ein Zwerg.

«Und, Leonhard, du musst zugeben, dass ich das beste Aushängeschild für deine Küche bin.» Lohmann lachte jovial, seine gerötete Knollennase glänzte. «Ganz anders als du selbst! Ich hoffe, du lässt dich nicht so oft draußen bei den Gästen blicken – die denken ja sonst, dir schmeckt dein eigenes Essen nicht!»

Leon lachte mit. Von den harmlosen Witzen Lohmanns

fühlte er sich nicht beleidigt. Er war schon immer ein eher hagerer Typ gewesen. Nach Annas Tod hatte er allerdings noch ein paar Kilos mehr verloren.

«Aber im Ernst, mein Lieber, auch die Pilzsuppe war ein Gedicht», meinte Lohmann, und Leon gab das Kompliment an Jan-Philipp weiter. Der Azubi strahlte seinen Onkel mit stolzgeschwellter Brust an, auch wenn er nur die Pfifferlinge geputzt hatte. Um das Aufkochen, Andicken und Abschmecken der Suppe hatte sich Beata gekümmert, weil der Junge nach seinem anstrengenden Part erst einmal eine Zigarette rauchen gegangen war.

«Und das Vanilleeis war ein Traum.» Lohmann war in seiner Begeisterung kaum zu bremsen, und Leon klärte ihn nicht über seinen Irrtum auf. «Und wie du das verfeinert hast, mit diesem Whiskyaroma – genial! Das kannst du in einer Woche, wenn die ersten Jäger kommen, gleich noch mal machen!» Lohmann hatte augenscheinlich Spaß an Leons Experimenten. Manchmal kam sich Leon wie eine Art Hofnarr vor, den sich Lohmann zu seinem persönlichen Vergnügen hielt und um seine Freunde zu beeindrucken.

In jedem Fall war Leon so etwas wie Lohmanns Leibkoch, mit all den Vorzügen und Nachteilen, die das mit sich brachte. Er hatte freie Hand, wenn es darum ging, exklusive Lebensmittel für die Gelage im Jagdsalon zu beschaffen, Lohmanns Weinvorrat im Keller mit edlen Tropfen zu bestücken und teure Gewürze für die exotischen Wildgerichte zu besorgen, die Lohmanns Frau so liebte. Erst neulich hatte ihn Lohmann, der oft kein Maß kannte, hundert Gramm Safranfäden aus dem Kaschmir bestellen lassen, von denen das Gramm acht Euro kam. Leon hatte überschlagen, dass sie mit dieser Menge ungefähr zwei Jahre hinkommen würden, selbst wenn sich

Lohmanns Frau jede Woche ihr geliebtes Kaninchencurry mit Safran wünschen sollte.

Lohmann verabschiedete sich, indem er noch einmal allen auf die Schulter klopfte. Er würde in nächster Zeit also häufiger im Quellbach anzutreffen sein. In einer Woche war der Juli zu Ende, und die Schonzeit für das ältere Rotwild lief ab. Der Abschuss der kapitalen Hirsche konnte beginnen. Wohlhabende Männer aus der ganzen Republik würden sich dann in Lohmanns Obhut ein blutiges Abenteuer gönnen, das für sie selbst keinerlei Gefahren barg. Wie schon in den letzten Jahren hatte er anscheinend zahlende Hobbyjäger angeworben und ihnen eine hiesige Jagderlaubnis verschafft. Für den ansässigen Förster, einen seiner besten Freunde, bedeutete das zusätzliche Forsteinnahmen in fünfstelliger Höhe und für ihn selbst Gäste für sein Gasthaus und nicht zuletzt die Möglichkeit, seiner größten Leidenschaft nachzugehen: der Jagd auf die großen Tiere des Waldes.

Sobald der Hausherr fort war, schloss August Haffmann – Lohmanns rechte Hand, Hausmeister, Zimmermädchen, Kellner und Schankwirt in einem – die Theke und zog sich in den ersten Stock zurück, wo er in einer winzigen Kammer hauste. Die anderen brachten derweil die Küche auf Hochglanz. Um kurz vor Mitternacht schickte Leon die beiden Auszubildenden nach Hause. Während Beata in der Umkleide war, wollte er mit einem Stapel zertretener Pappkartons unter dem Arm noch kurz nach draußen, hinter das Haus zu den Mülltonnen. Diese waren in einem Schuppen untergebracht, nicht nur aus Rücksichtnahme auf die Gäste, sondern vor allem um Wildschweine, Füchse und Waschbären abzuhalten, die jegliche Scheu verloren, sobald sie die Küchenreste witterten. Bevor Leon Feierabend machte, kontrollierte er stets, ob der Schuppen auch abgeschlossen war, denn für die schlauen Waschbären stellte eine einfache Türklinke kein Hindernis dar.

Er trat aus dem Hinterausgang, und die Außenbeleuchtung schaltete sich automatisch ein. Gerade wollte er die zwei Steinstufen hinuntersteigen, als ihn die Bewegung eines undeutlichen Schattens vor dem Schuppen innehalten ließ. Im ersten Moment glaubte er, ein Tier aufgeschreckt zu haben. Der Schatten war schmal und lang. Das konnte nur ein Reh sein, wobei sich die scheuen Tiere selten so nah an das Gasthaus herantrauten.

Sobald ihm jedoch bewusst wurde, dass er kein Tier aufgescheucht hatte, sondern hier ein Mensch vor ihm floh, war dieser schon in Richtung Wald gehastet. Die Schuppentür war hinter ihm zugefallen, und es sah so aus, als trüge er etwas mit sich davon.

«Was soll das? Warten Sie!», rief Leon überrascht. Seine laute Stimme hallte durch die Nacht und wurde von der schwarzen Wand des Waldes wie ein Fremdkörper zurückgeworfen.

Der Mann dachte nicht daran zu warten. Er warf nur einen gehetzten Blick über die Schulter, bevor er zwischen hohen schwarzen Baumstämmen in der völligen Finsternis verschwand.

Perplex stand Leon auf der Treppe. Von dem Mann war kaum etwas zu erkennen gewesen. Er hatte ein viel zu großes Oberhemd getragen, und um seine Beine hatte eine weite Hose geschlackert. Unter einem Baseballcap waren lange, ungepflegte Haare zu sehen gewesen, die grau geschimmert hatten.

Hatte der Alte im Müll gewühlt und war mit Essensresten weggerannt? Oder hatte er etwas anderes aus dem Schuppen mitgenommen? Nein, bis auf die Abfalltonnen gab es dort nichts zu holen. Doch seit wann streiften die Armen durch den Wald? Welcher notleidende Mensch nahm die mehr als zehn Kilometer von der Stadt bis zum Quellbach auf sich, um hier im Müll nach Essbarem zu suchen, während es in der Stadt genügend Tonnen hinter Restaurants und Supermärkten gab und außerdem eine ehrenamtliche Tafel, die gespendete Lebensmittel an Bedürftige verteilte?

Langsam ging Leon zum Schuppen und öffnete die Tür. Das Licht brannte, und tatsächlich stand die große Restmülltonne einen Spaltbreit offen, der Deckel der Biotonne war sogar ganz aufgeklappt. Er entsorgte das Altpapier, klappte die Tonnen wieder zu und schloss, nachdem er auch das Licht gelöscht hatte, von außen den Schuppen zu. Sollte er Lohmann von dieser seltsamen Begegnung erzählen? Im Grunde war er dazu verpflichtet, denn wenn sich hier etwas Ungewöhnliches oder gar Kriminelles abspielte, musste der Hausherr davon wissen. Doch jetzt war schon Mitternacht, und Lohmann lag zu Hause im Bett. Die Sache konnte auch bis morgen warten.

Leon ging zurück in die Küche. Der Raum war verwinkelt und ungünstig geschnitten, viel zu eng für vier Köche. Auf seinem einsamen Kontrollgang überzeugte er sich davon, dass sämtliche Gasplatten, Öfen und sonstige Geräte ausgeschaltet waren und das Kühlhaus richtig geschlossen war. Dass hier vor kurzem noch gekocht und gebrutzelt worden war, schien mit einem Mal völlig unwirklich. In dem verwaisten Raum kam sich Leon wie ein ungebetener Eindringling vor. Er fühlte sich nicht mehr wie der Koch dieses Gasthauses, sondern wie der einfache, gewöhnliche Mann, der er war. Was unterschied ihn im Grunde von dem Menschen da draußen, der eben vor ihm weggerannt war? Nur zu gut wusste Leon, dass zwischen der

Sonnenseite des Lebens und seiner Schattenseite oft nur ein einziger Schritt lag.

Er zog sich um und ging hinaus in die kühle, sternenklare Waldnacht. Anders als tagsüber, wenn die Sonne den Wald aufheizte und eine aromatische Mischung aus Harz, Fichtennadeln und Erde freisetzte, schien die Luft jetzt geradezu kristallrein, so als atmeten die schlafenden Bäume puren Sauerstoff aus. Das Geräusch von Leons Schritten auf dem Pfad zum Parkplatz wurde von einer weichen Schicht aus Blättern und Nadeln geschluckt.

Unwillkürlich wandte er sich noch einmal um und blickte auf das Gasthaus, das genauso dunkel und unbelebt wie am Morgen schien, auch wenn mindestens fünf Personen die Nacht dort verbrachten. Zwei Wanderpaare hatten am Nachmittag ihr Quartier bezogen und wurden sowohl umsorgt als auch kontrolliert von Lohmanns Faktotum August Haffmann. Der Rentner war dem Hausherrn treu ergeben und stets zur Stelle, wenn er gerufen wurde. Wohl auch deshalb und nicht nur wegen seiner schlaffen, hängenden Wangen und den wässrigen Augen erinnerte er Leon immer an einen Hund.

Vier parkende Autos dösten scheinbar verlassen am Waldrand, doch Leon wusste, dass er in einem davon erwartet wurde. Zielstrebig steuerte er auf den kleinen grauen Renault zu, der bei Tageslicht silbern glänzte. Wie von Zauberhand öffnete sich die Beifahrertür, und er ließ sich neben Beata nieder. Es passte zu ihr, dass sie aus Rücksicht auf die Urlauber im Quellbach keine Sekunde zu früh den Motor startete oder die Scheinwerfer einschaltete. Sie war ein zurückhaltender Mensch, mitdenkend und einfühlsam, der nichts mehr hasste, als aufzufallen oder anderen Umstände zu bereiten.

«Alles okay?», fragte sie, bevor sie den Wagen anließ und

langsam durch das geöffnete Eisentor fuhr, so als hätte sie Leons Unruhe sofort gespürt.

«Ja, nur ein wenig müde», antwortete er ausweichend. Er hatte beschlossen, ihr vorerst nichts von dem Mann aus dem Wald zu erzählen, denn er wollte sie nicht ängstigen. Beata war erst seit einem Monat hier und hatte bestimmt genug damit zu tun, sich einzugewöhnen.

Sie bog auf die Bundesstraße ab, die weiter durch den dichten Wald führte. Um diese Uhrzeit war kein anderes Auto unterwegs, und sie folgten den gelben Scheinwerferkegeln durch eine vollkommene Schwärze. Es war, als würden sie durch den Weltraum schweben.

Leon musste nicht zu Beata hinüberschauen, um zu wissen, dass sie mit durchgedrücktem Rücken auf der Vorderkante ihres weit vorgeschobenen Sitzes saß, das Lenkrad fest umklammert, das aufmerksame Gesicht direkt darüber. Alles, was sie tat, tat sie hochkonzentriert, egal ob es das Kochen oder das Autofahren betraf. Beata war jemand, der alles unter Kontrolle haben musste. Obwohl sie schon Anfang dreißig war, hätte sie mit ihrer kleinen, schlanken Statur, ihren kurzen roten Haaren und den grau-gelben Katzenaugen durchaus noch als Mädchen durchgehen können. Nur der strenge Zug um ihren Mund wollte nicht in dieses Bild passen. Er hatte bereits die ersten deutlichen Falten in ihr Gesicht gezeichnet.

«Wie geht es Thea?», fragte sie.

Leon hatte ihr von den Problemen mit seiner Tochter erzählt. Kurz vor den Ferien, gleich in Beatas erster Arbeitswoche, hatte er sich nachmittags ein paar Stunden freinehmen müssen, weil er einen Termin bei der Schulpsychologin hatte. Da er nichts von anstrengenden Ausreden hielt, hatte er Beata damals offen den Grund für seine Abwesenheit erklärt.

«Sie war mit Freunden drei Wochen am Atlantik surfen. Das hat ihr gutgetan», antwortete er nun. «Jetzt will sie sich so langsam mit dem Schulstoff aus dem vergangenen Jahr beschäftigen, denn sie hat ja noch einiges nachzuholen, bevor ihr letztes Schuljahr beginnt. Jedenfalls legt sie dabei einen ganz ungekannten Ehrgeiz an den Tag. Wahrscheinlich will sie nur das Abi schaffen und dann nichts wie weg.» Er lachte kurz auf, weil er den Freiheitsdrang seiner Tochter absolut nachvollziehen konnte, obwohl ihn die Idee, dass sie in einem Jahr ausziehen würde, schon jetzt in Panik versetzte.

«Schön zu hören», meinte Beata. «Dann wird sicher doch noch alles gut.»

Leon ahnte, dass sie Theas Schuleschwänzen, ihre Leistungsverweigerung und ihr provozierendes Auftreten gegenüber den Lehrern vor allem dem Alter seiner Tochter und dem Verlust der Mutter zuschrieb. Dass noch mehr dahintersteckte, konnte sie nicht wissen.

«War das die Schulpsychologin, die letzte Woche in der Küche vorbeigeschaut hat?», fragte sie, während sie weiter über das Lenkrad durch die Scheibe starrte. Sie hatten das Ortsschild passiert, fuhren eine breite Straße mit alten Villen hinab. «Kennt ihr euch schon länger?»

«Julia hat mit ein paar Freunden ihren Geburtstag im Quellbach gefeiert. Wir kennen uns noch von früher, sind eine Zeitlang auf dieselbe Schule gegangen. Erst letzten Herbst haben wir uns dann zufällig wiedergetroffen, als sie als Lehrerin und Psychologin an Theas Schule angefangen hat.» Seltsamerweise hatte Leon mit einem Mal das Gefühl, sich gegenüber Beata für diese nähere Bekanntschaft rechtfertigen zu müssen.

Dass sie alles um sich herum aufmerksam beobachtete, wusste er längst. Gerade hatte er jedoch etwas Neues über sie gelernt, das nicht so recht zu ihrer spröden und zurückhaltenden Persönlichkeit passen wollte – sie war auch neugierig. Er merkte, wie sich ein Schmunzeln auf seine Lippen stahl, das sie zum Glück nicht sah. Es würde wohl noch eine ganze Weile dauern, bis er sie wirklich kannte.

Vor seinem Haus stellte sie den Motor ab und schaltete die Scheinwerfer aus. Wieder war es, als wollte sie sich unsichtbar machen. Leon nahm seinen Rucksack aus dem Fußraum und wünschte ihr eine gute Nacht.

Er stieg aus dem dunklen Wagen und kam sich vor wie ein Dieb, während er sich seinem eigenen Haus näherte. Erst als er das Gartentor hinter sich schloss, ließ Beata den Motor wieder an und fuhr davon. Er würde sie demnächst einmal einladen müssen, an einem freien Nachmittag zu einem Kaffee oder einem Glas Wein. Sie hatte ihn schon ein paar Mal nachts nach Hause gefahren, und es war offensichtlich, dass sie sich für sein Leben interessierte. Er hingegen wusste nur grob, dass sie in einer kleinen Wohnung in den sanierten Plattenbauten hinter dem Krankenhaus lebte, aber er hätte nicht einmal sagen können, ob es ihr dort gefiel und ob sie irgendwelche Freunde in der Stadt hatte.

Nirgends im Haus brannte Licht, und Leon spürte sofort, dass Thea nicht da war. Auch wenn sie alt genug war und ausgehen konnte, so lange sie wollte, überkam ihn jedes Mal eine Mischung aus Sorge und Beklemmung, wenn sie zu so später Stunde noch nicht zurück war.

Bei Marlene und Jack nebenan waren Wohnzimmer und Küche hingegen noch hell erleuchtet. Wahrscheinlich war Marlene gerade von ihrer Schicht zurück. Oder sie machte sich gerade fertig. Der Dienstplan einer Krankenschwester nahm keine Rücksicht auf den menschlichen Biorhythmus.

Leon war kurz versucht, bei ihr zu klingeln und zu fragen, ob sie wisse, wo Thea sei, aber er widerstand dem Drang. Marlene war weder Theas Mutter noch ihre Babysitterin, auch wenn es Zeiten gegeben hatte, in denen sie fast zur Familie gehört hatte. Aus Annas bester Freundin war nach Annas Tod eine unverzichtbare Stütze geworden, ohne die die winzige Restfamilie zerbrochen wäre. Leon wusste, dass er Marlene mehr als nur seinen Job im Quellbach zu verdanken hatte. Sie hatte die Zukunft seiner Tochter gerettet. Wenn sie nicht gewesen wäre, säße Thea heute wahrscheinlich mit einer Jugendstrafe in einem Erziehungsheim.

Fahrig kramte Leon in seinem Rucksack nach dem Haustürschlüssel. Die Taubheit war in seine Fingerspitzen zurückgekehrt. Erst jetzt kamen ihm die kahlen Buchen aus dem Wald wieder in den Sinn. Während der Arbeit im Quellbach hatte er den Gedanken daran erfolgreich verdrängt – genauso wie die Konsequenzen, die dieses unerklärliche Naturphänomen nach sich ziehen konnte. Denn auch wenn nicht davon auszugehen war, dass die Bäume verrückt geworden waren, so waren sie sicherlich krank. Und kranke Bäume starben, tote Bäume wurden gefällt. Vor allem wenn sie so nah am Wegrand standen und eine Gefahr für Wanderer und Jäger darstellten, sobald der erste Herbststurm an dem morschen Holz rüttelte. Was war, wenn der Förster sie mit Stumpf und Stiel aus dem Boden riss? Leon lief es kalt den Rücken hinunter, wenn er sich vorstellte, was dabei womöglich zum Vorschein käme.

Er stand in seinem dunklen, leeren Haus. Im Flur war es kühl, selbst jetzt Ende Juli. Er warf seine Jacke auf die Sitztruhe. Ohne Licht zu machen, schlängelte er sich durch den viel zu engen Gang, vorbei an Theas neuesten Anschaffungen, einem alten Schrank und zwei Kommoden. Der Mond und Marlenes helle Fenster gegenüber leuchteten ihm den Weg ins Schlafzimmer.

Er machte sich nicht die Mühe, sich auszuziehen. Die Taubheit breitete sich aus und schlich von seinen Fingern über die Arme durch seinen gesamten Körper. Er fühlte sich schwer wie Blei. Hundemüde fiel er aufs Bett und blieb auf der Decke liegen, starr wie ein Stück Holz. Dennoch würde er nicht schlafen können. Er wusste, dass er kein Auge zutun würde, bevor Thea nicht nach Hause kam.

ZWEI

Es dauerte nicht lange, bis sich das seltsame Naturschauspiel herumgesprochen hatte. Die kahlen Buchen wurden zu einer Attraktion für Sommerurlauber und Wanderer. Hierhin machte man einen Abstecher, bevor es weiterging zu schroffen Gipfeln mit Aussichtstürmen, stillgelegten Bergwerken, mystischen Grotten und zum Brocken, dem sagenumwobenen Blocksberg mit seinen Geister- und Hexengeschichten.

Auch im Quellbach hatte Leon aufgeschnappt, wie sich Gäste über das Phänomen der Buchen im Winterschlaf unterhielten. Gerade einmal drei Tage waren vergangen, seit er selbst fassungslos auf das viele Laub und hinauf in die fast kahlen Baumkronen gestarrt hatte. Es war Freitagmorgen, und er stapfte die Straße hinauf in den Wald, während er im Geist noch einmal die Wochenkarte durchging. Er zählte die einzelnen Gerichte und die dazugehörigen Zutaten auf und hatte das ungute Gefühl, dass irgendetwas Wichtiges nicht mehr ausreichend vorrätig war. Aber sosehr er sich auch das Hirn zermarterte, er kam nicht darauf, was in der Küche fehlen könnte.

Spätestens als er die Buchen erreichte, konnte er sich ohnehin nicht mehr konzentrieren. Er umrundete ihre dicken Stämme mit der glatten, grau schimmernden Rinde und blickte hinauf zu den nackten Zweigen, an denen nur noch einzelne gelbe Blätter wie winzige schlaffe Fähnchen hingen. Der weißliche Morgenhimmel blendete ihn ungehindert.

Die Bäume waren riesig, bestimmt an die dreißig Meter

groß. Wie alt sie wohl waren? Fünfzig Jahre? Hundert? Zweihundert? Leon hatte einmal gehört, dass Buchen über dreihundert Jahre alt werden konnten.

Was aber hatte ihr Zeitgefühl mit einem Mal so durcheinandergebracht? Oder wollten sie nicht mehr leben und hatten sich von heute auf morgen dazu entschieden zu sterben? Wie ein alter Mensch, der das Ende kommen sieht und beschließt, sich das Schlimmste zu ersparen. Leon ahnte, dass dieser Gedanke vollkommen abwegig war. Selbst den spirituellen Waldliebhabern, die hin und wieder zum Quellbach kamen, wäre die Idee eines kollektiven Buchenselbstmords sicherlich absurd erschienen.

Er kehrte den Bäumen den Rücken und machte sich auf zu der Lichtung mit den Kräutern. Trotz der Hitze lief ihm ein eisiger Schauer die Wirbelsäule hinab, und er hatte das durchdringende Gefühl, dass jemand hinter ihm stand. Er fuhr herum, doch da waren nur die blätterlosen Buchen, die ihn mit ihrer aufdringlichen Nacktheit zu verhöhnen schienen.

Als sei es eine lästige Pflicht, riss er diesmal die Stängel und Blättchen aus, die sonst der Lichtblick in seinem Küchenalltag waren. Normalerweise liebte er diese kleine, bescheidene Aufgabe, die für ihn zu einer Art Meditation geworden war. Heute allerdings wünschte er sich nur fort aus dem dunklen, schweigsamen und unübersichtlichen Wald, in dem der Mensch nichts verloren zu haben schien. Vielleicht sollte er ja wirklich das Angebot annehmen, das ihm ein Hotelier aus Südfrankreich gemacht hatte, den es vor ein paar Wochen in das abgelegene Harzer Gasthaus verschlagen hatte. Thea jedenfalls war ganz begeistert von der Idee gewesen. Und auch Marlene hatte sich schon vorgestellt, wie es wäre, jedes Jahr mit Jack Urlaub bei ihnen an der Côte d'Azur zu machen.

Er stieg den Berg hinab zu seinem Haus und ließ den Wald für einen Moment hinter sich, bevor er sich in seinen schwarzen Volvo setzte und zum Quellbach fuhr. Heute nahm er das Auto, weil Thea ihn später am Tag noch einspannen wollte. Sie sammelte alte Möbel und hatte über das Internet einen Beistelltisch aus den fünfziger Jahren erworben, zur Selbstabholung, wie sich verstand. Das ganze Haus hatte sie schon mit den seltsamsten Errungenschaften zugestellt, und Leon fragte sich, wann der Zeitpunkt gewesen wäre, ihr Einhalt zu gebieten. Er hatte ihn in jedem Fall verpasst.

Während er auf seinen Parkplatz vor dem Quellbach rollte, schüttelte er den Kopf über seine Tochter, die sich mit jeder Menge Krempel umgab, obwohl sie doch angeblich nichts lieber wollte als weg aus dieser Stadt, weg aus diesem Haus. Doch es gelang ihm nicht, sich mit diesem fröhlichen Kopfschütteln selbst zu täuschen. Ihm war alles andere als leicht ums Herz, wenn er an das bedauernswerte Mädchen dachte, das erst seine Mutter und dann all seine Gewissheiten verloren hatte und für das die Worte «Heimat» und «Zukunft» ein so zerbrechliches Konzept geworden waren, dass es sie nicht einmal mehr auszusprechen wagte.

In der Küche erwartete ihn der typische Frühstücksdunst, den er hasste – Kaffeegeruch und der fettige Dampf von Eiern mit Speck. Und eine genervte Beata, die alle Hände voll zu tun hatte.

«Linda ist nicht gekommen», teilte sie Leon mit, während sie ein Auge auf ein goldgelbes Omelette hatte, das in einer Pfanne auf dem Herd brutzelte.

«Sie ist nicht gekommen?», wiederholte Leon ihre Worte, als habe er sie akustisch nicht richtig verstanden. Weil am Vorabend zehn Wanderer im Quellbach abgestiegen waren, die ein Frühstück bestellt hatten, war eigentlich ausgemacht gewesen, dass die Auszubildende Haffmann am Morgen aushalf. Dass sie krank werden konnte, lag so fern, dass es fast unmöglich schien. Das stille und gewissenhafte Mädchen hatte während seines ersten Lehrjahres nicht einen Tag in der Küche gefehlt.

«Sie ist nicht gekommen», bestätigte Beata noch einen Ton genervter und schlug ein weiteres Ei auf der stählernen Arbeitsfläche auf.

«Was ist mit Jan-Philipp? Konnte der nicht einspringen?»

Beata schüttelte den Kopf. «Ist nicht erreichbar.» Dann fügte sie hinzu: «Ich glaube nicht, dass sie krank ist. Zumindest hat sie sich nicht krankgemeldet.»

Überrascht sah Leon sie an. «Du meinst, sie hat bis jetzt nicht angerufen?» Er hatte es schon erlebt, dass Azubis Hals über Kopf, über Nacht sozusagen, alles hinschmissen und beschlossen, dass ihnen die Kochlehre zu anstrengend war. Aber so einen Sinneswandel traute er Linda nicht zu.

Er holte sein Handy aus der Tasche und wählte ihre Nummer. Doch nicht Linda beantwortete seinen Anruf, sondern eine weibliche Computerstimme, die ihm freundlich erklärte, dass der gewünschte Teilnehmer nicht erreichbar sei.

War es wirklich so undenkbar, dass die Zwanzigjährige einfach nur ihr Handy ausgeschaltet und verschlafen hatte? Vielleicht hatte sie sich lediglich zu Herzen genommen, was er ihr letzte Woche in dem Mitarbeitergespräch zum Abschluss des ersten Lehrjahres geraten hatte: dass sie sich mehr entspannen, hin und wieder mal jung und unvernünftig sein und ihrem Perfektionismus ein wenig entgegenwirken sollte.

Doch so schnell konnte niemand aus seiner Haut, und Linda war die Letzte, die ihren Chef enttäuschen wollte. Bei dem Vier-Augen-Gespräch in Leons Garten hatte sie ihm in blumigen Worten dargelegt, was ihr die Arbeit in der Küche bedeutete und warum sie die schlechtbezahlte Ausbildung einem Studium vorzog, und Leon hatte begriffen, wie wichtig es ihr war, gemocht zu werden. In ihrem Bemühen, charmant zu sein, vergaß sie sogar ihre Schüchternheit.

Leon hatte die Chance genutzt und sie ermutigt, sich mehr gegen Jan-Philipp zur Wehr zu setzen. «Immerhin besitzt du Talent und er nur einen großen Mund.»

Linda hatte leise gekichert, während sie an ihrem Glas Ingwerlimonade nippte und ihre langen dunklen Wimpern niederschlug, die fast schon aufreizend aus ihrem blassen Elfengesicht hervorstachen. Jeder andere hätte ihre Reaktion wahrscheinlich als Anmache ausgelegt, aber Leon kannte sie gut genug, um zu wissen, dass sie nicht vorhatte, ihn zu verführen. Was sie suchte, waren Lob und Harmonie.

Sie saßen unter der windschiefen Tanne auf den rostigen Gartenmöbeln aus rot bemaltem Eisen, die laut Thea «original Sechziger» sein sollten. Wenigstens waren die gestreiften Sitzpolster darauf neu, ohne die man sich an dem abblätternden Lack garantiert die Hosen aufgerissen hätte. Leon fragte sich, ob sich Linda hier wohlfühlte – allein mit ihrem Chef in dessen Garten. Doch er hatte dieses Gespräch nicht im Quellbach führen wollen. Aus Erfahrung wusste er, dass seine Mitarbeiter freier redeten, wenn ein gewisser Abstand zum Arbeitsplatz gegeben war. Natürlich hätte er sich auch an einem öffentlichen Ort, beispielsweise in einem Café, mit ihr verabreden können. Doch die Stadt war nicht groß, und er hatte keine Lust auf die Gerüchte, die eifrig die Runde machen würden, sobald man den verwitweten Koch beim Kaffee mit einer hübschen jungen Frau entdecken würde.

«Wenn du es einmal weit bringen willst, musst du dir abgewöhnen, immer nett zu sein und es allen recht machen zu wollen.» Er hatte das Gefühl, Linda aufrütteln zu müssen. «Das ist eine weitverbreitete Fehlannahme unter jungen Frauen. Durch Fleiß und Ergebenheit kletterst du vielleicht ein, zwei Stufen hinauf, aber du schaffst es nicht ganz nach oben. Natürlich will jeder für seine Leistung Anerkennung, aber manchmal muss man eben auch Ellbogen einsetzen oder – wie man so schön sagt – über Leichen gehen.»

Linda wurde ganz still und starrte ihn schockiert aus ihren großen grünen Augen an.

«Nimm dir ein Beispiel an Beata», fügte Leon hinzu, und sie brachen beide in Lachen aus.

Ein kurzer Pfiff ertönte in seinem Rücken. Als er sich umdrehte, sah er Jack hinterm Gartenzaun stehen. Auch wenn sein Gesicht wie immer durch die Basecap auf seinem Kopf beschattet war, waren sein breites Grinsen und das anerkennende Zwinkern nicht zu übersehen. Leons amerikanischer Nachbar schickte ihm sozusagen ein kumpelhaftes Schulterklopfen über den Zaun, mit dem er seine vermeintlich neue Eroberung kommentierte. Normalerweise mochte Leon Jacks kernige Art, mit der der sportliche Texaner, der bei Wind und Wetter nur im T-Shirt anzutreffen war, immer ein wenig an Lance Armstrong erinnerte. Doch diesmal fand er das aufgesetzte Machogehabe einfach nur schlüpfrig.

«Wir führen ein Mitarbeitergespräch», sagte er laut in Jacks Richtung, wobei seine Klarstellung einen ungewollt ironischen Unterton bekam und alles nur schlimmer machte.

«Aber sicher!», rief Jack vielsagend über den Zaun, und sein Grinsen wurde noch breiter. «Einen schönen Abend noch!» Er wandte sich um und ging zu Marlene, die neben dem geöffneten Kofferraum des Land Rovers darauf wartete, dass er ihr beim Ausladen der Einkäufe half. Sie warf Leon nur einen gequälten Blick zu, und er kannte sie gut genug, um zu wissen, dass sie sich für Jack schämte.

Doch war ihre leise Scham nichts im Vergleich zu dem Unbehagen, das Linda in diesem Moment empfinden musste. Als sich Leon zu ihr zurückdrehte, erschrak er über die Farbe ihres sonst so blassen Teints.

Es hatte ihm leidgetan, sie in diese Lage gebracht zu haben, und das tat es noch immer. Selbst jetzt, während er in der Küche stand und sie ein zweites Mal anzurufen versuchte, war das Gesicht, an das er dabei dachte, leuchtend rot.

So hatte er sie vor der Schule im Garten im Grunde nur einmal gesehen. Und zwar als Lohmann ihr ein zweifelhaftes Kompliment in Bezug auf ihre Kochkünste gemacht hatte. Nach einem opulenten Essen mit Geschäftsfreunden war er in der Küche aufgetaucht und hatte wissen wollen, wer den köstlichen Rehrücken zubereitet hatte. Natürlich war sofort sein Neffe zur Stelle gewesen, um das Lob für sich zu beanspruchen, obwohl er lediglich am Vortag das Fleisch ausgelöst hatte. Doch Leon stellte klar, dass Linda das Fleisch gebraten, gewendet, gesalzen und seine heikle Garzeit überwacht hatte. Lohmann schien die Auszubildende zum ersten Mal wahrzunehmen und musterte sie wohlwollend von oben bis unten. «Dann halt dich mal ran, mein Junge», riet er seinem Neffen. «Wär doch gar nicht verkehrt, wenn diese zauberhafte Küchenfee irgendwann auch an deinem Herd kocht.»

Angewidert erinnerte sich Leon an Lohmanns selbstgefälliges Lachen, Jan-Phillips leere Miene und an den verlegenen und zugleich gedemütigten Ausdruck in Lindas grünen Augen. Und an ihr krebsrotes Gesicht.

Wie aufs Stichwort ließ Leon sein Handy sinken. Ein neues Problem war aufgetaucht, denn er wusste jetzt wieder, was in der Küche fehlte. Er hatte vergessen, Garnelen nachzubestellen.

An diesem Abend war noch mit einigen Gästen zu rechnen. Außerdem musste Lohmann mit Anhang im Jagdsalon verköstigt werden. Der siebzehnte Geburtstag seiner jüngsten Tochter wurde begangen. «Verdammt, die Garnelen werden höchstwahrscheinlich nicht reichen», schimpfte Leon. «Da bleibt wohl nur der Supermarkt.»

Als am Nachmittag Jan-Philipp auftauchte, verabschiedete er sich kurz und zog sich eilig um. Er hatte die Zeit aus den Augen verloren, Thea würde schon auf ihn warten. Er plante, in einer Stunde zurück zu sein.

Draußen kam Lohmann hektisch winkend auf ihn zu. Leon hatte ihm immer noch nicht von dem Mann an den Mülltonnen berichtet, aber Lohmann schien gerade ein dringenderes Problem zu haben.

Das Telefon in Leons Hosentasche vibrierte. Das musste Thea sein, die wissen wollte, wo er blieb. Leon würde sie zurückrufen, sobald er mit Lohmann geredet hatte und wusste, was ihm auf dem Herzen lag.

Es ging um das heutige Geburtstagsabendessen. Wie Lohmann anscheinend erst an diesem Tag erfahren hatte, vertrug seine Tochter keinerlei Milchprodukte. Mit großer Geste entschuldigte er sich, weil er fürchtete, die Küche mit dieser kurzfristigen Information in Bedrängnis zu bringen, aber Leon konnte ihn beruhigen. Sie verfügten über genügend Milchersatzprodukte. In den letzten Jahren hatte sich die Laktoseintoleranz zu einem regelrechten Modetrend entwickelt, auf den nun anscheinend auch Lohmanns Teenagertochter aufgesprungen war.

«Aber für mich bitte nichts von diesem Sojazeugs!», lachte Lohmann erleichtert und verschwand in sein Gasthaus.

Auf dem Weg zum Auto rief Leon Beata in der Küche an und teilte ihr den kurzfristigen Sonderwunsch der Lohmann-Familie mit. Sie war alles andere als begeistert.

Hinter der Lärche, vor der sein Volvo parkte, glänzte ein wunderschöner Steinpilz. Er würde ihn abschneiden, wenn er wiederkam. Jetzt hatte er keine Zeit. Er saß kaum im Auto, als sich seine Tochter erneut meldete. Schon das Klingeln seines Telefons klang genervt.

«Wo bleibst du? Wir hatten Viertel nach drei ausgemacht, und jetzt ist es kurz nach halb vier!», blaffte sie ihn vorwurfsvoll an.

Sie hatte Ferien und den ganzen Tag über nichts Wichtiges zu tun. Trotzdem regte sie sich maßlos über eine Viertelstunde Verspätung auf, weil sie es nicht ertrug, dass man sie warten ließ. In ihrer wütenden Unnachgiebigkeit erinnerte sie ihn oft an Anna.

«Entschuldige, aber ich bin aufgehalten worden. Ich fahre gerade los.» Ihm dagegen gelang es selten, wirklich sauer auf sie zu sein.

«Sicher? Ich habe nämlich keine Lust, noch eine halbe Stunde zu warten.» Auch den Hang zur Übertreibung hatte sie von ihrer Mutter geerbt. «Und die Frau mit dem Tisch hat sicher auch nicht ewig Zeit.»

«Sie ist Rentnerin.»

«Wenn du keine Zeit hast, kann mich auch Marlene fahren. Ich hab sie eben angerufen.»

«Nein, ich bin ja schon auf dem Weg», beschwichtigte Leon und bog vom Waldweg auf die Bundesstraße. «Du kannst Marlene wieder absagen.» Auch das war typisch – sobald Thea aus irgendeinem Grund sauer auf ihn war, musste sie ihm zeigen, dass es auch ohne ihn ging.

Leon gab Gas. Dunkelgrüne Fichten säumten die Straße wie ein dichtes Band. Trotzdem dachte er an die kahlen Buchen. Für ihn stand fest, dass er Thea nichts davon erzählen würde. Marlene und er hatten ihr ohnehin nie gesagt, wo sie die beiden Säcke vergraben hatten.

Mit einem Mal drang der faulige Geruch feuchter Walderde in seine Nase, und in seinen Ohren erklang dröhnendes Motorengetöse. Er sah den Förster und seine Gehilfen vor sich, wie sie mit schwerem Gerät die kranken Buchenstümpfe aus dem Boden rissen und wie die langen, toten Wurzeln das Erdreich aufbrachen und zwischen schweren dunklen Klumpen zwei schmutzige Säcke zutage förderten.

Das Bild verschwamm und wurde von zwei gelben Scheinwerfern im Rückspiegel zerstört, die rasend schnell auf Leon zukamen. Er kniff die Augen zusammen und spannte die Nackenmuskeln an, weil er sich sicher war, dass ihn der andere Wagen im nächsten Moment rammen würde. Doch keinen Wimpernschlag später schoss das Auto hupend an ihm vorbei, das Gesicht des Fahrers erschrocken und wütend zugleich.

Leon atmete tief durch. Der Geruch in seiner Nase verflüchtigte sich, der Lärm ebbte ab. Reglos harrten die Fichten neben der Straße aus. Erst da bemerkte Leon, dass er mitten auf der Fahrbahn stehengeblieben war und das Lenkrad so fest umklammerte, dass seine Fingerknöchel hervortraten.

Bevor der nächste Wagen von hinten heranbrausen konnte, fuhr er langsam an und legte wie in Trance die restlichen Kilometer zu seinem Haus zurück. Als er dort ankam, hatte er das Gefühl, Stunden gebraucht zu haben.

Aber Theas freundliche Begrüßung überzeugte ihn davon,

dass dem nicht so war. Ihre Laune war wie ausgewechselt, als sie sich in ihrem kurzen Jeansrock auf den Beifahrersitz warf und ihn auf die Wange küsste. Aufgekratzt erzählte sie ihm irgendetwas von ihren Freundinnen und von einem Film, während sie ihn durch die Stadt zur Adresse der Rentnerin lotste. Dicke Fransen ihrer gestuften, langen braunen Haare fielen ihr immer wieder in die Augen, sodass Leon nur den lachenden Mund mit den großen weißen Zähnen sah, wenn er zur Seite blickte.

Er stand immer noch neben sich und bekam nicht wirklich viel mit von dem, was sie redete. Aber Thea wunderte sich nicht weiter darüber, weil das im Grunde nichts Neues für sie war. Schließlich gehörte ein mehr oder minder ausgeprägtes Kommunikationsproblem zu einer Beziehung zwischen Vater und älterer Tochter zwangsläufig dazu.

Ihre gute Laune steigerte sich noch, nachdem die beiden den hübschen schwarzen Nierentisch in eine Decke gehüllt in den Kofferraum verladen hatten. Auf der Rückfahrt amüsierte sie sich über die wunderliche alte Frau, die ihr Wohnzimmer mit Eiche rustikal zugestellt hatte, während sie kostbare Schätze der Einrichtungskultur quasi verschenkte.

In der Innenstadt ließ sie Leon vor dem Café halten, in dem sie jobbte. Allein machte er sich auf den Rückweg zum Quellbach. Er stoppte kurz beim großen Einkaufszentrum am südlichen Stadtrand und lud mehrere Packungen mit Garnelen in seinen Einkaufswagen.

Zurück auf dem Parkplatz, entdeckte er ein paar Reihen weiter Marlenes Land Rover. Sie saß auf dem Beifahrersitz, Leon erkannte ihren kurzen blonden Pferdeschwanz. Doch er hatte es eilig und steuerte auf seinen Volvo zu. Da sah er Jack aus dem Einkaufszentrum kommen. Leon lud die Garnelen in den Kofferraum und wartete darauf, dass Jack zu ihm herüberkam. Der Amerikaner ließ sich nie die Gelegenheit für einen Smalltalk entgehen. Aber diesmal grüßte er nur kurz mit erhobener Hand und sprang zu Marlene in den Land Rover. Die beiden schienen es ebenfalls eilig zu haben. Oder Jack war beleidigt, weil Leon ihn in der letzten Woche kühl behandelt hatte, nachdem er sich Linda gegenüber so unmöglich verhalten hatte.

Leon konnte nicht verhindern, dass auf der Fahrt zurück in den Wald erneut ihr vor Scham gerötetes Gesicht vor ihm auftauchte. Obwohl er sich an jenem Nachmittag in seinem Garten ihr gegenüber völlig korrekt verhalten hatte, fühlte er sich schuldig. Es war ein unerklärliches Gefühl, dem mit Vernunft allein nicht beizukommen war. Als hätte ihn jemand mit Linda zusammen beobachtet und ganz und gar nicht gutgeheißen, was er da sah. Selbst jetzt, im Rückblick, war dieses Missfallen geradezu greifbar.

Und so trug er das unerklärliche Gefühl der Schuld mit sich, als er durch das offene Eisentor rollte, seinen Wagen parkte und hinter der Lärche Lindas Leiche fand.

DREI

Im Auto war es kalt geworden. Anna drehte die Heizung auf und stellte das Radio leiser. Das Lied, das gespielt wurde, hatte sie oft gehört, als sie Leon kennengelernt hatte. Es brachte alte Erinnerungen zurück, auf die sie heute keine Lust hatte. Aber sie war zu faul, den Sender zu wechseln. Sie war müde und wollte nur noch nach Hause. Der Tag in der Schule war lang gewesen. Draußen war es bereits stockfinster, obwohl es erst sechs war. Vor fünf Tagen waren die Uhren umgestellt worden, es war Winterzeit, aber sie hatte sich immer noch nicht daran gewöhnt.

Pünktlich mit der Dunkelheit war die Kälte gekommen. Am Mittag hatte es aufgehört zu regnen. Kalter Nordwind hatte die Wolken vertrieben und die letzten Blätter von den Bäumen geblasen, die Temperatur war innerhalb weniger Stunden rapide gefallen. Der Wind hatte am Fenster des Klassenzimmers gerüttelt, und die Kinder hatten die Wirbel aus braunen Blättern bestaunt, bevor sie am Nachmittag in die Pfützen gesprungen waren, auf denen sich eine dünne Eishaut gebildet hatte.

Am Montag hatte Anna einen Termin in der Werkstatt für die Winterreifen. Eigentlich war das Leons Aufgabe, aber seit er arbeitslos war, bekam er den Alltag nicht mehr geregelt, lag nur noch im Bett oder trank. Am Anfang hatte sie geglaubt, das sei nur eine Phase, doch diese Phase dauerte nun schon mehr als ein Jahr an. Denn vor mehr als einem Jahr hatte ein völlig ausgebrannter und abgestumpfter Leon alles dafür getan, dass er seinen Traumjob in einem noblen Wellnesshotel verlor. Er war so überarbeitet gewesen, dass er immer öfter zur Flasche griff und die zwangsläufig folgende Kündigung nur noch mit einem Schulterzucken zur Kenntnis nahm. Danach hatte er sich geschworen, nie wieder auch nur einen Fuß in das ausbeuterische Gastgewerbe zu setzen.

Deshalb war es Anna auch wie ein Wunder vorgekommen, dass sich dieses Hamburger Restaurant eine Woche zuvor gemeldet und Leon zu einem Gespräch eingeladen hatte. Wenn es sein musste, wäre sie mit ihm und Thea bis nach Norwegen gegangen. Hauptsache, er wurde wieder der Alte und gab seinem Leben einen neuen Sinn. In einer guten Stunde würde sein Vorstellungsgespräch beginnen. Anna hätte ihm jetzt schon die Daumen gedrückt, wenn ihre Finger nicht das Steuerrad umschlossen hätten.

Ihre Augen konzentrierten sich auf den weißen Mittelstreifen. Nur er bot Orientierung in diesem finsteren Waldabschnitt. Entgegenkommende Autos gab es kaum, und auch hinter ihr fuhr niemand. Sie hatte das Gefühl, in einer Kapsel durch ewige Dunkelheit zu reisen. Die langen, dicht stehenden Fichten rechts und links des Wegs schienen sich über dem Dach ihres Wagens zu vereinen und einen endlosen schwarzen Tunnel zu formen.

Am Morgen hatten sie sich gestritten. Leon war schlecht gelaunt gewesen und hatte lustlos gewirkt. Sie hatte ihm vorgeschlagen, besser gleich zu Hause zu bleiben, als dermaßen unmotiviert zu einem Vorstellungsgespräch zu fahren. Nachdem er weg gewesen war, hatte ihr ihr Sarkasmus leidgetan, denn sie wusste, dass ihn der erlittene Burn-out an den Rand einer Depression getrieben hatte und ihn die Vorstellung, mitsamt Familie in die ferne Großstadt überzusiedeln, momentan überforderte.

Die Straße stieg leicht an, und sie gab Gas. Straßenschilder warnten vor der kurvigen Strecke und forderten dazu auf, die Geschwindigkeit zu drosseln, aber Anna fuhr diese Strecke nicht zum ersten Mal. Das Lied im Radio wurde vom Verkehrsfunk unterbrochen. Eine monotone Männerstimme berichtete von Unfällen in der gesamten Gebirgsregion aufgrund von gefrierender Nässe. Auf dem Brocken hatte es innerhalb weniger Stunden zehn Zentimeter geschneit. Anna stellte das Radio wieder lauter, der Motor dröhnte, und es ging noch ein Stück bergauf.

Als sie die Bergkuppe erreichte, schloss der Mann mit der Bitte an alle Autofahrer, vorsichtig zu fahren. Der Tunnel aus Ästen brach auf, die Bäume wichen zurück. Die Straße durchschnitt eine breite Lichtung. Über Anna tat sich der Sternenhimmel auf, so plötzlich und zauberhaft, dass es unwirklich schien. Wie eine funkelnde Kuppel überspannte er den Wald. Sie ging vom Gas und ließ das Fenster herunter. Ihr war warm geworden, und dankbar atmete sie die klirrende Kälte ein, die ihr wie tausend kleine Nadeln in der Lunge stach. Ob Leon an diesem Abend im Norden dieselben Sterne sah? Sie wünschte ihm so sehr, dass es mit dem neuen Job klappte. Sie wünschte es ihm auch für sich und für Thea.

Per Knopfdruck schloss sie das Fenster. Vorne, am Ende der Lichtung, ging es wieder bergab. Bis nach Hause war es nicht mehr weit. Sie beschleunigte den Wagen und fuhr auf die Silhouette des Waldes zu, der sich wie ein schwarzer Schlund vor ihr auftat.

Die Straße beschrieb eine Rechtskurve, und Anna trat auf die Bremse. Der Wagen reagierte nicht. Er schlitterte weiter geradeaus, sodass sie versuchte gegenzusteuern. Das Auto machte eine halbe Drehung, bevor es mit dem Heck die Leitplanke auf der Gegenfahrbahn durchschlug. Die Hinterräder sackten in den Graben dahinter. Das Fahrzeug bäumte sich auf, und Anna blickte durch die Windschutzscheibe steil hinauf zum letzten Mal in den Sternenhimmel.

Leon riss die Augen auf. Er schnappte nach Luft wie ein Schiffbrüchiger, der sich an ein viel zu kleines Stück Holz klammerte. Das Gefühl zu ertrinken ließ ihn hochschießen. Er saß in seinem Bett und starrte in die Schwärze des Schlafzimmers.

Er sah Annas bleiches Gesicht vor sich, das Blut, das ihr aus der Nase und die Schläfe hinabrann, die verkrusteten Haarsträhnen in ihrer Stirn. So musste sie im Auto geklemmt haben, stundenlang, während ihr Herz noch schlug und ihr niemand zu Hilfe kam. Auch nach Jahren träumte er noch regelmäßig davon, wie Annas letzte Autofahrt verlaufen sein mochte. Wobei dieser Traum fast immer gleich war und nur in Nuancen variierte.

Die Polizei hatte den Unfall rekonstruiert und herausgefunden, dass Annas Wagen am 1. November 2013 gegen 18.10 Uhr wenige Meter unterhalb der Kuppe des Hirschbergs auf der vereisten Fahrbahn ins Schleudern geraten war, rückwärts die Leitplanke durchbrochen hatte und seitlich den Abhang hinuntergerutscht war, wobei er sich einmal überschlagen und vier dünne Birken umgeknickt hatte, bevor er gegen den dicken Stamm einer Fichte geknallt und zum Stehen gekommen war.

Die Polizei sagte damals, dass es großes Pech gewesen sei, dass in diesem Moment kein anderes Fahrzeug in der Nähe und der Unfallwagen von der Straße nicht zu sehen gewesen war. Die zerfetzte Leitplanke allein habe die wenigen Fahrer, die sich später an diesem Abend auf die Landstraße getraut hatten, nicht anhalten lassen. Erst am folgenden Vormittag hatte ein Wandererpaar das verunglückte Auto unterhalb der Straße zwischen den Bäumen entdeckt.

Es war großes und sozusagen besonderes Pech gewesen, denn – so hatte die Polizei in ihrer nüchternen Art gesagt, die der Wahrheit verpflichtet war und nicht dem Seelenheil der Angehörigen – Anna war nicht an ihren Verletzungen gestorben. Sie hatte noch gelebt. Mindestens sechs Stunden hatte sie tapfer mit dem Tod gerungen, bevor sie, eingeklemmt in dem zertrümmerten Wagen, erfroren war.

Leon fuhr sich über die heiße Stirn. Schweiß rann ihm den Rücken hinab, und er trat die Bettdecke beiseite. Allerdings gab es eine Frage, die ihm die Polizei bis heute nicht beantwortet hatte. Was, verdammt noch mal, hatte Anna an jenem Freitagabend auf dieser einsamen Straße im Wald gemacht? Wo war sie zuvor gewesen? Woher war sie gekommen?

Während er damals in einem vierhundert Kilometer entfernten Hotelzimmer gehockt hatte, nur mit sich beschäftigt und damit, bei dem bevorstehenden Gespräch einen möglichst guten Eindruck zu hinterlassen, war Anna so stark eingequetscht worden, dass es ihr die Hüfte zertrümmert hatte. Während er mit dem Inhaber eines Hamburger Edelrestaurants über Menüfolgen, die neue ursprüngliche Küche und vergessene landestypische Produkte gefachsimpelt hatte, war Anna wimmernd aus ihrer Ohnmacht erwacht, von einer Welle des Schmerzes überspült worden und hatte ungläubig in den dunklen Wald gestarrt. Und während er nach dem offiziellen Gespräch noch mit dem Restaurantinhaber bei mehr als einem guten Glas Rotwein über Gott und die Welt geplaudert hatte, waren Anna allmählich die Sinne geschwunden.

Leon hievte sich aus dem Bett, und ihm wurde schwindlig. Rote Punkte tanzten vor seinen Augen, sodass er auf die Matratze zurücksank. Er tastete nach dem Schalter der Nachttischlampe. Im Zimmer wurde es hell, und die roten Punkte verschwanden. Doch auch die Helligkeit schaffte es nicht, diesen Albtraum zu vertreiben, denn dieser Traum war wahr. Leon starrte auf den Kleiderschrank vor dem Bett und sah Anna. Anna, wie sie gefangen in einem Wrack aus Blech um ihr Leben kämpfte, wie sie flüsternd um Hilfe schrie.

Die Wanduhr in der Küche zeigte Viertel nach drei in der Nacht. Kraftlos stellte er die heiße Tasse Kaffee auf dem leeren Tisch ab. Er zog einen Stuhl darunter hervor, und ein schrilles Kratzen hallte durch das einsame Haus. Leon setzte sich und blickte sich um. Nichts deutete darauf hin, dass dieses Haus bewohnt war. Alles war sauber und ordentlich, kein herumstehendes, schmutziges Geschirr, keine Krümel auf dem Boden, keine Kaffeeringe auf der Arbeitsfläche. Thea war so selten zu Hause, dass sie kaum noch die Küche benutzte, und er selbst aß so gut wie immer im Quellbach. Das Haus einer Familie sah anders aus.

Der laute Gong der Türglocke ließ ihn zusammenzucken. Das konnte nur seine Tochter sein, die ihren Schlüssel verlegt hatte. Nein, sie hatte gesagt, dass sie bei einer Freundin übernachtete. Dann musste es die Polizei sein. Vielleicht hatten sie Lindas Mörder gefunden. Er zog sich die Hose über, die noch im Flur lag, erhaschte im Spiegel einen Blick auf sein ausgewaschenes T-Shirt und seine verstrubbelten Haare und öffnete die Tür.

«Entschuldige», sagte Marlene verlegen, «aber ich habe Licht in deiner Küche gesehen und dachte, dass du vielleicht nicht schlafen kannst.» Ihr Gesichtsausdruck war besorgt, und Leon ahnte, dass sie Bescheid wusste. Das Krankenhaus war eine bessere Informationsquelle als jede Presseagentur.

«Was ist mit *dir*? Warum kannst *du* nicht schlafen?», fragte er. Marlene sah nicht so aus, als ob sie überhaupt versucht hätte zu schlafen. Sie trug eine gelb gepunktete Bluse und einen weißen Rock und war damit um diese Uhrzeit sicherlich die bestgekleidete Person in der ganzen Stadt.

«Die blöde Schichtarbeit. Du weißt doch, seit ich vierzig bin, stecke ich das nicht mehr so gut weg.»

«Das sagen andere vom Trinken.» Er hielt ihr die Tür auf, und der warme Atem der lauen Sommernacht strömte ins Haus. Für den Bruchteil einer Sekunde rief der satte Geruch Erinnerungen und Sehnsüchte wach, die in krassem Gegensatz zu Leons momentanen Gefühlen standen.

Marlene bemerkte seine Verwirrung. «Du hast sie gefunden, nicht wahr?», fragte sie leise, während sie in die Küche vorausging.

Leon war froh, dass Thea bei einer Freundin übernachtete. So würde sie frühestens gegen Mittag von dieser schlimmen Geschichte erfahren. «Ja, genau vor meinem Parkplatz.» Er setzte sich wieder auf den Stuhl und umklammerte die warme Tasse.

Marlene ließ sich ihm gegenüber nieder. Sie schien nach Worten zu suchen.

«Aber warum genau da? Warum saß sie genau vor meinem Auto?», sprach er mehr zu sich selbst als zu ihr. «Meinst du, das war Zufall?» Er ahnte, dass auch sie die Antwort darauf nicht kannte.

Sie sah ihn mit großen Augen an und zuckte die Schultern.

Leon fragte sich, was sie über Lindas Leiche wohl schon

gehört hatte. «Ihr Mörder wollte, dass sie gefunden wird», redete er weiter und bemühte sich, ruhig zu bleiben. «Sonst hätte er sie nicht dorthin gesetzt. Und erst recht nicht in dieser … dieser …», ihm fiel kein passendes Wort ein, «… fürchterlichen Aufmachung!»

Marlene nickte, ihr kurzer blonder Pferdeschwanz wackelte auf und ab, aber Leon bezweifelte, dass sie wirklich verstand. Sie konnte nicht im Geringsten nachvollziehen, was er gesehen hatte. Doch warum sollte er es ihr beschreiben? Wem würde das nützen? Es reichte, wenn er diese Bilder sein Lebtag nicht mehr aus dem Kopf bekam.

«Es tut mir so leid für dich», sagte sie bestürzt, die Hände flach auf dem Tisch, und Leon hatte ein Déjà-vu. Es war nicht das erste Mal, dass sie einander an diesem Tisch gegenübersaßen und gemeinsam versuchten, gegen Angst und Trauer anzukämpfen.

Er stand auf. «Kann ich dir einen Kaffee machen?»

«Danke, davon hatte ich schon zu viel. Ein Tee wäre mir lieber. Kamille, wenn du hast.» Sie legte die Hand auf den Bauch. «Mein Magen spielt gerade nicht so mit.»

Auch damals hatte er ihr Tee gemacht. Vor vier Jahren, als das mit seiner Tochter passiert war. Bevor sich Marlene ein Herz gefasst und die Sache mit den Säcken in die Hand genommen hatte. Weil es nicht gerecht wäre, wie sie gesagt hatte, wenn das Leben einer Vierzehnjährigen vor die Hunde ginge. Wenn eine kleine Familie zerstört würde.

Und auch an jenem Samstag, der noch weiter zurücklag, inzwischen fast fünf Jahre, hatten sie auf denselben Stühlen gesessen und verzweifelt den Kopf geschüttelt über die grausame Willkür des Schicksals. Beschämt hatte Marlene gestanden, wie nett sie den Abend verbracht hatte, an dem Anna in ihrem Auto erfroren war. Das Glatteis, das Anna das Leben gekostet hatte, hatte Marlene eine neue Freundschaft beschert. Sie war mit dem Bus spät von der Arbeit gekommen und hinter der Haltestelle so schlimm gestürzt, dass sie sich beide Knie aufgeschlagen und an der Stirn verletzt hatte. Ihre Nachbarin Luise Scheffler, eine großgewachsene ältere Dame, hatte ihr aufgeholfen, sie auf dem Heimweg gestützt und anschließend bei sich zu Hause verarztet und mit heißem Tee versorgt.

«Wir haben viel erzählt und gelacht. Davor kannte ich ja nur ihren Mann, Oberarzt Scheffler. Der saß wegen der Glätte in der Klinik fest, und seine Frau fand die Aussicht, dass er dort übernachten müsste, ziemlich amüsant», hatte Marlene mit stockender Stimme erzählt. «Beim Abschied habe ich zu ihr gesagt, dass sie bald einmal zu mir kommen muss. Und dass ich dann auch Anna einlade, damit die beiden einander kennenlernen.» Ein Schluchzen schüttelte sie. «Während Anna da oben lag, hatte ich einen netten Abend!»

Leon hatte damals genau verstanden, wovon sie sprach. Auch er hatte einen schönen und erfolgreichen Tag gehabt. Und er hatte Anna nicht einmal angerufen oder ihr auch nur eine Nachricht geschickt, um ihr zu berichten, dass das Gespräch bestens gelaufen war. Es war seine billige Rache nach ihrem Streit am Morgen gewesen. Stattdessen hatte er in einer schicken Bar teuren Wein getrunken und mit dem Inhaber des Nobelrestaurants über die neusten kulinarischen Trends geplaudert. Erst der verstörte Anruf seiner Tochter, die wissen wollte, warum ihre Mutter um neun Uhr abends immer noch nicht zu Hause war, hatte ihn in die grausame Realität zurückkatapultiert.

Marlene hatte ihn damals am Küchentisch vorsichtig gefragt, was er tun würde, wenn er den Job bekäme, und er hatte gezögert. Der Restaurantinhaber hatte ihm signalisiert, dass er den Job so gut wie in der Tasche hätte. Er hatte nur noch einmal mit seinem Team sprechen und sich dann bei Leon melden wollen.

«Also würdest du mit Thea von hier weggehen, wenn du den Job kriegst?»

«Ich hab keine Ahnung.»

«Und was, wenn er sich nicht meldet? Oft halten diese Leute nicht Wort oder überlegen es sich doch noch anders?»

«Dann soll es so sein. Dann hat er mir die Entscheidung abgenommen.»

Mit einem Klick schaltete sich der brodelnde Wasserkocher ab, und Leon bemerkte, dass er die ganze Zeit untätig am Küchenschrank gelehnt hatte. Marlene sah zu ihm hin, doch ihr Blick ging durch ihn hindurch ins Leere.

Sie hatte recht behalten. Der Mann aus Hamburg hatte sich nicht mehr gemeldet. Thea und Leon waren geblieben. Marlene hatte Leon die Stelle im Quellbach verschafft, nachdem sie Lohmann im Krankenhaus kennengelernt hatte, wo er mit Verdacht auf Herzinfarkt lag. Sie hatte sich um Leon gekümmert, selbst dann noch, als sie schon mit Jack zusammen war. Wahrscheinlich hatte auch sie bis heute ein schlechtes Gewissen.

«Woran denkst du?», fragte sie.

An Anna. Natürlich an Anna. Er dachte immer an sie. Und er dachte daran, wie Marlene und er zwei Tage nach Annas fünfunddreißigstem Geburtstag, kein Vierteljahr vor ihrem Tod, in dieser Küche gesessen hatten, peinlich berührt und mit betretenen Gesichtern. Auf Annas Feier hatte er Marlene geküsst. Im Nachhinein konnte keiner der beiden mehr sagen, wie es dazu gekommen war.

Es war irgendwann nach Mitternacht gewesen, in Marlenes Garage, als Anna mit ein paar Freunden lachend am Gartentor stand, um einem Paar hinterherzuwinken, das in seinem nagelneuen Cabrio davonbrauste. Leon und Marlene hatten bereits begonnen aufzuräumen und gemeinsam Marlenes Klapptisch zu ihr nach Hause zurückgebracht. In der schlecht beleuchteten Garage war es eng gewesen, Marlene war gestolpert, er hatte sie festgehalten, sie hatten sich umarmt. Es war ein schöner Kuss gewesen, lang und zärtlich. Aber kaum war er vorbei gewesen, hatte sich Leon gefragt, was nur in ihn gefahren war.

Am nächsten Tag waren sie einander aus dem Weg gegangen. Leon vermied es den ganzen Tag, raus in den Garten zu gehen, obwohl es ein herrlicher Sommertag war. Gegenüber Anna behauptete er, Kopfschmerzen zu haben. Irgendwann wurde ihm klar, dass das nicht ewig so gehen konnte. Sie waren Nachbarn, Marlene war seit der Schulzeit eng mit Anna befreundet. Sie mussten die Dinge wieder geraderücken. Und so gab er sich am Montagvormittag, als Anna arbeitete und Thea in der Schule war, einen Ruck und bat Marlene um ein Gespräch.

Der Einstieg war alles andere als leicht gewesen. Er suchte nach den richtigen Worten, wollte Marlene nicht verletzen. Doch dann fing sie einfach an zu lachen. Sie bekam einen richtigen Lachkrampf, und Leon, der sich erst über ihre Reaktion wunderte, ließ sich anstecken, bis auch ihm die Tränen in die Augen traten. Damit war das Eis gebrochen. Sie versicherten einander, dass der Kuss nichts zu bedeuten hatte. Dass sie beide zu viel getrunken hatten und die sternenklare Sommernacht anscheinend ihre Hormone hatte verrücktspielen lassen. Danach war die Sache kein Thema mehr gewesen.

Sie hatten nie wieder darüber gesprochen, und Leon vermutete, dass Marlene das Ganze, ebenso wie er selbst, als verspätete Jugendsünde betrachtete. Dennoch hatte ihn später das Gefühl beschlichen und seither nie mehr losgelassen, dass dieser Kuss schuld an Annas Tod war. Er wusste, dass diese Annahme dumm war, trotzdem kam er nicht dagegen an. Sie entstammte einem düsteren Aberglauben, der sich unauslöschlich in sein Herz gebohrt hatte.

Leon suchte noch immer den Kamillentee. Hinter der dritten Schranktür endlich fand er die Packung. Thea und er tranken das gelbliche Gebräu nur, wenn sie ernsthaft krank waren. Er hängte einen Beutel in eine große Tasse.

«Glaubst du, der Mord an Linda hat etwas mit mir zu tun?», fragte er und griff nach dem Wasserkocher.

Marlene schien zu überlegen. «Na ja, ihr habt zusammengearbeitet ...», antwortete sie ausweichend, und Leon ahnte, worauf dieser harmlos wirkende Satz hinauslief.

Ungeschickt stieß er mit dem vollen Wasserkocher gegen die Tasse, die gefährlich schwankte. Er fing sie gerade noch auf und kippte sich dabei einen Schwall heißes Wasser über die Hand.

«Jetzt schau mich nicht so an!», herrschte er Marlene an. Genau so hatte ihn gestern Abend der Polizist im Quellbach angesehen, bevor er, anders als Marlene, jene Frage gestellt hatte, die sich anscheinend jedem in diesem Zusammenhang automatisch aufdrängte. «Ja, wir haben zusammengearbeitet, und nein, wir hatten kein Verhältnis! Wir haben tatsächlich nur zusammengearbeitet. Langsam reicht es mir, dass jeder sofort vermutet, dass ich was mit ihr hatte.»

«Entschuldige, Leon», meinte Marlene und machte es damit nicht besser. Es war eine Angewohnheit von ihr, sich immer für alles zu entschuldigen. Doch damit erreichte sie nur, dass Leon sich schuldig fühlte.

«Kein Problem, war nicht so gemeint. Ich wollte dich nicht anschreien.» Er wischte das verschüttete Wasser auf, stellte ihr den Kamillentee hin und setzte sich zu ihr an den Tisch. «Es ist nur alles so unerklärlich. Ich fahre am Nachmittag für eine Stunde in die Stadt, und als ich zurück zum Quellbach komme, sitzt da ein totes Mädchen.»

«Kann es nicht sein, dass sie schon vorher dort war und du sie einfach nicht gesehen hast?»

«Nein.» Das hätte er gerne geglaubt, aber so war es nicht gewesen. Er schüttelte vehement den Kopf. «Ich erinnere mich, dass ich, als ich losgefahren bin, vor meinem Parkplatz einen großen Steinpilz im Wald entdeckt habe. Und als ich zurückkomme und ihn abschneiden will, sehe ich da dieses Reh.»

«Welches Reh?»

Leon atmete laut aus. Sie würde es sowieso erfahren. Früher oder später würden sämtliche Einzelheiten – allen voran die besonders grausamen – an die Öffentlichkeit gelangen, und jeder in der Stadt wüsste Bescheid. Also erzählte er es ihr. Er erzählte ihr, dass Linda buchstäblich in der Haut eines Rehs gesteckt und der Mörder ihr fast alle inneren Organe entnommen hatte.

«Er hat sie aufgebrochen, wie es in der Sprache der Jäger so schön heißt», erklärte er und fühlte eine Mischung aus Ekel und Wut.

Kreidebleich nippte Marlene an ihrem heißen Tee. «Das heißt, der Mörder hatte ungefähr eine Stunde, um die Tote zu deinem Parkplatz zu schaffen und dort so abzulegen, dass du sie entdeckst.»

Leon nickte. Er verstand, dass Marlene lieber wieder zu den sachlichen Details zurückkehrte.

«Wo bist du in der einen Stunde gewesen?»

«Du weißt doch, dass ich Thea mit diesem Tisch geholfen habe. Sie hat dich noch angerufen, weil sie Angst hatte, dass ich sie versetze. Danach war ich noch schnell im Einkaufszentrum an der Erlenstraße.» Ihm fiel ein, dass er Marlene auf dem Parkplatz gesehen hatte. «Ich hab dich im Auto gesehen.»

Sie sah ihn erstaunt an. «Wo war das? Ich hab dich nicht gesehen.»

Er winkte ab. «Ich hatte es eilig, musste schnell zum Quellbach zurück.»

Das war gegen fünf gewesen. Gänsehaut kroch Leon den Rücken hinab. Vielleicht war der Mörder an ihnen beiden vorbeigefahren, war ihnen vom Quellbach entgegengekommen, nachdem er sein scheußliches Kunstwerk vollendet hatte.

Marlene blickte auf seine Hände, die die leere Kaffeetasse umklammert hielten. Besorgt strich sie über sein linkes Handgelenk, hielt kurz vor dem Handrücken inne. «Du hast dich verbrannt.»

Erstaunt entzog er ihr die Hand und sah auf den breiten roten Fleck oberhalb der Fingerknöchel, auf dem sich mehrere Bläschen gebildet hatten. «Das war nur ein Spritzer Teewasser», meinte er und wunderte sich, dass er kaum Schmerz gespürt hatte. «Sieht schlimmer aus, als es ist.»

«Das muss behandelt werden, sonst hört es nicht auf zu brennen und kann sich entzünden. Hast du eine Salbe im Haus?» Marlene stand auf. «Oder warte, ich hole dir eine von drüben.»

«Nein, danke, lass nur. Das wird schon wieder.» Er versuchte sich an einem Lächeln und ging an Marlene vorbei in den Flur, wo er seine Schuhe anzog. «Ich kenne mich schließlich mit Brandverletzungen aus. Die Küche ist ein gefährlicher Arbeitsplatz, wie du weißt.»

«Wo willst du hin?», fragte Marlene.

«Ich brauch ein wenig frische Luft.»

«Du willst spazieren gehen? Im Wald?»

Er sah ihr an, dass sie nicht begreifen konnte, wie es ihn jetzt, mitten in der Nacht, dorthin zog. Dass sie sich fragte, wie er nach allem, was passiert war, durch den dunklen Wald gehen konnte, wo er vor nicht einmal vierundzwanzig Stunden die geschändete Leiche einer Kollegin entdeckt hatte. Dass sie nicht fassen konnte, dass er keine Angst verspürte.

Aber er hatte ja Angst, mehr als sie ahnte. Nur hatte er das Gefühl, dass er sich dieser Angst stellen musste – wie ein Reiter, der vom Pferd gefallen war und schnell wieder aufstieg, bevor die Furcht immer größer werden und ihn davon abhalten konnte. Leon wollte den Wald von seiner gewohnten, friedvollen Seite erleben. Als könnte er so die hässlichen Bilder übermalen und verdrängen.

VIER

Er lief und lief, bis sein Kopf völlig leer war. Die Nacht war hell, der Himmel glänzte wie poliertes schwarzes Leder. Leon hörte nur sein eigenes Schnaufen und den rhythmischen Klang seiner Schritte, der von einem dichten Teppich aus Fichtennadeln gedämpft wurde. Es hörte sich an, als wäre der Waldboden hohl.

Die vollkommene Einsamkeit zwischen den stummen Bäumen ließ Leon zur Ruhe kommen und gab ihm neue Kraft. Nicht selten drehte er noch nachts nach Feierabend, bei sternenklarem Himmel oder Vollmond, eine Runde durch den Wald, weil er zu Hause in seinem Bett ohnehin nicht in den Schlaf fand. Bis auf Thea wusste niemand von seinen nächtlichen Streifzügen. Seine Tochter kümmerte sich nicht weiter um seine Abwesenheit. Seit sie volljährig war und tun und lassen konnte, was sie wollte, gestand sie auch ihrem Vater eine gewisse Unabhängigkeit zu.

Alle anderen dagegen hätten sicherlich nur den Kopf geschüttelt. Mehr als einmal hatte Leon zu hören bekommen, dass er mehr unter Leute müsse. Erst neulich hatte ihm Jack bei einem Bier einen Vortrag gehalten. Mit Anfang vierzig stehe Leon gerade mal in der Mitte des Lebens, sei im besten Alter. Er solle nach vorn blicken, nicht immer nur zurück. Natürlich sei es wichtig, sich Zeit zum Trauern zu lassen, aber … Und so weiter und so weiter.

Spätestens an diesem Punkt schaltete Leon immer ab.

Denn er wusste längst, was ihm die anderen damit zu verstehen geben wollten. Er habe lange genug getrauert und solle sich, bitte schön, endlich eine neue Frau suchen. Wie oft hatte er schon gehört, dass er aufhören solle, Trübsal zu blasen. Schließlich sei er optisch durchaus vorzeigbar, habe eine anständige Arbeit, und es gäbe genug Interessentinnen, die längst ein Auge auf ihn geworfen hätten.

Wie viele gutgemeinte Ratschläge hatte er sich wohl in den letzten fünf Jahren anhören müssen? Doch er nahm es niemandem übel. Jeder, der einem Trauernden Trost spenden wollte, bemühte sich doch, einen versöhnlichen Ausblick in die Zukunft zu geben. Keiner wollte sagen: Das wird nicht wieder, denn so große Wunden kann auch die Zeit niemals ganz heilen.

Der Wald war für Leon eine zweite Haut geworden, wie eine Schutzhülle, ein Verband, den er anlegen konnte, wenn die Wunde zu sehr schmerzte. Nach einer knappen halben Stunde überquerte er einen Forstweg und betrat einen lichten Laubwald. Die Sterne am Himmel verblassten. Wie spät war es inzwischen? Leon hatte weder Uhr noch Handy dabei. Er schätzte, dass es halb fünf war, vielleicht später. Die Nacht zog sich zurück und überließ dem anbrechenden Morgen das Feld. Eine Ringeltaube begann zu gurren, noch leise, so als wollte sie die anderen Bewohner des Waldes nicht wecken.

Leon brauchte eine Pause und blieb stehen, sofort schnurrte die angenehme Leere in ihm zusammen. Er roch das Tau auf dem Moos, den Dunst der verschlafenen Bäume. Pochend machte sich die Verbrennung auf seinem Handrücken bemerkbar. Gedanken stürmten heran und mit ihnen die Furcht. Das friedvolle Gefühl, das er im Wald gesucht hatte, wollte sich nicht einstellen. Die schwarzen Bäume um ihn herum wirkten mit ihren langen Ästen wie feindselige Riesen, die ihre Tentakel nach ihm ausstreckten. Sie schienen in einer vorgetäuschten Reglosigkeit zu verharren und nur auf eine Unachtsamkeit seinerseits zu warten, um sich auf ihn zu stürzen. Er wagte kaum zu blinzeln, aus Angst, sie damit zum Leben zu erwecken.

Erst jetzt bemerkte er, wo er sich befand. Er war etwa drei Kilometer östlich vom Quellbach. Im Wald der versehrten Eichen. So hatte er diesen Flecken vor ein paar Jahren im Stillen getauft, als ihm aufgefallen war, dass mehr als ein Dutzend Bäume seltsame Verletzungen aufwiesen. Wann war das gewesen? Er hatte keine Ahnung, aber er wusste, dass Anna damals noch gelebt hatte. Ihm fiel ein, dass er sogar Martin Gehler einmal darauf angesprochen hatte. Doch der nicht gerade gesprächsfreudige Förster hatte nur desinteressiert mit den Schultern gezuckt und etwas von ganz natürlichen Alterungsprozessen gefaselt.

Ungläubig sah Leon sich um, wanderte von Baum zu Baum und stellte fest, dass nicht mehr nur Eichen betroffen waren. Im Laufe der Zeit waren andere Baumarten hinzugekommen. Was ging hier vor sich? Das Nachtschwarz über ihm verwandelte sich in dunkelblauen Samt, der kurz darauf als königsblaue Kuppel erstrahlte. Längst war das Taubengurren in dem vielstimmigen Gezwitscher eines riesigen Vogelorchesters untergegangen. Die blaue Stunde war angebrochen, jene nicht greifbare Zeit zwischen Finsternis und Sonnenaufgang, in der sich Leon seit jeher wie ein Traumwandler fühlte.

Doch an diesem Morgen wandelte er durch einen Albtraum. Er schritt durch ein unwirkliches Lazarett amputierter Bäume, die sich auf wundersame Weise noch irgendwie am Leben hielten.

Auf einer hektargroßen Fläche entdeckte er immer mehr

verschorfte Wunden, dort, wo dicke Äste abgeschlagen, breite Löcher in den Stamm getrieben, Wurzelbeine abgehackt worden waren. Wer hatte die Bäume derartig geschändet? Einige der verkrüppelten Bäume hatten es augenscheinlich nicht geschafft. Ihre Lebensader war gekappt worden, der letzte Saft aus ihren Zweigen gewichen. Verdörrt, zerborsten und umgestürzt, warteten die toten Stämme darauf, dass die Jahre sie zersetzten oder der Förster vorher kurzen Prozess mit ihnen machte.

Tiere konnten das nicht gewesen sein, denn viele der Wunden waren so weit oben, dass weder Wildschweine noch Rehe oder Hirsche sie verursacht hatten. Genauso wenig konnte der Wind der Schuldige sein, denn dieser Flecken Wald lag an einem geschützten, flach abfallenden Südhang. Anders als bei reinen Fichtenbeständen waren die unterschiedlichen Laubbäume hier natürlich gewachsen und hatten sich so ausgebreitet und ihre Kronen so geformt, dass sie auf optimale Weise Sonne, Eis und Sturm trotzen konnten – klein neben groß, schmal neben dick, genügsam neben ausladend. Auch Schädlinge schieden als Verursacher aus, denn dafür glichen die verletzten Stellen einander zu wenig.

Das Ganze schien ein bizarres Mysterium. Aufgewühlt betrachtete Leon die offenen Stellen und hässlichen Narben. Harziger Baumsaft war wie dickes Blut herausgesickert und auf der Rinde getrocknet. Überall versuchten Bäume, ihre Wunden zu verschließen, indem sie neues Gewebe bildeten. Es war grob und uneben und führte zu Verwerfungen, die Geschwülsten glichen.

Leon näherte sich einer sterbenden Eiche am Rand des Wanderpfads, als er spürte, dass er nicht allein war. Erst war es nur ein Gefühl, ähnlich einem kalten Hauch, dann hörte er ein leises Knacken. Er verharrte wie angewurzelt, wagte kaum, den Kopf zu drehen.

Dreißig Meter hinter ihm, dort, wo der Hang in eine sanfte Kuppe überging, bewegte sich ein dunkelgrauer Schatten. Er verschwand hinter einem Baum, und Leon atmete leise aus. Doch noch bevor er wieder Luft holen konnte, hob sich der Schatten erneut vor dem blauen Himmel ab und setzte sich wieder in Bewegung. Bis zum nächsten Baum.

Wer war das? Was tat er da? Im ersten Moment dachte Leon, dass sich dort jemand vor ihm versteckte, im Schutz der Bäume Deckung suchte. Aber immer wieder tauchte der Schatten auf, legte ein paar Schritte zurück, nur um neben einem anderen Stamm haltzumachen. Genau wie Leon eben ging er von Baum zu Baum.

Mit angehaltenem Atem beobachtete Leon die menschliche Gestalt, die allmählich näher kam. Es sah fast so aus, als betastete sie die Bäume. Leon verstand nicht, was das sollte. War das der Förster? Nein, Gehler hatte eher eine gedrungene Statur, diese Person hingegen war größer und schlanker und bewegte sich eigentümlich.

Leon zwang sich dazu, so reglos wie ein Baum dazustehen, obwohl er innerlich bebte. Was, wenn die Gestalt etwas mit Lindas Tod zu tun hatte? Was, wenn sich ihr Mörder gerade auf ihn zubewegte?

Ein ohrenbetäubendes Gezeter erschreckte ihn. Über ihm auf einem Ast erkannte er die Silhouette eines Eichelhähers. Der Wächter des Waldes schlug Alarm. Anscheinend hatte er in der Dämmerung eine Bedrohung entdeckt.

Als Leon zurück in Richtung des Fremden blickte, gefror ihm das Blut in den Adern. Aus dem vagen Schatten war der deutliche Umriss eines Menschen geworden, der keine dreißig

Schritte von ihm entfernt stand. Auch wenn er die Augen des anderen nicht sehen konnte, wusste er, dass sie ihn anstarrten.

«Wer sind Sie? Was machen Sie hier?» Leon versuchte, seiner Stimme einen beherzten Klang zu verleihen, aber er schaffte es nicht, das Zittern darin zu verbergen.

Trotzdem reichten seine Worte aus, um den anderen in die Flucht zu schlagen. Ungelenk drehte dieser sich um und stürzte holpernd davon. Es wäre nicht schwer gewesen, ihn zu verfolgen. Doch Leons Beine dachten nicht im Traum daran. Wie gelähmt stand er da, unfähig, auch nur einen Zeh zu bewegen.

Anders als seine Gliedmaßen arbeitete sein Kopf auf Hochtouren. Mehr als eine lange Hose, eine grobe, unförmige Jacke und wirres, langes Haar hatte Leon nicht gesehen. Dennoch kannte er diesen Menschen, seinen staksigen Gang, die vornübergebeugten Schultern. Es war derselbe Mann, der sich mitten in der Nacht an den Mülltonnen im Quellbach zu schaffen gemacht hatte und danach ins Dunkel der Bäume gehastet war.

So plötzlich, wie er gekommen war, schien der Mann verschwunden. Leon hatte das Gefühl, einem Gespenst begegnet zu sein. Er lehnte sich an den Baum und schloss für einen Moment die Augen. Auf wackligen Beinen trat er den Rückweg an. Der Weg zog sich endlos, obwohl Leon den letzten Kilometer fast joggte. Schweißnass rannte er aus dem Wald auf den breiten Wanderweg, der zum oberen Ende der Straße führte. Auf dem harten Asphalt bremste er ab. Langsam trabte er am leerstehenden Haus der Schefflers vorbei, als sich der Himmel rot färbte und die Sonne aufging. Die grauen Fenster mit den heruntergelassenen Rollläden schienen unbeeindruckt von diesem Naturspektakel. Gleichgültig stierten sie Leon an.

FÜNF

Streich die Sauerampfersuppe von der Karte. Es gibt keine Garnelen mehr», meinte Leon zu Jan-Philipp. An diesem Mittag waren ohnehin keine Gäste da, und sie standen sich zu dritt die Füße in den Bauch.

«Mach ich, Chef», sagte der Azubi, doch anstatt zu gehen, starrte er Leon interessiert an. «Wolltest du nicht gestern noch welche besorgen?»

Leon winkte genervt ab. «Hat nicht geklappt.»

Er hatte die Garnelen im Kofferraum vergessen, zusammen mit Theas neuem Tisch. Erst heute Morgen, als er zum Quellbach gefahren war, war ihm eingefallen, dass beides immer noch hinten im Auto lag. So war er direkt zu den Mülltonnen ums Haus herumgefahren und hatte die aufgetauten Krebstiere entsorgt. Den Wagen hatte er gleich dort stehen lassen, denn sein Parkplatz war noch immer gesperrt. Als er an dem rot-weißen Absperrband der Polizei vorbeigefahren war, hatte sich sein Magen zusammengekrampft. Schlagartig war ihm mit aller Brutalität klargeworden, dass der gestrige Albtraum real war.

Jan-Philipp musterte Leon noch immer neugierig. Es war offensichtlich, dass er gerne mehr über Lindas Tod erfahren hätte. Vielleicht war das auch der Grund, weshalb er sich neben Beata, die viel zu aufgewühlt war, um zu Hause zu bleiben, an diesem Vormittag im Quellbach eingefunden hatte.

Auch Lohmann war kurz aufgetaucht und hatte allen noch einmal mit betretener Miene sein Beileid ausgesprochen. Er hatte ihnen freigestellt, an diesem Tag die Küche zu schließen. Aber keiner der drei wollte nach Hause.

Bis zum Mittag fanden sich allerdings nur eine Handvoll Gäste ein – anscheinend allesamt Journalisten und Reporter, die vergeblich versuchten, den schweigsamen Haffmann zu löchern. Einer schaffte es immerhin, an ihm vorbei in die Küche zu gelangen, weil er in Erfahrung gebracht hatte, dass der Koch die Leiche gefunden hatte. Doch er blieb nicht lange, denn Beata gab ihm mit deutlichen Worten und der Überzeugungskraft ihres wütend donnernden polnischen Akzents zu verstehen, dass er an diesem Ort nichts verloren hatte.

«Denen scheint auch nichts den Appetit zu verderben», brummte sie jetzt, während sie eine dicke Jagdwurstscheibe für ein Jägerschnitzel panierte.

Leon klopfte ihr sanft auf die Schulter. «Wir können uns nicht immer aussuchen, wen wir bekochen. Das ist der große Nachteil unseres Berufs.»

«Am liebsten würde ich die Schweine da draußen vergiften», sagte sie erschreckend ruhig, während sie mit zarten Fingern das Schnitzel in die heiße Butter legte.

«Tu das nicht. Eine Leiche ist genug», meinte Leon, und keiner von beiden lachte.

Auch wenn sie bei der Arbeit taten, als wäre nichts geschehen, war an diesem Tag alles anders. Doch Leon fehlten die Worte, um darüber zu sprechen, und Beata schien es ähnlich zu gehen. Nur ihre tiefen Augenringe ließen ihre Trauer erkennen und verrieten, dass sie in der letzten Nacht nicht geschlafen hatte. Leon war ebenfalls hundemüde. Trotzdem wollte er auf keinen Fall nach Hause, denn dort erwarteten ihn nur traurige und angsterfüllte Gedanken. Die Küchenarbeit lenkte ihn zumindest ein wenig ab.

Mit einem Mal stand eine Frau in der Küche, und Beata, die sich trotz ihrer geringen Körpergröße sogleich resolut vor ihr aufgebaut hatte, blieb überraschenderweise stumm. Erst da realisierte Leon, dass auch er die sportliche, rotwangige Frau kannte. Es war Julia. Die teure Funktionskleidung betonte ihre schlanke Figur, und sie sah kaum älter aus als die Mädchen an ihrer Schule. Offenbar kam sie von einer Wanderung. Ihre langen schwarzen Haare, die sie normalerweise offen trug, hatte sie zu einem praktischen Knoten zusammengesteckt. Dennoch hatte sie nicht auf Lippenstift und Wimperntusche verzichtet.

Sie lächelte in Leons Richtung, verlegen und besorgt zugleich, und Beata räumte das Feld.

«Wie geht es dir?», fragte Julia mit gedämpfter Stimme und sah ihm eindringlich in die Augen. «Wie kommt Thea damit zurecht?» Ihr Blick huschte zu den beiden anderen, die plötzlich ganz beschäftigt taten.

Leon führte sie in die Umkleide und schloss die Tür hinter ihnen. Der karge Raum war zugestellt mit Vorräten aller Art. Ein klappriger Schrank und die Holzbank unter dem Fenster waren die einzigen Möbel. Nur durch ein kleines Fenster fiel stumpfes Licht herein. Julia sah ihn erstaunt an, sie wirkte etwas verdattert.

«Das ist der einzige Ort, wo man heute ungestört reden kann», meinte er entschuldigend.

Sie nickte mitfühlend. «Verstehe. Ich wollte dich auch gar nicht stören … Aber als ich eben mitbekommen habe, was passiert ist, wollte ich dir nur sagen, wie leid mir das für euch tut.» Unsicher rieb sie sich über den Oberschenkel. Die engen schwarzen Leggins und das türkisfarbene Shirt darüber sahen nagelneu aus. Kein Schweißfleck trübte das akkurate Bild.

Auch ihre leichten Wanderschuhe schienen ungetragen, so als wären sie bisher nicht mit dem Waldboden in Berührung gekommen. Leon wunderte sich kurz darüber, doch dann wurde ihm wieder bewusst, dass Julia eigentlich immer auf fast schon auffällige Weise perfekt wirkte und ihr dieser Eindruck auch sehr wichtig schien.

«Danke», antwortete er aufrichtig und fragte dann: «Du hast es erst hier erfahren? Ich dachte, die ganze Stadt spricht über nichts anderes.»

«Das glaube ich inzwischen auch.» Ein unsicheres Lächeln huschte über ihre Lippen. «Ich habe gestern Nachmittag lange mit dem Streichquartett geprobt. Du weißt ja, ich spiele Geige …», wieder das unsichere Lächeln, «… danach bin ich zeitig ins Bett und habe gelesen. Heute Morgen bin ich dann zu meiner Mutter, die auch noch keine Nachrichten gehört hatte. Wir sind in aller Frühe losgewandert, das machen wir oft am Wochenende. Diesmal sind wir bis hoch zum Großen Schwarzberg und danach hier eingekehrt.» Sie machte eine Pause und holte einmal tief Luft, bevor sie fragte: «Das Mädchen hat hier gearbeitet, nicht wahr?»

«Ja, sie hat eine Ausbildung bei uns gemacht.»

Julia schnaubte entsetzt. «Wie furchtbar! Wie hat Thea reagiert? Die Nachricht muss sie erschüttert haben.»

«Sie weiß es vermutlich noch gar nicht.»

Aus Julias Gesicht sprach ungläubige Überraschung.

«Sie hat bei einer Freundin übernachtet. Gestern Abend, als das alles mit der Polizei vorbei war, habe ich sie angerufen, weil ich ihre Stimme hören wollte. Sie war gerade auf dem Weg zu einer Party, und ich habe es nicht übers Herz gebracht, ihr den Abend zu versauen. Als ich heute früh zur Arbeit bin, habe ich ihr eine Nachricht geschickt. Die Mädchen schlafen ja immer bis Mittag, und ich wollte sie nicht wecken. Ich hab ihr geschrieben, dass sie sich bei mir melden soll, sobald sie aufgestanden ist, und dass alles in Ordnung ist.»

«Und sie hat sich noch nicht gemeldet?»

Er schüttelte den Kopf. Er war Julia immer dankbar dafür gewesen, dass sie sich um seine Tochter kümmerte, denn er wusste, dass Thea ohne ihre Hilfe wahrscheinlich längst von der Schule geflogen wäre. Nur jetzt gerade machte ihm ihre Besorgnis ein schlechtes Gewissen.

Sie legte ihm die Hand auf den Arm. «Du weißt, dass ich für sie da bin. Egal wann, auch nachts oder am Wochenende.»

Durch das kleine Fenster hinter ihr sah Leon, wie draußen zwei Männer einander begrüßten. Einer war zwischen den Bäumen aufgetaucht und hatte ein Gewehr über der Schulter. In seiner graugrünen Försterkluft, die er nie abzulegen schien, war Martin Gehler nicht zu verkennen. Den modischen Wandel innerhalb seiner Zunft hin zu wind- und wasserabweisender Funktionskleidung hatte er geflissentlich ignoriert. Seit bestimmt dreißig Jahren steckte er in einer flaschengrünen Cordhose und trug ein schilffarbenes Hemd mit Schulterklappen, das er lediglich im Sommer gegen eine kurzärmlige Version austauschte, während der jägergrüne Anorak einer gleichfarbigen Weste wich. Den moosgrünen Filzhut dagegen setzte er nie ab. Und genauso selbstverständlich trug er seit mehr als einem Vierteljahrhundert einen breiten, gebogenen Schnauzbart, der die Linie seiner nach unten gezogenen Mundwinkel perfekt nachzeichnete. Leon hatte ihn noch nie anders gesehen.

Von rechts war Haffmann auf den Förster zugeeilt, in einem Blaumann mit weißen Flecken und mit einem breiten Pinsel in der Hand. Er besserte wohl gerade etwas aus. Ein kurzer Handschlag folgte. Im Schatten der Bäume steckten die beiden die Köpfe zusammen, und Leon hätte gern gewusst, was sie gerade besprachen.

«Ist alles okay mit dir?» Reflexartig wandte sich Julia um und sah, wie die beiden Männer auseinandergingen. Sie blickte zu Leon zurück. «Geht es dir gut?»

«Soweit das möglich ist, wenn man seine Mitarbeiterin abgeschlachtet wie ein Tier im Wald entdeckt», antwortete er gedankenlos und bereute sofort seine drastischen Worte. Was konnte Julia dafür? Sie war ein netter Mensch, der seine Hilfe anbot, und er spuckte ihr seine Wut und Verzweiflung entgegen.

Schockiert riss sie die Augen auf. «Du hast sie gefunden? Um Himmels willen, das wusste ich nicht. Wie furchtbar!» Sie machte einen Schritt auf ihn zu und umarmte ihn fest.

Er war überrascht und blieb stocksteif stehen, doch dann merkte er, wie gut ihm Julias spontane Geste tat. Ihre Wärme brachte etwas in ihm zum Schmelzen, das seit dem Vortag wie ein Eisblock auf seiner Seele gelastet hatte. Es war das Gefühl bitterer Ohnmacht.

«Danke», sagte er, während sie sich voneinander lösten. «Ich weiß es sehr zu schätzen, dass du für uns da bist.»

Eine Haarsträhne hatte sich aus ihrem Knoten gelöst und berührte seine Wange. «Ruf mich an, wenn dir danach ist», sagte sie. «Vielleicht hast du ja mal abends Lust, mit mir essen zu gehen?» Ihr Lächeln wurde mutiger. «Natürlich nicht im Quellbach.»

Konnte es sein, dass ihr Vorschlag auf so etwas wie ein Date hinauslief? Leon war nicht gerade ein Meister darin, derartige Zeichen zu deuten. Die Situation überforderte ihn.

Er fühlte sich irgendwie überrannt, doch er wollte sie nicht verletzen. «Sicher, das können wir gerne machen. Sobald ich einen freien Abend habe», antwortete er ausweichend und strich ihr, fast schon entschuldigend, die Strähne hinters Ohr.

Die Tür wurde aufgerissen, und sie fuhren herum. Leon kam sich vor, als würde er bei etwas Verbotenem ertappt. Auch Thea und Marlene blieben abrupt stehen, und für einen Moment herrschte betretenes Schweigen.

«Deine polnische Kollegin hat gesagt, dass du hier bist», meinte Marlene, als wollte sie sich dafür rechtfertigen, dass sie Leon in eine peinliche Lage gebracht hatte. «Thea wollte dich sehen. Sie stand eben ganz aufgelöst vor meiner Tür, da hab ich sie hergefahren.»

«Verdammt, Papa!» Thea fiel ihm um den Hals. Sie hatte denselben Jeansrock und dasselbe Top wie gestern an. Ihre Haare waren zerzaust, und sie roch nach Schweiß. «Wie kannst du schreiben, dass alles in Ordnung ist? Svenja kannte sie. Das macht mich fertig.»

Er merkte, dass sie weinte. «Deine Freundin kannte Linda?»

Sie nickte schniefend und wischte sich mit der Hand über das Gesicht. Marlene reichte ihr ein Taschentuch. «Svenjas Mutter hat uns vorhin erzählt, dass ein Mädchen beim Quellbach im Wald umgebracht worden ist. Und dass es Linda ist. Wurde sie vergewaltigt?» Voller Angst starrte sie Leon an.

Er schüttelte stumm den Kopf, obwohl er es nicht wusste.

Thea umarmte Julia. Noch immer weinend fragte sie: «Kanntest du sie auch?» Die beiden duzten sich seit einiger Zeit, auch wenn das in der Schule nicht gern gesehen wurde.

«Nein, ich bin zufällig hier vorbeigekommen. Nach einer Wanderung.» Julia schlug kurz die Augen nieder, bevor sie

Thea die Hände auf die Schultern legte. «Du weißt, dass du mich jederzeit anrufen kannst, wenn dir das alles über den Kopf wächst?»

Thea nickte wie eine pflichtbewusste Schülerin, während sie sich eine Träne von der Wange wischte.

«Dann lass es erst gar nicht so weit kommen.»

«Okay», sagte sie leise, und Julia drückte sie noch einmal fest zum Abschied.

«Meine Mutter wartet, und dein gutes Essen ist sicher schon kalt.» Julia lächelte erst Leon, dann die beiden anderen an, bevor sie aus der Umkleide huschte.

«Du musst wieder zurück in die Küche, nicht wahr?», fragte Thea.

Leon schüttelte den Kopf. «Nein, heute ist so gut wie nichts los. Wenn du möchtest, fahre ich mit dir nach Hause.»

«Nein, lass nur», meinte sie. «Marlene hat vorgeschlagen, mit mir auf einen Trödelmarkt zu fahren. Bis sechs wird dort noch verkauft.» Sie wirkte wieder gefasst.

In den letzten Jahren hatte sie lernen müssen, wie man verdrängte, was einen erschütterte, und weitermachte. Nun konnte sie ein weiteres Mal auf diese Strategie zurückgreifen, dachte Leon schweren Herzens.

«Das hört sich prima an.» Dankbar lächelte er Marlene an. Er gab Thea einen Kuss auf die Wange. «Vielleicht findest du ja ein paar schöne Stühle oder einen Schrank – wir bräuchten dringend noch einen!»

«Sehr lustig», erwiderte Thea schnippisch und musste dennoch lachen.

Auch Marlene grinste. Als sie gingen, legte sie Thea eine Hand auf den Arm.

Leon brachte die beiden über den kurzen Flur zum Hinterausgang. «Dein Tisch liegt noch in meinem Kofferraum!», rief er Thea hinterher. Die zwei sahen aus wie Mutter und Tochter, dachte er und spürte einen Stich im Herzen.

Als er sich abwandte, traf sein Blick auf Haffmanns engstehende Augen. Der Hausmeister, der mit seiner gedrungenen Statur und dem weißlichen Vollbart wie ein alter Waldschrat aussah, stand vor dem Materialschuppen und verpasste einem weißen Schränkchen einen neuen Anstrich. Normalerweise bemühte er sich um ein paar Worte, auch wenn Leon immer das Gefühl hatte, dass der Alte ihn nicht leiden konnte. Heute jedoch zuckte er fast zurück und murmelte nur einen kurzen Gruß, bevor er sich wieder dem Schränkchen widmete.

Während Leon in die Küche zurückkehrte, dachte er, dass Haffmann nicht der Erste war, der ihm gegenüber an diesem Tag seltsam zurückhaltend auftrat. Es kam ihm so vor, als begegneten ihm fast alle mit einem unterschwelligen Misstrauen. So als wären sie insgeheim davon überzeugt, dass Lindas Blut an seinen Händen klebte.

Inzwischen waren kaum noch Gäste da. Nur ein einzelnes Ausflüglerpaar, das wie Julia und ihre Mutter anscheinend keine Nachrichten hörte, war noch eingetroffen und hatte zweimal Rehbraten bestellt. Als Leon das Fleisch tranchierte, wurde ihm bewusst, was er da tat. Er sah das ausgeweidete Mädchen vor sich, das Rehhaupt auf dem Kopf, das braune Fell wie eine zweite Haut über dem ausgehöhlten Körper. Sein Magen drehte sich um, und seine Hände begannen, unkontrolliert zu zittern.

«Verdammt, wieso hat das niemand von der Karte genommen?», brüllte er. Seine laute Stimme klang weniger empört als verzweifelt.

Während er mit der rechten Hand versuchte, das Messer zu fassen, stützte er sich mit der linken auf die Arbeitsfläche. Seine Fingerkuppen waren wie mit Hornhaut überzogen, und er hatte plötzlich kein Gefühl mehr in ihnen.

Vorsichtig trat Beata an ihn heran, nahm ihm das Messer aus der Hand und schnitt den Rehrücken auf.

SECHS

Am nächsten Tag hatte sich Leon wieder im Griff. Bis er Gehler traf.

An diesem Sonntag war es im Quellbach so gespenstisch still wie sonst nur an den Tagen nach Neujahr. Leon schickte Jan-Philipp nach Hause, der diesmal nichts dagegen hatte, und begann, mit Beata die Küche zu putzen. Gegen eins erhielt er eine SMS von Julia. Sie entschuldigte sich mit einem Smiley für ihre aufdringliche Art und wollte wissen, wann er mit ihr ins Antonelli gehe. Im ersten Moment fand Leon ihre Hartnäckigkeit tatsächlich etwas aufdringlich, aber dann musste er grinsen. Woher wusste sie, dass er das Antonelli für das einzige vernünftige Restaurant in der ganzen Stadt hielt? Hatte er ihr irgendwann davon erzählt, oder hatte sie Thea ausgehorcht?

«Ein Liebesbrief?», fragte Beata, die mit einem trockenen Tuch die Arbeitsflächen polierte. Ihre kurzen roten Haare leuchteten kräftig im Sonnenlicht, das durch das Küchenfenster fiel. Ihre blasse Gesichtshaut dagegen war matt und fahl.

Leon staunte einmal mehr über ihre Beobachtungsgabe. «So was Ähnliches», antwortete er lächelnd und schrieb Julia zurück, ob er sie am Mittwochabend um sieben abholen solle. Es dauerte keine zehn Sekunden, bis sie die Verabredung mit einem JA in Großbuchstaben bestätigte.

«Wer ist die Glückliche?» Beatas polnischer Akzent klang gefährlich inquisitorisch.

«Keine Sorge, du bekommst eine Einladung zu unserer Verlobung», meinte Leon und legte das Handy weg. «Aber vorher solltest du wenigstens einmal richtig ausschlafen.»

«Wieso?» Beata blickte ihn verständnislos an, während ihre Hände weiter wie die eines Roboters über den längst sauberen Herd wischten.

«Du siehst nicht gut aus», meinte er. «Es ist nicht viel los heute, also geh nach Hause und ruh dich aus.»

«Dieses Kompliment kann ich nur zurückgeben», wollte sie protestieren, als sie ungeschickt mit der Handfläche am Zündbrenner des Gasherdes vorbeischrammte und sich den Handballen so weit aufkratzte, dass er zu bluten begann. «Verdammter Mist!», fluchte sie und leckte sich das Blut von der Hand, während Leon den Erste-Hilfe-Koffer vom Schrank zog und ein großes Pflaster zurechtschnitt.

Apathisch starrte Beata wenig später auf ihre verarztete Hand. Mit einem Mal schien jeder Rest an Energie aus ihr gewichen. «Danke. Ich geh dann mal. Bis morgen», sagte sie matt und verschwand in die Umkleide.

Er sah ihr hinterher und stellte sich vor, wie sie ihre saubere, kleine Zweizimmerwohnung aufschloss, in der nur wenige weiße Möbel standen, und in ihr schmales, frisch bezogenes Bett schlüpfte. Selbst wenn er seine Phantasie noch so strapazierte, schaffte er es beim besten Willen nicht, das Bild eines Mannes auf dem weißen Sofa, beim Rasieren im Bad oder neben Beata im Bett heraufzubeschwören.

Danach entsorgte er all die frischen Lebensmittel, die in den letzten beiden Tagen verdorben waren. Draußen bei den Mülltonnen entdeckte er Gehler. Der Förster lief die Rückseite des Gasthauses entlang und schien nach jemandem Ausschau zu halten. Obwohl man ihn sonst nicht so oft im Quellbach antraf, schlich er nun schon den zweiten Tag hier umher.

Als hätte er Leon gewittert, drehte er sich zu ihm um. Mit finsterer Miene kam er auf ihn zu, wobei das Gewehr locker über seiner Schulter baumelte. «Was will die Polizei schon wieder hier?», fragte er mit gedämpfter Stimme. Es klang wie ein Vorwurf.

Leon hatte nicht mitbekommen, dass die Beamten erneut angerückt waren. Er zuckte die Schultern. «Wenn sie den Täter noch nicht gefasst haben, sind sie wahrscheinlich noch auf Spurensuche», meinte er leichthin, dabei fühlte er, wie sich seine Brust zusammenschnürte. Seine eigenen Worte machten ihm bewusst, dass der Mörder womöglich immer noch auf freiem Fuß war. Bis jetzt hatte er diesen Gedanken völlig verdrängt.

«Da wird Lohmann nicht begeistert sein.» Der Förster wirkte genervt.

Erst jetzt wurde Leon bewusst, dass Lohmann an diesem Tag noch gar nicht vorbeigeschaut hatte. «Wo steckt er? Ich habe ihn heute noch nicht gesehen.»

«Er ist oben in der Hütte am Dreigrafeneck. Bereitet alles für die Jagd vor.»

Richtig, für Lohmann begann ja jetzt die schönste Zeit des Jahres. So hatte er sich einmal gegenüber Leon ausgedrückt, als er von der Sommerjagd geschwärmt hatte.

Gehlers Blick ging zu den Fenstern im ersten Stock hinauf. An einem davon tauchte das unscheinbare Gesicht eines Mannes auf. Er sah nach unten, nickte Gehler zu, dann spähte er zum Wald und schloss das Fenster.

«Ein Jagdgast», erklärte der Förster. «Ich bringe ihn rauf zur Hütte.»

«Ist er der Einzige zurzeit?», wollte Leon wissen, der ahnte, dass Lohmann und Gehler den Sommer über noch viele Gäste dieser Art empfangen würden. Der Forst vergab offiziell zahlreiche Jagderlaubnisse als Schutzmaßnahme gegen Wildschäden, wie es hieß, und um zusätzliche Einnahmen zu erzielen. Leon vermutete, dass Gehler einen inoffiziellen Aufschlag von den vielen Interessenten verlangte. Lohmann dagegen war in dieser Hinsicht wahrscheinlich sauber. Er hatte diese Art von Zuverdienst nicht nötig und freute sich wohl einfach nur darüber, dass die Leute im Quellbach abstiegen und er zusammen mit ihnen seinem liebsten Hobby nachgehen konnte.

«Am Mittwoch kommt noch einer bis zum Wochenende. Die Woche drauf haben wir eine Dreiergruppe.»

Leon hatte recht gehabt. Es ging ihn zwar nichts an, aber die Vorstellung, dass Lohmann zusammen mit anderen Waffennarren durch den Wald streifte und auf harmlose Tiere anlegte, bereitete ihm jedes Mal ein ungutes Gefühl. Aus irgendeinem Grund hoffte er immer, dass wenigstens Gehler dabei wäre. Denn auch wenn er dem Förster kein Mitleid zutraute, glaubte Leon, dass ihm das Töten der Tiere im Gegensatz zu den anderen wenigstens keinen Spaß machte.

«Begleitest du Lohmann und die Männer bei der Jagd?» Das Du kam Leon noch immer schwer über die Lippen und hörte sich in seinen Ohren falsch an. Er kannte Gehler schon lange, aber er hatte ihn nie gemocht. Seit Leon im Quellbach angefangen hatte, waren sie selbstredend per du, denn seither war auch er ein Mitglied jener Großfamilie, der Lohmann vorstand.

«Teils, teils», erwiderte Gehler ausweichend. «Hab viel zu tun im Moment. Außerdem muss ich mich um die Schweinerei mit den toten Buchen kümmern.»

Unmerklich zuckte Leon zusammen. Durch Lindas Tod war die Sache mit den Buchen in den Hintergrund getreten.

Dennoch hatte sie ihn wie das leise Ticken einer Zeitbombe unmerklich begleitet.

«Was ist mit den Bäumen? Warum haben sie ihre Blätter verloren?», fragte er und versuchte, seiner Stimme einen festen Klang zu verleihen.

«Weil irgendein Arschloch sie vergiftet hat.»

Leon musste ihn fassungslos angestarrt haben, denn Gehler setzte ein schiefes Grinsen auf. «Ich konnte es auch erst nicht glauben. Aber dann habe ich mir die Baumstämme noch einmal in aller Ruhe angesehen und unten, auf Kniehöhe, die kleinen Löcher entdeckt.» Er trat einen Schritt auf Leon zu. «Da hat doch tatsächlich jemand ein Loch in jeden Baum gebohrt, bis in die Mitte vom Stamm. Jetzt frage ich dich: Welcher Irre greift sich mitten im Wald ein paar Bäume raus und macht sich die Mühe, sie zu vergiften? Da ist kein Haus weit und breit, in dem sich einer über zu viel Schatten oder das Buchenlaub im Herbst aufregen könnte!»

Leon stimmte zu, ratlos und perplex. «Womit wurden die Bäume denn vergiftet?»

«Höchstwahrscheinlich mit Glyphosat.»

«Dem Unkrautvernichter?»

Tiefe Falten gruben sich in Gehlers besorgte Stirn, während er nickte. «Es verteilt sich im ganzen Baum und stoppt die Fotosynthese. Der Baum verhungert und verdurstet, verliert die Blätter und stirbt ab. Das passiert natürlich nicht von heute auf morgen, sondern da muss sich jemand schon vor Wochen an den Buchen zu schaffen gemacht haben. Die Krux ist allerdings, dass das Zeug nur über einen kurzen Zeitraum nachweisbar ist.»

Leon schluckte. «Und was machst du jetzt mit den Buchen?», fragte er tonlos, obwohl er die Antwort kannte.

«Was soll ich schon mit ihnen machen?» Der Förster rückte wieder von Leon ab, der ihm anscheinend das Gefühl gab, sich rechtfertigen zu müssen. «Die werden nicht mehr. Da kannst du machen, was du willst – tot ist tot. Und bevor sie beim nächsten Sturm einem Wanderer den Schädel einschlagen, werd ich wohl Brennholz aus ihnen machen müssen.» Voller Wut spuckte er auf den Boden. «Aber mit dem Fällen ist es nicht getan. Wenn ich diesen Geisteskranken erwische … Im Grunde muss ich auch die Stümpfe so schnell wie möglich rausreißen, denn das Gift sitzt in den Wurzeln. Es verteilt sich sonst im Boden, und wer weiß, was es dann noch alles anrichtet.» Er sah auf die Uhr. «Die Arbeit ruft», sagte er und ließ Leon zwischen den Fichten stehen, um den Jagdgast abzuholen, der ihn sicherlich schon ungeduldig erwartete.

Als Leon zurück in die Küche kam, erwartete ihn dagegen die Polizei. Er zuckte zusammen, als er die zwei Männer in Uniform und den Kommissar in Zivil vor sich stehen sah.

«Haben Sie den Täter gefasst?», fragte er voller Hoffnung.

Der Mann in Zivil war groß und leger gekleidet, er trug Jeans zu einem karierten Hemd und war etwa in Leons Alter. Er hatte sich Leon gestern als Kriminalhauptkommissar Braune vorgestellt, aber mit seinem muskulösen Oberkörper und den seitlich abrasierten Haaren wirkte er eher wie der Inhaber eines Fitnessstudios.

Er sah sich in der engen Küche um. «Gibt es einen Raum, in dem wir Sie noch einmal ungestört für ein paar Minuten befragen können, Herr Bosch?»

Leon zuckte mit den Achseln. «Die Gaststube ist leer, aber vielleicht gehen wir am besten nach oben in den Jagdsalon.» Falls doch noch Gäste kämen, würde Haffmann ihm Bescheid geben. Leon hatte ihn eben noch draußen gesehen, wie er sich mit einer Zigarette in der Hand die Beine vertrat.

Er führte die Polizisten die hölzerne Wendeltreppe hinauf in den ersten Stock, zu dem Zimmer, das Lohmanns ganzer Stolz war.

Dank mangelnder Konkurrenz hatte der Bauunternehmer das Gasthaus vor vier Jahren für eine lächerliche Summe von einem älteren Ehepaar übernommen, dessen Ahnen es zweihundert Jahre zuvor auf einer kleinen Lichtung entlang des alten Postwegs errichtet hatten. Schon damals hatte es als Raststation und einfache Herberge gedient. All die Zeit war es in Familienbesitz geblieben, hatte die Wanderlust während der Romantik erlebt und die zunehmende Begeisterung für den Wintersport zu Beginn des zwanzigsten Jahrhunderts, hatte sich während der beiden Weltkriege unter den hohen Bäumen weggeduckt, nur um im Sozialismus allmählich zu verfallen. Trotzdem hatten seine Besitzer sich und das Haus irgendwie über die Wende gerettet, aber auch nach dem Ende der DDR waren die Gäste nicht zurückgekehrt. Viele Menschen waren arbeitslos und hatten kein Geld, um auswärts zu essen, oder gaben es lieber für billige Fernreisen aus. Als es der Region langsam wieder besserging, gab die Familie auf und meldete Insolvenz an.

Sofort war Lohmann zur Stelle und riss sich das alte Gasthaus unter den Nagel. Damals hatte er große Pläne, und Leon erinnerte sich noch gut, wie er von grundlegender Sanierung und Modernisierung sprach, von der Synergie aus Tradition und Moderne. Ein Refugium für passionierte Jäger und gestresste Geschäftsleute wollte er aus dem abgewirtschafteten Gasthaus machen, das nun offiziell *Wald- und Jagdpension Quellbach* hieß.

Doch so schnell, wie Lohmanns Ideen wie Sterne am Nachthimmel über dem Wald aufleuchteten, so schnell verblassten sie auch wieder. Bald schon wandte er sich anderen Objekten zu, die schnellere Erträge versprachen. Sein Enthusiasmus erlosch wie ein Strohfeuer. Statt der erhofften Umbaumaßnahmen hatte Leon während seiner Anfangszeit im Quellbach lediglich einige notdürftige Renovierungsarbeiten miterlebt. Halbherzig hatte Lohmann ein paar edlere Möbel für die Fremdenzimmer angeschafft und die Küche mit «neuen» gebrauchten Geräten aus einem Restaurant, das er in der Stadt besaß, ausgestattet. Einzig der Jagdstube, die er fortan «Jagdsalon» nannte, hatte er sich mit Hingabe gewidmet. Die Holzvertäfelung an Decke und Wänden war aufwendig abgeschliffen und lackiert worden, und die uralten Jagdtrophäen – Hirschgeweihe, Wildschweinhäupter, ausgestopfte Füchse und Auerhähne – waren eigens von einem professionellen Tierpräparator entstaubt und gereinigt worden.

Leon hielt den Männern die Tür auf, aber nur der Kommissar trat ein. Seine beiden Kollegen in Uniform blieben vor dem Türrahmen stehen und ließen Leon den Vortritt. Wie jedes Mal in diesem Zimmer hatte er das Gefühl, dass ihm alter Wirtshausmief entgegenschlug, als hätte sich der Geruch von kaltem Braten und abgestandenem Bier über die Jahrzehnte in die Wände gefressen. Obwohl der Raum groß war, hatte die fast durchgehende Vertäfelung aus dunkler Eiche etwas Erdrückendes. Die Jagdtrophäen an der Wand verliehen ihm darüber hinaus den Charme eines Gruselkabinetts. Ob die Beamten das genauso empfanden, hätte Leon nicht sagen können. Lohmann in jedem Fall mochte es so.

Eilig öffnete er die beiden Fenster, während die Polizisten stehenblieben. Sie warteten, bis er einen Platz an der langen

Tafel in der Mitte des Salons gewählt hatte. Erst dann ließen sich die drei an der Tischseite gegenüber nieder und machten so aus dem Esstisch eine Anklagebank. Aus der Befragung eines Zeugen schien das Verhör eines Beschuldigten zu werden.

Leon legte die Hände auf den Tisch und blickte Braune offen an.

«Was haben Sie mit Ihrer Hand gemacht?», fragte dieser, und Leon wusste im ersten Moment nicht, was er meinte.

Der Kommissar deutete auf seinen linken Handrücken, den ein Streifen frischer rosa Haut zierte.

«Ich habe mich verbrüht.» Leon betrachtete die Verletzung, als würde sie nicht zu ihm gehören.

«Bei der Arbeit?»

«Nein, zu Hause.»

Braune nickte, als hätte er diese Antwort erwartet. Er ließ eine kurze Pause entstehen, bevor er in amtlichem Tonfall die Vernehmung eröffnete. «Herr Bosch, wir möchten gern noch ein paar Fragen mit Ihnen klären, die sich in der Zwischenzeit ergeben haben.»

Doch die Fragen, die folgten, waren für Leon keinesfalls neu. Es ging um die genauen Umstände, die zum Auffinden der Leiche geführt hatten, um sein Verhältnis zu der Toten und darum, wie sein Arbeitstag für gewöhnlich aussah – alles Fragen, die er gestern schon, soweit er sich entsinnen konnte, ausführlich beantwortet hatte. Aber er merkte, dass er diesmal unsicherer wirkte und seine Antworten insgesamt weniger überzeugt aufgenommen wurden. Mehr als einmal nahm er wahr, wie die beiden Polizisten rechts und links von Braune, die eifrig mitschrieben, die Augenbrauen hochzogen oder die Stirn runzelten, während der Kommissar unbeirrt nachhakte. Machte er sich nur selbst verrückt, oder war das Taktik? Nahmen sie ihn in die Zange, weil sie auf ein Geständnis hofften? Aus Braunes Miene jedenfalls war nichts zu lesen. Auf der Suche nach Zuspruch ließ Leon seinen Blick durch den Salon wandern und traf auf die glasigen Augen der ausgestopften Jagdtrophäen an den Wänden. Keiler, Auerhahn, Fasan, Fuchs – sie alle starrten misstrauisch und mitleidslos von oben auf ihn herab.

Immerhin klärte sich so wenigstens die eine Frage, auf die ihm Braune bislang die Antwort schuldig geblieben war. Die Polizei hatte den Täter noch nicht, anscheinend hatte sie nicht einmal eine Spur. Es gab wohl lediglich Anhaltspunkte im Hinblick auf den zeitlichen Ablauf der Tat, denn Braune beharrte darauf, in allen Einzelheiten zu erfahren, was Leon am Donnerstag und am Freitag, insbesondere in der Zeit zwischen halb vier und fünf, gemacht hatte. Offenbar ging die Kripo inzwischen davon aus, dass Linda am Donnerstag ermordet und ihr ausgeweideter Körper am Freitag, während Leon am Nachmittag unterwegs gewesen war, um mit Thea den Tisch zu holen und die Garnelen zu kaufen, zwischen den Bäumen vor seinem Parkplatz in Szene gesetzt worden war.

Leon kramte in seinem Gedächtnis und berichtete haargenau, was er wann und wo getan hatte. Er merkte, dass seine Stimme fahrig und genervt klang. Wie spät war es mittlerweile? Wie lange hielten die drei ihn hier schon fest? Aus den angekündigten paar Minuten war inzwischen mindestens eine Stunde geworden. Braune beobachtete ihn genau, und Leon wurde bewusst, dass er die ganze Zeit unruhig auf seinem Stuhl herumrutschte. Würde der Kommissar ihm das zu seinem Nachteil auslegen? Sicherlich war Braune geschult in Sachen Körpersprache und würde seine Schlüsse ziehen.

«Ist Ihnen seit Freitag sonst noch etwas Ungewöhnliches aufgefallen?», wechselte Braune mit einem Mal das Thema.

Leon zögerte. Er erzählte dem Kommissar von dem alten Mann, den er bereits Dienstagnacht an den Mülltonnen überrascht hatte, verschwieg jedoch, dass er ihn am gestrigen Morgen noch einmal gesehen hatte. Braune würde sich fragen, was Leon zu so früher Stunde im Wald getrieben hatte und noch dazu so kurz nach Lindas Tod.

«Und das fällt Ihnen erst jetzt ein? Warum haben Sie das nicht gleich vorgestern erzählt?», herrschte Braune ihn an.

«Ich habe nicht mehr an den Vorfall gedacht. Nach dem Mord an Linda hat Chaos in meinem Kopf geherrscht. Dass dieser arme Obdachlose etwas mit ihrem Tod zu tun haben könnte, ist mir erst danach gekommen.» Das war die Wahrheit.

Mit einer Miene, die seine unterdrückte Wut kaum verbarg, ließ sich der Kommissar in allen Einzelheiten berichten, was Leon am Dienstag in der Dunkelheit beobachtet hatte, bevor er abschließend meinte: «Bitte geben Sie uns umgehend Bescheid, sollte Ihnen noch etwas einfallen, was von Belang sein könnte.»

War das Verhör damit beendet? Konnte er einfach aufstehen und gehen? Diese Möglichkeit kam Leon in diesem Moment fast ausgeschlossen vor. Vielmehr hätte es ihn nicht gewundert, wenn einer der beiden uniformierten Polizisten im nächsten Moment ein Paar Handschellen aus seiner Jacke gezogen hätte.

Doch nichts dergleichen geschah. Braune sah ihn teilnahmslos an, während seine zwei Gehilfen ihre Stifte beiseitelegten. Sie schienen darauf zu waren, dass sich Leon erhob.

«Wie hat Lindas Familie auf die Nachricht reagiert?», fragte er leise. Obwohl er ihre Eltern nicht kannte, konnte er ihre vor Trauer und Schmerz verzerrten Gesichter vor sich sehen. Er wusste, dass es seine Pflicht gewesen wäre, sie zu besuchen, aber er hatte Angst vor diesem Termin und wollte auch den Angehörigen noch Zeit lassen.

«Darüber dürfen wir leider keine Auskunft geben», antwortete Braune knapp.

«Was ist mit ihrem Herz passiert? Wieso war es schwarz?»

Der Kommissar zögerte, blickte auf den Tisch, dann in Leons Augen. «Was Sie für das Herz des Mädchens gehalten haben, war kein menschliches Organ», erklärte er. «Es war ein Quarzstein. Genauer gesagt ein Obsidian. Ein Mineraloge hat uns erklärt, dass es sich um pechschwarzes vulkanisches Gesteinsglas handelt, das entsteht, wenn Lava rasch abkühlt. Allerdings stammt es nicht aus unserer Region, sondern höchstwahrscheinlich aus Italien oder Island. Es gibt wohl Leute, die solche Steine sammeln.»

Leons Hand fuhr zur Brust. Er spürte, wie sein eigenes Herz versteinerte. Es fühlte sich an, als hätte es aufgehört zu schlagen.

SIEBEN

Er musste mit Marlene sprechen.

Am nächsten Morgen um sieben hörte er ihren Land Rover die Straße hinauffahren. Sie kam von der Nachtschicht. Kurz darauf wurde der Motor erneut angelassen, und Leon beobachtete durchs Fenster, wie Jack wegfuhr. Wo wollte er um diese Uhrzeit hin?

Es konnte ihm egal sein. Immerhin hatte er so die Chance, allein mit Marlene zu sprechen. Sie hatte damals geschworen, dass sie mit niemandem über die Sache mit Thea und Richard Scheffler sprechen würde, aber galt das auch für Jack? Die beiden waren seit drei Jahren zusammen, und Paare teilten bekanntlich das eine oder andere Geheimnis. Leon schlüpfte in seine Schuhe, zog leise die Haustür hinter sich zu, um Thea nicht zu wecken, und ging zum Nachbarhaus.

Erst nach dem zweiten Klingeln öffnete sie. Sie hatte nur ein Top und ein Paar kurze Shorts an, ihre nassen Haare fielen auf ein Handtuch, das über ihren Schultern lag.

«Entschuldige, dass es so lange gedauert hat. Ich war gerade unter der Dusche», begrüßte sie ihn.

Wäre er nicht so angespannt gewesen, hätte er darüber gelacht, dass sie es wieder einmal schaffte, sich für nichts und wieder nichts schuldig zu fühlen. «Entschuldige, dass ich dich unter der Dusche hervorgeklingelt habe», sagte er stattdessen nur.

Sie sah ihn verwirrt an.

«Jemand hat die Buchen vergiftet, unter denen wir die Steine vergraben haben. Gehler wird sie fällen», meinte Leon.

Das Fragezeichen in Marlenes Gesicht wich einem Ausdruck des Entsetzens. «Komm rein.»

Auf dem Weg ins Wohnzimmer hinterließen ihre nackten Füße nasse Spuren auf dem Parkett. «Willst du einen Kaffee?»

«Nein, danke, gar nichts.» Er lehnte sich an den Tresen, der die offene Küche vom Wohnbereich trennte. «Hast du eine Ahnung, wieso jemand so was tut?»

Sie schüttelte den Kopf, nahm das Handtuch von den Schultern und rieb sich die Haare trocken. «Das kann doch nur ein Zufall sein. Keiner hat uns damals gesehen», sagte sie beschwörend, doch Leon hörte die Angst in ihrer Stimme.

Für einen Moment hatte er das Gefühl, der Boden unter ihm würde beben. Es war das erste Mal, dass er Marlene derart verunsichert sah.

All die Jahre war sie die Unerschütterliche gewesen. Sie hatte ihn nach Annas Tod aus dem egoistischen Dämmerschlaf des Alkoholikers wachgerüttelt, hatte ihm aus einer Pfütze aus Selbstmitleid auf die Beine geholfen und ihm in den Hintern getreten, damit er sich endlich um Thea kümmerte.

Damals war er auch finanziell am Ende gewesen. Die Schulden drohten ihm über den Kopf zu wachsen, was dazu führte, dass er immer mehr trank und immer niedergeschlagener wurde. Er trauerte, fühlte sich schuldig und wertlos und griff dadurch nur noch öfter zur Flasche. Er war in einem wahren Teufelskreis gefangen.

Bald war klar, dass sie das Haus verlieren würden, wenn er es auch weiterhin nicht schaffte, die Raten für die Bank aufzubringen. Es war ihm beinah schon egal. Thea dagegen wurde fast von der Sorge aufgefressen, den Ort verlassen zu müssen, an dem sie zusammen mit ihrer Mutter gelebt hatte. Marlene wollte ihm damals Geld leihen, sie drängte es ihm regelrecht auf. Doch er lehnte ab, aus falschem Stolz.

Weil sie etwas für Thea tun wollte, verschaffte Marlene dem Mädchen einen Job bei den Schefflers, deren Haus über dem von Marlene, direkt am Waldrand, lag. Richard Scheffler war Oberarzt der Neurologie an ihrem Krankenhaus, und mit seiner Frau Luise war sie ohnehin seit jenem schicksalhaften Abend von Annas Tod verbunden. Die beiden Nachbarn waren nicht mehr die Jüngsten und hatten Mitleid mit Thea, sodass sie ihr für einen ordentlichen Stundenlohn kleinere Hausarbeiten, Besorgungen und Aufgaben im Garten übertrugen. Natürlich war das Geld, das Thea verdiente, nicht viel, aber es gab ihr ein großes Stück Selbstvertrauen. Bald schon kümmerte sich das Paar wie Ersatzgroßeltern um sie, bis zu jenem Tag, als das Mädchen beschloss, die beiden zu bestehlen.

«Hast du Jack von den Steinen erzählt?», fragte Leon und sah Marlene in die Augen.

Sie verneinte und warf das nasse Handtuch über einen Stuhl vor dem Esstisch. «Hast du Thea erzählt, wo wir die Steine vergraben haben?»

«Sie weiß es nicht, und sie hat nie danach gefragt», antwortete Leon.

Es gab so vieles, was seit jenem Samstag vor vier Jahren unter den Tisch gekehrt worden war, aus Scham, aus Verzweiflung, aus purer Angst. Er hatte seine Tochter nie gefragt, was sie mit den Steinen vorgehabt hatte. Ob sie sie ihm hatte geben oder heimlich verkaufen wollen. Aber wahrscheinlich hatte sie nie so weit gedacht. Und er hatte sie nie gefragt, warum sie Richard Scheffler derart heftig angegangen war. Denn da war es ohnehin schon zu spät gewesen und Thea nicht mehr als ein Häufchen Elend.

«Das schwarze Herz in Lindas Brust war ein Obsidian», sagte Leon und sah, wie Marlene zusammenzuckte. Er wusste, dass auch sie sofort an die Mineraliensammlung ihres Nachbarn dachte.

Die blonden Haare klebten ihr als dunkle Flechten auf den Schulterblättern und durchnässten ihr Top. Obwohl sie durch die viele Gartenarbeit braun geworden war, wirkte sie mit einem Mal bleich, und die Sommersprossen auf ihrer durchscheinenden Haut traten wie ein Ausschlag hervor. Sie rieb sich die nackten Arme. «Ich hol mir schnell eine Jacke, mir ist kalt.»

Leon zog sich einen Stuhl heran und ließ sich darauf fallen. Seine Augen suchten vergeblich einen Krümel auf dem sauberen Esstisch und verloren sich in der Maserung des Akazienholzes, während draußen im Flur Marlenes Schritte auf der Treppe hinauf zum Schlafzimmer widerhallten.

Thea war damals gerade vierzehn geworden, als sie jenem fatalen Irrtum erlag, über dessen Lächerlichkeit man hätte lachen können, hätte er nicht ein so schreckliches Ende genommen. Über die Jahre hatte Leon versucht, die Einzelheiten dieser Tragödie zu verstehen und für sich zu einem stimmigen Ganzen zusammenzufügen. Die Bruchstücke dieses Mosaiks hatte er sich aus dem zusammengeklaubt, was ihm Thea gebeichtet, und dem, was sie nur Marlene anvertraut hatte. Diese hatte es Leon später weitererzählt, damit er nicht sein Leben lang im Dunkeln tappte.

Er selbst erinnerte sich noch gut, wie Marlene den passionierten Hobbymineralogen Richard Scheffler des Öfteren –

auch im Beisein von Thea – als «steinreich» verspottet hatte. Natürlich waren die Schefflers alles andere als arm, und der Oberarzt ließ sich sein Hobby einiges kosten, denn die vielen bunten Steine, die er sich aus aller Welt schicken ließ, im ganzen Haus verteilte und in hohen Vitrinen ausstellte, waren bestimmt nicht billig. Dennoch war der teuerste unter ihnen kaum mehr als zweihundert Euro wert. Thea allerdings mussten die schillernden Amethyste, Achate, Opale, Türkise und wie sie alle hießen wie riesige Diamanten vorgekommen sein. Bei ihren Rundgängen durchs Haus mit dem Staubwedel in der Hand hatte sie sie ein ums andere Mal bewundert und dabei wohl angenommen, dass sie ein Vermögen wert waren.

Als Leon dann an einem Freitagnachmittag niedergeschlagen von einem Gespräch mit seiner Bank nach Hause kam, spürte das Mädchen anscheinend, wie ernst die Situation war. Zwar sprach er nur mit Marlene offen darüber, trotzdem bekam seine Tochter mit, dass ihnen das Wasser bis zum Hals stand. Und so schmiedete sie in der Nacht einen verzweifelten Plan.

Sie tat kein Auge zu und ging in aller Früh, als Leon noch betrunken in seinem Bett lag, die Straße hinauf zum Haus der Schefflers. Luise Scheffler hatte Thea ein paar Tage zuvor ihren Ersatzschlüssel übergeben und sie gebeten, im Garten zu gießen, weil sie und ihr Mann am Freitag zu einem dreitägigen Verwandtenbesuch aufbrechen wollten. Als Thea mit klopfendem Herzen das Haus betrat und die beiden Reisetaschen ablegte, die sie bei sich hatte, ahnte sie nicht, dass Luise allein zu ihrer Familie gefahren war, während Richard mit einer Sommergrippe zu Hause geblieben war.

Mit klopfendem Herzen schlich sie ins Wohnzimmer, denn

obwohl sie glaubte, allein im Haus zu sein, ging sie vor lauter Angst leise zu Werke. Dennoch hört Richard Scheffler sie und stieg im Schlafanzug die Treppe hinab. Erstaunt überraschte er Thea dabei, wie sie gerade die größten und prächtigsten Quarze, Drusen und Kristalle in die Reisetaschen packte.

Was dann folgte, war für Leon bis heute nur schwer nachzuvollziehen, obwohl er sich die ganze Situation so oft vorgestellt hatte, dass er inzwischen fast glaubte, selbst dabei gewesen zu sein.

Zuerst hatte Richard Scheffler Thea nur ungläubig zur Rede gestellt. Als er jedoch begriff, was sie da tat, fuhr er sie lautstark an und drohte ihr mit der Polizei. Er packte sie an der Schulter, woraufhin bei ihr sämtliche Sicherungen durchbrannten. Panisch griff sie eine der vollen Taschen und schleuderte sie ihm mit voller Wucht gegen den Kopf. Der durch die Grippe geschwächte Mann schaffte es nicht, den Schlag abzuwehren, und taumelte zur Seite. Ob er danach zu Boden fiel, bekam Thea nicht mehr mit, denn sie stürmte kopflos mit der Tasche in der Hand aus dem Haus und rannte die Straße hinauf in den Wald.

Nach zehn Minuten konnte sie nicht mehr und warf sich hinter einer alten Futterraufe ins Dickicht, wo sie wie gelähmt mit pochendem Herzen hocken blieb. Die Minuten vergingen, niemand kam, und sie verlor das Zeitgefühl. Als die Panik nachließ, döste sie auf dem Waldboden ein. Nachdem sie die ganze Nacht wach gewesen war, übermannte sie die Erschöpfung, und sie fiel in einen tiefen Schlaf.

Sie wurde wach, als sich ein Schatten über sie schob. Erschrocken riss sie die Augen auf. Sekunden vergingen, bis sie Marlenes Silhouette erkannte. Erst da fiel ihr wieder ein, dass sie verabredet gewesen waren. Marlene hatte ihr zum Geburtstag einen Gutschein für eine neue Jeans geschenkt, und sie hatten an diesem Samstagmorgen um zehn in die Stadt gewollt.

«Wie spät ist es?», fragte sie erstaunt und hielt sich eine Hand vor die Augen. Die Sonne stand hoch am Himmel, und grelle Strahlen bohrten sich durch die Kronen der Fichten. Thea fühlte sich matt. Als wäre sie einen Marathon gelaufen.

«Nach zwei. Seit mehr als vier Stunden warte ich, dass du rüberkommst! Was machst du hier?» Marlene klang alarmiert. Ihr Blick schweifte zu der Reisetasche neben dem Kopf des Mädchens.

Im ersten Moment wusste Thea selbst keine Antwort darauf. Doch während sie sich langsam aufsetzte, brach die Erinnerung wie ein heftiges Unwetter über sie herein. Reflexartig zog sie den Kopf ein und legte den Arm darüber, als wollte sie sich vor herabstürzenden Ästen schützen.

Marlene sah sie noch immer fragend an und reichte ihr die Hand, um ihr auf die Beine zu helfen.

Aber Thea wollte sitzen bleiben. «Woher wusstest du, wo ich bin?»

Marlene ging in die Hocke. Ein besorgtes Lächeln trat auf ihr Gesicht. «Ich wusste nicht, wo du bist. Aber ich wusste, dass etwas nicht stimmt. Du wolltest heute unbedingt mit mir in die Stadt. Und dann kommst du nicht, sagst nicht ab, bist nicht zu Hause und gehst nicht an dein Telefon …» Sie ließ sich auf den Waldboden plumpsen, und trockene Zweige knackten unter ihrem Hintern. «Ich bin auf gut Glück hierhergekommen. Das war besser, als zu Hause Däumchen zu drehen. Schließlich waren wir im Winter oft hier und haben die Rehe gefüttert. Und wir haben immer gesagt, dass wir, wenn die Tiere im Sommer nichts mehr zu fressen brauchen, selbst hier ein Picknick machen wollen …»

Marlene sprach leise und sanft, und Thea dachte einen Moment an die Tage zurück, als sie zu zweit, einen Schlitten mit einem Sack Wildfutter hinter sich herziehend, durch den Schnee hier hinaufgestapft waren. Nach dem Tod ihrer Mutter hatte es ihr gutgetan, sich um die Hirsche und Rehe zu kümmern, die vom Förster sträflich vernachlässigt wurden. Doch jetzt war Sommer, und alles war anders. Sie hatte etwas Schreckliches getan.

«Du warst zu Hause bei Papa?» Ängstlich sah sie Marlene an. «Sucht er mich auch?»

«Dein Vater liegt noch im Koma», meinte Marlene und gab sich gar nicht erst Mühe, vor Thea zu verbergen, wie ungehalten sie darüber war. «Ich habe ihm gesagt, dass er sich keine Sorgen machen muss – dass ich mich bei ihm melde, solltest du nicht demnächst bei mir auftauchen. Da hat er sich wieder hingelegt.»

Thea nickte, erleichtert und enttäuscht zugleich.

Marlene fasste nach der kalten Hand des Mädchens. «Also willst du mir nicht endlich erzählen, was passiert ist?»

Es dauerte eine halbe Ewigkeit, bis Thea mit der Sprache herausrückte. Stockend und unter Tränen berichtete sie Marlene vom Raub der Steine und zeigte ihr die Reisetasche mit der Beute. Und noch länger dauerte es, bis Thea einsah, dass sie nicht für immer im Wald bleiben konnte. Erst als Marlene ihr versprochen hatte, dass sie die Angelegenheit mit Richard Scheffler wieder geradebiegen würde, folgte Thea ihr widerstrebend. Doch je näher sie dem Haus der Schefflers kamen, desto langsamer wurde sie.

«Hab keine Angst, die Schefflers sind nette Leute. Sie werden verstehen, wie du auf diese dumme Idee kommen konntest.» Marlene trug die schwere Reisetasche mit den Steinen und zog das schwitzende Mädchen mit den eisigen Händen hinter sich her. «Ich bring dich zu mir nach Hause und regle das erst mal ohne dich. Entschuldigen kannst du dich auch noch nächste Woche. Einverstanden?»

Thea konnte nicht antworten, so trocken war ihre Kehle. Der Kloß, der darin steckte, wurde immer größer und nahm ihr die Atemluft, sobald zwischen den Bäumen das dunkelrote Mansardendach aufblitzte. Ihre Knie wurden weich, und sie begann zu zittern. Hätte Marlenes Hand nicht wie ein Schraubstock ihren Unterarm umklammert, wäre sie keinen Meter weitergegangen. Doch Marlene ließ nicht locker und zog das Mädchen wie einen störrischen Esel aus dem Wald hinaus und die Straße hinab hinter sich her.

Sie blieben auf der gegenüberliegenden Straßenseite, und Thea presste die Lider zusammen, als sie auf Höhe des hölzernen Gartenzauns waren. Trotzdem hatten ihre Augen noch einen Blick auf das Haus erhascht, und sie hatte beinah überrascht festgestellt, dass nichts auf ihre Tat hinwies. Als hätte sie erwartet, dass in Leuchtschrift an die Mauer gesprüht war, was sie verbrochen hatte. Doch die dunklen Fenster blickten stumm, die Haustür war geschlossen. Thea fragte sich, ob sie sie selbst bei ihrer Flucht hinter sich zugeworfen oder ob Richard Scheffler sie später zugemacht hatte.

Marlene kochte Thea einen Tee und ließ sie allein in ihrem Haus zurück. Auch wenn es ein warmer Sommertag war, hielt sich das Mädchen wie eine Erfrierende mit beiden Händen an der heißen Tasse fest. Sie zählte bis dreihundert, dann war Marlene schon wieder zurück. Die Tasche mit den Steinen hatte sie noch immer bei sich.

«Seltsam», sagte sie, «er macht nicht auf, dabei steht sein Auto vor der Garage.» Sie sah Thea an und hatte wohl das

Gefühl, dass sie zuversichtlicher klingen sollte. «Aber wenn er krank ist, wird er bestimmt einen Mittagsschlaf machen. Nach dem ganzen Stress von heute Morgen …» Sie versuchte zu lachen, aber Thea spürte, dass auch Marlene sich mehr Sorgen machte, als sie zugab.

«Und was machen wir nun?», fragte Thea völlig hilflos.

«Wir holen deinen Vater.»

Leon erinnerte sich noch – als wäre es erst gestern passiert –, wie Marlene an jenem Nachmittag plötzlich vor seinem Bett stand und ihn nötigte aufzustehen. Sie hatte nicht geklingelt, sondern war einfach mit dem Schlüssel ins Haus, den Anna ihr irgendwann gegeben hatte. Die Hände in die Hüften gestemmt, wartete sie schweigend, bis er sich aus dem Bett gehievt, im Bad notdürftig frisch gemacht und angezogen hatte. Er war verkatert und genervt gewesen, gleichzeitig fühlte er sich gedemütigt wie nie zuvor. Noch heute stieg ihm die Schamesröte ins Gesicht, wenn er daran zurückdachte.

Auf dem Weg zu ihr hinüber hatte sie ihm in knappen Worten erklärt, was geschehen war. Er hatte Mühe, das Geschehene zu begreifen, und konnte nicht glauben, dass seine Tochter versucht hatte, den Nachbar auszurauben. «Warum sollte sie das tun?», fragte er und erntete einen Blick von Marlene, der anklagender als jeder offene Vorwurf war.

Thea saß am Esstisch und sah ihn nicht an, sondern starrte in ihre Teetasse. Er ließ sich neben sie auf einen Stuhl plumpsen, sein Kopf dröhnte.

«Wenn Scheffler bis jetzt noch nicht die Polizei geholt hat, wird er es auch nicht mehr tun», meinte er und verkniff sich die Bemerkung, dass es ohnehin lächerlich gewesen wäre, wegen des Diebstahls von offensichtlich wertlosen Gegenständen die Behörden einzuschalten. Er wollte seine Tochter nicht noch mehr verletzen. «Ich kläre das mit ihm. Er wird mir schon aufmachen.»

Leon stand auf und musste sich kurz auf den Tisch stützen, weil ihm schwindlig war. Er wollte los, doch Marlene hielt ihn zurück. Sie hatte etwas gehört und ging zum Fenster. Über ihre Schulter konnte Leon erkennen, wie Luise Schefflers Auto die Straße hinauffuhr.

«Du hast gesagt, sie ist gestern verreist», sagte er zu Marlene. «Warum kommt sie zurück? Weil Thea ihrem Mann ein paar Steine klauen wollte?»

Marlene wirkte ratlos. «Setz dich wieder und warte noch eine halbe Stunde.» Sie stellte Leon ein Glas Wasser hin. «Vielleicht ist das gar nicht so schlecht», überlegte sie. «Falls er noch immer aufgebracht sein sollte, wird Luise die Wogen glätten und ihn beruhigen.»

Doch es waren nicht einmal zehn Minuten vergangen, als ein Krankenwagen mit Sirene und Blaulicht angebraust kam.

Leon sprang auf und wollte hinaus, aber wieder hielt Marlene ihn zurück.

«Was ist da los?», brüllte er und sah entsetzt in die weit aufgerissenen Augen seiner Tochter. «Was hast du getan?»

Sie verbarg den Kopf unter den Armen auf dem Tisch und begann zu schluchzen.

Leon war kurz davor, die Geduld und den Verstand zu verlieren. Er wusste nicht mehr, was richtig und falsch war, hatte keine Ahnung, wie er reagieren sollte. Wie ein Tiger im Käfig ging er rastlos auf und ab.

«Ich muss wissen, was da los ist. Ich geh jetzt rüber», sagte er zu Marlene. «Egal, was passiert ist – sie ist doch noch ein Kind!»

«Leon, sie ist vierzehn! Sie ist strafmündig! Weißt du, was das bedeutet?»

Am Ende kapitulierte Leon, und Marlene ging hinüber. Er und Thea verhielten sich so still wie zwei Verbrecher in ihrem Versteck. Dann kam Marlene mit der Nachricht zurück, dass Luise Scheffler ihren Mann Richard bewusstlos auf dem Wohnzimmerboden gefunden hatte. Zuvor hatte sie mehrfach versucht, ihn telefonisch zu erreichen, und sich Sorgen gemacht, weil ihr kranker Mann nicht abgenommen hatte. Nun machte sie sich Vorwürfe, denn es war davon auszugehen, dass sein Kreislauf versagt hatte und er schwer gestürzt war.

Thea begann erneut zu weinen, doch Leon fehlte die Kraft, sie zu trösten. Er sah nur die Möglichkeit, mit seiner Tochter zur Polizei zu gehen, aber Marlene überzeugte ihn davon, dass es auch jetzt noch besser wäre, mit Richard Scheffler zu reden, sobald es ihm wieder besserginge.

In dieser Nacht traf Leon zwei Entscheidungen. Er würde nie wieder trinken, und er würde alles dafür tun, ungeschehen zu machen, was seine Tochter angerichtet hatte. Denn nicht sie sollte dafür bestraft werden, dass er sie so lange vernachlässigt und allein mit ihren Ängsten gelassen hatte. Er durfte nicht zulassen, dass ihr Leben zerstört wurde.

Er blieb auch bei diesem Schwur, als Marlene am nächsten Tag nach ihrem Dienst im Krankenhaus die entsetzliche Nachricht mitbrachte, dass Richard Scheffler mit einem schweren Gegenstand, vermutlich einem Stein, niedergeschlagen worden war. Die Ärzte, so berichtete sie, hatten bei ihm zudem einen Schlaganfall infolge der schlimmen Schädelverletzung diagnostiziert und ihn nur mit einer Notoperation retten können.

Als wenig später die Polizei zuerst bei Marlene und dann bei Leon klingelte, rechneten die beiden damit, dass die Beamten nach Thea fragen würden, denn vielleicht hatte Luise

Scheffler längst eine Verbindung hergestellt. Immerhin hatte noch die zweite Reisetasche in ihrem Wohnzimmer gelegen und womöglich auch der Stein, mit dem Richard Scheffler niedergeschlagen worden war, falls Thea ihn nicht in die Tasche gesteckt hatte, mit der sie geflüchtet war. Aber die Ermittler hatten, wie sich im Laufe der freundlichen Befragung herausstellte, eine kriminelle Bande aus Osteuropa ins Visier genommen. Allerdings seien – wie einer der Polizisten ausführte – die normalerweise sehr professionell vorgehenden Einbrecher wohl gestört worden, denn außer ein paar wertlosen Steinen hätten sie nichts mitgenommen, weder Bargeld noch Schmuck.

Thea hatte sich währenddessen in ihrem Zimmer verkrochen. Sie lag auf ihrem Bett und sprach kaum noch einen Ton. Es war nicht aus ihr herauszubringen, ob sie Richard Scheffler nur weggestoßen oder auch geschlagen hatte. Ob sie die zweite Tasche dort gelassen oder mit in den Wald genommen hatte. Ob sie überhaupt mit zwei Reisetaschen in das Haus der Schefflers gegangen war. Sie schien sich nicht mehr erinnern zu können. Nach zwei Tagen wurde sie krank, bekam Fieber. Leon entschuldigte sie in der Schule, und sie blieb mehr als zwei Wochen zu Hause. Jeden einzelnen Tag davon zitterte Leon aus Angst vor der Polizei. Doch nichts passierte. Als das Mädchen nach zehn Tagen wieder halbwegs ansprechbar war, hatten Marlene und er einen Plan geschmiedet. Sie packten die Steine in zwei Kartoffelsäcke und vergruben sie unter den Buchen.

Und sie logen Thea an. Sie erzählten ihr, dass Richard Scheffler auf dem Weg der Besserung sei, allerdings noch für längere Zeit in einer Rehaklinik bleiben müsse. Der Krankenwagen habe ihn abgeholt, weil er durch eine Lungenentzündung infolge seiner Erkältung ohnmächtig geworden sei. Tatsächlich hatten sie von seiner Frau erfahren, dass er durch den Schlaganfall irreparable Schäden davongetragen hatte. Er war halbseitig gelähmt, konnte weder gehen noch sprechen, essen oder trinken, weshalb er in ein Pflegeheim eingewiesen worden war.

Zwischen Leon und Marlene war es ausgemachte Sache, dass Thea ihr altes Leben wiederhaben sollte. Indem sie die Steine unter der Erde versteckten, hofften sie, die ganze Geschichte zu begraben. Sie ließen Thea in Ruhe und drangen nicht mehr in sie. Wenn seine Tochter fähig gewesen war, einen kranken alten Mann mit einem Stein halbtot zu schlagen, so war das für Leon nur Ausdruck der Brutalität, die er als Vater an den Tag gelegt hatte, als er sie vernachlässigt hatte. Diese Brutalität hatte nichts mit ihr zu tun!

Die vier Jahre, die seitdem vergangen waren, hatten Thea – dem Himmel sei Dank – einen Großteil ihrer Lebensfreude zurückgegeben. Während Leon Marlenes Geld angenommen und dank ihrer Hilfe den Job im Quellbach bekommen hatte, hatte seine Tochter wieder zu sich gefunden. Sie hatte ein Schuljahr wiederholt, bessere Noten geschrieben und neue Freundschaften geschlossen. Es schien, als hätte sie den Tod ihrer Mutter und die Geschichte mit Scheffler halbwegs unbeschadet überstanden. Nur ihr erneuter Leistungsabfall in der Oberstufe und der häufige Ärger mit den Lehrern waren womöglich ein Hinweis darauf, dass noch immer etwas in ihr gärte. Und wenn sie schlecht gelaunt oder schwermütig war, konnte sich Leon nie sicher sein, ob ihr Gemütszustand eine gewöhnliche Begleiterscheinung der Pubertät war oder ob mehr dahintersteckte.

Er selbst hatte alles dafür getan, seine fatalen Versäumnisse wiedergutzumachen. Er hatte keinen Schluck Alkohol mehr getrunken, geschuftet wie ein Berserker, um seine Schulden bei der Bank und bei Marlene abzutragen, und er hatte Thea nicht mehr aus den Augen gelassen. Er war aus dem Modus des Wegschauens in einen Modus der ständigen Wachsamkeit gewechselt. Er registrierte Dinge, die er vorher nicht wahrgenommen hatte, und wurde dabei von einem ständigen Schatten verfolgt. Anfangs glaubte er noch, der Schatten bestünde allein aus dunkler Trauer. Aber irgendwann begriff er, dass diese Trauer vermischt war mit dem Schwarz der Angst.

ACHT

Die ganzen letzten Jahre hatte er diese Angst hinter sich hergezogen wie eine Braut ihren langen, zarten Schleier. Doch in den letzten Tagen hatte sie sich verdichtet zu einem festen Stoff, der ihn, gleich einem Totenkleid, immer fester einzuhüllen begann. Auch jetzt, hier in Marlenes Haus, konnte er förmlich spüren, wie sich die Angst seiner bemächtigte und ihm die Luft zum Atmen nahm.

Er hörte, wie Marlene die Treppe herunterkam. Sie hatte sich eine Strickjacke über ihr Sommertop gezogen und setzte sich ihm gegenüber an den Esstisch. Fröstelnd zog sie die Jacke vor der Brust zusammen.

«Hat sie irgendwann noch mal den Stein erwähnt?», wollte er von ihr wissen.

«Du meinst Thea?», fragte Marlene, die nicht wissen konnte, welche Langstreckendistanz Leons Gedanken in der letzten Minute zurückgelegt hatten.

Er nickte fahrig. «Bitte sei ehrlich! Hat sie dir vielleicht doch noch verraten, wie sie zugeschlagen hat oder was sie mit dem Stein danach getan hat?»

«Nein, Leon, das hat sie nicht. Bei mir hat sie genauso abgeblockt wie bei dir. Und ich habe sie die letzten Jahre auch nicht mehr damit gequält. Für mich war es irgendwann egal, ob sie sich nicht mehr erinnern kann oder will.»

«Nur werden wir so nie sicher sein können, ob wir den Stein auch tatsächlich zusammen mit den anderen vergraben haben!»

«Aber davon sind wird doch immer ausgegangen! Dass die Polizei nicht gegen Thea ermittelt hat, weil niemand einen Stein mit möglicherweise belastenden Spuren gefunden hat …»

«Und keine zweite Reisetasche, die wahrscheinlich genauso schnell in unser Haus geführt hätte!» Leon fuhr sich verzweifelt durch die Haare. «Es ist zum Verrücktwerden. Wir vertuschen ein Verbrechen und haben bis heute keine Ahnung, was sich dabei genau ereignet hat.»

Marlene war aufgestanden und hatte ihm ein Glas Wasser hingestellt, das er nun herunterkippte, als hätte er seit Tagen nichts mehr getrunken. Sie griff nach seinen Händen und hielt sie auf der Tischplatte fest. «Wir müssen ruhig bleiben. Bis jetzt ist nichts passiert.»

Er sah sie an, als hätte sie den Verstand verloren. Aber ihre Hände hinderten ihn daran zu explodieren.

«Nichts, was Thea in Gefahr bringen könnte», meinte sie.

Ihre Zuversicht übertrug sich auf ihn, und eine Hoffnung keimte in ihm auf. «Weißt du noch, wo du die beiden Säcke damals vergraben hast? Glaubst du, wir könnten sie wiederfinden?»

«Wir können es versuchen. Ich habe mir die beiden Bäume damals genau eingeprägt, also sollte es klappen.»

Leon fühlte, wie ihm selbst gewissermaßen ein Stein vom Herzen fiel. Trotzdem blieb der Druck weiter bestehen. «Wenn wir sie nicht finden, wird Gehler es tun. Er wird in Kürze die toten Bäume mit Stumpf und Stiel aus der Erde reißen.»

Marlene dachte nach. «Hat Thea noch einmal mit Luise Scheffler gesprochen?», fragte sie schließlich.

«Sie hat Luise Scheffler gemieden wie der Teufel das Weihwasser. Ich kann mir nicht vorstellen, dass sie nach dem Vorfall ein Wort miteinander gewechselt haben.»

Marlene nickte. «Und Luise wurde von Tag zu Tag stiller. Ich habe sie noch zwei-, dreimal kurz gesprochen. Sie war jedes Mal freundlich, aber sehr einsilbig. Mit der Zeit hat sie sich immer mehr zurückgezogen.»

Das konnte man buchstäblich so sagen. Wie eine Schnecke hatte sich Richard Schefflers Frau immer mehr in ihr Haus verkrochen, und Leon hatte irgendwann den Eindruck gehabt, dass sie es gar nicht mehr verließ. Auch wenn es nicht richtig war, war er froh darüber gewesen.

«Wann ist Richard Scheffler gestorben? Ende letzten Jahres, nicht wahr?», fragte er.

«Im November. Das Datum habe ich nicht mehr im Kopf.» Marlene ließ Leons Hände los und sah zur Seite.

Er wusste, dass sie sich genau wie er schuldig fühlte und schämte. Aber im Gegensatz zu ihm hatte Marlene die Größe besessen, Luise Scheffler persönlich ihr Beileid auszusprechen. Er dagegen hatte der Nachbarin nur eine Kondolenzkarte in den Briefkasten gesteckt und war ihr danach geflissentlich aus dem Weg gegangen. Er hätte nicht einmal sagen können, wann er sie das letzte Mal gesehen hatte. Fast kam es ihm so vor, als hätte er sie so weit aus seinen Gedanken und seiner Welt verdrängt, dass sie sich in Luft aufgelöst hatte.

«Und wann hast du Luise Scheffler zuletzt gesehen?» Mit feuchten Händen umfasste er das Wasserglas.

«Ich kann es dir nicht sagen. Seit Wochen, vielleicht schon Monaten ist das Haus Tag und Nacht absolut dunkel. Ich habe nicht so sehr darauf geachtet, weil ich am Anfang wohl noch gedacht habe, dass sie vielleicht zu Verwandten gefahren ist. Aber mittlerweile glaube ich fast, dass sie weggezogen ist.»

«Hast du von niemandem etwas über sie gehört? Nicht mal im Krankenhaus?»

«Nein, die Kollegen reden schon lange nicht mehr über Oberarzt Scheffler und seine Frau. Einige waren beleidigt, weil Luise niemanden bei der Beerdigung dabeihaben wollte. Sie haben es ihr regelrecht übelgenommen, dass sie allein trauern wollte und sämtliche Kontakte gekappt hat.»

«Es ist fast, als wäre sie ihrem Mann klammheimlich gefolgt», meinte Leon und erschrak, als das Handy in seiner Hosentasche klingelte.

Thea wollte wissen, wo er steckte. Sie hatten ausgemacht, gemeinsam zu frühstücken, bevor er zum Quellbach musste. Er hatte allerdings nicht damit gerechnet, dass seine Tochter an diesem Ferienmontag so früh wach sein würde. Reichlich umständlich log er, dass Marlene ihn nach seinem Morgenspaziergang durch den Wald auf einen Kaffee hineingewinkt hätte, und versprach, in wenigen Minuten am Frühstückstisch einzutreffen. Schuldbewusst schob er, nachdem er aufgelegt hatte, das Handy von sich in die Mitte des Tischs.

«Glaubst du, Luise Scheffler hat etwas damit zu tun, dass die Bäume vergiftet wurden?», sprach Marlene laut aus, was sich Leon im Stillen längst selbst gefragt hatte. Die Annahme war völlig absurd und entbehrte jeglicher Logik, aber wer sonst sollte ein Interesse daran haben, dass die Steine wieder ans Tageslicht kamen?

Leon kam nicht dazu zu antworten, denn plötzlich stand Jack im Zimmer.

Auch Marlene wirkte völlig überrascht. Genau wie Leon hatte sie weder gehört, wie er das Auto vor dem Haus geparkt hatte, noch, wie er hereingekommen war.

Jack dagegen schien kein bisschen verwundert darüber, Leon zu so früher Stunde in seinem Haus anzutreffen. Er klopfte ihm freundlich auf die Schulter, nahm sein Cap ab und legte es auf den Tisch. Dafür, dass er in einem klimatisierten Auto gekommen war, war er ganz schön verschwitzt.

«Mary, *sweetheart*, machst du mir einen *ice tea*? Ich verdurste ...», bat er Marlene und erzählte mit seinem breiten amerikanischen Akzent, der alles immer so dramatisch klingen ließ, wieso er den Land Rover in der Werkstatt lassen musste. Er hatte gestern unter der Motorhaube entdeckt, dass verschiedene Kunststoffteile zerkratzt aussahen, und auf einen Marder getippt. Damit hatte er recht behalten, und nun musste der Mechaniker den Wagen genauestens kontrollieren, denn das Tier hatte offenbar mindestens den Kühlerschlauch und das Zündkabel angenagt.

«Und wo ist dein VW-Bus?», fragte Leon.

«Habe ich einem Kumpel für ein paar Tage geliehen. *Perfect timing*, nicht wahr?», sagte er lachend zu Leon und setzte dann ein schiefes Grinsen für Marlene auf. «Sorry, Schatz, aber das wird nicht billig.»

Marlene, die gerade zwei große Eiswürfel klimpernd in ein Glas fallen ließ, verdrehte die Augen.

«Gut, dass ich mein neues Bike schon letzte Woche gekauft habe.» Seine Hand landete zum zweiten Mal auf Leons Schulter. «Sonst hätte sie es mir verboten!»

«Du hast ein neues Rad?» Leon hatte sich schon des Öfteren gefragt, ob Jack überhaupt allein über die Runden kam. Der winzige Store für Skater- und Surferbekleidung, den der Texaner vor einiger Zeit am Rand der Innenstadt eröffnet hatte, wirkte nicht so, als würde er regelmäßig von Kunden frequentiert. Aber Jack hatte jedes Mal, wenn Leon ihn vorsichtig darauf angesprochen hatte, strahlend behauptet, dass der Versandhandel eine wahre Goldgrube sei.

«Mountainbike», korrigierte Jack und leerte das große Glas

Eistee, das Marlene ihm reichte, in einem Zug. «Komm mit, ich zeig's dir. Es steht in der Garage. Zum Schutz vor Dieben und Mardern!»

Leon versuchte mitzulachen, obwohl das letzte Wort durch Jacks Aussprache in seinen Ohren wie «Mörder» geklungen hatte. Er wäre lieber sitzen geblieben, zumal er sich nicht sonderlich für Mountainbikes interessierte, aber die Hand auf seiner Schulter duldete keinen Widerspruch.

«Danach gehe ich gleich rüber, Thea wartet», sagte Leon zu Marlene und folgte Jack über das glänzende Wohnzimmerparkett, die schwarzen Schieferfliesen im Flur und den grauen Kies vor dem Haus in Richtung Garage.

Draußen blieb Jack unvermittelt stehen und drehte sich zu Leon um. Er blickte schnell an ihm vorbei, als kontrollierte er, ob die Haustür geschlossen war oder Marlene ihnen folgte. Statt zur Garage ging er zu einem großen Oleanderkübel vor dem Zaun, bückte sich und holte dahinter einen langen, dünnen Gegenstand hervor.

Mit einem schwarzen Pfeil in der Hand kam er auf Leon zu. «Den habe ich am Donnerstag in der Einfahrt gefunden, als Marlene mit dem Land Rover weg war.» Er sprach ungewohnt leise. «Hat wohl unter ihrem Auto gelegen.» Er übergab Leon den etwa einen halben Meter langen Carbonpfeil, der sich leicht und glatt anfühlte. «Meinst du, da hat es jemand auf uns abgesehen?»

Reflexartig sah sich nun auch Leon um. «Wahrscheinlich nur ein seltsamer Zufall. Oder ein Streich von ein paar Nachbarjungs.» Eine andere Erklärung hatte er spontan nicht.

«Du meinst, da schießen irgendwelche Kids aus Langeweile mit Pfeil und Bogen auf unser Grundstück? Nicht dein Ernst, *come on*!», zischte Jack ungläubig.

Ratlos drehte Leon den Pfeil zwischen den Fingern. Die Stahlspitze blitzte im Sonnenlicht. «Bogenschießen kann man damit jedenfalls nicht, dafür ist er zu kurz. Das ist ein Pfeil für eine Armbrust.»

Das Erstaunen auf Jacks Gesicht wurde immer größer.

Aber Leon war sich sicher. Dafür arbeitete er inzwischen lange genug im Quellbach. Hin und wieder hatte er mit Lohmann und seinen speziellen Kameraden zu tun, von denen einige bei der Jagd anstelle des Gewehrs eine Armbrust bevorzugten. In Leons Augen waren das immer besonders seltsame Kauze gewesen.

«Verdammt», fluchte Jack eine deutliche Spur leiser als sonst. «Das heißt, irgendein Verrückter …»

Weiter kam er nicht, denn hinter ihnen öffnete sich die Haustür. Noch bevor Marlene zu sehen war, riss Jack den Pfeil aus Leons Hand und versteckte ihn hinter seinem Oberschenkel.

«Das hast du auf dem Tisch vergessen.» Marlene hielt Leons Handy hoch, und er ging ihr schnell entgegen, um Jack nicht weiter in Bedrängnis zu bringen.

Im Haus klingelte ein anderes Handy, es war Marlenes Klingelton.

«Das wird die Werkstatt sein. Sie wollten sich bei dir melden, wenn es noch Fragen oder Probleme gibt!», rief Jack ihr zu.

«Wieso bei mir?»

«Sie haben deine Kontaktdaten. Du zahlst ja auch die Rechnungen.» Er grinste schief.

Genervt verschwand Marlene im Haus.

Jack holte den Pfeil wieder hervor. «Was soll ich damit machen? Zur Polizei gehen?»

Leon überlegte und nickte. «Das wäre sicher nicht verkehrt.» Auch ihm war alles andere als wohl bei der Vorstellung, dass in seiner Nachbarschaft jemand mit einer Armbrust herumschoss. «Warum sprichst du nicht mit Marlene?»

«Ich will sie nicht beunruhigen», meinte Jack.

Leon hätte ihm gern gesagt, dass es dafür schon zu spät war. Stattdessen wünschte er Jack nur einen schönen Tag und ging.

NEUN

Als die Abenddämmerung einsetzte, wurde es Zeit für Leon, sich aus dem Quellbach davonzustehlen. An diesem Montag gab es für die Küche noch weniger zu tun als sonst.

Sein Handy hatte in der Hosentasche vibriert, als er gerade mit Beata das angeblich versalzene Hirschgulasch gekostet hatte, das ein Gast zurückgeschickt hatte. Seit der Sache mit Linda trug Leon auch während der Arbeit sein Handy immer bei sich.

Okay, lass uns fahren. Ich habe Frühschicht. Jack ist mit Freunden auf ein Bier. Viertel nach neun dort, las er Marlenes Nachricht, nachdem er Haffmann aufgetragen hatte, dem Gast ein anderes Essen anzubieten, und steckte das Handy mit zitternden Fingern zurück in die Hosentasche.

«Übernimmst du kurz?», fragte er Beata. «Ich muss mal eben zur Toilette, mir geht's irgendwie nicht gut.»

«Aber das Gulasch war doch einwandfrei, oder nicht?», meinte sie erstaunt.

Leon winkte gequält lächelnd ab und zwängte sich an Jan-Philipp vorbei. Statt zur Toilette lief er über den hinteren Gang in den Gastraum. Er wollte sich mit eigenen Augen davon überzeugen, dass der Zeitpunkt günstig war. Als er vorhin gehört hatte, dass Lohmann und Gehler mit Freunden erschienen waren, war ihm das wie eine Fügung des Schicksals vorgekommen. Jetzt oder nie, hatte er gedacht und Marlene sofort eine Nachricht geschickt. Er hatte innerlich gebetet, dass sie zu Hause wäre und nicht gleich zum Nachtdienst müsste.

Lohmann und Gehler saßen an einem der langen Tische. Sie waren der Mittelpunkt einer Runde von acht Männern, und Leon vermutete, dass die meisten passionierte Hobbyjäger waren. Ob einer von ihnen mit einer Armbrust schoss? Zu ihren Füßen, halb unter dem Tisch, lagen zwei große Weimaraner, deren kurzes graues Fell silbern schimmerte.

Zielstrebig ging Leon auf die Männer zu und ließ sich auch nicht von dem Gast ablenken, der ihn von seinem Tisch aus demonstrativ, mit verschränkten Armen und gerecktem Kinn, grüßte. Sicherlich der unzufriedene Gast, der auf eine Entschuldigung vom Koch persönlich hoffte.

Lohmann dagegen begrüßte ihn gut aufgelegt wie immer, lobte das Essen und machte zur Erheiterung aller ein paar Scherze auf Leons Kosten, die dieser gewohnt gelassen parierte. Auch Gehler blieb seiner Rolle treu und musterte den Koch abschätzig und misstrauisch. Nachdem Leon dieses Pflichtprogramm absolviert hatte und sicher sein konnte, dass die Männer, die spät gekommen waren und gerade erst ihre Suppe ausgelöffelt hatten, noch mindestens zwei Stunden hier sitzen würden, ging er zurück in die Küche und erklärte Beata, dass er sich unwohl fühle und nach Hause fahre.

«Natürlich, ich krieg das hier auch ohne dich hin», erwiderte sie sofort, fast ein wenig zu prompt. «Leg dich hin und ruh dich aus, dann geht es dir hoffentlich bald besser.»

Er spürte ihren zweifelnden Blick im Rücken, als er so langsam wie möglich davoneilte.

Die Sonne war gerade untergegangen, das Dunkelgrün der Fichtenkronen zu Grau geworden. Leon fuhr nicht ganz bis zu den Buchen, sondern parkte seinen Wagen etwas unterhalb, in einer kleinen Einbuchtung hinter einem Stapel Baumstämme. Er wollte nicht zu nah bei Marlene parken, denn zwei Autos hätten, falls doch jemand vorbeikam, womöglich zu viel Aufmerksamkeit erregt.

Keuchend joggte er den Weg hinauf, vorbei an Marlenes Land Rover, der genau an derselben Stelle stand wie damals. Sein Herz klopfte wild, und er war völlig außer Atem. Wie ein gehetztes Tier blickte er sich um, doch er konnte Marlene nirgends sehen. Unsicher ging er auf die kahlen Buchen zu, die sich vor dem tiefblauen Abendhimmel wie schwarze Gerippe abzeichneten. Zwischen ihren Stämmen schob sich bereits die Dunkelheit der bevorstehenden Nacht hindurch und breitete sich wie zäher Nebel aus.

Aus diesem Nebel drang ein metallisches Schaben. Leon verließ den Weg und stapfte durch Farne und brusthohe Sträucher. Sie wuchsen dort, wo vor dem Sturm die Fichten gestanden hatten. Er zwängte sich an einem Holunderbusch vorbei und entdeckte Marlene dahinter.

Das Déjà-vu überwältigte ihn. Es katapultierte ihn zurück in die Vergangenheit, und er fand sich in jenem unheilvollen Sommer vor vier Jahren wieder. Er sah sich selbst, kurz vor Einbruch der Nacht, in Marlenes Auto sitzen. Sie näherten sich der Lichtung, und die Scheinwerfer des Land Rovers glitten über ein Schlachtfeld.

Wenige Wochen zuvor war ein heftiger Orkan über den Wald hinweggefegt, hatte ganze Bergkuppen abgeholzt und eine Spur der Verwüstung hinterlassen. Auch der Berg oberhalb von Leons Haus war nicht verschont geblieben. Vor allem die Fichten, die in künstlichen Monokulturen einen Großteil der Berge bedeckten, hatten ohne den Rückhalt eines gesunden Mischwaldes massenweise nachgegeben und waren wie Streichhölzer umgeknickt.

Fassungslos hatten Marlene und er aus dem Auto auf das

aufgerissene Erdreich neben dem Forstweg geblickt. Von den riesigen Fichten, die hier noch vor kurzem gestanden hatten, war – weiter vorn in einer Wegbiegung zu erkennen – nur noch ein Stapel langer Stämme übrig, bereit zum Abtransport. Beim Entfernen der umgekippten Stümpfe hatten Gehler und seine Männer regelrechte Krater in den Boden gerissen, bis hin zum Wurzelreich der angrenzenden Buchen und Eichen.

Wortlos hatte Marlene genau dorthin gedeutet, und Leon hatte nicht gleich verstanden. Begriffsstutzig hatte er auf die vernarbte und aufgewühlte Erde gestarrt und nur gedacht, dass es in seinem Kopf wahrscheinlich nicht anders aussah.

«Lass es uns hier versuchen», hatte Marlene gesagt. «Da hinten, unter den Buchen. Das ist ein ganzes Stück entfernt vom Weg, da kommt kein Mensch vorbei.» Sie hatte ein paar Meter zurückgesetzt und den Wagen in einer kleinen Bucht am Waldrand verborgen, bevor sie herausgesprungen war, sich den Spaten geschnappt und Leon eine Taschenlampe in die Hand gedrückt hatte. «Komm schon, bringen wir es hinter uns! Wir tun es für Thea. Wir wollen doch, dass sie bei uns bleibt!»

Das waren ihre Worte gewesen, die sich in Leons Gedächtnis eingebrannt hatten. Denn er war Marlene unendlich dankbar dafür gewesen, wie sie sich für seine Tochter einsetzte und wie sie ihm mit dem kleinen Wörtchen «wir» versicherte, dass er nicht allein war. Gemeinsam waren sie im Dunkeln zu den Buchen geschlichen und hatten sich an die Arbeit gemacht.

Nachdem sie sich später in Marlenes Wagen davongeschlichen hatten, hatte Leon die Buchen mehr als zwei Jahre gemieden. Erst als er sich sicher gewesen war, dass kein Verdacht auf seine Tochter gefallen war, hatte er keinen Bogen mehr um das Waldstück gemacht. Bei seiner Rückkehr war er überrascht gewesen, wie sehr sich der Ort verändert hatte. Der einst zerfetzte Boden vor den Buchen war lückenlos bewachsen gewesen mit Haselsträuchern und Weißdornbüschen, die Leon bereits bis über die Brust gingen. Hier und dort hatten sich die Triebe junger Bäume zum Licht gekämpft.

In gewisser Weise hatte ihn dieser Anblick beruhigt, denn damit war buchstäblich Gras über die Sache gewachsen. Dieser Tag hatte für ihn den Beginn einer neuen Normalität markiert. Eine zentnerschwere Last war von ihm abgefallen, und er hatte nun wieder öfter den Weg entlang der Buchen zum Quellbach genommen. Er hatte das Gefühl gehabt, endlich wieder freier atmen zu können. Bis zu jenem Morgen vor sechs Tagen.

«Das ist ja kiloweise Laub», stöhnte Marlene und holte Leon in die Gegenwart zurück. Sie hatte ihn längst hinter dem Holunderbusch bemerkt. Mit dem Fuß fegte sie einen Hügel aus trockenen Blättern zusammen, während sie sich auf den großen Spaten stützte. «Erleichtert die Orientierung nicht unbedingt.»

«Warum hast du nicht gewartet? Wie lange bist du schon hier?» Leon blickte auf den dichten Teppich aus toten Blättern und musste unweigerlich an die Redewendung von der Stecknadel im Heuhaufen denken.

«Seit zehn Minuten. Mir war nicht danach, ruhig im Auto sitzen zu bleiben oder hier rumzustehen und Däumchen zu drehen.» Sie griff erneut nach dem Spaten und rammte ihn fest in den Waldboden. Auch sie war mehr als angespannt. Mit kraftvollen Spatenstichen versuchte sie, ihrer Nervosität Herr zu werden. Doch der Boden war trocken und hart.

«Lass mich das machen!» Leon ging zu ihr und nahm ihr den Spaten aus der Hand. Im Gegensatz zum letzten Mal wollte er nicht wieder untätig zuschauen. «Bist du sicher, dass das die richtige Stelle ist?» Er sah sich um und wurde das Gefühl nicht los, dass sie beobachtet wurden.

Marlene fuhr sich über die verschwitzte Stirn. «Ziemlich sicher. Diesen Baum habe ich mir genau gemerkt. Ich weiß noch, dass es der dritte vom Weg aus war.»

«Aber in welchem Abstand zum Stamm hast du den Sack in die Erde gelegt?» Leon rammte die Spatenspitze in die Erde und bekam eine erste Ahnung von der Schwierigkeit ihrer Mission. Das Spatenblatt war nicht einmal eine Handbreit in den festen Boden vorgedrungen. «War es wirklich hier?» Damals war er überzeugt davon gewesen, sich die beiden Stellen genau eingeprägt zu haben. Doch das Adrenalin hatte ihm wohl einen Streich gespielt. Nervös hatte er sich immer wieder in alle Richtungen umgesehen, während er das Graben hauptsächlich Marlene überlassen hatte. Er erinnerte sich noch, wie sie ihn gebeten hatte, die Taschenlampe ruhig zu halten, damit sie schneller fertig würde.

Marlene nickte. «Genau hier war es. Ich weiß es bestimmt.» Sogar im Dämmerlicht war zu erkennen, dass ihr Kopf hochrot war.

Leon mühte sich ein paar Minuten ab, bis der Spaten auf eine dicke Wurzel traf und ihm aus der Hand rutschte. «Mist, so wird das nichts!», fluchte er und deutete auf das viel zu kleine Loch, das er ausgehoben hatte. «Wenn die Steine nur ein paar Zentimeter weiter rechts oder links vergraben sind, werden wir sie nicht finden! Du musst dich präziser erinnern! Hier? Dort? Wie tief?», blaffte er Marlene an, während sein Zeigefinger durch die Luft schnitt.

Sie sah ihn verblüfft an und machte einen Schritt nach hinten, doch dann verwandelte sich ihr Erstaunen in Empörung, und sie brüllte zurück: «Mensch, vor vier Jahren sah hier alles ganz anders aus! Der ganze Boden war frei, da lag kein Laub drauf. Und hier vorne, wo die Waldarbeiter die Reste der umgestürzten Fichten rausgerissen hatten, waren Krater, die bis zu den Buchen reichten. Ich musste die Säcke nur unter die Wurzeln schieben, ein paar Erdklumpen draufschaufeln und festklopfen.» Wütend fuchtelte sie mit den Armen herum, und der Ärmel ihrer Strickjacke verfing sich in dem Holunderbusch. «Und diese verdammten Sträucher waren auch noch nicht da!»

Leon warf den Spaten hin, ging zu ihr und nahm sie in den Arm. Sie rührte sich nicht, hielt ganz still, wie ein Vogel, der von einer großen Faust umschlossen wird. Leon spürte ihre Schulterblätter, und zum ersten Mal kam sie ihm zart und zerbrechlich vor.

«Tut mir leid», sagte er. «Ich habe damals wie ein Idiot neben dir gestanden und keinen Finger gerührt. Nicht mal die Stellen, wo du die Säcke verscharrt hast, habe ich mir gemerkt. Meine Erinnerung ist völlig blank!»

«Schon gut.» Sie löste sich sanft aus seiner Umarmung. «Lass uns weitermachen, bevor es zu dunkel ist.» Entschlossen griff sie nach dem Spaten. «Ich schwöre dir, es war genau hier. Wir müssen nur diese verdammte Wurzel kleinkriegen.» Mit aller Kraft hackte sie darauf ein. Sie wirkte verzweifelt und irgendwann regelrecht panisch.

Er legte ihr die Hand auf die Schulter. «Hör auf!»

Aber Marlene hörte erst auf, als die Kraft sie verließ. Sie warf den Spaten ins Laub und stemmte erschöpft die Hände in die Hüften.

«Die andere Stelle?», fragte Leon. «Wo hast du den zweiten Sack vergraben?»

Es dauerte, bis Marlene nicht mehr keuchte und wieder sprechen konnte. «Vier Bäume weiter.» Sie richtete sich auf. «Da war eine Buche mit einem großen Astloch im Stamm. Direkt darunter habe ich den Sack vergraben.» Schon war sie losgelaufen und hatte die Stelle anscheinend gefunden. «Hier muss es gewesen sein!», rief sie aufgeregt.

Leon hob den Spaten auf und folgte ihr. Kurz bevor er bei ihr war, bemerkte er, wie sich ihr Gesichtsausdruck veränderte.

«Leon, sieh dir das an! Ich glaube, hier war schon jemand …» Vorsichtig strich sie mit dem Fuß ein paar Blätter zur Seite und bückte sich. «Es sieht aus, als hätte hier schon jemand gegraben.»

Leons Herz setzte für einen Schlag aus. Er hoffte, dass sie sich irrte. Dass nur ein Tier im Laub nach Käfern gewühlt oder versucht hatte, einen Bau auszuheben. Die Hoffnung erlosch, sobald er neben der Buche mit dem großen Astloch stand und das etwa anderthalb Quadratmeter große Viereck sah. Diese akkurate Arbeit konnte nur von einem Menschen stammen. Der Boden war vom Laub befreit worden, das ringsum zu Haufen zusammengeschoben war. Die Erde war gelockert, zum Teil schon abgetragen und ebenfalls am Rand des Vierecks aufgeschichtet.

«Wer hat das getan?» Marlene strich mit der Hand über die lockere Erde, als könnte sie nur so begreifen, was sie vor sich sah.

Leon dagegen war sprachlos und schüttelte nur den Kopf.

«Glaubst du, derjenige hat was gefunden?», fragte Marlene und gab sich gleich selbst die Antwort. «Nein, der Sack mit den Steinen liegt tiefer in der Erde.» Es klang, als wollte sie sich beruhigen.

«Was, wenn ihn die Wurzeln im Laufe der Zeit hochgeschoben haben?» Leon hatte seine Sprache wiedergefunden, aber seine Stimme klang brüchig.

Marlene sah ihn von unten mit großen Augen an. «Meinst du, das ist möglich?»

Leon zuckte die Schultern. «Keine Ahnung. Aber die wichtigste Frage von allen ist doch: Wer wusste, dass es hier etwas zu suchen gibt?» In seinen Ohren rauschte es, und er konnte sich nicht entscheiden, ob er schreien oder heulen sollte. Er fühlte sich aufgewühlt und ohnmächtig zugleich. Ein bekanntes Kribbeln befiel ihn und strahlte bis in seine Zehen und Finger aus. Er konnte es sogar auf der Zungenspitze spüren.

Er war nicht mehr Herr seiner Sinne, und so hielt er den Schatten, der sich aus der Düsternis zwischen den Sträuchern schälte, im ersten Moment für eine Sinnestäuschung, eine bloße Halluzination.

Bis Marlenes Blick in dieselbe Richtung schnellte. Sie hatte etwas gehört.

«Scheiße, da ist jemand. Bleib unten.» Leon drückte sie weiter hinunter und duckte sich neben sie.

Schulter an Schulter kauerten sie nebeneinander und rührten sich nicht. Doch in Leons Körper tobte ein Sturm, den er nur überstand, indem er sich mit beiden Händen am Stiel des Spatens festklammerte. Er roch den Schweiß unter seinen Achseln und den stechenden Urin eines Fuchses, der an der Buche sein Revier markiert haben musste.

Langsam wurde der Schatten deutlicher. Ein Mann kam den Weg entlang. Auch wenn Leon seinen Ohren nicht trauen konnte, kam es ihm so vor, als ob der Mann ungewöhnlich leise ging. Er schlich geradezu durch den Wald und drehte sich immer wieder um. Er trug nichts bei sich, weder Rucksack noch Gewehr. Sein steifer Gang und der gekrümmte Rücken ließen erkennen, dass er kein junger Wanderer war. Da wusste Leon, wer er war.

Plötzlich blieb der Alte stehen und schien geradewegs in Leons und Marlenes Richtung zu schauen, als hätte er sie gewittert. Seine ungepflegten langen Haare reichten ihm bis über die Schultern und rahmten sein längliches Gesicht ein. Obwohl es dafür längst zu dunkel war, glaubte Leon, seine stechenden Augen zu erkennen.

«Wer ist das?», flüsterte Marlene. Eine tiefe Angst lag in ihrer Stimme.

Leon sog den Atem ein, riss den Spaten über den Kopf und schoss hoch. «Bleib stehen!», brüllte er und stürzte aus dem Gebüsch wie ein Löwe, der sich auf seine Beute werfen will. Er stolperte über eine Wurzel, hätte fast das Gleichgewicht verloren. Spitze Zweige kratzten ihm über die Arme und das Gesicht.

Er hätte selbst nicht sagen können, was er mit dem Spaten vorhatte – ob er auf den Mann einschlagen oder ihn nur zur Rede stellen wollte. Aber er musste sich gar nicht entscheiden. Als er schließlich auf dem Weg stand, war der Mann verschwunden.

Fassungslos drehte sich Leon einmal um die eigene Achse, während er den Spaten langsam sinken ließ. Von dem Alten fehlte jede Spur.

Es war, als wäre er ein flinkes, scheues Nachttier, das sich durchs Unterholz davongemacht hatte. Oder ein böser Traum, der mit einem Fingerschnipsen wie eine Seifenblase zerplatzt war.

ZEHN

«Die riecht nicht, mach dir keine Hoffnung.»

Leon nahm die Nase aus der Schüssel mit der halben Wassermelone, die er gerade in Würfel geschnitten und mit Parmesanraspeln und Walnüssen vermengt hatte. Erstaunt sah er seine Tochter an.

Wäre Richard Scheffler noch am Leben gewesen, hätte er sicher eine Diagnose stellen können. Er war Neurologe gewesen. Aber vielleicht war Leon auch ein Fall für einen Psychologen. Er hätte Julia fragen können. Sie war zwar in erster Linie Lehrerin und Schulpsychologin, dennoch hätte sie ihm wahrscheinlich etwas von unterdrückten und verdrängten Emotionen erzählt, von Gefühlen, die er betäubt hatte, um weiterleben zu können. Und von einer psychosomatischen Reaktion, durch die die Lähmung seiner Gefühle sich immer wieder auch körperlich bei ihm bemerkbar machte. Was dazu führte, dass seine Fingerspitzen taub wurden, sein Blick verschwamm, seine Zunge pelzig wurde, dass es in seinen Ohren rauschte und er mit einem Mal den Duft einer reifen Melone nicht von dem Gestank angebrannten Fetts unterscheiden konnte. Aber er hatte keine Lust, vor Julia sein Innerstes nach außen zu kehren. Dafür kannte er sie einfach noch nicht gut genug. Was wusste er schon über sie, außer dass sie gern wanderte, Geige spielte und italienisches Essen mochte.

«Diese Melone kann es locker mit jeder Holland-Tomate aufnehmen. Die riecht nicht, und die schmeckt nicht, habe ich gestern schon probiert», sagte Thea und ließ sich auf den Küchenstuhl plumpsen. «Ich habe Hunger! Wann ist das Essen fertig?»

Leon musste schmunzeln. In solchen Momenten hörte sie sich immer noch an wie das kleine Mädchen mit den langen Zöpfen, das ungeduldig mit Messer und Gabel auf den Tisch klopfte und dessen Beine nicht mal vom Stuhl bis zum Boden reichten.

«Anscheinend nicht so schnell ...», gab sie sich selbst die Antwort und deutete auf die rauchende Pfanne. «Die Steaks kannst du da nicht reinlegen.»

Leon sprang zum Herd und zog fluchend die Pfanne von der Platte. Das Butterschmalz war verbrannt, während er mit den Gedanken mal wieder woanders gewesen war. Wenn er so weitermachte, konnte er seinen Beruf bald an den Nagel hängen.

Seit Lindas Tod wusste er nicht mehr wirklich, wo ihm der Kopf stand. Heute war sein erster freier Tag seither, und er hatte gehofft, etwas zur Ruhe kommen zu können. Aber dass er nicht zum Quellbach musste, machte alles irgendwie noch schlimmer.

Vor ein paar Minuten hatte er eine SMS von Julia bekommen. Sie steckte in einer Lehrerkonferenz fest und wusste nicht, ob sie es pünktlich zu ihrer Verabredung schaffte, weshalb sie sich später noch einmal melden wollte. Erst da war Leon siedend heiß eingefallen, dass sie zum Abendessen im Antonelli verabredet waren. Heute war Mittwoch, und er sollte sie um sieben abholen.

Mittlerweile war es schon nach vier und das späte Mittagessen immer noch nicht fertig. Wenn er jetzt aß, würde er später keinen Hunger mehr haben.

«Reicht dir der Melonensalat?», fragte er Thea.

Sie sah ihn an, als hätte er ihr vorgeschlagen, die Zeitung zu essen, die auf dem Küchentisch lag.

«In Ordnung. Ich brate dir die Steaks und ein paar Kartoffelecken.» Er machte sich an die Arbeit.

Thea entspannte sich und lehnte sich zurück. Sie fing an, von irgendeinem viertägigen Festival zu schwärmen, das am kommenden Tag begann und für das eine ihrer Freundinnen noch Karten aufgetrieben hatte. Da Leon auch am nächsten Vormittag noch frei hatte, versuchte sie ihn zu überreden, sie und die anderen dorthin zu fahren.

Aber Leon hatte andere Pläne. Er hatte Beata angelogen und einen Arzttermin vorgeschützt, weil er am nächsten Tag mit Marlene in das Pflegeheim fahren wollte, wo Richard Scheffler seine letzten Tage verbracht hatte. Vielleicht wusste man dort, wie seine Frau Luise zu erreichen war. Eine andere Möglichkeit, Luise Scheffler ausfindig zu machen, war ihm und Marlene nicht eingefallen. Ihr Haus war leer, ihre Telefonnummer nicht mehr vergeben, und keiner wusste, wo sie steckte.

Marlene und er waren am Montagabend mit leeren Händen und wackligen Beinen zurück zu ihren Autos gelaufen. Nachdem der seltsame Alte zwischen den Bäumen verschwunden war, hatten sie ihre Aktion abgebrochen. Sie waren frustriert, aufgewühlt, verängstigt gewesen. Wer war dieser Mann, der sich beim Quellbach herumtrieb, in der Nacht nach Lindas Tod durch den Eichenwald geschlichen und nun bei den toten Buchen aufgetaucht war? Hatte er dort gegraben? Wusste er etwas von den Steinen?

«Wir müssen Luise Scheffler suchen», hatte Leon gesagt, bevor Marlene in ihren Wagen gestiegen war. «Irgendwo müssen wir anfangen. Ich kann nicht länger untätig herumstehen und zusehen, wie mir der Boden unter den Füßen wegbricht.»

«Und wie sollen wir das angehen? Was sollen wir sie fragen, wenn wir sie gefunden haben? Ob sie die Buchen vergiftet hat? Ob sie weiß, wo wir die Steine ihres Mannes vergraben haben, und ob sie sie jetzt zurückholen will?»

«Darüber denken wir nach, wenn wir wissen, wo sie steckt.»

Nach kurzem Zögern hatte Marlene eingewilligt, und sie hatten sich auf Donnerstag geeinigt, weil Marlene sowohl Dienstag als auch Mittwoch Bereitschaftsdienst hatte.

Das stellte Leon allerdings nun vor die Herausforderung, dass er seiner Tochter eine Lüge auftischen musste. Er erzählte, dass er Marlene versprochen hätte, mit ihr nach einem neuen Auto zu schauen. Der Range Rover sei so gut wie hinüber, und Jack habe keine Zeit. Er war erstaunt darüber, wie leicht ihm diese Unwahrheiten über die Lippen gingen, aber er wusste, dass Thea sonst sofort Marlene gefragt hätte, ob sie die Mädchen nicht zu dem Festival fahren könnte.

Mürrisch, aber satt verließ seine Tochter kurz darauf die Küche, und Leon machte sich ans Abwaschen und Aufräumen. Er war mit der Wäsche beschäftigt, als Julia ihm eine zweite SMS schickte: *Die Konferenz wird mindestens noch eine halbe Stunde dauern.* Dahinter ein schwitzendes Smiley. *Ich schaffe es nicht mehr nach Hause. Am besten, du holst mich direkt vor der Schule ab, okay?*

Leon sah auf die Uhr, es war schon nach sechs. Er gab Julia sein Okay, obwohl es ihm nicht gefiel, vor der Schule vorzufahren und dabei womöglich von den anderen Lehrern gesehen zu werden. Er konnte nur hoffen, dass die Konferenz früher vorbei sein würde und die meisten schon weggefahren wären, wenn er um sieben kam.

Als er um zehn nach sieben vor dem Schiller-Gymnasium aus seinem Wagen stieg, wirkte die Schule völlig verwaist. Kein einziges Auto war ihm den kleinen Berg hinauf entgegengekommen, und auch der Parkplatz vor dem altehrwürdigen Gebäude, das am Stadtrand auf einem bewaldeten Hügel lag, war leer. Das einzige Fahrzeug hier war ein altes Fahrrad ohne Sattel, das mit platten Reifen an einer Mülltonne lehnte.

Nichts deutete darauf hin, dass an diesem Tag eine Lehrerkonferenz stattgefunden hatte. Die Schule sah aus, wie eine Schule während der Sommerferien auszusehen hatte – verriegelt und menschenleer. Wie lange waren alle schon weg? Leon bereute bereits, dass er Julia aus Sorge vor möglichen Gerüchten zehn Minuten hatte warten lassen.

Er stieg die breiten Steinstufen zu dem imposanten Portal hinauf und zog kräftig an dem eisernen Knauf der Eingangstür. Wie er vermutet hatte, war sie verschlossen. Aber wenn Julia weder vor noch in der Schule war – wo war sie dann?

Er sah sich um, lief die Treppe wieder hinab und kontrollierte noch einmal Julias SMS, weil er befürchtete, etwas falsch verstanden zu haben. Doch er hatte sich weder im Tag noch in der Uhrzeit oder im Treffpunkt geirrt. Er drückte auf das Symbol mit dem Telefonhörer, um sie anzurufen. Im selben Moment entdeckte er oberhalb der Schule – dort, wo die Straße schmaler wurde und sich in einen Waldflecken hineinschlängelte – einen roten Fiat. War das nicht ihr Auto?

Aber warum hatte sie ihn gebeten, sie abzuholen, wenn sie selbst mit dem Wagen da war? Beunruhigt lief er am Sportplatz vorbei die Straße hinauf. Dabei hielt er sich die ganze Zeit das Handy ans Ohr, aus dem das Freizeichen mit drängender Regelmäßigkeit ertönte.

Niemand schien in dem Fiat zu sitzen. Leon war noch gut

zwanzig Schritte von dem Auto entfernt, als das Tuten abriss und eine Mailbox ansprang. Aber da hatte er das Handy schon sinken lassen, weil er glaubte, etwas anderes gehört zu haben. Es war ein Klingelton gewesen.

Hektisch tippte er auf die Wahlwiederholung. Sobald das Freizeichen erneut ertönte, drückte er das Handy an seinen Oberschenkel und spähte in alle Richtungen, während er angestrengt horchte. Erst war nur das Rauschen des Windes in den Baumwipfeln zu hören, bis sich ganz leise das Zirpen einer Geige herausschälte. Allmählich schwoll die Melodie an – Vivaldis *Vier Jahreszeiten*.

«Julia!», schrie Leon und rannte die letzten Meter zum Auto.

Der Klingelton brach ab, bevor Leon die Fahrertür erreicht hatte.

Er hatte sich nicht getäuscht – in dem Fiat saß niemand. Trotzdem, so als traute er seinen Sinnen nicht, riss er die Tür auf und steckte den Kopf ins Wageninnere. Ein unangenehmer Geruch schlug ihm entgegen, süßlich und verdorben. Magensäure schoss ihm in den Mund, und er drehte sich mit einem Ruck zurück ins Freie, wo er den sauberen Atem des Waldes einsog wie ein Ertrinkender, der es gerade noch rechtzeitig an die Wasseroberfläche geschafft hat.

Der Autoschlüssel steckte im Zündschloss. Leon legte die Hand auf die Motorhaube. Der Fiat stand im Schatten und strahlte keinerlei Wärme mehr ab. Auch wenn alles so wirkte, als wäre Julia eben erst ausgestiegen, ahnte Leon, dass dieser Eindruck täuschte.

Unschlüssig näherte er sich dem Kofferraum. Eine diffuse Angst und ein starker Widerwille hielten ihn zurück, aber er wollte Gewissheit. Der Kofferraum war nicht verriegelt. Während sich der Deckel hob, trat Leon einen Schritt zurück. Doch seine Furcht war unbegründet. Der kleine Kofferraum war vollkommen leer, wie er erleichtert registrierte, bevor ihm derselbe Gestank wie aus dem Wageninneren entgegenschlug.

«Julia!», brüllte er noch einmal und ging um den Fiat herum. Wieder wählte er ihre Nummer und wartete auf den Einsatz der Geigen. Er ging in die Knie, spähte unter das Auto, auf den Schotterweg und daneben ins Gras. Doch als er Julias Klingelton schließlich vernahm, stellte er fest, dass er nicht von hier kam. Konzentriert versuchte er, das Geräusch zu orten, und war sich mit einem Mal sicher – es kam aus dem Wald.

Mit banger Vorahnung folgte er der fröhlichen Melodie immer tiefer in den Schatten der Bäume. Er kam sich vor wie ein Seefahrer, der sich von dem unheilvollen Gesang einer Sirene zu den Klippen locken ließ, wo sein Schiff zerschellen und ihn mit sich in die Tiefe reißen würde. Seine guten Lederschuhe sanken in den weichen Boden ein, Farne strichen über die helle Hose, die er extra für das Abendessen im Antonelli angezogen hatte.

Die Erde war feucht, und um seine Füße mäanderten kleine Rinnsale, die kurz vor dem Schotterweg versickerten und von einem kleinen Bach stammten, der sich weiter oben zwischen den Bäumen verlor. Mit jedem Schritt tauchte Leon weiter in das Dickicht zwischen den hohen Bäumen ein, und immer lauter schrillte die Melodie durch die Stille des Waldes, bis die Streicher der *Vier Jahreszeiten* zu einem ohrenbetäubenden Crescendo ansetzten.

Kurz vor dem Höhepunkt riss die Musik ein weiteres Mal abrupt ab und hinterließ eine erschreckende Leere. Leon stand unter den hohen Bäumen und starrte auf den Waldboden. Es war nicht nötig, Julias Nummer ein weiteres Mal zu wählen. Er hatte ihr Handy entdeckt. Fünf Meter vor ihm ragte es hinter den knorrigen Wurzeln einer großen alten Eiche aus der schwarzen Erde auf. Es hatte fast dieselbe Farbe wie der morastige Boden und stach Leon nur deshalb ins Auge, weil es glänzte wie eine Nacktschnecke.

Erst auf den zweiten Blick sah er, dass das Smartphone gehalten wurde. Von einer Hand.

Ein raues Stöhnen hallte durch den Wald. Leon zuckte zusammen, denn ihm war nicht bewusst, dass er selbst diesen Laut von sich gegeben hatte. Seine Augen hafteten auf der bleichen Hand, die wie eine seltene Pflanze aus der schwarzen Erde wuchs. Er starrte und starrte, bis seine Augen brannten und zu tränen begannen, während er immer noch nicht begriff.

Er stand neben sich und nahm seinen Körper wie von außen wahr. Sein Oberkörper lehnte sich nach hinten, wollte zurückweichen, und trotzdem marschierten seine Beine vorwärts. Als würde ihn eine unsichtbare Macht voranschieben.

Die weiße Hand mit dem Smartphone steckte in einem gelockerten und aufgeschütteten Stück Waldboden, das ungewöhnlich fruchtbar aussah. Es war ein üppiges Waldbeet, bewachsen mit Pilzen, Farnen und Moos. Erst im nächsten Moment wurde Leon klar, dass es so lang und breit war wie ein Sarg.

Sobald ihn dieser Gedanke gestreift hatte, erkannte er darunter die Umrisse eines menschlichen Körpers. Ausgestreckt, verborgen unter einer dicken Schicht Erde, ruhte der reglose Leib auf dem Rücken. Nur die Hand mit dem Smartphone schien auf den ersten Blick aus dem Waldboden herauszuragen.

Doch dann wanderte Leons Blick die Umrisse des Rumpfes weiter hinauf, und sein Herz begann vor Ekel und Entsetzen zu rasen. Eingerahmt von grünen Farnwedeln, die aus den

Schultern zu sprießen schienen, war das mit dunkler Erde verschmierte Gesicht kaum auszumachen. Genauso verdreckt waren die langen, offenen Haare, die wie ein Fächer über den Boden gebreitet waren. Vertrocknete Zapfen, verwitterte Zweige und Blätter klebten darin.

Der verborgene Körper schien bis zur Unkenntlichkeit mit dem Wald verwachsen, die Grenzen zwischen Mensch und Pflanzenwelt waren aufgehoben. Dennoch wusste Leon, wer dieser Mensch war. Auch unter der verkrusteten schwarzen Erde traten Julias Gesichtszüge deutlich hervor.

Er atmete aus. Die Luft, die er die ganze Zeit angehalten hatte, entwich mit einem schmerzhaften Zischen aus seiner Lunge.

Was tat sie hier? Sie waren doch verabredet!, war sein erster, absurder Gedanke.

Tatsächlich wirkte die tote Julia auf seltsame Weise zufrieden. Friedlich ruhte sie in einem Sarg, den der Wald eigens für sie erschaffen zu haben schien. Er hatte sie umschlungen, förmlich in sich aufgesogen.

Man hätte meinen können, sie schliefe nur – wäre da nicht diese Absonderlichkeit in der Mitte ihres Körpers gewesen. Leons Blick wanderte zurück zu ihrer Brust. Er hatte es eben schon wahrgenommen, das Loch in ihrem Rumpf. An seinem Rand krallte sich das Moos fest, als hätte es Angst, sonst in die Tiefe zu stürzen. Doch es war nicht der Waldboden, der hier aufgerissen war. Es war Julias Bauch, in dem ein Krater klaffte.

Über Leon rauschte der Wind in den Baumkronen und drückte die Äste auseinander. Licht und Schatten fielen im Wechsel auf den Waldboden, als spielten sie ein makabres Spiel und hätten Freude daran, Leons Sinne zu verwirren. Auch wenn er wusste, dass er es besser nicht tun sollte, beugte er sich vor, um in den freigelegten Brustkorb zu blicken. Die Rippen spannten sich über einen hohlen Raum. Erde rieselte zwischen den hellen Knochen hinein. Schwarze Brocken fielen auf das rote Herz, das sich zusammenzog. Es schlug noch!

Brüllend wich Leon zurück. Hinter ihm knackte es. Er fuhr herum, sprang zitternd auf die Beine. Er glaubte, Julia am Waldrand auftauchen zu sehen, und fuchtelte mit den Armen, um sie zurückzuhalten. Dieser grausige Anblick sollte ihr erspart bleiben.

Es dauerte eine ganze Weile, bis er zu sich kam. Mehrmals atmete er ein und aus, dann zwang er sich, noch einmal hinzuschauen.

Julia würde nicht kommen. Sie lag hier im Wald, kein Mensch mehr, nur noch eine Hülle. Und auch ihr Herz schlug längst nicht mehr. Leon hatte sich von der rieselnden Erde und den Schatten der Äste täuschen lassen. Stattdessen steckte ein toter Stein in ihrer aufgebrochenen Brust. Faustgroß und blutrot.

ELF

Es war ein Jaspis. Ein ungeschliffener», erklärte Leon Marlene am nächsten Tag im Auto. «Die Polizei hat sofort einen Mineralogen hinzugezogen. Beim Verhör haben sie mir triumphierend ihr Wissen präsentiert. Dabei haben sie ganz genau meine Reaktion studiert. So als könnten sie mich mit dieser Information irgendwie aus der Reserve locken. Bestimmt haben sie mir nicht abgenommen, dass ich von so einem Stein noch nie gehört hatte.» Er umklammerte das Lenkrad und gab Gas. Der Wagen brauste über die regennasse Fahrbahn und durch den Nebel, der von den feuchten Wiesen auf die Landstraße gekrochen kam.

«Hier steht: *80 bei Nässe.*» Ängstlich hielt sich Marlene am Türgriff fest und deutete auf das Verkehrsschild am Straßenrand, das verschwommen an ihnen vorbeiglitt. Wie aus Kübeln prasselten dicke Tropfen auf die Windschutzscheibe. Die Scheibenwischer kamen nicht hinterher. «Es ist ein Albtraum. Hoffentlich finden sie diesen Unmenschen schnell», sagte sie und lehnte sich ein wenig zurück, sobald Leon vom Gas ging.

Konzentriert lenkte er den Wagen durch eine enge Kurve. Der Asphalt glich der Oberfläche eines Sees, und es war kaum noch auszumachen, wo das Straßenbett aufhörte und die Wiese begann. Aus dem Augenwinkel nahm er wahr, wie Marlene sich zu ihm drehte und ihn ansah.

«Auch wenn es für dich schrecklich ist, kann man den Polizisten nicht vorwerfen, dass sie dich genauer unter die Lupe genommen haben», sagte sie.

«Du meinst, dass sie mich verhaftet haben», erwiderte er bitter. «Wenn der Haftrichter nicht eingeschritten wäre und Braune den Kopf gewaschen hätte, würde ich jetzt wohl in irgendeinem dunklen Loch hocken. Aber der Herr Kommissar lässt sicher nicht locker und findet bestimmt noch etwas, was er gegen mich verwenden kann.»

«Mach dir keine Sorgen. Solange sie nichts Konkretes gegen dich in der Hand haben, können sie dich auch nicht einsperren. Anscheinend haben sie ja noch nicht einmal eine Tatwaffe oder den Tatort entdeckt. Und gegen dich haben sie nicht einen Beweis, oder? An den Leichen gibt es keinerlei Spuren, die auf dich deuten, nicht wahr?» Marlenes Worte sollten ihm Mut machen, aber sie klangen auch ein klein wenig ängstlich.

Er schüttelte den Kopf und ließ das Fenster herunter. Mit einem Mal hatte er das Gefühl zu ersticken. «Laut Haftrichter kann der Tatverdacht gegen mich nicht als dringend eingestuft werden. Außerdem lässt mein bisheriges Verhalten nicht auf eine Fluchtgefahr schließen, zumal ich mit meiner Tochter zusammenlebe.» Kalte Tropfen zerplatzten auf seinem Unterarm, doch er war dankbar für den frischen Wind, der etwas wohltuend Reines hatte.

Als sie Bad Lerchberg erreichten, riss der Himmel auf, die grauen Wolken zogen weiter. Sie parkten vor dem Pflegeheim und ließen den Schirm im Auto. Die hervorblitzende Sonne spiegelte sich in riesigen Pfützen. Während sie große Bögen um diese machten, versuchte sich Leon zu erinnern, warum sie hier waren. Es hatte etwas mit den Steinen unter den Buchen und womöglich mit den Steinen in Lindas und Julias toten Körpern zu tun.

Ihm wurde schwarz vor Augen, als er Julia vor sich sah, und er musste sich mit beiden Händen auf dem Kofferraum eines parkenden Autos abstützen. Der Schock saß ihm noch immer in den Knochen. Dass er sie so entmenschlicht im Wald gefunden hatte – ausgehöhlt und beinah unsichtbar –, lag noch keine vierundzwanzig Stunden zurück.

Marlene lief zu ihm. «Geht es? Oder willst du lieber zurück?»

Ja, das wollte er. Aber es gab kein Zurück. Die Welt, in der er bisher gelebt hatte, gab es nicht mehr. Zwei Frauen, die er gekannt hatte, waren getötet worden, und wenn er nichts unternahm, wurde womöglich die Zukunft seiner Tochter zerstört.

«Nein, wir ziehen das jetzt durch.» Er hakte sich bei Marlene unter. «Luise Scheffler ist unser einziger Anker. Wenn wir sie finden, kriegen wir vielleicht raus, wer etwas über die Steine unter den Buchen weiß. Und ob die Steine in Lindas und Julias Brust aus der Sammlung ihres Mannes stammen. Vielleicht hat sie sogar eine Ahnung, wer dieser Irre im Wald ist.»

«Du willst sie fragen, ob *sie* die Steine unter den Buchen ausgegraben hat, um sie gegen die Herzen auszutauschen? Oder ob sie jemanden beauftragt hat, das zu tun?», raunte Marlene, während sie sich dem Eingang näherten.

«Nein, natürlich nicht.» Er schwankte an ihrer Seite und rieb sich mit Daumen und Fingern über die geschlossenen Augen, um die roten Punkte zu vertreiben, die auf seiner Netzhaut tanzten. «Aber es könnte doch sein, dass in letzter Zeit weitere Exemplare aus Richard Schefflers Sammlung entwendet wurden.»

Er war hundemüde und aufgedreht zugleich. Die Polizei hatte ihn den ganzen Abend und die halbe Nacht über auf dem

Kommissariat verhört und festgehalten. Er hatte seine Fingerabdrücke und eine Speichelprobe abgeben müssen. Nachdem sie ihn endlich entlassen hatten, war ihm die furchtbare Aufgabe zugefallen, Thea zu erzählen, was mit ihrer Lehrerin und Schulpsychologin passiert war. Zum Glück hatte seine Tochter gerade zwei Freundinnen zu Besuch gehabt, die sie auffangen konnten. Er redete mit ihnen bis zum Morgengrauen, als alle endlich erschöpft ins Bett gingen. Die beiden Mädchen blieben bei Thea, und Leon konnte ihre leisen, traurigen Stimmen durch die Wand hören. Auch er tat kein Auge zu.

Beim Frühstück, bei dem kaum jemand einen Bissen runterbrachte, überredeten die Freundinnen Thea, mit ihnen am Mittag mit dem Zug auf das Festival zu fahren. Zwar machte sich Leon Sorgen, wie Thea das alles ohne ihn verkraften sollte, gleichzeitig war er aber auch froh, dass sie dadurch erst einmal weit weg von allem sein würde und so vielleicht auf andere Gedanken kam. Bevor er zu Marlene hinübergegangen war, hatte er seiner Tochter das Versprechen abgenommen, sich regelmäßig bei ihm zu melden.

Plötzlich blieb Marlene abrupt stehen und riss ihn am Arm zurück. Sie waren nur noch wenige Meter von dem modernen Glasbau entfernt, der sich wie ein Fremdkörper in der alten Parkanlage am Rande der verschlafenen Kleinstadt ausnahm.

«Ich stecke da genauso tief drin wie du. Und ich mache mir genauso viele Sorgen und Gedanken», sagte sie eindringlich mit gedämpfter Stimme. «Trotzdem ist es riskant, bei Luise Scheffler aufzutauchen. Wenn sie etwas mit den Buchen und den Steinen zu tun hat, wird sie sich davor hüten, uns einzuweihen. Im Gegenteil, wir müssen davon ausgehen, dass sie sich womöglich für den Tod ihres Mannes an dir rächen will. Und wer weiß, wie sie reagiert, wenn sie merkt, dass wir ihr auf die Schliche gekommen sind. Falls sie jedoch mit alldem nichts zu tun hat, wird unser Kommen sie womöglich misstrauisch machen. Sie wird sich fragen, warum wir sie extra aufsuchen, um sie über die Mineraliensammlung ihres Mannes zu befragen, und am Ende wird sie eins und eins zusammenzählen. Leon, was wir da tun, ist gefährlich!»

Es war das erste Mal, dass sie offen über ihre Befürchtungen sprach. So kannte Leon sie gar nicht. Aber was wusste er schon von dem, was in ihr vorging? Natürlich war sie nicht nur die furchtlose, unerschütterliche, praktisch veranlagte Freundin, bei der man sich jederzeit Rat und Hilfe holen konnte. Manchmal brauchte auch sie Rat und Hilfe, und es zeugte von Egoismus, darüber erstaunt zu sein. Erst vorhin hatte er ihr im Auto von Julia erzählt. Sie war so fassungslos gewesen, dass es ihr völlig die Sprache verschlagen hatte. Die ersten zehn Minuten hatte sie schweigend neben ihm gesessen und nur den Kopf geschüttelt.

Er stellte sich ihr gegenüber und sah ihr in die Augen. «Ich weiß, Marlene», sagte er ruhig. «Aber wenn wir nichts unternehmen und alles nur auf uns zukommen lassen, werden wir von einer Lawine überrollt, die schon jetzt zwei Opfer mit sich gerissen hat.»

Für einen Moment schienen sie die Rollen zu tauschen, denn jetzt war es Marlene, die sich haltsuchend bei ihm unterhakte.

Eine automatische Schiebetür glitt auf, und eine über einen Gehwagen gebeugte alte Dame in einem viel zu großen Regenmantel erschien auf der Schwelle ins Freie. Sie wurde begleitet von einer missmutig dreinblickenden Frau in einem schicken Hosenanzug, die genervt ihren großen Regenschirm wieder zuklappte, als sie bemerkte, dass es nicht mehr regnete.

Wie zwei Verbrecher schoben sich Leon und Marlene an den beiden vorbei und gingen eilig zum Empfang. Sie meldeten sich als Herr und Frau Bosch an und erklärten, einen Besichtigungstermin mit der Leiterin, Frau Junghans, vereinbart zu haben. Marlene hatte Leon vorgewarnt, dass sie bei ihrem Telefonat mit dem Pflegeheim am Dienstag spontan seinen Nachnamen genannt hatte.

Frau Junghans, eine strahlende Mittfünfzigerin in einem figurbetonten Kostüm, erschien umgehend und führte die beiden durch die Klinik. Sie war stark geschminkt und wirkte eher wie die Chefin eines Kosmetiksalons. Interessiert erkundigte sie sich nach der Verfassung und den Bedürfnissen der Mutter beziehungsweise Schwiegermutter, und Marlenes Antworten waren so überzeugend, dass Leon irgendwann selbst an die Existenz jener alten Frau Bosch glaubte, obwohl seine Mutter schon vor mehr als einem Jahrzehnt gestorben war.

Nach einer schier endlosen halben Stunde saßen sie bei einem Kaffee in Frau Junghans' Büro, und nachdem die Leiterin sämtliche Modalitäten zu Wartezeiten und Verträgen erläutert hatte, fand Marlene endlich Gelegenheit für die Überleitung, die sie sich schon vor zwei Tagen zurechtgelegt hatte.

«Unsere Nachbarin Luise Scheffler hat uns Ihr Pflegeheim empfohlen.»

«Vielen Dank, wir fühlen uns geehrt.» In einer Geste falscher Bescheidenheit legte Frau Junghans gerührt eine Hand auf die Brust und senkte das adrett frisierte Haupt.

«Wir sind am Wochenende von einer vierwöchigen Reise zurückgekehrt und wollten bei ihr nach dem Rechten sehen. Frau Scheffler ist nicht mehr die Jüngste und hat in letzter Zeit ziemlich abgebaut.» Marlene log, ohne mit der Wimper zu zucken. «Sie erinnern sich bestimmt an Sie?»

«Sicherlich. Ihr Mann wurde von uns gepflegt, bis er im letzten Jahr verstorben ist.» Frau Junghans legte den Kopf schräg. «Frau Scheffler hat auf mich zuletzt allerdings einen sehr rüstigen, um nicht zu sagen fitten Eindruck gemacht.»

«Ja, das hat sie, in der Tat. Nur leider ging es nach dem Tod ihres Mannes rapide bergab mit ihr», meinte Marlene betreten.

Frau Junghans nickte wissend. «Das passiert leider häufig. Sobald der geliebte Mensch gegangen ist, trauern die Menschen nicht nur. Sie fühlen sich auch nutzlos, weil sie ihren Lebensinhalt verloren haben, und geben sich auf.»

«Sie werden verstehen, dass wir uns große Sorgen um Frau Scheffler machen, nachdem wir sie seit unserer Rückkehr nicht mehr angetroffen haben. Sie geht auch nicht ans Telefon.»

«Mein Gott, sie wird doch nicht gestürzt sein und nun in ihrem Haus liegen?» Frau Junghans machte große Augen.

«Nein, nein, wir waren schon bei ihr im Haus, weil wir dieselbe Befürchtung hatten. Wir haben einen Ersatzschlüssel», erklärte Marlene und sah Leon an, der sogleich nickte. Immerhin war Letzteres keine Lüge. Erschrocken hatte er den Schlüssel der Schefflers erst neulich bei sich entdeckt, ganz hinten im untersten Schub des Flurschränkchens, wo er die letzten vier Jahre unbemerkt gelegen hatte. Thea musste ihn damals nach der Sache mit Richard Scheffler gedankenlos dort hineingeworfen haben.

Marlene holte tief Luft, und Leon ahnte, dass sie sich etwas mehr Unterstützung von ihm erhofft hatte. «Wir nehmen an, dass sie bei einer Verwandten ist. Sie hat die letzten Monate immer wieder Besuch von einer Nichte gehabt, zu der sie auch hin und wieder selbst ein paar Tage gereist ist. In diesem Fall hat sie uns aber immer Bescheid gegeben. Einmal hat sie auch davon gesprochen, dass ihre Nichte ihr angeboten hat, sie bei sich aufzunehmen und sich um sie zu kümmern. Womöglich ist Frau Scheffler jetzt zu ihr gezogen, aber leider kennen wir weder den Namen noch die Anschrift besagter Nichte, sodass wir nicht nachfragen können. Trotzdem hätten wir gerne Gewissheit, damit wir wieder ruhig schlafen können. Wissen Sie vielleicht, wo sie sein könnte, oder haben Sie in Ihren Unterlagen eine Adresse?»

Frau Junghans zögerte und strich mit den Händen unschlüssig über den hellblauen Stoff auf ihren Oberschenkeln. Sie war hin- und hergerissen zwischen dem Gebot der Hilfsbereitschaft und dem Verbot, vertrauliche Daten weiterzugeben.

Marlene blickte ein weiteres Mal auffordernd in Leons Richtung. Doch er musste nicht einschreiten, da sich die Chefin des Pflegeheims bereits einen Ruck gab. «Nein, Frau Scheffler hat mir nie etwas von einem geplanten Umzug erzählt. Aber nach dem Tod ihres Mannes habe ich sie auch höchstens noch ein-, zweimal gesehen, als es um die Sachen des Verstorbenen ging.» Sie stand auf, ging zu einem Büroschrank und zog ein großes Schubfach mit dicken Hängeregistermappen auf.

Leon war enttäuscht, auch wenn er geahnt hatte, dass die Chancen schlecht standen, dass die Heimleiterin tatsächlich etwas über Luise Schefflers aktuellen Aufenthaltsort wusste. Marlene konnte rückblickend nicht sagen, seit wann das Haus der Schefflers leer stand. Vielleicht seit Mai, vielleicht aber auch schon seit April oder März. Zuletzt gesprochen hatte sie mit ihrer Nachbarin am Rosenmontag, als sie abends nach einem Faschingsumtrunk mit den Stationskollegen im Krankenhaus mit dem Bus nach Hause gekommen war. Auf der Straße war ihr Luise Scheffler mit einem leeren Einkaufskorb entgegengekommen. Der Anblick der einsamen Witwe, die sich im Dunkeln mit ihrem Schirm durch den Schneeregen kämpfte, hatte Marlene einen Stich versetzt, sodass sie sie spontan auf einen Tee zu sich eingeladen hatte. Doch Luise Scheffler hatte abgelehnt, da sie noch einkaufen musste. Sie ging immer erst kurz vor Ladenschluss, und Marlene hatte vermutet, dass sie womöglich Geldsorgen plagten und sie deshalb auf reduzierte Lebensmittel angewiesen war.

Frau Junghans holte eine Akte aus dem Ordner und fächerte auf ihrem Schreibtisch ein paar lose Blätter auf, die nach Korrespondenz aussahen. «Das letzte Mal Post erhalten haben wir von Frau Scheffler am 6. Juni. Wir haben ihr standardmäßig unseren Evaluationsbogen geschickt und sie gebeten, unsere Einrichtung zu bewerten. Natürlich anonym. Aber sie hat es sich nicht nehmen lassen, die Bestnote, die sie unserem Haus zugesprochen hat, mit ihrem Namen zu unterzeichnen. Ihr Brief kam aus dem Drosselweg acht in Rothenau. Hier sehen Sie, wir haben das Formular an die aufgedruckte Adresse geschickt.»

Strahlend hielt Frau Junghans den Bogen in die Höhe, während Marlenes Gesichtszüge nach unten sackten. Leon wusste, was in ihr vorging. Der Drosselweg war auch ihre Adresse, aber es war kaum vorstellbar, dass Luise Scheffler noch vor kurzem in ihrem Haus gelebt hatte.

«Frau Scheffler hat uns ein hervorragendes Zeugnis ausgestellt.» Die Heimleiterin war voll des Eigenlobs. «Als abzusehen war, dass es mit ihrem Mann zu Ende ging, haben wir ihm seinen letzten Wunsch erfüllt und es ihm ermöglicht, zu Hause zu sterben.»

Leon und Marlene tauschten einen versteinerten Blick aus. Davon hatte keiner von beiden etwas gewusst.

«Und ich weiß noch genau», schwätzte Frau Junghans weiter, «wie sie keine halbe Stunde vor der Beerdigung ihres Mannes zu uns kam, um uns allen zu danken, bevor sie mit dickem Mantel und Stiefeln den wohl schwersten Gang ihres Lebens durch den frisch gefallenen Schnee hinüber zum Friedhof antrat.»

Leon horchte auf. «Richard Scheffler wurde hier in Bad Lerchberg beerdigt?», fragte er erstaunt.

«Aber sicher», antwortete Frau Junghans, als gäbe es nichts Naheliegenderes. «Kennen Sie unseren schönen Friedhof? Er liegt gleich hinter dem Park, nur wenige Schritte entfernt.»

«Hatten die Schefflers hier Familie?», wollte Marlene wissen, die sich über diese Neuigkeit genauso wunderte wie Leon.

«Nicht, dass ich wüsste», antwortete Frau Junghans. «Ich glaube, Frau Scheffler wollte ihren Mann einfach an dem Ort zur letzten Ruhe betten, wo er die letzten Monate seines Lebens verbracht hat.»

Leon und Marlene verabschiedeten sich eilig bei der mit einem Mal verunsichert wirkenden Heimleiterin, auch wenn Marlene beim Hinausgehen noch einmal betonte, dass sie sich für ihre Mutter kein besseres Pflegeheim wünschen könnten.

Sobald sie draußen vor dem gesichtslosen Glaskasten standen, atmeten sie beide tief durch, so als hätten sie die ganze Zeit über die Luft angehalten.

«Du hättest ruhig ein paar Worte sagen können! Schließlich warst du derjenige, der unbedingt hierher wollte!», zischte Marlene.

Leon hatte tatsächlich ein schlechtes Gewissen. «Ich weiß, tut mir leid. Ich bin nur leider so unglaublich schlecht im Lügen.»

«Danke für das Kompliment», gab Marlene beleidigt zurück, und Leon musste lachen. Einen Moment dachte er, sie wäre ernsthaft sauer auf ihn, bis er das Lächeln sah, das ihr, anfangs noch ohne ihr Zutun, auf die Lippen trat.

Er legte den Arm um ihre Schulter. «Komm, lass uns zum

Friedhof gehen.» Er wusste selbst nicht, was er sich davon versprach. Es war, als hoffte er, Frieden zu finden, wenn er vor dem Grab des Mannes stand, dessen Tod seine Tochter verschuldet hatte.

Noch immer in der Rolle des einträchtigen Paares schlenderten sie Arm in Arm durch den weitläufigen, eleganten und gepflegten Park, der so gar nicht zu einer unauffälligen und verschlafenen Kleinstadt wie Bad Lerchberg passen wollte.

«Ich kann nicht glauben, dass sie noch im Juni im Haus gewesen sein soll! Ich habe sie seit dem Winter nicht mehr gesehen.» Marlene schüttelte den Kopf.

«Und wieso hat sie ihren Mann in diesem Nest bestattet? Wenn ich mich recht entsinne, stammt keiner der beiden von hier. Ich weiß noch, wie er uns, als Anna und ich in das Haus gezogen sind, bei der Begrüßung erzählt hat, dass er in dem Haus am Drosselweg zur Welt gekommen und seine Frau nur hundert Meter Luftlinie entfernt aufgewachsen ist», meinte Leon. «Und dann bringt sie ihn hier unter die Erde? Fast eine Stunde von Rothenau entfernt?»

Er verstummte, weil aus dem Schatten einer Linde zwei Gestalten auftauchten. Schweigend zogen die alte Frau mit dem Gehwagen und die jüngere, die sicherlich ihre Tochter war, an ihnen vorbei. Die gutgekleidete Dame im Hosenanzug warf dem falschen Ehepaar einen misstrauischen Blick zu, und Leon fühlte sich ertappt.

Das unangenehme Gefühl hielt an, als sie am Ende des Parks, hinter einer Brücke über einen Bach, auf einen unscheinbaren Lattenzaun im Gebüsch trafen. Sie traten durch ein niedriges Gatter und fanden sich unvermittelt zwischen einer Reihe Grabsteine wieder. Es war der Seiteneingang zum Friedhof.

Sie blickten sich um. Der Friedhof war nicht allzu groß. In seiner Mitte ragte eine hübsche Kapelle aus altem Backstein auf, umstanden von hohen, schiefen Gedenksteinen, die sicherlich zu den ältesten auf diesem Gottesacker gehörten.

«Dort hinten scheinen die neueren Gräber zu liegen», sagte Leon und zeigte auf ein gemähtes Stück Wiese unter einer mächtigen Esche. Sie folgten einem geharkten Kiesweg und stießen tatsächlich auf eine frisch ausgehobene Grube und ein Dutzend Gräber jüngeren Datums, in deren Steine Todestage aus den vergangenen fünf Jahren graviert waren. Allerdings fand sich kein Tag im letzten November darunter, genauso wenig wie der Name Richard Scheffler.

«Seltsam», meinte Marlene und sah sich um. «Wo kann er denn sonst liegen?»

Ein bärtiger Mann in Arbeitskleidung stand am Brunnen vor der Kapelle und füllte große Plastikgießkannen mit Wasser, obwohl es gerade erst geregnet hatte. Er hatte Marlenes suchenden Blick bemerkt und wankte mit zwei vollen Kannen auf sie zu.

«Da kann es regnen, soviel es will», erklärte er und stellte schnaufend seine schwere Last ab. «Im Sommer lassen die alten Bäume keinen Tropfen durch.»

«Sind Sie der Friedhofswärter?», fragte Marlene. «Wir suchen das Grab meines Großonkels Richard Scheffler.»

Der Mann blieb einen Moment still, während er Leon und Marlene interessiert musterte. Unter seinem dichten schwarzen Vollbart zeichnete sich ein schiefes Grinsen ab. «Sie stehen direkt davor. Mehr oder weniger.»

Die Verwirrung der beiden schien ihn zu amüsieren, dann jedoch zogen sich seine Brauen zusammen, und das Grinsen verschwand, so als habe er sich daran erinnert, dass er es hier mit einer ernsten Angelegenheit zu tun hatte. Er deutete mit dem Kinn auf die Grube im dunklen Erdreich. «Dort waren die Überreste Ihres Onkels begraben, bevor jemand seine Totenruhe gestört hat.»

«Wie bitte?» Leon starrte in das knapp einen Meter tiefe Loch. Die Erde darin war bereits verkrustet und an den Rändern abgesackt. Die Reste eines Betonfundaments überspannten es wie ein kaputtes halbes Dach. Dieses Grab war nicht frisch ausgehoben, hier hatte schon mal ein Stein gestanden. «Wann ist das passiert?»

Der Friedhofswärter zuckte mit den Schultern. «Schwer zu sagen.» Er nahm eine der Kannen und goss vier trockene Buchsbäume und ein Blumengesteck auf dem Grab nebenan. «Letzte Woche musste ich den Grabstein entfernen. Die Beisetzung hatte viel zu früh stattgefunden, noch bevor sich die Erde darunter verdichtet hatte, sodass sich alles abgesenkt hat. Als ich das Fundament abgetragen habe, fiel mir auf, dass die Urne fehlte.»

«Und das ist Ihnen erst jetzt aufgefallen und nicht schon damals, als der Stein auf das vermutlich leere Grab gesetzt wurde?», fragte Leon und stellte damit die berufliche Kompetenz des Mannes in Frage.

Doch der Friedhofswärter schien nicht beleidigt. «Ich bin erst seit Frühjahr hier tätig», erklärte er. «Und mein Vorgänger …», er klopfte freundschaftlich auf den Grabstein hinter dem Blumengesteck, «… hat sich anscheinend nicht immer an alle Regeln gehalten. Man soll ja nicht schlecht über Tote reden, aber es ging das Gerücht, dass er gegen einen inoffiziellen Aufpreis den einen oder anderen Sonderwunsch erfüllt hat.»

Es war klar, dass nur Richard Schefflers Frau Luise einen

derartigen Sonderwunsch geäußert haben konnte. In Deutschland herrschte Friedhofszwang, aber auf diese Weise war es ihr wahrscheinlich gelungen, die sterblichen Überreste ihres Mannes bei sich zu behalten. Doch wozu hatte sie seine Urne nach der Bestattung wieder aus dem Grab geholt?

Als Leon und Marlene eine Viertelstunde später im Auto saßen und zurück nach Rothenau fuhren, hatten sie noch immer keine Antwort darauf gefunden. Stattdessen formte sich in Leons Kopf eine neue Frage, die so unerhört und erschütternd war, dass sie ihn regelrecht umwarf. Für einen Moment glaubte er, die Kontrolle über den Wagen zu verlieren. Er umklammerte das Lenkrad und stieg panisch auf die Bremse.

Marlene stützte sich reflexartig am Handschuhfach ab, während das Auto am Straßenrand zum Stehen kam. Entsetzt starrte sie Leon an, als hätte sie es mit einem Verrückten zu tun.

Doch er war völlig klar im Kopf. «Was, wenn nie eine Urne in dem Grab gewesen ist? Was, wenn es nie eine Urne gegeben hat?», fragte er.

Marlenes Hände krampften sich um den Sicherheitsgurt, der sie nach Leons Vollbremsung noch immer viel zu fest einschnürte. «Du meinst: Was, wenn es nie einen Toten gegeben hat?»

TEIL ZWEI

FELSENKELLER

ZWÖLF

Leon stellte den Volvo vor dem Haus auf der Straße ab. Später musste er ohnehin noch zum Quellbach.

«Ich hole den Schlüssel», sagte er zu Marlene, die mit bleichem Gesicht ausstieg und am Gartenzaun wartete.

Als er im Haus die unterste Schublade des Flurschränkchens aufzog, zögerte er einen Augenblick. Ihm wurde bewusst, dass sie beide im Begriff waren, ein neues Kapitel jener unheimlichen Geschichte aufzuschlagen, die sie eigentlich lieber für immer vergessen hätten. Was sie vorhatten, war nichts anderes, als die Büchse der Pandora zu öffnen, denn egal, was sie im Haus der Schefflers erwarten würde, es konnte nichts Gutes sein.

Vorsichtig schob er Theas Tücher und Schals beiseite und nahm den unscheinbaren Schlüssel heraus. Es hätte ihn nicht gewundert, wenn das silberne Metall zwischen seinen Fingern geglüht hätte, aber es fühlte sich angenehm kühl an. Er ließ den Schlüssel in seine Hosentasche gleiten und ging mit festem Schritt zu Marlene zurück.

«Gut, dass Jack im Laden ist», meinte sie, während sie an ihrem Haus vorbei hinauf zu den Schefflers liefen. «Ich hätte ihm kaum erzählen können, dass wir nur mal die Blumen bei den Nachbarn gießen gehen.» Sie versuchte zu lächeln, aber die Anspannung war ihr deutlich anzumerken.

Das Zauntor vor dem alten Haus mit dem geschwungenen Schindeldach war nicht verschlossen. Das war es nie gewesen.

Anders als bei den meisten Leuten befand sich die Klingel nicht am Zaun, sondern direkt am Haus. Die Schefflers hatten nichts dagegen gehabt, wenn Besucher ungefragt ihr Grundstück betraten, und wahrscheinlich waren die meisten Leute dieser freundlichen Einladung auch gerne gefolgt. Marlene und Leon allerdings fühlten sich in diesem Moment wie ungebetene Gäste. Leise drückte Marlene das Tor hinter ihnen wieder zu und blieb stehen.

Auch Leon sah sich um. Obwohl er beinah täglich auf seinen Waldspaziergängen hier vorbeikam, hatte er stets vermieden, das Haus genauer zu betrachten. Oft hatte er sogar vorher die Straßenseite gewechselt. Jetzt war er erschüttert von dem Ausmaß der Verwahrlosung, das sich ihnen offenbarte. Der Vorgarten, der früher stets gepflegt gewesen war, war völlig überwuchert. Die kleinen, einst regelmäßig gestutzten Buchsbäume hatten in alle Richtungen ausgeschlagen, und auf den Beeten wuchs kaum etwas anderes als hüfthohes Unkraut. Lediglich einige schiefe Malven überragten das Kraut, und ein paar Ringelblumen blitzten orange und gelb darunter hervor. Die zähen Blumen hatten sich bereits, zusammen mit Unkraut und dickem Moos, über die Gehwegplatten ausgebreitet.

«Kannst du glauben, dass Luise Scheffler noch vor ein paar Wochen hier war?» Leons Blick wanderte über die heruntergelassenen Rollläden. Aus der Nähe sah man den bräunlichen Schmutzfilm, der sich darauf festgesetzt hatte. «Es sieht so aus, als hätte hier seit mindestens einem Jahr niemand mehr einen Finger gekrümmt.»

Marlene zuckte die Schultern. «Nach der Sache mit ihrem Mann hat sie sich immer mehr zurückgezogen. Wahrscheinlich hatte sie irgendwann keine Lust oder keine Kraft mehr, sich um den Garten zu kümmern.»

Bevor Leon den Schlüssel in die Haustür steckte, drückte er auf die Klingel. Ein tiefer Gong hallte dumpf aus dem Innern des Hauses wie aus einer Höhle heraus. Es war förmlich zu hören, dass dieses Haus unbewohnt war. Geschmeidig glitt der Schlüssel in das Schloss, und die Tür öffnete sich wie von selbst, als wäre das Haus froh, dass endlich wieder jemand kam.

Leon hielt Marlene die Tür auf, und gemeinsam traten sie ein. Obwohl draußen die Nachmittagssonne strahlte, herrschte drinnen finstere Nacht. Der abgestandene Dunst, der sich über die Sommerwochen in den ungelüfteten Räumen gestaut hatte, drängte sie gleich wieder rückwärts hinaus.

«Können wir nicht die Tür auflassen?», stöhnte Marlene.

«Und was ist, wenn draußen jemand vorbeikommt?» Leon suchte den Lichtschalter im Treppenaufgang. «Ich kann im Wohnzimmer die Fenster zum Garten öffnen.»

Der Garten der Schefflers war einzig von Marlenes Grundstück aus durch ein paar Sträucherlücken einsehbar. Im hinteren Teil wuchsen dichtbelaubte Obstbäume, und die angrenzenden Nachbarn hatten ihr Villengrundstück mit einem Gitter und einer hohen, breiten Hecke gesichert. Vom Haus aus links oben lag nur der Wald.

Leon durchquerte den Flur, machte im Wohnzimmer Licht an und ging, vorbei an Richard Schefflers Vitrinen, zur Terrassentür. Er musste kräftig an dem Gurt daneben ziehen, bevor sich der eingerostete Rollladen ratternd in Bewegung setzte. Doch selbst als der endlich oben war, blieb es düster. Leon strich mit der Hand über die Scheibe. «Seltsam, das Glas ist mit Verdunklungsfolie beklebt.»

Marlene hatte die Haustür hinter sich geschlossen und war ebenfalls ins Wohnzimmer gekommen. Sie ging zu dem Fenster hinter dem Sofa und fuhr – ebenso wie Leon es getan hatte – mit der Hand über die Scheibe. «Hier auch.»

Er öffnete die Terrassentür, so weit es ging. Frische Luft strömte ins Haus, sie duftete klar und rein nach Wald. «Was meinst du? Hatte sie etwas zu verbergen? Oder ist sie verrückt geworden und hat sich vor kosmischer Strahlung gefürchtet?»

Auch Marlene zog den Rollladen hoch und riss das Fenster auf. «Aber von hier hinten kann doch niemand ins Haus gucken. Außer mir und Jack vielleicht, aber auch nur, wenn wir direkt vor den Johannisbeersträuchern stehen.»

«Vielleicht war ihr schon dieses Risiko zu hoch.»

Das Wohnzimmer war aufgeräumt und machte einen ungenutzten Eindruck. Eine helle Wolldecke lag gefaltet über der Armlehne des Sofas, das Tischchen davor war völlig leer. Genauso wie der Esstisch, der lediglich mit einer weißen Häkeldecke und einer großen Vase geschmückt war. Leon strich mit dem Zeigefinger über die Fensterbank, auf der eine Reihe vertrockneter Orchideen einen traurigen Anblick bot, und hinterließ eine deutliche Spur in dem dicken Staubteppich.

«Einerseits wollte sie nicht, dass jemand ins Haus sieht, andererseits macht es den Eindruck, als würde sie schon seit Monaten nicht mehr hier leben», meinte er ratlos. Das passte alles hinten und vorne nicht zusammen. «Schau dir nur die Bücherschränke an!» Er deutete auf die großen Lücken darin und die umgekippten Stapel der verbliebenen Bände, die keinen Halt mehr gefunden hatten.

Neugierig öffnete er die Tür zu Richard Schefflers Arbeitszimmer und machte Licht. Hier fehlte noch mehr. Regale und Bücherschränke waren fast vollständig geplündert. Der Raum war bis auf einen Schreibtisch und einen Bürostuhl völlig nackt.

«Hat sie die ganzen Bücher mitgenommen, als sie ausgezogen ist?», fragte er fassungslos.

«Vielleicht hat sie sie verkauft oder irgendeiner Bibliothek gespendet.» Marlene lief vom Wohnzimmer in die Küche. «Dasselbe in Grün!», rief sie. «Folie vor dem Fenster, und nichts steht herum.» Es klackte einmal, dann noch einmal. «Die Spülmaschine ist leer», hörte Leon ihre Stimme, «der Kühlschrank auch.»

Er war zu den beiden hohen Vitrinen im Wohnzimmer gegangen, in denen Richard Scheffler seine Mineraliensammlung aufbewahrt und ausgestellt hatte. Ihn fröstelte bei der Vorstellung, dass hier alles angefangen und das Unheil seinen Lauf genommen hatte. Genau hier hatte damals seine Tochter gestanden – eine Diebin mit zwei großen Taschen –, um mit den schillernden Steinen ihre Zukunft und die ihres Vaters zu retten. Und hatte am Ende nur das Gegenteil erreicht.

Die erste Vitrine war, wie es schien, vollständig bestückt. Dagegen waren die einzelnen Etagen der zweiten Vitrine, bis auf das untere Drittel, allesamt leer. Thea hatte an die zwanzig, zum Teil große Steine in ihrer Reisetasche in den Wald geschleppt. Die andere Reisetasche hatte sie bei ihrer Flucht liegenlassen. Es war anzunehmen, dass Luise Scheffler die Steine daraus später zurück in die Vitrine gestellt hatte. Aber was hatte sie mit der Tasche getan?

«Ich geh nach oben. Vielleicht finde ich die Reisetasche, die Thea damals hier hat liegenlassen», sagte Leon zu Marlene, die zurück aus der Küche war.

Ihr war anzusehen, dass sie nicht allzu begeistert von dieser Idee war. «In Ordnung. Aber beeil dich, ich möchte so schnell wie möglich wieder aus diesem Geisterhaus raus.»

Im ersten Stock befanden sich das Schlafzimmer, das Bad

und ein Gästezimmer. Auch hier waren die Rollläden heruntergelassen, allerdings fehlte die Folie auf den Fenstern. Wie unten waren die Zimmer aufgeräumt und sauber, bis auf die Staubschicht, die sich über alles gelegt hatte. Fast schien es, als wäre hier oben seit noch längerer Zeit kein Mensch mehr gewesen.

Die gesteppte Tagesdecke war faltenlos über das Doppelbett der Eheleute Scheffler ausgebreitet. Auf den Nachtschränkchen links und rechts standen lediglich zwei Leuchten. Kein Glas Wasser, kein Buch. Das Schlafzimmer erinnerte an einen Museumsraum.

Leon begann seine Suche in dem breiten Kleiderschrank am Fußende des Betts. Hinter den Türen auf der linken Seite fand er Luise Schefflers Kleidung. Er schämte sich einen Moment, dass er so weit in ihre Privatsphäre drang. Aber das Gefühl der Scham wurde von dem der Überraschung abgelöst. Auf den Kleiderstangen hinter den zwei rechten Schranktüren drängten sich Herrenanzüge und Oberhemden aneinander. In den Fächern darüber lagen penibel gefaltete Unterhemden und Unterhosen, daneben akkurat aufgerollte schwarze Herrensocken. Natürlich gab es Frauen, die sich lange nicht von den Sachen ihres verstorbenen Mannes trennen wollten, aber das hier sah aus, als hätte die Witwe den Tod ihres Gatten vollkommen verdrängt.

Leon schwirrte der Kopf. Das alles ergab keinerlei Sinn. Warum sollte Luise Scheffler mit den zahllosen Büchern ihres Mannes ausziehen, während sie einen Großteil ihrer und seiner Kleidung zurückließ? Und falls sie seine Bücher weggegeben hatte – warum hatte sie dann nicht dasselbe mit den Sachen aus seinem Kleiderschrank getan?

«Leon, komm runter!», rief Marlene aufgeregt nach oben,

und er rannte die Treppe hinab ins Erdgeschoss. «Hier unten! Das musst du dir ansehen!» Ihre Stimme kam aus dem Keller.

Ungeduldig erwartete sie ihn am Ende der Treppe und hielt ihm die Tür zu dem grau verputzten Kellergang auf. Er blickte sie fragend an, aber sie deutete nur mit dem Kopf auf den Raum am Ende des Gangs, aus dem gedämpftes Licht drang. «Am besten, du siehst dir das mit eigenen Augen an.»

Von der niedrigen Decke des großen Kellerraums verbreitete eine schwache Glühbirne, die mit einem alten Lampenschirm aus beigefarbenem Plastik provisorisch umklebt war, ihr kümmerliches Licht. Die beiden Luken oben in der Wand waren nicht einfach nur mit Verdunklungsfolie überklebt, sondern mit einer dicken, lückenlosen Schicht aus schwarzem Tape versiegelt. Kein noch so schmaler Lichtstrahl fand seinen Weg hindurch.

Die Wände waren mit breiten Kellerregalen zugestellt, doch nicht Marmeladengläser, Werkzeuge oder Autoreifen wurden hier gelagert, sondern Bücher über Bücher. Leon entdeckte allgemeine Lexika, Standardwerke der Medizin und Neurologie, Fachbücher der Psychologie, Mineralogie, Botanik und zahllose weitere Bände, die er auf den ersten Blick nicht zuordnen konnte. Marlene hatte eine wahrhaftige Schatzkammer der Naturwissenschaften entdeckt, eine unterirdische Bibliothek.

«Hierhin hat sie also all die Bücher geschafft», meinte Leon.

«Oder *er* …» Marlene sah ihn vielsagend an.

«Du glaubst, dass Richard Scheffler hier unten war?»

«Das sind seine Bücher.» Sie zeigte auf die Matratze am Boden. Ein Kissen lag darauf, daneben stand ein Laptop. «Und das sieht aus wie ein – wenn auch ungewöhnlicher – Arbeitsplatz. Luise hat als junge Frau eine Ausbildung zur Hauswirtschafterin gemacht, nach der Heirat hat sie nicht mehr gearbeitet. Ich kann mir nicht vorstellen, dass sie nach dem Tod ihres Mannes eine eigene Karriere als Wissenschaftlerin angestrebt hat.»

Leons Blick fiel auf einen großen Stapel Zeitschriften am Boden. Zwischen den Blättern blitzten gelbe Klebezettel hervor. Er bückte sich und nahm die obersten Magazine vom Stapel. Es waren Fachzeitschriften der Neurologie.

Er schlug eine Seite auf, die mit einem Post-it versehen war, und stieß auf einen mit Kugelschreiber angestrichenen Artikel. «Müssen wir Lügnern verzeihen?», las Leon laut den Titel vor. Er überflog den Inhalt des Artikels und mühte sich, wenigstens die Hälfte des Fachchinesisch zu verstehen. «Da geht es um eine Studie mit Gleitstrom. Jemand hat wohl gemessen, wie sehr sich halbwegs ehrliche Menschen auf der einen Seite und ziemlich unehrliche auf der anderen von der elektrischen Stimulation bestimmter Hirnareale beeinflussen lassen», versuchte er, für Marlene das Gelesene einigermaßen sinnvoll zusammenzufassen. «Die Stimulation hatte wohl nur einen positiven Effekt auf die mehr oder weniger ehrlichen Menschen. Die skrupellosen Lügner sind Lügner geblieben.»

«Und was soll man daraus lernen?», fragte Marlene, die offensichtlich nicht von Leons Erklärungen überzeugt war.

«Dass Lügner womöglich nicht anders können. Dass ihr unmoralisches Handeln, genauso wie die Ehrlichkeit der anderen, eventuell durch nichts anderes als biologische Veranlagung bestimmt ist.»

Marlene nahm ihm die Zeitschrift aus der Hand. «Zeig mal her», meinte sie und beugte sich mit gerunzelter Stirn über den Artikel. «Du hast das Wichtigste überlesen!», rief sie keine zwei Sekunden später und tippte mit dem Finger auf das Seitenende. «Hast du dir die Autoren angeschaut? Und das Datum der Veröffentlichung?» Sie hielt ihm das Blatt unter die Nase.

Ganze fünf Namen waren aufgelistet, von denen der erste Prof. Dr. med. R. Scheffler lautete. Erstaunlich daran war das Datum darunter. Die Ergebnisse der Studie waren am 12. Juni erschienen.

«Wie kann ein Mann, der seit fast einem Dreivierteljahr tot ist, vor wenigen Wochen seine Forschungsarbeiten präsentieren?» Marlenes Frage hatte einen fast triumphierenden Unterton. Sie nahm noch einmal die Zeitschrift zur Hand, um nachzulesen. «Hier steht, dass die Gleitstrommessungen Anfang des Jahres durchgeführt wurden!»

«Seine Kollegen könnten frühere Erhebungen von ihm genutzt und die Studie in seinem Sinne fortgeführt haben», gab Leon zu bedenken.

«Im Sinne eines Mannes, der seit vier Jahren nicht mehr ansprechbar war?» Marlene schlug die nächste Zeitschrift an der Stelle mit dem gelben Klebezettel auf, während Leon den restlichen Stapel durchging.

«Das ist eine Studie darüber, ob Leute, die besonders schnell Schmerz spüren, auch andere Gefühle wie Mitleid, Reue und Angst stärker empfinden», erklärte sie nach einer Weile. «Hört sich gruselig an. So wie ich das verstehe, haben sie da mit Eiswasser und einer heißen Herdplatte experimentiert.» Sie ließ die Zeitschrift auf die Matratze segeln, so als wollte sie nichts damit zu tun haben. «Diesmal waren es drei Autoren. Richard Scheffler steht an zweiter Stelle. Und der Artikel ist vom Februar.»

Auch im restlichen Magazinstapel fanden sich Artikel von Prof. Dr. med. R. Scheffler. Seine Publikationsliste wies über die vergangenen vier Jahre hinweg kaum Lücken auf.

«Dafür, dass dieser Mann angeblich schon so lange nicht mehr ansprechbar und ans Bett gefesselt war, ist er in den letzten Jahren ganz schön aktiv und mitteilungsbedürftig gewesen», stellte Leon fest.

Marlene stand reglos da, aber Leon spürte, dass sie innerlich bebte. «Weißt du eigentlich, worüber wir hier gerade sprechen? Was das alles bedeutet?»

Leon war genauso aufgewühlt wie sie. Vernunft und Logik halfen nicht bei der Annäherung an das Unerklärliche – statt Antworten fand er immer mehr Fragen. «Nehmen wir mal an, dass das, was unmöglich scheint, tatsächlich passiert ist. Rein theoretisch. Richard Scheffler ist – falls er je wirklich krank war – wieder genesen und hat hier zu Hause seine Arbeit fortgeführt. Nur warum hat er sich dazu im Keller versteckt? Und wo stecken seine Frau und er jetzt, wenn er vielleicht gar nicht im vergangenen November gestorben ist?»

Marlene schüttelte nur den Kopf und lehnte sich haltsuchend an den Türrahmen. «Ich glaube, ich würde jetzt gerne nach Hause gehen.»

Leon legte die Zeitschriften zurück auf den Stapel, stöpselte den Laptop ab und klemmte ihn sich unter den Arm.

«Was ist, wenn die beiden zurückkommen? Sie werden bemerken, dass jemand hier war. Jemand, der einen Schlüssel zu ihrem Haus hat», sagte Marlene mit unverkennbarer Angst in der Stimme.

«Wir müssen uns Gewissheit verschaffen. Vielleicht erfahren wir dann auch, ob sie etwas gegen uns in der Hand haben. Ob sie sich in irgendeiner Form rächen wollen. Oder ob sie etwas ganz anderes vorhaben.»

Er knipste die Lichter aus, und sie verließen den Keller. So unheimlich die Vorstellung auch war – wenn Scheffler noch lebte, bedeutete das auch, dass Thea ihn nicht umgebracht hatte. Der Gedanke hätte Leon erleichtern sollen, denn dadurch hätte man Thea höchstens noch der schweren Körperverletzung bezichtigen können, aber nicht mehr einer Gewalttat mit Todesfolge. Die Reisetasche zu finden, war nun gar nicht mehr so wichtig.

Etwas anderes versetzte Leon jedoch in höchste Alarmbereitschaft. Und als er hinter Marlene die Treppe ins Erdgeschoss hinaufstieg, wusste er auch, was es war.

«Warte einen Moment. Ich will etwas in den Vitrinen im Wohnzimmer nachschauen», sagte er zu Marlene, die nur noch aus diesem Haus hinauswollte.

Er ging zu dem ersten der beiden hohen Glasschränke, in dem der Großteil der Exponate fehlte. Schon vorhin hatte er gesehen, dass selbst dort, wo keine Steine mehr lagen, immer noch kleine Tafeln mit dem Namen und dem Herkunftsort der früheren Ausstellungsstücke angebracht waren.

Das Herz klopfte ihm bis zum Hals, als er jetzt die Beschriftung auf den Schildchen – eins nach dem anderen – durchging. Nicht mehr da waren unter anderem ein blau-schwarz gestreifter Achat aus Madagaskar, ein Türkis aus New Mexico, ein hellvioletter Amethyst aus Sri Lanka, ein grüner Malachit aus dem Uralgebirge, ein Regenbogen-Opal aus Äthiopien. Und obwohl sich Leon darauf gefasst gemacht hatte, setzte sein Herzschlag für einen langen Moment aus, sobald er las, wovor er sich die ganze Zeit gefürchtet hatte: *Schwarzer Obsidian, Liparische Inseln*. Und gleich dahinter: *Roter Jaspis, Brasilien.*

DREIZEHN

Nimm nicht so viel Safran, der kostet ein Vermögen!», blaffte Beata Jan-Philipp an, der gerade das Kaninchencurry für Lohmanns Frau abschmeckte. Sie fuhr sich über die verschwitzte Stirn. Seit Linda und Julia auf so grauenhafte Weise ums Leben gekommen waren, war sie nicht mehr die Alte. Oft wirkte sie überfordert und mit den Nerven am Ende.

Leon legte ihr die Hand auf die Schulter. «Hast du heute schon was getrunken?»

Sie sah ihn an, als hätte sie das Wort «trinken» noch nie gehört. Ihr Gesicht glühte und hatte fast dieselbe Farbe angenommen wie ihre kurzen roten Haare.

«Komm, der Junge kriegt die letzten Teller auch allein hin», meinte er und nickte dem Azubi auffordernd zu, der, überrascht von diesem Vertrauensvorschuss, voller Stolz zurücklächelte. «Wir gönnen uns ein kühles Wasser und fünf Minuten Abendluft.» Er nahm zwei frische Gläser und holte eine angebrochene Flasche Mineralwasser aus dem Kühlschrank, bevor er Beata mit sanftem Druck aus der Küche lotste. Es war gleich zehn, in der Gaststube waren nur drei Tische besetzt, einer davon von Lohmann und seiner Frau. Sie waren spät gekommen und hatten durch ihre Sonderwünsche wie immer für ein wenig Hektik in der Küche gesorgt.

Leon trat aus dem Lieferanteneingang und setzte sich auf die kühle Steinstufe. Gierig sog er die kalte Waldluft ein und atmete langsam wieder aus. Auch ihn hatte dieser Tag, der mit dem denkwürdigen Ausflug nach Bad Lerchberg und dem Besuch im Haus der Schefflers begonnen hatte, gehörig geschlaucht.

Über ihnen zog der Nachthimmel auf. Wie eine Kuppel aus dunkelblauem Samt überspannte er die schwarzen Baumwipfel. Noch waren die Sterne nur als blassgelbe Pünktchen zu erahnen, doch in spätestens einer Stunde würde ihr Glanz mit ganzer Kraft das Universum durchdringen.

Einen Wimpernschlag lang fühlte sich Leon glücklich. In ihm blitzte eine längst vergessene Abenteuerlust auf. Er erinnerte sich, wie er als junger Mann den Drang verspürt hatte aufzubrechen, um Neues zu entdecken und zu wagen. Doch statt in der großen, weiten Welt war er hier gelandet, zwischen hohen Bäumen im Nirgendwo. Hätte ihm damals jemand diese Zukunft vorausgesagt, hätte er nur schallend gelacht. Auch jetzt überkam ihn manchmal noch ein gewisser Unglaube, wenn er sich den verschlungenen Weg vor Augen führte, der ihn bis an diesen Punkt gebracht hatte.

Mit seinem Zivildienst in der Großküche eines Pflegeheims hatte alles angefangen. Dort, wo andere junge Leute nur angewidert die Nase rümpften, hatte er darüber nachgedacht, was zu tun war, damit es den Menschen besser schmeckte. Meist lag es nicht an den Ausgangsprodukten, sondern an der Zubereitung. Mit eins, zwei Kniffen schon wurde aus einer ungenießbaren Pampe eine passable Mahlzeit. Und so war er ausgezogen, um die große, weite Welt des guten Geschmacks zu entdecken. Er hatte den Harz verlassen und am Bodensee eine Kochlehre begonnen. Vom Bodensee war es über die Schweiz weitergegangen bis nach Frankreich. Damals war er so ehrgeizig gewesen wie Jan-Philipp, wenn auch ein wenig demütiger.

In Lyon schließlich fand seine berufliche Entwicklungsreise ein vorzeitiges Ende, als ihn Benno, ein Freund aus der Heimat, zusammen mit seiner Freundin Anna besuchte. Verglichen mit der zauberhaften Referendarin verblasste der Charme sämtlicher Französinnen sofort, und Leon verliebte sich. Als Benno Lyon verließ, war ihre Männerfreundschaft Geschichte und das erste Kapitel einer großen Liebe aufgeschlagen.

Im Jahr darauf wurde Thea geboren, und Leon kehrte nach Hause zurück. Er fand einen lukrativen Job in der Gegend als Küchenchef eines großen Wellnesshotels. Alles schien sich zu fügen, wie es sich für ein echtes Märchen gehörte. Doch dann begann sich das himmelblaue Glück zu trüben. Wolken zogen auf und rückten langsam zusammen, bis sie sich zu einem dunkelgrauen Regenhimmel verdichtet hatten.

Die Arbeit, die sich Leon zu Beginn als spannende Herausforderung präsentiert hatte, fing an, ihn aufzufressen. Mit jedem Jahr wurde ihm mehr bewusst, in welches Hamsterrad er geraten war. Die Arbeitszeiten waren unmenschlich, hinzu kam die lange Fahrzeit, fast zwei Stunden täglich. Auch Anna war überlastet. Sie hatte ihre erste Stelle als Lehrerin angetreten und war gleichzeitig mit dem kleinen Kind auf sich allein gestellt.

Aber die beiden hatten gerade ein Haus gekauft, sodass es für Leon nicht in Frage kam kürzerzutreten. Daher machte er weiter bis zur völligen Erschöpfung – und Verbitterung. Er begann das ausbeuterische Hotelmanagement zu hassen, die anspruchsvollen Gäste mit ihren überzogenen Wünschen und am Ende mehr und mehr sich selbst. Immer öfter griff er zur Flasche. Am Anfang war es nur eine halbe Flasche Rotwein nach Feierabend, später eine ganze Flasche Whisky während der Arbeit. Als sein Chef ihn rausschmiss, ließ ihn das kalt.

Am Ende hatte er nicht nur seine Arbeit verloren, sondern – was im Grunde noch schlimmer war – die Freude daran. Das Kochen war für ihn nur noch das stupide Ausführen bereits tausendfach getaner Handgriffe gewesen, triste Fließbandarbeit, die nicht mehr das Geringste zu tun hatte mit der Entfaltung eigener Ideen. Er hatte völlig vergessen, wie sehr er einst darin aufgegangen war, mit unbekannten Lebensmitteln, wagemutigen Geschmackskombinationen und alternativen Garmethoden zu experimentieren.

Als er arbeitslos zu Hause saß, gelähmt durch einen vollkommenen Burn-out, ließ Anna nicht locker und drängte ihn, sich einen Job in irgendeiner kleinen Küche zu suchen, wo er genau dies wieder tun könnte. Aber der Vorschlag kam Leon albern vor, und er stellte sich vor, wie er sich lächerlich machte, indem er seine Zeit und Energie für hungrige Kleinbürger vergeudete, die gedankenlos aßen, was man ihnen vorsetzte.

Paradoxerweise tat er nun im Quellbach nichts anderes und kam sich nur selten dumm dabei vor. Wären nicht seine Reue und seine Trauer gewesen, hätte er bis letzte Woche fast behaupten können, ein zufriedenes Leben zu führen. Doch nun drohte auch diese kleine heile Welt, die er die letzten Jahre so mühsam wieder aufgebaut hatte, ein weiteres Mal zusammenzustürzen.

Er zählte die ersten Sterne der anrückenden Nacht. Wie gerne hätte er nie wieder etwas anderes getan und wäre für immer hier sitzen geblieben.

Beata stand noch immer unschlüssig hinter ihm. Erst nachdem er einladend neben sich auf die Steinstufe geklopft hatte, ließ sie sich zögerlich nieder und nahm das volle Wasserglas, das er ihr reichte.

Ohne abzusetzen, trank sie es leer, doch plötzlich hielt sie in der Bewegung inne. «Sieh mal, dort vorne, ein Hirsch», flüsterte sie und deutete mit dem Glas auf den Wald.

Leon hatte den dunklen Umriss längst bemerkt. Und er hatte mehr gesehen als Beata, oder vielmehr: Er wusste mehr. Den ganzen Nachmittag hatte er innerlich auf der Lauer gelegen und den Sonnenuntergang herbeigesehnt. Denn – das war ihm inzwischen klargeworden – der alte Mann kam nur in der Dunkelheit.

Leon stieß sich von der Stufe ab und pirschte sich in geduckter Haltung zu Lohmanns Wagen, der wie meist hinter dem Quellbach parkte. Er nutzte die Deckung, die ihm der Mercedes bot, und spähte vorsichtig über die Motorhaube.

Der Mann hatte, am Waldrand entlang, einen Bogen um das Gasthaus gemacht und wollte gerade zwischen den Bäumen in der Dunkelheit verschwinden.

Leon kroch um die Motorhaube herum, bevor er – wie beim Start zu einem Sprint – seinen Körper nach vorne schießen ließ. Nach drei langen Schritten war er auf dem Wiesenstreifen, der die Grenze zwischen dem Gasthausgrundstück und dem Wald markierte. All seine Sinne waren darauf ausgerichtet, den anderen zu fassen und zur Rede zu stellen. Er musste endlich wissen, wer dieser Mann war.

Ein Zischen hielt ihn zurück, und er fuhr herum.

«Was machst du da?» Beata hatte sich aufgerichtet und fuchtelte mit den Armen.

Auch der andere hatte sie gehört. Er drehte sich ebenfalls erschreckt um, stolperte und fiel hin. Selbst wenn er ein ganzes Stück entfernt war, hätte Leon schwören können, dass der Alte Beata mit gelben Augen anblitzte. Seine Fratze wirkte verzerrt. Als hätte ihn die hereinbrechende Nacht in einen Werwolf verwandelt, kroch der Mann auf allen vieren hinter die Bäume. Erst dort richtete er sich auf und rannte davon.

Leon hatte keine Ahnung, ob der Alte ihn entdeckt hatte, aber es blieb ihm keine Zeit, darüber nachzudenken. Er nahm die Verfolgung auf und ließ Beata und das Gasthaus hinter sich. Sein Blick war auf den Rücken des Flüchtenden geheftet, der immer wieder zwischen den Bäumen verschwand. Im Laufschritt schlängelte sich Leon zwischen eng an eng stehenden Fichtenstämmen hindurch, die ihre spitzen, nackten Zweige wie wehrhafte Dornen ausstreckten. Er sprang über Wurzelkämme, Bodenverwerfungen und Gräben. Das Rascheln des trockenen Laubs unter seinen Füßen und das Knacken der Zweige kamen ihm dabei ohrenbetäubend laut vor, und er konnte nur hoffen, dass der andere sie mit den Geräuschen verwechselte, die er selbst verursachte.

Geschickt bewegte sich der gebeugte Alte durch das finstere Dickicht und war dabei erstaunlich schnell. Er schien mehr Tier als Mensch und kannte den Wald augenscheinlich in- und auswendig. Es war, als könnte er auch im Dunkeln sehen, denn anders als Leon taumelte oder stolperte er nicht. Trotz seines krummen Rückens hatte sein Gang etwas Kraftvolles und Geschmeidiges.

Anstatt ihm näher zu kommen, verlor Leon ihn schließlich aus den Augen. Schnaufend blieb er stehen, um in die Stille des Waldes zu lauschen und irgendwo das Geräusch menschlicher Schritte zu hören. Doch obwohl er still stand, wollte der Lärm nicht verebben. Sein Körper glich einem großen Hohlraum, in dem das Pochen seines Herzens und sein rasselnder Atem widerhallten.

Er hatte keine Ahnung, wo er war. Über ihm, zwischen dem Schwarz der Baumkronen, funkelten die Sterne. Im Osten kletterte die Mondsichel die Zweige hinauf. Dennoch kam ihm der Wald stockfinster vor. Er drehte sich um die eigene Achse und nahm wie ein Blinder tastend die Hände zu Hilfe, um aus dem düsteren Labyrinth herauszufinden.

Ein Gewehrschuss ließ ihn zusammenzucken. Der Knall war so laut, dass selbst die Bäume erzitterten. Das Trappeln von Hufen war zu hören, gleichzeitig ein Grunzen und Quieken, das fast wie das Schreien eines Menschen klang. Instinktiv ging Leon hinter einem Baum in Deckung. War das die Polizei, die die Wildschweine aufgeschreckt hatte? Er hatte heute am Rande der Stadt mehrere Einsatzwagen gesehen. Braune musste Verstärkung bekommen haben. Hatten die Beamten eine Spur entdeckt und streiften nun durch den Wald?

Gerade als er sich wieder aufrichten wollte, folgte ein zweiter Schuss, dann ein dritter. Erneut verharrte er reglos, bevor er nach einer Weile, die Hände noch immer auf die Ohren gepresst, mit weichen Knien zwischen den Bäumen hindurchwankte, dorthin, wo es etwas heller schien. Er fand sich am Rand einer Kuppe wieder und lehnte sich gegen einen breiten Baumstamm.

Unter ihm lag ein schmales Tal, ein mondbeschienener Weg durchschnitt den Wald. Gegenüber ragte eine hohe Felswand auf, die mit krummen Tannen bewachsen war. Von oben sah Leon zwei Männer aus dem Wald kommen, gefolgt von zwei großen Hunden. Die Männer trugen Gewehre und Nachtsichtgeräte und liefen eilig ein Stück den Weg entlang, bevor sie wieder ins Dickicht tauchten. Waren das Lohmanns Freunde? Anscheinend machten sie Jagd auf Schwarzwild mit Hilfe von Nachtsichtgeräten, deren Einsatz offiziell verboten war.

Sobald sie verschwunden waren, tauchte eine dritte Person

auf und huschte hinüber zu der Felswand. Das war er. Leon traute seinen Augen nicht, als der Alte im Fels verschwand.

Er wollte sich einen weiteren Schritt an den Rand der Kuppe vorwagen, als er die beiden Männer hörte. Ihre Stimmen waren ganz nah. Die Hunde raschelten hektisch mit ihren Pfoten durch das Walddickicht, einer bellte aufgeregt. Leon lehnte sich zurück an den Stamm und machte sich so klein er konnte. Die Jäger redeten aufgekratzt miteinander, viel zu laut für die Nacht. Sie hatten wohl ein Wildschwein erlegt.

Leon wartete. Erst als er sicher sein konnte, dass sie weg waren, wagte er wieder, normal zu atmen, und kroch hinter dem Baum hervor. Er folgte der Richtung, aus der die Stimmen gekommen waren, und gelangte am Fuß der Kuppe zu einer Kuhle. Das frische, noch dampfende Blut darin konnte er mehr riechen als sehen.

Durch einen feuchten Graben schlich er auf den Weg. Der Mond führte ihn zu dem Berg, in dem der Alte verschwunden war. Kurz vor seinem Ziel trat er in einen tiefen Schatten. Die hoch aufragenden Felsen schirmten dieses Stück des Wegs gegen jegliches Licht ab. Und so entdeckte er erst jetzt, was er von der Kuppe nicht hatte sehen können: ein knapp mannshohes Holztor. Vermutlich war es das Überbleibsel eines früheren Bergbaustollens.

Zwischen den verwitterten Holzlatten drang kein Licht hindurch. Vorsichtig rüttelte Leon daran und stellte fest, dass das Tor nur zugezogen, aber nicht verschlossen war. Zwar klemmte das verzogene Holz und hatte sich in Fels und Boden verhakt, dennoch gelang es Leon, das Tor einen Spaltbreit zu öffnen. Dahinter tat sich ein Gang auf, in dem absolute Finsternis herrschte.

Er streckte den Kopf hinein und wich sofort zurück. Ein

modriger Geruch schlug ihm entgegen, und alles in ihm sträubte sich dagegen weiterzugehen. Er hatte keine Taschenlampe dabei, nicht mal sein Handy. Ganz zu schweigen von einer Waffe.

Hinter sich hörte er Motorgeräusche. Ein Wagen näherte sich, hielt an, Autotüren wurden zugeworfen. Waren das die Jäger von eben? Kamen sie zurück? Oder waren noch andere Männer auf Nachtjagd unterwegs?

Leon stand schutzlos vor dem Tor im Fels. Jeder, der vorbeikäme, würde ihn sehen. Wie sollte er erklären, was er hier trieb? Die Jäger waren höchstwahrscheinlich Freunde von Lohmann und Gehler, die ihm beide immer mehr misstrauten. Sie würden nicht zögern, der Polizei von Leons nächtlichem Streifzug durch den Wald zu berichten. Aber wenn es wirklich Scheffler war, der da drinnen hauste, dann wollte Leon ihn allein stellen. Er musste vor den Polizisten erfahren, ob der Alte etwas mit den Buchen und den toten Frauen zu tun hatte und, vor allem, was er gegen Thea, Marlene und ihn in der Hand hatte.

Ihm wurde klar, dass er zurück zum Quellbach musste. Dort würde er sich die nötige Ausrüstung besorgen und so schnell wie möglich hierher zurückkommen. Bevor der Alte womöglich auf die Idee kam, sich aus dem Staub zu machen.

Er huschte über den Weg zurück in den Wald, hinauf zur Kuppe, und versuchte von dort aus, die Strecke zurückzuverfolgen, die er gekommen war. Doch es war ein auswegloses Unterfangen. Er war dem Alten quer durch den Wald hinterhergerannt, durch das endlose Dickicht der hohen Bäume. Genauso gut hätte er versuchen können, mit verbundenen Augen zurück zum Quellbach zu laufen.

Als einzige Möglichkeit blieb ihm, sich entlang eines schmalen Pfads in die Richtung fortzubewegen, in der er das Gasthaus vermutete. Immer wieder blieb er stehen und horchte, ob die Männer mit ihren Hunden in der Nähe waren. Glücklicherweise hörte er nichts. Nur der Wald ächzte und rauschte, so wie er es selbst bei völliger Windstille tat.

Irgendwann musste Leon jedoch feststellen, dass er sich hoffnungslos verlaufen hatte. Eine halbe Stunde irrte er noch umher, bis er begriff, dass er in dieser Nacht nicht mehr zurückfinden würde. Er verfluchte seine Orientierungslosigkeit und hielt Ausschau nach einem geeigneten Ort, wo er unentdeckt die Stunden bis zur Morgendämmerung ausharren konnte. Ein paar Schritte entfernt bot eine alleinstehende Tanne mit ihren ausladenden Ästen Schutz. Über ihre Wurzeln schmiegten sich weiche Mooskissen.

Leon verspürte das starke Bedürfnis, sich auszuruhen. Er wollte sich gerade auf dem Moos niederlassen, als er die Hunde bellen hörte. Er drehte den Kopf in die Richtung, aus der das Bellen gekommen war, und erspähte in der Ferne ein orangefarbenes Schimmern. Geduckt schlich er unter den Bäumen hindurch, bis er plötzlich am Rande einer Lichtung stand. Die Umrisse eines Gebäudes, aus dessen Fenstern trübes Licht sickerte, schälten sich aus der Dunkelheit. Er hatte das Gasthaus wiedergefunden.

VIERZEHN

Beata sah ihn an, als wäre er ein Gespenst. Mit durchgedrücktem Rücken saß sie auf der blank polierten Arbeitsfläche, das Handy am Ohr. Sie war kreidebleich, ihre zerzausten Haare züngelten wie Flammen um ihren Kopf. Mit ihren weit aufgerissenen grünen Augen starrte sie ihn an und ließ das Handy sinken.

«Ich wollte gerade die Polizei rufen», sagte sie mit kratziger Stimme und räusperte sich, während sichtlich die Anspannung von ihr abfiel. «Was hast du gemacht? Wo warst du? War das der Mörder?», folgte eine Salve aus Fragen.

«Nein, ein armer Alter, der auf der Straße lebt. Er war schon mal an unseren Mülltonnen und hat nach Essen gesucht», behauptete Leon, um sie zu beruhigen.

«Du meinst, der kommt extra aus der Stadt, weil er Hunger hat?»

«Ich habe ihm fünfzig Euro gegeben und meine Adresse. Er soll bei mir klingeln, wenn er wieder was zu essen braucht.»

Beata schob sich von der Arbeitsfläche herunter. «Und woher weißt du, dass er nicht der Mörder ist?»

«Das ist ein armer verwirrter Alter. Der wäre nie in der Lage, ein solches Verbrechen zu planen, geschweige denn seine Spuren zu verwischen.» Er sah sich in der leeren Küche um. «Ist Jan-Philipp schon weg?»

«Es ist weit nach Mitternacht – was denkst du wohl? Wir waren hier schon um elf mit allem fertig, da ist er gegangen.»

Demnach war Leon fast zwei Stunden weg gewesen. Er musste für den Rückweg von dem Felsentor mindestens dreimal so lange wie für den Weg dorthin gebraucht haben. Und wenn er nicht zufällig die Lichter des Gasthauses entdeckt hätte, hätte er auch noch die nächsten Stunden im Wald verbracht, nur einen Steinwurf vom Quellbach entfernt.

«Haben Jan-Philipp und die anderen mitbekommen, was los war?», wollte er von Beata wissen.

«Du meinst, dass du in den Wald verschwunden bist, um einen Mülldieb zu verfolgen?» Sie lächelte matt. «Nein, Haffmann hat nicht in der Küche vorbeigeschaut, und Jan-Philipp habe ich gesagt, dass dir nicht gut ist und du nach Hause gegangen bist.»

«Dann lass uns jetzt auch nach Hause gehen.» Leon hatte es eilig. Allerdings wollte er nicht nach Hause, sondern nur Beata loswerden.

Als er eben zum Quellbach zurückgekommen war, war er über den Hintereingang als Erstes in die Umkleide zu seinem Handy geschlichen und hatte Marlene eine Nachricht geschickt. Dann war er aus seinen verdreckten Küchenklamotten geschlüpft, an denen Laub und Walderde klebten. Noch bevor er seine Alltagssachen angezogen hatte, hatte sein Handy vibriert. Marlene war auf dem Weg.

Beata und Leon löschten sämtliche Lichter in Küche und Gastraum, schlossen den Verschlag mit den Mülltonnen und dann den Lieferanteneingang ab. Um den Rest würde sich Haffmann kümmern, der wie immer die Nacht über im Quellbach wachte.

Gemeinsam traten sie hinaus in die Dunkelheit und liefen zu ihren Autos, die nebeneinander parkten. Auch wenn die Spurensicherer der Polizei Leons ursprünglichen Parkplatz unten am Tor wieder freigegeben hatten, widerstrebte es ihm, täglich dort aus seinem Volvo zu steigen, wo er Lindas leblose Hülle gefunden hatte.

Er wartete, bis Beata die Fahrertür geöffnet hatte, dann begann er in seinem Rucksack zu kramen und rief ihr zu: «Mist, ich hab mein Handy in der Umkleide liegen lassen. Fahr du schon mal los!»

Unsicher verharrte sie in der offenen Tür, doch Leon drängte sie mit einem Winken, das keinen Widerspruch duldete, zum Aufbruch und machte Anstalten, in das Gasthaus zurückzulaufen.

Genau in diesem Moment rollte der schwarze Land Rover durch das Eisentor auf Leons Parkplatz.

«Wer ist das?» Beata reckte sich, um besser in der Finsternis zu sehen.

Die Scheinwerfer gingen aus.

«Das wird einer von Lohmanns Gästen sein. Die jagen zurzeit auch in der Nacht. Ich frag ihn, ob er noch was braucht, und gebe Haffmann Bescheid, dass er da ist. Fahr du ruhig nach Hause.» Leon betete, dass Beata endlich losfuhr. Und dass sie den Fahrer des Land Rovers nicht erkannte.

Doch anstatt in ihr Auto einzusteigen, drehte sie sich zu ihm um und kam auf ihn zu. Bevor er realisierte, was sie vorhatte, hatte sie ihn bereits fest umarmt. Mit ihren kleinen, aber kräftigen Armen hielt sie ihn einen langen Augenblick umklammert und drückte ihr Gesicht an seine Brust.

«Pass auf dich auf», flüsterte sie und stieg, ohne ihn noch einmal anzublicken, in ihren Wagen.

Reglos blieb Leon stehen und blickte ihren leuchtenden Rücklichtern hinterher, bis sie hinter dem Tor zwischen den Bäumen verschwanden.

Marlene hatte die ganze Zeit in ihrem Auto ausgeharrt und stieg erst jetzt aus. Gehetzt blickte sie sich in alle Richtungen um, während sie auf ihn zulief. Er spürte ihre Nervosität, lange bevor sie ihm gegenüberstand. Auch er war aufgeregt.

Anders als gewöhnlich umarmte er sie nicht kurz zur Begrüßung, sondern gab ihr einen flüchtigen Kuss auf den Mund.

Marlene sah ihn perplex an.

«Damit unser Hausmeister denkt, ich werde von meiner Geliebten abgeholt, und vor Neid platzt.» Leon rechnete sicher damit, dass Haffmann sie von oben aus seiner Kammer, versteckt hinter dem Vorhang, beobachtete.

«Hast du nicht eben schon eine Frau umarmt?», fragte Marlene spitz und lächelte schief. «Was wird dein Hausmeister da von dir denken?»

Leon zuckte mit den Schultern. «Haffmann hält mich sowieso für einen Weiberhelden. Das hat mir mal Lohmann belustigt weitererzählt, als sei es der schlechteste Witz aller Zeiten.» Er lachte leise auf, aber es klang wie ein Krächzen und brannte in seinem Hals. Ob es noch mehr gab, die dieser Überzeugung waren? Was war mit dem Ungeheuer, das Linda und Julia getötet, geschlachtet und dafür gesorgt hatte, dass Leon ihre Körper fand?

«Und bist du das?», wollte Marlene wissen.

«Was?»

«Ein Weiberheld?»

Leon war für einen Moment sprachlos und staunte über die unvorhersehbare Wendung, die das Gespräch genommen hatte. Nach Annas Tod hatte er lange kein Interesse an anderen Frauen gehabt. Erst vor einem halben Jahr hatte er sich auf eine kurze Affäre mit einem Gast eingelassen. Sie war die Tochter des Hoteliers aus Südfrankreich gewesen, der um Leon geworben hatte, sowohl von seinen Kochkünsten beeindruckt als auch von seinem Französisch. Zweimal war sie nach ihrem ersten Besuch in den Harz zurückgekehrt. Leon war so aufgekratzt gewesen, dass sogar Thea bemerkt hatte, was Sache war. Anders als befürchtet, war sie ihm nicht böse gewesen, sondern hatte im Gegenteil über das etwas peinliche Verhalten ihres Vaters gelacht. Doch dann war die Dame überstürzt abgereist, und Leon hatte seither nichts mehr von ihr gehört. Anfangs war er vor den Kopf gestoßen gewesen, aber jetzt im Nachhinein war er froh darüber. Wenn er ehrlich war, fühlte er sich noch nicht bereit für eine neue Beziehung.

Er hatte Marlene immer noch keine Antwort gegeben, und sie schien wirklich darauf zu warten. Sie studierte ihn so ernst, dass er ihren bohrenden Blick förmlich spüren konnte. Als er diesen Blick nicht mehr aushielt und stotternd zu einer Erklärung ansetzte, prustete sie los.

Befreit lachten sie beide los. Es war kindisch, aber es tat unglaublich gut, für einen Moment albern zu sein. Denn schon im nächsten Augenblick kehrte die Anspannung zurück.

«Komm, wir haben keine Zeit zu verlieren», meinte Marlene leise, und das Lachen war aus ihrem Gesicht verschwunden. «Wo ist das Versteck?»

Leon erklärte ihr, während sein Blick zum ersten Stock des Gasthauses hinaufschweifte, dass sie besser nicht hier, sondern irgendwo im Wald parkten.

Er huschte noch einmal ins Gasthaus, holte aus einer Schublade in der Küche zwei Taschenlampen und wickelte zwei große Messer in ein Geschirrtuch. Sobald er zurück war, stiegen sie in ihre Autos und taten, als würden sie heimfahren, nur um zweihundert Meter hinter dem eisernen Tor in einen schmalen Forstweg abzubiegen. Hinter einer weiteren Biegung ließen sie ihre Wagen stehen und trafen sich erneut in der Schwärze der Nacht. Hier unter den Bäumen war sie noch undurchdringlicher als vor dem Quellbach.

«Und jetzt?», fragte Marlene.

«Ich fürchte, wir müssen durch den Wald zum Quellbach zurückschleichen und dann noch einmal die Strecke zurücklegen, die ich vorhin gegangen bin, als ich den Alten verfolgt habe.»

«Und das soll funktionieren? Meinst du nicht, dass wir uns heillos im Wald verlaufen werden?»

Sie hatte ja recht, aber anders würde Leon das Tor im Fels nicht wiederfinden.

Marlene ließ sich den Ort genau beschreiben, und Leon versuchte, sich an jedes Detail zu erinnern – den Hügel, auf dem er zuerst gestanden hatte, unter ihm die Jäger mit den Hunden, die schmale Straße, die den Wald wie ein enges Tal teilte, und gegenüber die hoch aufragende Felswand, in der der Alte verschwunden war.

Marlene runzelte die Stirn, zögerte kurz, dann klarte ihr Blick auf. «Ich glaube, ich weiß, wo das sein könnte.» Sie ging zu ihrem Land Rover. «Fahr mir hinterher. Mit dem Auto sind wir schneller.»

In Schrittgeschwindigkeit folgte er ihr über verschiedene Forstwege, von denen er nur die ersten noch kannte. Sie bewegten sich ostwärts in eine Gegend, in die seine Waldspaziergänge nicht reichten. Irgendwann trafen sie auf eine Landstraße, und er fragte sich, ob das richtig sein konnte. Sie fuhren jetzt schon eine ganze Weile, so lange konnte er vorhin unmöglich zu Fuß unterwegs gewesen sein.

Am Straßenrand tauchte eine Gebäuderuine auf. Die verfallene Fassade trug noch Reste eines Schriftzugs. *Gebrüder Rasch* las Leon, als die Scheinwerfer seines Volvos darüberkrochen, um gleich dahinter wieder im Wald zu versinken. Marlene setzte den Blinker, und sie bogen erneut in einen kleinen Forstweg ein. Nach hundert Metern stellte sie ihren Wagen auf einer Verladestelle für gefälltes Holz ab. Als Leon ausstieg, hatte er das Gefühl, in Schnee zu treten, so hell glänzten die Späne und das Sägemehl im Sternenlicht.

«Was machen wir hier?», fragte er. «Hier war es nicht, wir sind falsch.»

«Hat er dich vorhin gesehen? Weiß er, dass du ihm gefolgt bist?», fragte sie zurück, ohne auf seine Einwände einzugehen. «Ich will nur wissen, womit wir rechnen müssen. Vielleicht hat er sich auch schon längst davongemacht.»

«Genau deshalb wollte ich so schnell wie möglich noch einmal zu der Höhle», warf Leon ein.

«Oder er verschanzt sich dort und ist zu allem bereit, weil er ahnt, dass du ihn nicht in Ruhe lassen wirst.»

«Ich weiß nicht, ob er mich wirklich gesehen hat. Es war nicht so leicht, ihm zu folgen. Er war schnell und kannte sich gut aus. In jedem Fall hat er sich verhalten wie jemand, der auf der Flucht ist.» Leon zog sich die Sweatjacke über, die seit gut einem Monat ungetragen auf der Rückbank lag. Doch in dieser Nacht fröstelte es ihn.

«Wir müssen damit rechnen, dass er gefährlich ist. Vor allem, wenn er Linda und Julia auf dem Gewissen hat.» Marlene schien sich in diesem Moment alles andere als sicher zu sein, dass sie das hier durchziehen wollte.

Leon holte seinen Rucksack vom Beifahrersitz. «Hier sind die beiden Taschenlampen. Und zwei Messer für den Ernstfall.»

Sie zuckte zurück.

«Ich gehe nicht davon aus, dass wir sie brauchen werden. Er ist ein alter Mann, der in den Mülltonnen vom Quellbach nach Essbarem sucht. Wenn er es darauf angelegt hätte, mich umzubringen, hätte er bereits mehr als eine Gelegenheit dazu gehabt.»

Ein Funke Panik blitzte in Marlenes Augen auf. Anscheinend wurde ihr erst jetzt wirklich bewusst, worauf sie sich eingelassen hatte. «Ich habe mein Handy dabei», sagte sie, und ihre Stimme bebte.

«Das habe ich diesmal auch. Wir werden vorsichtig sein, okay?»

Sie nickte. «Wir sehen uns an, was das für eine Höhle ist, und vielleicht finden wir ja heraus, ob dieser seltsame Waldmensch tatsächlich etwas mit Richard Scheffler zu tun hat. Aber wenn es brenzlig wird, brechen wir ab», formulierte sie den gemeinsamen Plan, und es klang wie eine Beschwörungsformel.

Leon stimmte in ihr Nicken ein. «Genauso machen wir es.»

Seine Antwort gab ihr neuen Mut, und sie liefen bis zu einer engen Kurve.

Marlene deutete nach vorn. «Dort am Sattelberg ist es, nicht wahr?»

Er war überrascht, weiter vorne tatsächlich den felsigen Berg aufragen zu sehen, und raunte mit pochendem Herzen: «Ja, da ist es! Woher hast du das gewusst?»

«Mein Großvater war Bergmann, schon vergessen?» Auch sie sprach unwillkürlich leiser.

Er konnte sich nicht erinnern, dass sie schon einmal von ihrem Großvater erzählt hatte. Höchstens von ihrem Vater, aber der war, wenn er sich richtig entsann, kein Bergarbeiter mehr gewesen. Doch das alles war in diesem Moment nicht von Belang. Was zählte, war der steile Fels, der sich vor ihnen wie eine Wand erhob und einen erhabenen Kontrast zu dem überwucherten Hügel auf der gegenüberliegenden Seite bildete.

Geräuschlos schlichen sie auf die Felswand zu, und Leon staunte, als er nicht nur ein einziges Holztor, sondern ganze drei darin entdeckte. Er war vorhin aus der anderen Richtung gekommen und nach dem kurzen Blick hinter das Tor sofort wieder in den Wald verschwunden. Daher hatte er die beiden anderen Tore nicht gesehen.

«Was ist das?», flüsterte er. «Ein alter Bergbaustollen?»

«Ja, das war mal ein Silberbergwerk, aber nur bis Ende des Mittelalters», flüsterte Marlene zurück. «Danach wurde es sich selbst überlassen und ist größtenteils eingestürzt. Zu Anfang des neunzehnten Jahrhunderts hat man ein paar der Eingangsstollen wieder frei geräumt, gesichert und als Felsenkeller genutzt.»

«Ein Felsenkeller?»

«Ein Bierkeller, besser gesagt. Du hast doch eben die Ruine an der Straße gesehen. Dort stand einmal die Brauerei der Gebrüder Rasch. Als es noch keine elektrische Kühlung gab, haben die ihre Fässer in den Felsenkeller geschafft. Der Bergfels hat das Bier das ganze Jahr über gekühlt. Zusätzlich hat man im Winter Eisblöcke aus dem Schwarzbach geschlagen und in den Felsenkeller gebracht. Die haben oft sogar den Sommer überdauert.»

Sie waren beim letzten Brettertor angekommen, und Leon holte die Taschenlampen aus dem Rucksack. Er zögerte einen Moment, weil er nicht wusste, ob er nicht besser gleich auch die beiden Messer herausholen sollte. Aber er hatte das Gefühl, dass er Marlene damit nur noch mehr eingeschüchtert hätte.

«Ich gehe vor», sagte er leise, aber mit fester Stimme, schaltete eine Lampe ein und gab Marlene die andere. Er sah ihr an, dass sie seine Gedanken gelesen hatte. «Willst du lieber draußen bleiben? Du musst da nicht rein.»

«Quatsch.» Sie klang verärgert. «Ich will genauso wie du wissen, wer dieser Kerl ist. Oder warum, glaubst du, bin ich mitgekommen?»

Leon ruckelte vorsichtig an den verzogenen Latten, bis das Tor aufging. Er bekam es kaum weiter auf als vorhin, und sie mussten sich in den dunklen, muffigen Schacht hineinzwängen. Der mit alten Backsteinen überwölbte Gang war so niedrig, dass Leon den Kopf einziehen musste.

«Ich fürchte mich nur so schrecklich vor Fledermäusen», zischte Marlene hinter ihm und duckte sich so tief wie möglich.

«Wenn unser Mann hier öfter ein und aus geht, dann hat er sie schon längst vertrieben», versuchte Leon, sie zu beruhigen.

Danach verstummten sie, und Leon ging die ersten Schritte voran. Der Boden war feucht und glitschig. Er hielt die Luft an – um keinen Laut von sich zu geben und um nicht den fauligen Gestank einzuatmen, der ihnen aus dem Bauch des Felsens entgegenschlug. Als sein Körper nach Luft verlangte, hielt er sich die Armbeuge vors Gesicht und atmete durch den dünnen Baumwollstoff seiner Jacke ein.

Er blieb stehen, bis Marlene zu ihm aufgeschlossen war, und horchte in die Stille des Berges. Ein Tropfen platschte dumpf in eine Pfütze. Irgendwo sickerte Wasser in den Fels.

Marlenes Atem ging schwer, auch wenn sie spürbar versuchte, ihn zu kontrollieren. «Weiter», flüsterte sie, und der Lichtkegel ihrer Taschenlampe zitterte über die Wand.

Nach weiteren zehn Schritten bemerkte Leon, dass sich

der Schacht weiter hinten öffnete. Dort musste irgendeine Art von Raum sein. Er streckte den Arm nach hinten, um Marlene zu stoppen. Wortlos legte er den Zeigefinger auf die Lippen und schaltete die Taschenlampe aus. Als Marlene es ihm gleichgetan hatte, verharrten sie reglos und lauschten in die Dunkelheit.

Die vollkommene Finsternis umschloss sie wie ein schwerer Mantel. Leon konnte sich nicht daran erinnern, Dunkelheit schon einmal derart körperlich erlebt zu haben. Es war ein überwältigendes, unerträgliches Gefühl, das Platzangst und Panik in ihm hervorrief.

Fester, als er es wollte, griff er Marlene am Arm und rückte nah an sie heran. «Bleib hier», raunte er ihr zu.

Langsam, mit tastenden kleinen Schritten schob er sich voran, dorthin, wo er das Ende des Schachts vermutete. Schon nach wenigen Metern hatte er das Gefühl, jegliche Orientierung verloren zu haben. Er streckte beide Arme aus, weil er darauf gefasst war, im nächsten Moment gegen eine Wand zu stoßen. Die Finger seiner rechten Hand hatten sich um die Taschenlampe gekrallt, und er konnte sie kaum davon abhalten, sie anzuschalten.

Weiter und weiter tapste er in der Finsternis voran, bis sein linker Fuß gegen etwas Weiches stieß. Er zuckte zurück, verlor das Gleichgewicht und wäre fast gestürzt. Sein Fuß schabte über den felsigen Boden, und das Geräusch hallte als ohrenbetäubendes Kratzen von den Felswänden wider.

Hinter ihm stieß Marlene einen spitzen Schrei aus, gleichzeitig flammte das Licht ihrer beiden Taschenlampen auf. Marlenes flackernder Strahl traf sein Gesicht, und er hielt sich schützend den Arm vor die zugekniffenen Augen. Das Licht blendete so sehr, als hätte er direkt in die Sonne geschaut.

Rote Punkte tanzten auf seiner Netzhaut, und es dauerte eine gefühlte Ewigkeit, bis er sich umsehen konnte.

Im ersten Moment dachte er, dass er unter freiem Himmel stand. Über ihm war eine riesige Kuppel aufgespannt, auf der zahllose winzige Sterne funkelten. Leon brauchte eine Weile, bis er die Täuschung durchschaute. Der schmale Schacht mündete in ein hohes Gewölbe, das ebenfalls zum Teil mit Backsteinen gesichert war. Sowohl an den verwitterten dunklen Steinen als auch an dem nackten schwarzen Fels glänzten Millionen winziger Wassertröpfchen im Schein der Taschenlampe.

Die klamme Kälte, die durch seine Jacke kroch, holte ihn in die Wirklichkeit zurück, und er begriff, dass er in einer feuchten Höhle stand.

«Was ist das da?» Marlene, die ihm gefolgt war, lenkte den Strahl ihrer Taschenlampe auf das Bündel zu seinen Füßen. Obwohl sie leise gesprochen hatte, hallten ihre Worte dumpf nach.

Leon starrte auf den wirren Haufen. «Ein Kleiderberg», stellte er fest und blieb wie angewurzelt stehen. Es hätte ihn nicht gewundert, wenn sich bei einer falschen Bewegung eine Schlange daraus hervorgewunden hätte.

Er stützte sich an der eisigen Backsteinmauer ab. Sein Magen fühlte sich flau an, und seine Beine waren wacklig wie bei einem Seemann auf einem schiefen Kahn.

«Was ist los?», fragte Marlene besorgt. «Ist dir schlecht?»

Leon schüttelte den Kopf. «Entweder ich spinne, oder der Boden hier neigt sich nach rechts.»

Marlene ließ den Schein ihrer Taschenlampe über den felsigen Boden bis zur anderen Seite der Höhle wandern. Dort war eine schmale Rinne, in der sich etwas Wasser gesammelt hatte, das weiter unten im Fels versickerte.

«Der Boden ist tatsächlich schief, aber diese Neigung ist wahrscheinlich Absicht», meinte sie. «Ich hab mal gehört, dass solche Rinnen extra in den Felsenkellern angelegt wurden, damit das Schmelzwasser der Eisblöcke abfließen konnte und die Bierfässer nicht faulten.»

Leon war erleichtert, dass seine Sinne ihm keinen Streich gespielt hatten. «Er hat seine Sachen hier oben hingelegt, damit sie da unten nicht nass werden.» Seine Taschenlampe hatte längst noch mehr Habseligkeiten des Alten aufgespürt. «Hier also lebt er.»

Wie ehrfürchtige Besucher eines Museums gingen Marlene und Leon vorsichtig in der Grotte umher und betrachteten eine Isomatte mit einem Kissen darauf, zwei mit Wasser gefüllte Plastikflaschen, einen Gaskocher, ein großes Messer, Besteck und die Einzelteile eines Porzellangeschirrs. Die weißen Teller und Tassen mit Goldrand waren Teile eines edlen Services und passten kein bisschen in diese Umgebung.

Marlene blieb abrupt stehen, und Leon bemerkte, wie sich ihr Körper versteifte. «Das Geschirr kenne ich.»

Leon wusste, woher. Er spürte, wie ihm das Blut in den Adern gefror.

«Luise Scheffler hat mich – bevor das alles passiert ist – ein paar Mal zu Kaffee und Kuchen eingeladen.»

Leon nickte nur. Die schwebende Vermutung war mit diesen Worten zur unumstößlichen Gewissheit geworden.

«Hast du ihn erkannt? Vorhin im Wald?», fragte Marlene kaum hörbar.

«Nein, es war zu dunkel.»

Er fragte sich, wann ihm zum ersten Mal der Gedanke gekommen sein musste, dass der Mann im Wald Richard Scheffler war. Noch bevor sie in Bad Lerchberg gewesen waren? Als sie ihn nachts bei den Buchen gesehen hätten? Auch Marlene war vor dieser Möglichkeit zurückgeschreckt und hatte anscheinend, genau wie er, das Offensichtliche lange nicht wahrhaben wollen.

«Wo ist seine Frau?» Leon starrte auf die Matte, das Kissen, das spärliche Geschirr. «Das hier ist ein Schlafplatz für nur eine Person.»

«Vielleicht ist sie tatsächlich weggezogen. Vielleicht kehrt sie ja auch irgendwann wieder in das Haus zurück …»

Leon schüttelte den Kopf. «Das ergibt alles keinen Sinn!» In ihm braute sich eine Mischung aus Verzweiflung und Wut zusammen. Doch nicht einmal diese Wut schaffte es, ihn ein wenig zu wärmen. Er schlug sich auf die Oberarme, weil er das Gefühl hatte, jeden Moment festzufrieren. «Und wo bitte macht er Feuer?» Leon dreht sich einmal um die eigene Achse. «Ich sehe keine Feuerstelle. Wie hält er es bei dieser Kälte hier aus? Er scheint ja nicht mal eine Decke zu haben!»

«Wir haben Sommer», gab Marlene zu bedenken.

«Aber es ist hier kälter als in einem Kirchenschiff.»

Sie musste ihm recht geben und rieb sich ebenfalls fröstelnd die Oberarme. «Merkst du das auch? Irgendwie kommt frische Luft von dort vorne …» Sie zeigte auf das Ende des Gewölbes.

Gemeinsam gingen sie in die Richtung und stellten fest, dass an dieser Stelle ein weiterer Gang abzweigte, der noch tiefer in den Berg hineinführte. Hier war tatsächlich ein Luftzug spürbar, der geradezu eisig war. Als würde der Berg ihnen seinen kalten Atem entgegenblasen.

Mit vorsichtigen Schritten folgten sie dem Gang ein paar Meter, bis sie zu einer breiten Gabelung kamen. Nach links war allerdings kein Vorankommen mehr möglich. Große

Gesteinsbrocken und eine hohe Geröllhalde blockierten den Weg. Hier musste der einstige Silberstollen eingebrochen sein, der Gang war komplett verschüttet.

Nach rechts hin wurde der Gang niedriger und schmaler. Leon bückte sich und zwängte sich mit der Taschenlampe in der Hand hinein. Der Luftzug verstärkte sich und wurde zu einem kalten Strom, doch schon nach wenigen Schritten traf der Schein seiner Lampe auf eine Wand.

«Hier geht es nicht weiter», sagte er zu Marlene, die ihm zögerlich gefolgt war. «Das ist ein toter Gang – der führt nirgendwohin.»

«Das glaube ich nicht ...» Sie hatte den Kopf in den Nacken gelegt und leuchtete nach oben. Das Licht traf nicht gegen eine Felsendecke, sondern verlor sich im Nichts.

«Das ist ein Schacht!» Staunend leuchtete Leon die scharfkantigen Ränder des Lochs über ihnen entlang. «Wie weit geht der wohl hinauf?»

«Sicherlich mehrere Meter. Womöglich führt er ganz aus dem Felsenkeller hinaus.»

«Ist das ein altes Mundloch? Sind hier die Bergleute früher in den Fels eingestiegen?», überlegte Leon.

«Das kann sein», entgegnete Marlene. «Aber vielleicht wurde der Schacht auch erst später in den Berg gehauen. Er ist recht schmal, da passt nur schwer ein Mensch durch. Ich tippe mal, dass er als Lüftungsschacht für den Felsenkeller gedacht war. So wurde die Feuchtigkeit des Berges in Verdunstungskälte umgewandelt, und man hat dafür gesorgt, dass die Bierfässer nicht faulten.»

Leon spähte ein letztes Mal in das Schwarz über ihnen. «Die Luft ist wirklich verdammt kalt.»

Sie krochen zurück zu der Gabelung.

«Lass uns umkehren», sagte Marlene und versuchte, das Zittern in ihrer Stimme zu verbergen. «Von hier aus geht es nirgends weiter. Ich finde, wir haben genug Zeit in diesem Berg verbracht.»

Leon hatte zwar das Gefühl, dass sie etwas Wichtiges übersehen hatten, aber auch ihn drängte es hinaus.

Als sie noch einmal an der spartanischen Schlafstätte vorbeikamen, blieb er abrupt stehen. Eine seltsame Parallele fiel ihm auf, ein nichtiges Detail auf den ersten Blick, aber doch irgendwie sonderbar. «Kann es sein, dass auf der Matratze im Keller der Schefflers auch keine Decke war?»

«Worauf willst du hinaus?», fragte Marlene verständnislos.

«Das weiß ich selbst nicht. Es ist mir nur aufgefallen», antwortete er.

Bevor er dazu kam, dem eigenartigen Gedanken weiter nachzugehen, rief Marlene: «Sieh mal da!» Sie zeigte auf ein dunkles Rechteck, das unscheinbar oberhalb der Matte auf dem Felsboden lag. Sie bückten sich beide und leuchteten mit ihren Taschenlampen auf ein Buch und einen Bleistift daneben.

«Er liest», raunte Marlene.

Leon hob das Buch mit spitzen Fingern auf. Es war kein fester Band, sondern ein schmales, in Leder gebundenes Heft. Er schlug es auf und beleuchtete die Seiten. Sie waren gefüllt mit akkurat gezeichneten Tabellen, die das Papier wie engmaschige Netze überzogen.

«Was ist das?» Marlene reckte den Kopf. «Sieht aus wie ein nautisches Logbuch.»

«Nein, das glaube ich nicht.» Leon hatte inzwischen weitergeblättert. «Da hat jemand nicht Tagebuch auf dem Meer geführt, sondern im Wald.» Er war auf der letzten Seite angekommen, wo eine Karte in das Heft geklebt war. Jemand hatte mit spitzem Bleistift Koordinaten vermerkt, Bäume eingezeichnet, Berge schraffiert und mit dünnen Linien Kästchen darübergelegt.

«Ist das eine Landkarte?», fragte Marlene.

«So etwas Ähnliches, vermute ich. Sieht aus wie das Planquadrat eines Waldstücks.»

Marlene atmete hörbar ein. «Ist das die Stelle, wo die Buchen stehen?»

Leon starrte auf die Karte. Es gelang ihm nicht herauszulesen, welches Waldstück genau darauf abgebildet war oder welche Baumarten dort wuchsen. «Keine Ahnung.» Er blätterte zurück und schlug die Tabelle auf. «Sieht aus wie eine Studie. Vielleicht an Pflanzen oder Tieren.»

«Wozu denn das? Richard Scheffler war Arzt und Neurologe!»

Das seitenlange Gitternetz war mit zahlreichen Datumsangaben versehen, die vom Vortag über die letzten vier Jahre zurückreichten. Die Spalten waren fein säuberlich mit einer schwungvollen Schrift gefüllt, die weit nach rechts geneigt und nicht leicht zu entziffern war. Es war die Handschrift eines sicher nicht mehr jungen Menschen.

Die erste Spalte trug die Überschrift *Objekt* und vereinte über die nächsten drei Seiten mehr als zwanzig sogenannte Objekte unter sich, die mit kryptischen Angaben wie *B III/f 7* oder *K IV/g4* bezeichnet waren.

Leon tippte darauf. «Das könnten Koordinaten sein», überlegte er laut und verglich die Ziffern und Buchstaben mit der Karte hinten im Heft, wo er sie tatsächlich wiederfand.

«Und die nächste Spalte? Was stand da? Schlag die Tabelle noch mal auf!», forderte Marlene ungeduldig.

«Alter», las Leon vor. *«20 Jahre, 65 Jahre, 40 Jahre …»*

«Und dahinter? Was heißt das Wort dahinter?» Sie klang zunehmend atemlos.

«*Isolation.* Darunter hat er entweder einen Haken oder ein Kreuz gemacht.» Leons Zeigefinger wanderte zur nächsten Spalte. «*Verletzung.*»

«Lass mich mal sehen!» Marlene riss ihm das Heft aus der Hand. Ihre Finger fühlten sich kälter an als der Fels. *«Längsschnitt: zehn Zentimeter lang, zwei Zentimeter tief. Axthieb: Brusthöhe, fünf Zentimeter tief.»* Mit jedem Satz wurde ihre Stimme brüchiger. *«Axthieb: Schulterhöhe, vollständige Durchtrennung, offene Wunde.»*

Sie ließ das Heft sinken, als hätte sie keine Kraft mehr, und reichte es ihm zurück. Offenbar hatte sie genug gesehen.

Auch Leon spürte, wie ihm übel wurde. Eine eisige Kralle umklammerte sein Herz, das Blut konnte nicht mehr durch seine Adern fließen. Dennoch schaffte er es nicht, sich von Schefflers akribischen Aufzeichnungen loszureißen.

Eine letzte Spalte blieb noch. Das Gitternetz verschwamm vor seinen Augen, bis er kaum noch etwas erkennen konnte. Sie war mit dem Wort *Versorgung* betitelt. In den Zeilen darunter fanden sich wiederholt die Stichwörter *hervorragend, ausreichend, suboptimal* oder *aufgegeben.*

«Was ist das für eine kranke Liste?» Marlenes Stimme überschlug sich. «Lass uns aus dieser furchtbaren Höhle verschwinden und die Polizei rufen!» Sie umklammerte Leons Arm und zog ihn mit sich.

Doch seine Beine wollten ihm nicht gehorchen. Sie fühlten sich eingeschlafen an, er verlor das Gleichgewicht, taumelte und stolperte über den Kleiderberg. Er ließ das Heft und die Taschenlampe fallen und fing sich gerade noch mit den Händen auf dem feuchten Felsboden ab.

Das Scheppern seiner Taschenlampe hallte durch das Gewölbe. Sie war bei dem Aufprall zerborsten, zweimal noch flackerte sie kurz auf, dann erstarb ihr Licht. Erst als es erloschen war und er mühsam wieder auf die Beine kam, wurde Leon bewusst, dass Marlene kreischte.

Sie hielt den Strahl ihrer Lampe auf ein langes blaues Stück Stoff gerichtet, das zwischen den schmutzigen Hosen und Hemden zum Vorschein gekommen war.

«Das ist ein Rock», stieß sie hervor, als sie wieder sprechen konnte.

Ein zweiter Lichtkegel fand seinen Weg auf den Stoff, und im ersten Augenblick nahm Leon irrigerweise an, dass seine Taschenlampe wieder funktionierte.

Erst als der Strahl ihn ins Gesicht traf, wurde ihm klar, dass da jemand in dem Gang stand, der zum Ausgang führte. Das Licht blendete ihn so sehr, dass er nur erkannte, dass der langhaarige Mann ein Käppi trug und darunter eine Stirnlampe.

Marlene schnappte nach Luft und wollte etwas rufen, als der Mann eine schnelle Bewegung machte und etwas nach ihr schleuderte. Es sah aus wie ein großer Batzen Fleisch.

Sie konnte nicht mehr ausweichen, und weil sie in der rechten Hand ihre Taschenlampe hielt, gelang es nicht, das unförmige Geschoss abzuwehren. Es traf sie in die Seite. Sie schrie auf, die Lampe fiel ihr aus der Hand.

Ihr Licht ging aus, und keine Sekunde später erlosch auch das Licht der Stirnlampe. Eine beängstigende Finsternis flutete die Höhle.

FÜNFZEHN

Einen Moment lang herrschte absolute Ruhe. Es war so still, dass Leon glaubte, den Berg atmen zu hören. Er vernahm das Dröhnen eines steinernen Herzschlags, das Glucksen der Wasseradern.

Dann ergriff ihn Panik.

«Marlene? Alles in Ordnung?» Die laute Stimme, die messerscharf durch das Gewölbe hallte, schien nicht die seine zu sein.

Um ihn herum raschelte, scharrte, kratzte es. Er spürte einen Fußtritt, brüllte auf und fuchtelte mit den Armen herum. «Marlene! Wo steckst du?»

Sie stöhnte. «Alles okay.» Aber sie klang nicht so.

Das Schaben entfernte sich, schnelle Schritte huschten durch den Gang.

Für eine Sekunde flammte dumpfes Licht auf. Der Fliehende schirmte seine Stirnlampe mit der Hand ab, und schon im nächsten Moment löschte er wieder das Licht oder hatte den Ausgang erreicht.

In dem kurzen Augenblick der Helligkeit hatte Leon gesehen, dass Marlene auf dem Boden hockte und angeschlagen und orientierungslos wirkte.

«Warte, ich mache uns Licht.» Hektisch setzte er seinen Rucksack ab. Er nestelte an den Reißverschlüssen und versuchte, das Fach mit dem Handy zu finden. Doch stattdessen ertastete er das Geschirrtuch mit den beiden Küchenmessern und verfluchte sich selbst für diese Schnapsidee. Was hatten ihnen die Messer gebracht? Völlig naiv waren sie in diese lebensbedrohliche Situation hineingestolpert. Wenn Marlene etwas zugestoßen war, dann war das allein seine Schuld.

Endlich hatte er das Handy gefunden. Die Balken auf dem Display, die die Empfangsstärke anzeigten, leuchteten nicht. Im Bauch des Berges waren sie beide komplett von der Außenwelt abgeschnitten. Leon aktivierte die Taschenlampenfunktion, stürzte zu Marlene und half ihr auf die Beine.

«Ist er weg?», keuchte sie.

«Ich glaube schon.»

«Was ist, wenn er zurückkommt?» Sie musste husten. «Ruf die Polizei!», flehte sie, sobald sie wieder sprechen konnte, und krallte sich an seiner Jacke fest.

«Hier ist kein Empfang. Ist wirklich alles in Ordnung?», fragte er besorgt und prüfte, ob sie verletzt war.

Sie verzog schmerzhaft das Gesicht und hielt sich die Hand vor die Augen. «Wenn du aufhörst, mich zu blenden, geht es mir bestimmt gleich besser.» Während sie auf wackligen Beinen stand, zog sie ihr eigenes Handy aus der Gesäßtasche ihrer Jeans. «Zum Glück ist es nicht kaputt.»

Auch sie schaltete die Taschenlampenfunktion ein und leuchtete den Boden ab, bis sie gefunden hatte, was sie suchte. Es lag kaum einen Meter neben ihr.

Sie machte einen Satz zurück, als ihr Licht auf die rosaweiße Maserung des Fleisches traf. «Was ist das?», rief sie voller Entsetzen.

Es dauerte einen Moment, bis Leon begriff, was er da sah. «Das ist ein aufgeschnittener Schinken. Sieht aus wie die Hälfte eines Zehn-Kilo-Stücks.» Obwohl er beinah täglich mit Derartigem zu tun hatte, war der Anblick des luftgetrockneten Fleischbrockens in dieser Umgebung kaum zu ertragen. Er hatte das Gefühl, noch nie etwas Ekelhafteres gesehen zu haben.

Ein neuer Hustenanfall schüttelte Marlene, und wieder hielt sie sich an ihm fest. «Lass uns das Heft und den Rock mitnehmen und dann nichts wie raus hier!»

Sie war noch immer unsicher auf den Beinen, und so tappten sie Hand in Hand durch das Gewölbe. Mehrmals leuchteten sie den gesamten Felsboden ringsum ab, doch das Heft und der Rock blieben verschwunden. Genauso wie die restlichen Kleidungsstücke.

Leon fluchte. «Verdammt! Er hat sich die Sachen geschnappt, bevor er weggerannt ist.»

Marlene wankte in Richtung Ausgang und zog Leon hinter sich her. «Mir ist übel, ich brauche Luft.»

Er stützte sie, so gut er konnte, bis zum Ende des Gangs, wo er sich mit aller Kraft gegen das hölzerne Tor warf. Es klemmte, und Leon glaubte schon, es wäre von außen verriegelt oder mit einem großen Stein verbarrikadiert worden. Erst beim fünften Versuch, nachdem er sich mit voller Wucht dagegengeworfen hatte, gab es scheppernd nach, und er stolperte hinaus ins Freie.

«Gott sei Dank!», rief Marlene und klang, als hätte sie tatsächlich gebetet.

Obwohl es Nacht war, kam ihnen die Freiheit taghell vor. Gierig nahmen sie das Rauschen der hohen Bäume, die Weite des Sternenhimmels in sich auf. Die frische Waldluft hatte etwas Berauschendes.

Wie zwei Versehrte humpelten sie über den Schotterweg zum Waldhang, wo sie für einen Moment durchatmeten. Leon rieb sich die Schulter, während Marlene noch immer mit ihrer schmerzenden Hüfte beschäftigt war.

Die frische Luft brachte auch Klarheit in ihre Gedanken. Sie stiegen ein paar Schritte den Hang hinauf und blieben unter einer ausladenden Eiche stehen, die ihre langen belaubten Äste wie einen Mantel über sie legte.

«Ich glaube, das war er ...», flüsterte Marlene, und Leon wusste sofort, wen sie meinte. Im Gegensatz zu ihm war sie nicht von der Stirnlampe geblendet worden. Sie hatte Scheffler unter der Schirmmütze erkannt.

«Wir können die Polizei nicht rufen.» Noch immer schnaufte Leon und versuchte, seine Lunge mit Sauerstoff zu füllen. Ihm war, als hätten sie Tage und nicht nur wenige Minuten in dem alten Stollen verbracht.

«Ich weiß.» Entkräftet ließ sich Marlene auf einen Wurzelknoten sinken. «Auf den Steinen, die er den Frauen in den ausgeweideten Oberkörper gesteckt hat, sind höchstwahrscheinlich Theas Fingerabdrücke.» Sie fuhr sich über die Stirn. «Und meine.» Das Sprechen kostete sie noch immer Mühe. «Wir hätten die Steine damals säubern müssen, bevor wir sie vergraben haben.»

«Wer konnte denn damit rechnen, dass sie jemals wieder auftauchen?», platzte es aus Leon heraus. «Dass Scheffler aufersteht, um sie auszugraben?»

Marlene sah ihn voller Angst an. «Will er sich damit an uns rächen?»

«Anders ist sein Verhalten kaum zu erklären.»

«Er oder seine Frau müssen uns damals beobachtet haben.»

Leon nickte und schüttelte im nächsten Moment den Kopf. «Aber warum das alles genau jetzt? Warum hat Scheffler so lange gewartet?»

Marlene griff nach seiner Hand. Obwohl sie saß, suchte sie Halt. «Vielleicht hat er gar nicht gewartet.» Sie sah ihn eindringlich an. «Denk an das Heft! Wie viele *Objekte* hatte er da aufgeführt?»

«Viele. Mindestens zwanzig», stotterte Leon. «Du glaubst, das ist eine Liste von Toten?»

«Wenn sich Richard Scheffler hier im Wald versteckt, obwohl alle Welt annimmt, dass er tot ist, muss er etwas zu verbergen haben», erklärte Marlene mit brüchiger Stimme. Jedes Wort verlangte ihr eine Kraft ab, die sie nicht mehr besaß.

«Du hast recht. Vielleicht hat er diese unglaublichen Verbrechen begangen, vielleicht ist er ein mehrfacher Mörder. Und falls das zutrifft …», spann er Marlenes Gedanken weiter, «… wer sagt uns denn, dass es *nur* Linda und Julia waren, die er getötet hat? Was, wenn man die anderen Opfer nur noch nicht gefunden hat?»

Ein erneuter Hustenanfall schüttelte Marlene. Als er vorüber war, flüsterte sie mit kratziger Stimme: «Keiner weiß, wo seine Frau steckt …»

«Du meinst, er hat auch sie …»

«Bitte, Leon, lass uns die Polizei rufen!», unterbrach sie ihn. «Wir müssen denen das alles erzählen. Wir können versuchen zu erklären, was damals geschehen ist», meinte sie, doch sie klang selbst nicht überzeugt von ihrem Vorschlag.

Leon wusste, dass dieser Schritt sie in größte Schwierigkeiten bringen würde. «Vielleicht würde es uns ja gelingen zu beweisen, dass Scheffler nicht tot ist. Aber wie beweisen wir, dass er etwas mit den toten Frauen zu tun hat? Der Rock und das Heft sind nicht mehr da. Die einzigen Spuren, die an den Leichen zu finden sind, werden auf uns deuten.»

Zusammengesunken kauerte Marlene auf der breiten Wurzel. «Du hast recht», murmelte sie.

Er setzte seinen Rucksack ab, zog seine Jacke aus und legte

sie ihr um die Schultern. «Du musst ins Bett. Lass uns nach Hause fahren. Musst du morgen arbeiten? Du solltest dich krankschreiben lassen.»

«Nicht erst morgen, sondern heute. Es ist ja längst nach Mitternacht.» Sie lächelte. «Ich habe die nächsten Tage Frühschicht, aber keine Sorge, ich krieg das schon hin.»

Er half ihr von der Wurzel auf. «Wir müssen mehr in der Hand haben, bevor wir die Polizei einschalten. Ich werde mir zu Hause Schefflers Computer ansehen.»

SECHZEHN

Der Drosselweg lag in absoluter Dunkelheit. Weder im Haus der Schefflers noch bei Marlene oder Leon brannte irgendwo Licht. Thea war am Mittag mit ihren Freundinnen zum Musikfestival aufgebrochen. Leon konnte gar nicht glauben, dass seit ihrer Abreise erst ein halber Tag vergangen war. Viel zu viel hatte sich seither ereignet.

Er fragte sich, ob sich Jack nicht wunderte, wo Marlene so lange blieb. Oder war er selbst noch unterwegs? Aber was in Gottes Namen trieb man um zwei Uhr nachts in einer Kleinstadt?

Bevor Marlene in ihr dunkles Haus humpelte, reichte sie Leon die geliehene Jacke. Der dünne Baumwollstoff stank nach Keller. Wie ein Schwamm hatte er die muffige Feuchtigkeit aufgesogen.

Zu Hause streifte Leon eilig die Turnschuhe ab. Er machte nur in der Küche Licht. Obwohl ihm der Sinn nach einem heißen Tee stand, schenkte er sich lediglich ein Glas Wasser ein und setzte sich vor Schefflers Laptop an den Küchentisch. Er stöpselte das Ladekabel ein, das er vorsorglich aus Schefflers Keller mitgenommen hatte, denn er ahnte bereits, dass er die kommenden Stunden vor dem Bildschirm verbringen würde. Auch wenn seine Augen vor Müdigkeit brannten, fühlte er sich hellwach. Sein ganzer Körper stand unter Strom, und es fiel ihm schwer, ruhig am Tisch sitzen zu bleiben. Sein linker Fuß zuckte so stark, dass sein Bein in einem fort wippte.

Als kurz vor Sonnenaufgang Marlenes Land Rover die Straße hinabrollte, hatte sich Leon die Zähne an Richard Schefflers E-Mail-Account ausgebissen. Das Passwort war nicht gespeichert, sondern musste eingegeben werden. Leon hatte ein paar Versuche unternommen, aber irgendwann aufgegeben. Er war kein Computerexperte, der ein Programm hacken konnte, und er kannte Scheffler nicht gut genug, um das Passwort zu erraten.

Stattdessen hatte er sich einen groben Überblick über Schefflers Forschungsarbeiten verschafft. Er hatte die Überschriften gescannt und die Inhalte kurz überflogen. Er hatte sich unverständliche Grafiken und ermüdende Zahlen angeschaut und die ganze Zeit versucht, einen Zusammenhang herzustellen zwischen dem, woran Richard Scheffler geforscht hatte, und dem, was seit einer Woche im Wald vor sich ging.

Die Themenbereiche, mit denen sich Scheffler neben seiner Arbeit als praktizierender Krankenhausarzt beschäftigt hatte, waren vielfältig und breit gesteckt. Einige wirkten gar abwegig und ein wenig bizarr. Fast machte es den Eindruck, als wäre Scheffler eher ein esoterischer Hobbypsychologe als ein renommierter Wissenschaftler gewesen.

Leon fand Untersuchungen darüber, warum Menschen mit psychopathischer Neigung besonders gering auf Bestrafung, dafür aber umso stärker auf Belohnung reagierten, warum depressive Hunde zu Bissigkeit neigten oder warum Lärm selbst bei Pflanzen Stress verursachte. Auch die Daten zu den Studien über angeborene Ehrlichkeit und über die Beziehung zwischen Schmerzempfinden und Mitleid, Reue und Angst, auf die Marlene und er in der Fachzeitschrift gestoßen waren, entdeckte Leon schließlich. Er sah sich das letzte Änderungsdatum der Dateien an, und tatsächlich war es aus diesem Jahr.

Egal, welchen Part seine Kollegen bei der ganzen Forschungsarbeit gespielt hatten, Scheffler hatte in jedem Fall noch einmal auf die Ergebnisse zugegriffen.

Als die Sonne schon hoch am Himmel stand, klingelte plötzlich Leons Handy. Jan-Philipp war dran und fragte vorsichtig, wo er blieb. Es war ausgemacht gewesen, dass er ab neun im Quellbach wäre.

«Tut mir leid», meinte Leon und wusste, dass er nicht danach klang. «Mir ist was Dringendes dazwischengekommen. Ich komme, sobald ich kann.»

Jan-Philipp wirkte perplex. So unverbindlich hatte er seinen Chef noch nie erlebt. Doch Leon hatte auf dem Computer gerade ein Time-Management-Tool entdeckt und sah sich Schefflers alte Terminkalender an.

Der Junge stotterte etwas von Lohmann und fünf Personen, die sich etwas Besonderes zum Abendessen wünschten.

«Denk dir was aus. Das kriegst du schon hin. Wie gesagt, ich komme, sobald es geht», murmelte Leon, während er sich weiter von Woche zu Woche klickte.

Auch wenn er Jan-Philipp nicht sonderlich mochte, entsprach es nicht seiner Art, einen Auszubildenden derart unvorbereitet ins kalte Wasser zu stoßen. Er überlegte kurz, Beata anzurufen, die sofort eingesprungen wäre, das wusste er. Aber er entschied sich dagegen. Sie hatte die letzten Tage so mitgenommen gewirkt, dass sie sich dringend einmal erholen musste.

«In Ordnung», fügte sich Jan-Philipp kleinlaut in sein Schicksal. «Und wenn ich Probleme mit dem Ofen oder dem Herd habe, frage ich einfach Haffmann.»

Wenn Leon mit seinen Gedanken nicht ganz woanders gewesen wäre, hätte er sicherlich im Stillen gelacht über den angehenden Sternekoch, der nicht einmal die einfachsten Geräte richtig bedienen konnte. So aber legte er nur das Handy weg und tauchte sofort wieder in Schefflers Leben ein.

Genauer vielmehr: in Schefflers Leben vor seinem offiziellen Tod. Richard Scheffler hatte den elektronischen Terminkalender anscheinend zwei Jahre lang genutzt. Zumindest waren die Einträge von 2013 und 2014 im Computer gespeichert. So wie es aussah, hatte seine Sekretärin den Kalender geführt, und Scheffler hatte den Computer im Krankenhaus mit seinem privaten Laptop synchronisiert, damit er auch zu Hause Zugriff auf die Einträge hatte. Die einzelnen Tage waren akribisch gepflegt, Patiententermine im Viertelstundentakt reihten sich an längere Operationstermine und interne Personalsitzungen. Manche Tage waren mit dem Vermerk *Dienstreise*, *Konferenz* oder *Urlaub* geblockt, der Rest war teilweise bis in die Abendstunden gefüllt, denn die Sekretärin hatte nicht nur die Zahnarzttermine ihres Chefs mit genauer Praxisanschrift notiert, sondern auch Termine beim Steuerberater, Treffen mit der Ärzte-Laufgruppe und Theaterbesuche mit der Gattin.

Leon, der sich zuerst das Jahr 2014 vorgenommen hatte, steuerte unausweichlich auf jenen Tag im Juni zu, der das angebliche Ende von Richard Schefflers beruflicher Laufbahn markierte. Tatsächlich war der letzte Freitag im Juni nur halb mit Terminen gefüllt. Die Felder ab dreizehn Uhr waren leer und lediglich mit dem Hinweis hinterlegt: *Urlaub – Geschenk für Ihren Schwager nicht vergessen!* Wie sich später herausgestellt hatte, war Scheffler nie zu diesem Verwandtenbesuch aufgebrochen. Nur seine Frau war gefahren, während er sich nicht wohlgefühlt hatte und zu Hause geblieben war.

Auch die Woche danach war noch randvoll mit Terminen. Leon ging davon aus, dass sie alle vor Schefflers geplanter

Wochenendreise eingetragen worden waren. Danach taten sich immer größere Lücken zwischen den einzelnen Terminen auf, und ab Ende Juli fanden sich nur noch hier und da einige sporadische Einträge, die wohl per Serienfunktion schon weit im Voraus im Kalender gespeichert worden waren.

Leon sprang ein Jahr zurück. Es war sein Schicksalsjahr, jenes Jahr, das eine klaffende Wunde in sein Leben gerissen hatte. Wie eine Axt war das Schicksal am 1. November 2013 hineingefahren und hatte es geteilt in ein Davor und ein Danach. Nach Annas Tod war nichts mehr gewesen wie früher, kein einzelner Tag.

Schefflers Kalender war ab dem 2. Januar 2013 gut gefüllt. Es gab kaum Tage, an denen nach 16 Uhr keine Termine mehr eingetragen waren. Wieder beanspruchte die Betreuung von Patienten einen Großteil seiner Zeit. Dazwischen fand sich jedoch ein einzelner, wiederkehrender Termin, der Leons Aufmerksamkeit erregte. Zum ersten Mal stolperte er im März darüber, als an einem Donnerstag die Stunde von 18 bis 19 Uhr mit dem Vermerk *M-H Sch.* freigehalten war. Das Kürzel fiel ihm auf, weil alle anderen Termine ausgeschrieben und auch Patienten sonst stets mit Vor- und Nachnamen und bisweilen sogar mit Geburtsjahr eingetragen waren.

Die Treffen mit M-H Sch. wiederholten sich alle zwei bis drei Wochen an wechselnden Wochentagen, jedoch immer zur selben Stunde. Von Anfang Juli bis Mitte August gab es eine sechswöchige Pause, danach wurden sie fortgesetzt bis Ende Oktober. War M-H Sch. ein Name? Leon ging davon aus. Aber warum hatte Schefflers Sekretärin diesen Namen nicht ausgeschrieben? Oder hatte Richard Scheffler selbst diesen Termin in seinen Kalender eingetragen?

Leon war so beschäftigt mit diesen Fragen, dass er den

1. November erst wahrnahm, als er sich zum zweiten Mal durch diese Woche klickte. An Annas Todestag, einem Freitag, hatte Richard Scheffler am Morgen von 8 bis 10 Uhr einen OP-Termin gehabt, danach waren, bis auf eine Mittagspause von 12 bis 13 Uhr, viertelstündlich Patienten in seinem Behandlungszimmer erschienen. Die letzte Patientin war um 15.15 Uhr gekommen. Ihr Name lautete Anna Bosch.

Leon las den Namen noch einmal. Er las ihn wieder und wieder, bis der Kalender auf dem Computerbildschirm verschwamm und seine Augen flimmerten. Sein nervöses Bein hatte aufgehört zu zucken. Seine Füße ruhten fest auf den Fliesen, während sich seine Hände in die Tischplatte drückten. Trotzdem hatte er das Gefühl, jeden Moment den Boden unter den Füßen zu verlieren und von seinem Stuhl zu kippen.

Was hatte Anna bei Richard Scheffler gemacht? Oder war das eine andere Anna gewesen? Eine andere Anna Bosch? Leon ahnte, dass die Wahrscheinlichkeit verschwindend gering war. Aber was hatte sie bei ihm gewollt? Mit keinem Wort hatte sie Leon gegenüber erwähnt, dass sie einen Termin bei ihrem Nachbarn hatte. Oder hatte ihr Leon nicht richtig zugehört, weil er so beschäftigt mit seinem Vorstellungsgespräch in Hamburg gewesen war? Nein, das konnte nicht sein. Also was um alles in der Welt hatte seine Frau – nicht einmal drei Stunden vor ihrem tödlichen Autounfall – bei Richard Scheffler gewollt?

Als wäre Schefflers Laptop eine Schachtel, in der es vor Schlangen und Skorpionen wimmelte, klappte Leon eilig den Deckel zu. Der Tod eines geliebten Menschen war etwas, was die Welt ins Wanken brachte. Genauso wie der Moment, in dem man entdeckte, dass dieser geliebte Mensch einem etwas verheimlicht hatte. Auch wenn das Ausmaß dieses Geheimnisses vielleicht nicht groß war, so war doch der Umstand, dass man nie mehr darüber reden und die Dinge klarstellen konnte, unendlich erdrückend.

Weil er nicht wusste, was er weiter tun sollte, fuhr Leon zum Quellbach. Wie ferngesteuert zog er sich um und ging in die Küche.

Jan-Philipp starrte ihn mit großen Augen an.

«Was ist?», blaffte Leon ihm anstelle einer Begrüßung entgegen.

Der Junge zögerte, und es schien fast, als hätte er Angst vor seinem Vorgesetzten. «Du siehst aus wie ein Zombie.»

Leon ließ ihn stehen und ging auf die Toilette. Im Spiegel über dem Waschbecken blickte er in das Gesicht eines fremden Mannes, der um Jahre älter schien als er selbst. Die Wangen waren unrasiert, aschfahl, die Augen gerötet und mit dunklen Ringen. Minutenlang schöpfte er sich eiskaltes Wasser ins Gesicht, bevor er in die Küche zurückkehrte und seine Arbeit aufnahm.

Er begann damit, systematisch das Chaos zu beseitigen, das der völlig überforderte Auszubildende hinterlassen hatte. Wie sich herausstellte, hatte der Junge gerade einmal vier Gäste zu bekochen gehabt, die lediglich ein einfaches Gericht von der regulären Karte bestellt hatten. Die ganze Woche über waren nur wenige Gäste gekommen. Nachdem die letzten sensationslustigen Reporter abgezogen waren, verirrte sich kaum noch jemand zu ihnen in den Wald. Das Gasthaus glich einem verfluchten Ort, den man besser mied.

Die einzige Ausnahme bildeten Lohmann, Gehler und ihre zahlungskräftigen Jagdgesellen. Sie kreuzten regelmäßig auf und taten so, als wäre nichts geschehen. Zwar hatte sich Lohmann von Lindas Tod bestürzt gezeigt und ihren Eltern angeboten, die Beerdigungskosten zu übernehmen, doch keine zwei Tage später war er wieder zum Tagesgeschäft übergegangen. Er hatte Geschäftsfreunde zum Mittagessen eingeladen und nebenbei lautstark am Telefon einen Architekten zur Schnecke gemacht. Er hatte mit Haffmann die Zimmerbelegung für die Jagdgäste geklärt, war mit Leon eine Bestellung von Schinken und Räucherwaren durchgegangen und hatte sich später auf dem Parkplatz mit einem in seinen Augen unehrlichen Weinlieferanten ein hitziges Wortgefecht geliefert.

Eigentlich wäre es Leons Aufgabe gewesen, den Azubi darauf hinzuweisen, dass Ordnung am Arbeitsplatz die erste Grundregel war, die ein Koch zu befolgen hatte. Aber in seinem Kopf wirbelten an diesem Tag viel zu viele andere Gedanken herum, sodass er sich nicht einmal daran störte, dass Jan-Philipp die ganze Zeit hektisch auf seinem Smartphone herumtippte, während er aus dem Kühlraum haufenweise Lebensmittel anschleppte und vor sich aufbaute.

Voller Stolz präsentierte ihm der Junge den Grund für seine ausgiebige Internetrecherche. «Ich werde meinem Onkel und seinen Gästen ein *menu tedesco* vorsetzen.»

«Ein was?»

«Eine Fusion aus feiner italienischer Küche und deutscher Hausmannskost sozusagen.» Jan-Philipp sah Leon an, als erwarte er Applaus. «Als Vorspeise gibt es Birnen im Schinkenmantel mit einer Balsamico-Vinaigrette, zum Hauptgang Rinderleber mit Gnocchi und Preiselbeersauce und als Dessert ein Crêpe mit Holunderblüten-Grappa-Sauce.» Wieder machte er eine Pause für den erhofften Beifall. «Was hältst du davon?»

«Parmaschinken», antwortete Leon.

Diesmal war es Jan-Philipp, der verständnislos blickte.

«Du solltest für deine Vorspeise Parmaschinken nehmen.

Sonst ist die italienische Komponente nicht deutlich genug. Außerdem liebt dein Onkel Parmaschinken.»

«Es gibt keinen mehr. Ich habe gerade geschaut. Aber ich nehme einfach den Schwarzwälder», antwortete Jan-Philipp kleinlaut.

«Es gibt keinen mehr?» Mit einem Mal war Leon hellwach. Es war, als hätte jemand mit einer Nadel in die Blase gestochen, in der er sich die letzten Stunden bewegt hatte, und ihn so in die Gegenwart zurückgeholt. «Als ich das letzte Mal welchen für die Rouladen abgeschnitten habe, war noch fast die Hälfte da!»

Auch wenn ihm eine dunkle Vermutung bereits sagte, dass Jan-Philipp recht hatte, stürmte er in den Kühlraum und überzeugte sich mit eigenen Augen davon, dass das große luftgetrocknete Schinkenstück verschwunden war.

«Seit wann ist er weg?», wollte Leon wissen.

Doch der Junge zuckte nur mit den Schultern. «Keine Ahnung.»

Leon dagegen hatte eine Ahnung. Letzte Nacht hatte der totgeglaubte Richard Scheffler Marlene in seiner Höhle mit einem schweren Stück Schinken attackiert, um sich davonmachen zu können. Es hätte Leon sofort klar sein müssen, woher der edle Schinken stammte.

«Hast du den Schinken in den Müll geworfen? War er verschimmelt?» Auch wenn Leon nicht glaubte, dass der Schinken verdorben gewesen war, versuchte er sich zu erklären, wie Scheffler an das teure Stück gekommen war.

«Nein!», beteuerte Jan-Philipp. «Aber vielleicht ja Beata.»

Das konnte sich Leon nicht vorstellen. Nie hätte sie dergleichen entsorgt, ohne ihm Bescheid zu geben. So blieb als einzige Möglichkeit, dass Scheffler in das Gasthaus eingedrungen war und sich selbst bedient hatte. Aus irgendeinem Grund war Leon diese Vorstellung zuerst abwegig erschienen. Der Mann aus dem Wald war für ihn nur ein ausgehungerter Obdachloser gewesen, der harmlos im Müll der anderen stocherte. Doch wieso sollte einer wie Scheffler, der wer weiß was getan hatte, davor zurückschrecken, Essen aus einer Gasthausküche zu stehlen?

Aber wie war er überhaupt hineingekommen? Haffmann kontrollierte immer sofort, ob alles verriegelt war, sobald die Küchenleute Feierabend gemacht hatten. Außerdem schien er nie zu schlafen, und wenn er sich doch einmal ausruhen musste, so fiel er wahrscheinlich nur in den Dämmerzustand eines Wachhundes. Sobald irgendein Geräusch zu ihm vordrang, spitzte er die Ohren und schlug notfalls Alarm. Zu seinem Fünfundsechzigsten hatte ihn Lohmann in aller Früh mit einer getunten Schwalbe überraschen wollen. Er hatte das alte Moped generalüberholen sowie schwarz lackieren lassen und an Haffmanns Geburtstag mucksmäuschenstill vor das Gasthaus geschoben. Doch bevor er dazu gekommen war, seinem treusten Mitarbeiter zu gratulieren, hatte er auch schon in die Mündung von Haffmanns Luftgewehr geblickt, während hinter ihm Sirenengeheul im Wald ertönt war.

Leon sah sich im Kühlraum und anschließend in der Küche um. Ob noch mehr fehlte? Scheffler war, soweit er sich entsann, nur mit dem Schinken in den Felsenkeller gekommen. Aber vielleicht bewahrte er seine Vorräte auch woanders auf.

Aus dem Augenwinkel bemerkte Leon, wie Jan-Philipp zusammenzuckte. Fast hatte es den Anschein, als würde der Junge strammstehen. Der Grund für sein plötzliches Verhalten stand in der Tür. Lohmann war in die Küche gekommen.

«Keine Angst, mein Junge, ich hab noch keinen Hunger.

Ihr habt noch etwas Zeit …» Sein Grinsen erinnerte an einen zähnefletschenden Löwen. «Sagt mal, wo ist denn die kleine Polin?» Suchend blickte er sich in der Küche um. «Ich brauche jemanden zum Übersetzen. Ich habe mir eine Wärmebildkamera zugelegt, bei der alles nur auf Polnisch erklärt ist.»

«Sie hat heute frei», antwortete Leon.

«Aber unten vor dem Tor steht doch ihr Auto! Was macht sie dann hier draußen? Im Wald spazieren gehen?» Kopfschüttelnd zog Lohmann von dannen.

Leon war völlig perplex. «Beatas Auto?», sagte er zu Jan-Philipp. «War sie heute hier?»

«Nein, nicht, dass ich wüsste.» Der Junge wandte sich wieder seinem Handy zu. «Zumindest nicht hier in der Küche.»

Auch wenn er sich ermahnte, dass das alles nichts weiter zu bedeuten haben musste, spürte Leon, wie Panik in ihm aufstieg. Sofort rief er bei Beata an, aber sie war nicht erreichbar. Er zwang sich, ruhig zu bleiben. Womöglich hatte Lohmann das Auto verwechselt, und es war gar nicht Beatas Renault.

«Ich schaue mal nach, was es mit dem Auto vor dem Tor auf sich hat», meinte Leon. «Du kommst ja allein klar, nicht wahr?»

Jan-Philipp nickte. Sein Lampenfieber war der Gewissheit gewichen, einen großartigen Auftritt hinzulegen.

Eilig schlüpfte Leon in der Umkleide aus seiner Arbeitskluft. In diesem Fall kam es ihm gelegen, dass sich der Junge derart überschätzte.

SIEBZEHN

Draußen empfing ihn die gleißende Nachmittagssonne. Auch wenn nur wenige Strahlen den direkten Weg durch den dichten Wald ringsum zu ihm hinunterfanden, fühlte er sich geblendet von so viel Licht.

Normalerweise war er um diese Tageszeit in seine Arbeit versunken und bekam gar nicht mit, dass draußen die Sonne schien und das Leben seinen Lauf nahm. Die Küche war seine Höhle, die er nur selten vor Mitternacht verließ. Und wenn er dann hinaustrat, war die Welt finster, einsam und still. Im Grunde, so dachte Leon, während er zu seinem Wagen lief, unterschied ihn in dieser Hinsicht gar nicht so viel von Richard Scheffler, der allem Anschein nach zurückgezogen und allein in einer Höhle hauste, die er nur bei Dunkelheit verließ.

Er preschte in seinem Volvo die Biegung hinab und durch das Eisentor hindurch. Hinter der nächsten Kurve sah er Beatas Auto. Es stand genau dort, wo Marlene und er in der Nacht kurz gehalten hatten, bevor sie weiter zum Felsenkeller gefahren waren.

Er stieg aus und ging um den silberfarbenen Renault herum. Im Innenraum sah es so ordentlich und sauber aus wie immer. Das Einzige, was herumlag, war Beatas Sonnenbrillenetui auf dem Beifahrersitz. Seine Hand zitterte, als er das Handy aus der Hosentasche zog. Zu frisch war die Erinnerung an den Mittwochabend, als er neben Julias rotem Fiat ihre Nummer gewählt und das Klingeln im Wald gehört hatte. Noch einmal rief er bei Beata an und stellte wieder – diesmal jedoch fast erleichtert – fest, dass sie auch weiterhin nicht erreichbar war.

Doch wo sollte sie sein? Das alles ergab überhaupt keinen Sinn. Sicherlich konnte sie ihren freien Tag dazu genutzt haben, bei dem schönen Wetter wandern zu gehen. Aber hätte sie dann das Gasthaus als Ausgangspunkt gewählt? Und selbst wenn sie auf eine so abwegige Idee gekommen wäre – warum hatte sie ihr Auto dann nicht gleich auf dem Parkplatz vor dem Quellbach abgestellt? Nein, jemand, der in Ruhe seinen freien Tag verbringen und dabei nicht von seinen Kollegen gesehen werden wollte, fuhr nicht so nah zu seinem Arbeitsplatz.

Leon setzte sich wieder hinters Steuer und fuhr los. Er hatte nicht den leisesten Schimmer, wo er nach ihr suchen sollte, aber er musste etwas unternehmen. Bevor ihm bewusst wurde, wohin er unterwegs war, fand er sich im Plattenbauviertel hinter dem Krankenhaus wieder. Eine nach der anderen fuhr er die schnurgeraden, rechtwinklig angelegten Straßen vor den weißen Häuserblocks auf und ab, denn er hatte keine Ahnung, wo Beata genau wohnte. Nachdem er zum dritten Mal in dieselbe Straße eingebogen war, hielt er am Straßenrand an und zwang sich nachzudenken.

Was er gerade tat, war albern. Erwartete er etwa, Beata mit einer Einkaufstasche vor ihrem Haus anzutreffen? Was wollte er hier? War er gekommen, weil er hoffte, dass sie einfach nur zu Hause war? Dass alles in Ordnung war?

Vielleicht hatte Lohmann ihre Adresse. Leon rief ihn an, aber er ging nicht an sein Telefon. Leon verfluchte ihn, obwohl seine Vernunft ihm sagte, dass Beata nicht zu Hause sein konnte. Etwas war ihr zugestoßen, ihr Auto stand mitten im Wald.

Er musste zur Polizei gehen. Auch wenn sich alles in ihm dagegen sträubte, lenkte er seinen Wagen durch das Stadtzentrum dorthin, wo man ihn zwei Tage zuvor am liebsten festgehalten hätte. Auf dem Kommissariat teilte man ihm mit, dass Kriminalhauptkommissar Braune gerade nicht greifbar sei, sodass Leon einem demonstrativ gelassenen Beamten seine Befürchtungen schildern musste. Um dem Polizisten die Dringlichkeit der Angelegenheit deutlich zu machen, erklärte er, dass ein Zusammenhang zwischen dem Mord an den beiden Frauen und dem Verschwinden seiner Kollegin nicht ausgeschlossen wäre, entlockte dem Mann aber nur ein Zucken der linken Augenbraue.

Trotzdem forderte der Beamte einen Streifenwagen an, der Leon zu Beatas Auto folgte. Dort ließen sich die beiden jungen Polizisten noch einmal von Leon eine Zusammenfassung seines Berichts von eben geben. Da sie offensichtlich keine Ahnung hatten, was als Nächstes zu tun war, staksten sie mehrmals um den leeren Renault herum, spähten ins Wageninnere, leuchteten mit ihren Taschenlampen hinein und suchten die nähere Umgebung eher willkürlich als systematisch nach Spuren ab. Nach einer Weile bekamen sie die Order zu warten, bis Kommissar Braune vor Ort wäre, und schienen erleichtert, als dieser wenige Minuten später anrückte und sie entließ.

Braune wirkte sichtlich gehetzt. Er ließ sich die wenigen Fakten berichten und gab sich keine große Mühe, seine Abneigung gegenüber Leon zu unterdrücken. «Auch wenn Sie jetzt Alarm schlagen, brauchen Sie nicht zu glauben, dass Sie das in meinen Augen weniger verdächtig macht.»

Er gab Leon zu verstehen, dass seine Anwesenheit nicht mehr notwendig wäre, dass er sich allerdings sicher sein dürfte, dass die Polizei ihn im Auge behielt.

«Wo sind Sie zu finden?», fragte er mit zusammengezogenen Brauen, als Leon in sein Auto stieg.

«Ich arbeite den ganzen Abend im Quellbach», entgegnete Leon.

Während er zurücksetzte und losfuhr, hörte er durch das heruntergelassene Fenster, wie Braune die Spurensicherung anforderte, die den Wagen anscheinend aufbrechen und untersuchen sollte.

Er stellte seinen Volvo auf dem Parkplatz vor dem Quellbach ab und spürte sofort, dass er nicht die Ruhe haben würde zu kochen. Er konnte sich nicht einfach in die Küche stellen und darauf warten, dass die Polizei Beata finden würde.

Leon kontrollierte, dass niemand ihn sah, und huschte hinter dem Parkplatz in den Wald. Ohne zu wissen, was er dort zu finden hoffte, schlug er die Richtung zum Felsenkeller ein. Auf seinem Weg begegneten ihm einige Wanderer, die ihn freundlich, aber auch mit einer offenkundigen Portion Misstrauen grüßten. Sicherlich fragten sie sich, warum dieser verwirrt wirkende Mann, der kaum aufblickte, so hektisch durch den Wald streifte.

Vor dem Tor im Fels zögerte Leon einen langen Moment. Sein Herz klopfte heftig. Konnte es sein, dass Beata allein in das dunkle Gewölbe gegangen war? Hatte Scheffler sie hierhergelockt? War sie sein nächstes Opfer? Oder spielten Leons Nerven verrückt, und er wollte Dinge in einen Zusammenhang stellen, die nichts miteinander zu tun hatten?

Er zog das Tor einen Spaltbreit auf und schlüpfte in die Dunkelheit. Seine Finger tasteten nach dem Handy in seiner Hosentasche. In seinem Rücken lag das Licht, vor ihm die Finsternis. Eine plötzliche Furcht hielt ihn zurück. Letzte Nacht war Scheffler aus dem alten Stollen geflohen, doch wer sagte ihm, dass er nicht wieder zurückgekommen war? Leon war ganz und gar unbewaffnet und Scheffler in jedem Fall unberechenbar.

Leon schaltete die Handytaschenlampe ein und ging weiter. Der dünne, grelle Lichtstreifen wanderte über den nackten Felsboden und kroch die verwitterten Backsteine hinauf. Alle paar Schritte hielt Leon inne, löschte das Licht und lauschte. Der Berg blieb vollkommen stumm. Er spürte, dass sich Scheffler endgültig davongemacht hatte, noch bevor er nach und nach feststellte, dass nichts mehr auf die frühere Anwesenheit des Alten hindeutete. Scheffler hatte sich offenbar einen neuen Unterschlupf gesucht und bei seinem Auszug aus dem Gewölbe penibel darauf geachtet, keine Spuren zu hinterlassen.

Auch Beata war nicht hier, dessen war sich Leon sicher. Er hatte sich selbst in die Irre geführt. Mit einem Mal spürte er, wie durstig er war. Als er wieder aus dem Felsenkeller trat, verschwanden gerade die letzten Sonnenstrahlen aus dem Wald. Er hatte seit Stunden nichts mehr getrunken. Der Weg bis zum Quellbach zurück würde ihm entsetzlich lang werden.

Aus diesem Grund beschloss er, den Schwarzbach zu suchen. Laut Marlene floss er unweit vom Felsenkeller neben dem Sattelberg entlang. Leon folgte den hohen Felsen weiter ins Innere des Waldes und stellte fest, dass sich der Weg immer mehr verjüngte. Dort, wo der felsige Berg schließlich flacher wurde und in eine Senke überging, verließ Leon den Weg und kletterte in die breite Kuhle hinab. Der Boden war morastig. Im grauen Licht der einbrechenden Dämmerung fiel es ihm schwer, nicht auszurutschen oder in Schlammpfützen zu treten.

Ein trockener Pfad rettete seine Schuhe. Dahinter breitete sich, zwischen Farnen und hohen Buchen, deren Wurzeln sich wie schiefe Zähne im spiegelglatten Wasser festbissen, ein schwarzer Tümpel aus. Leon folgte seinem Ufersaum, stieg über umgestürzte, verwitterte Baumstämme und strich durch kniehohe Farnwedel, bis er den Zulauf entdeckte. Das zarte Bächlein, das durch den Sommer reichlich verkümmert war, musste der Schwarzbach sein. Er plätscherte einen Hang hinab, den Leon, auf der Suche nach einer Stelle, an der er trinken konnte, mühsam erklomm. Leon wand sich an hohen Baumstämmen vorbei, über dicke Moospolster, die jetzt im August so trocken waren, dass sie unter seinen Füßen raschelten.

Kurz vor der Hügelkuppe endlich fand er ein kleines Steinbecken, in dem sich das Bächlein sammelte. Er ging auf die Knie und schöpfte sich das Wasser mit der hohlen Hand in den Mund.

«Was machst du hier?», brummte eine Stimme über ihm.

Leon schoss auf, geriet ins Straucheln und konnte gerade noch verhindern, dass er rückwärts den Hang hinunterrutschte.

«Hast du dich beim Beerensammeln verlaufen?» Gehler klang weder freundlich noch amüsiert. Seine Stimme war voller Misstrauen. Von oben blickte er auf Leon herab, dem es schwerfiel, die Silhouette des in Tannengrün gehüllten Försters vor dem dunklen Wald auszumachen.

«Ich suche Beata.» Leon hielt sich an einem Baumstamm fest. Mit der freien Hand wischte er sich das Wasser aus dem Gesicht.

«Deine Kollegin? Was sollte sie hier verloren haben?»

«Ihr Auto steht vor dem Tor zum Quellbach. Aber sie ist nicht im Gasthaus erschienen.»

«Und da glaubst du, dass sie eine Nachtwanderung macht, und folgst ihr …»

«Ich habe ehrlich gesagt Angst, dass ihr etwas zugestoßen ist.»

«Warum rufst du sie nicht einfach an?»

«Sie geht nicht an ihr Handy.» Leon hätte gerne in Gehlers Gesicht gesehen, aber dafür war es schon zu finster.

«Dann bleibt die Küche heute wohl kalt?»

«Nein, Jan-Philipp hat übernommen.»

«Reinhards Neffe?» Gehlers Körper wurde von einem bauchigen Lachen erschüttert, das durch den Wald dröhnte. «Dann sollte ich mir wohl noch mal überlegen, ob ich zum Quellbach fahre.»

«Kannst du mich mitnehmen?»

Gehler sah sich kurz um. Er schien einen Moment zu überlegen. «Von mir aus. Komm rauf.» Er streckte Leon die Hand entgegen und zog ihn mit einem kräftigen Ruck auf die Kuppe des Hangs.

Keine fünf Schritte hinter dem Förster stand sein Pick-up. Er öffnete die Beifahrertür für Leon und stieg hinter das Lenkrad. Er startete den Motor und manövrierte den Wagen in Schrittgeschwindigkeit über einen unebenen, schmalen Waldweg, der für einen normalen Pkw nur schwer befahrbar gewesen wäre.

Nach einer Biegung gabelte sich der Weg und führte rechter Hand geradewegs auf einen felsigen Berg zu. Während sie sich links hielten, folgten Leons Augen durch das Seitenfenster den breiten Reifenspuren, die sich rechts in den weichen Waldboden gegraben hatten. Er überlegte, dass das hier die Rückseite des Sattelbergs sein musste.

«Ist hier ein Eingang in das alte Bergwerk?», fragte er den Förster.

Gehler riss das Lenkrad nach links, als müsse er einem

Stein oder einem Bodenloch ausweichen, sodass Leons auf seinem Sitz herumgeschleudert wurde und gezwungen war, wieder nach vorn zu blicken.

«In die Silbermine?» Der Förster tat, als sei Leons Frage völlig abwegig. «Die ist doch seit Jahrhunderten verschüttet.» Er wollte nicht wissen, wieso sich Leon für den alten Stollen interessierte.

Die restliche Fahrt durch den Wald verlief wortlos. Leon bat Gehler, ihn bei Beatas Auto hinauszulassen. Der Förster schenkte ihm nur einen misstrauischen Blick, stellte aber keine Fragen. Sobald Leon aus dem Wagen gesprungen war, preschte er davon.

Braune war nicht mehr da. Weder von ihm noch von seinen Kollegen war irgendetwas zu sehen. Mutterseelenallein stand der Renault wie ein seltsamer Fremdkörper im Wald. Ob sie Beata gefunden hatten? Leon konnte es sich nicht vorstellen. Ihr Auto hier sprach eindeutig dagegen. Er machte sich auf den Weg zum Quellbach und fragte sich, ob Braune ihn gesucht hatte. Bestimmt war er oben im Quellbach gewesen und hatte geschäumt, nachdem er Leon nicht wie angenommen in der Küche angetroffen hatte.

Als Leon das Gasthaus erreicht hatte, wurde er Zeuge einer seltsamen Begegnung am Waldrand. Es war schon fast halb zehn, und er ging um das Gebäude herum zum Lieferanteneingang. In der erleuchteten Gaststube sah er Lohmann, Gehler und die beiden Jäger sitzen. Sie waren die letzten Gäste und offenbar bereits beim Nachtisch angekommen. Es sah so aus, als ließen sie sich gerade Jan-Philipps hochprozentiges Crêpe-Dessert schmecken, während sie eine Flasche Kräuterschnaps kreisen ließen und sich zuprosteten. Wahrscheinlich wollten sie auch in dieser Nacht wieder ausrücken.

Hinterm Haus war es dunkel. Leons Sinne arbeiteten noch immer auf Hochtouren, weshalb er die beiden Männer im Wald sofort bemerkte, auch wenn sie offenkundig darum bemüht waren, unentdeckt zu bleiben. Abrupt hielt er an, damit ihn der Bewegungsmelder nicht erfasste. Wäre das Licht über der Hintertür angesprungen, hätten ihn die beiden sofort gesehen.

Sie hatten sich zwischen die Bäume zurückgezogen und schienen etwas zu verhandeln. An seiner weißen Küchenjacke, die in der Dunkelheit des Waldes als grauer Fleck schimmerte, und seiner unbeherrschten Stimme erkannte Leon Jan-Philipp. Der Junge versuchte vergeblich zu flüstern. Offensichtlich gelang es ihm nicht, seinen Zorn zu dämpfen. Er schnaubte wütend und gab kurze Anweisungen, die nicht zu verstehen waren, jedoch wie scharfe Befehle klangen. Er sprach mit einer seltsamen Autorität, die Leon noch nie an ihm erlebt hatte. Dennoch verwunderte ihn dieser Ton nicht, er passte zu dem selbstverliebten, ehrgeizigen Jungen.

Der andere Mann blieb ruhig. Falls er etwas antwortete, so hörte Leon es nicht. Das Schauspiel dauerte nur wenige Augenblicke, dann trennten sich die beiden. Während Jan-Philipp zurück zum Quellbach stapfte, drehte sich der andere um und verschwand im Wald. Leon sah ihn kaum, aber er wusste, dass er den Kopf zwischen die Schultern zog und gebückt unter den Bäumen davonlief. Es bestand keinerlei Zweifel, mit wem sich Jan-Philipp dort im Verborgenen getroffen hatte.

Leon drückte sich näher an die Hauswand und machte ein paar Schritte rückwärts, bis er um die Ecke war. Es wurde hell. Das Licht über der Hintertür war automatisch angegangen. Leon hörte Jan-Philipps Tritte auf den beiden Steinstufen. Er zählte im Stillen bis drei, dann folgte er ihm. Er wollte den Jungen überraschen und herausfinden, was er im Wald mit Scheffler besprochen hatte. Doch er musste auch vorsichtig sein.

Als er die Küche betrat, kauerte Jan-Philipp gerade vor einem Vorratsschrank. Er schnellte herum und richtete sich überrascht auf.

«Was machst du hier?» In seiner erschreckten Stimme schwang noch deutlich der Tonfall des Befehlsgebers mit.

«Ich arbeite hier», antwortete Leon ruhig und musterte den Jungen. «Suchst du etwas?»

«Nein, nein, ich komme schon klar», wich Jan-Philipp aus. «Hatte gar nicht mehr damit gerechnet, dass du heute noch mal kommst.» Er hatte etwas in seinen Hosentaschen stecken. Die deutlichen Beulen rechts und links unter der Kochjacke sahen nicht nach Handy oder Schlüsselbund aus. «Gehst du gleich wieder? Du hast dich nicht umgezogen.»

Am liebsten hätte Leon den Jungen durchsucht, aber natürlich konnte er nur abwarten und hoffen, dass der sich irgendwie verriet.

«War Beata in der Zwischenzeit hier?», fragte er.

Jan-Philipp schüttelte den Kopf. Auch von der Polizei oder Kommissar Braune erwähnte er nichts.

«Wir machen Feierabend. Es kommt sowieso niemand mehr. Du kannst gehen, ich erledige den Rest.» Leon ließ ihn nicht aus den Augen. «Warst du gerade draußen? Als ich gekommen bin, hat das Licht über der Tür gebrannt.»

Jan-Philipp erwiderte Leons Blick. Seine Pupillen wurden starr. «Ich hab den Müll weggebracht. Einen Teil zumindest.»

«Wieso das denn? Das erledigen wir doch für gewöhnlich erst, wenn alles aufgeräumt ist.»

«Aber heute ist kein gewöhnlicher Tag, oder?», erwiderte der Azubi trotzig, und seine Augen blitzten frech.

«Keine Sorge. Ab morgen geht wieder alles seinen gewohnten Gang, und ich lasse dich nicht mehr allein.»

«Na dann, gute Nacht.» Jan-Philipp wollte sich umdrehen und gehen, aber Leon hielt ihn zurück.

«Eine Frage noch. Ist dir bei den Mülltonnen etwas aufgefallen oder seltsam vorgekommen?»

«Was soll mir denn aufgefallen sein?» Er hielt seine Hände so, dass sie die Hosentaschen verdeckten.

«Die Polizei meint, dass jemand in unserem Müll gewühlt hat.» Leon machte eine Pause und fixierte den Jungen. «Es könnte ein Mann gewesen sein, der im Wald lebt.»

Jan-Philipps Mundwinkel zuckte. Es war nicht klar, ob vor Anspannung oder weil er ein Grinsen unterdrückte. «Ein Mann? Ich habe keinen Mann gesehen.» Er schlenderte in die Umkleide, und drei Minuten später war er weg.

Von draußen waren Stimmen zu hören, aufgekratzte Rufe und frohes Gelächter. Wahrscheinlich hatte der Junge auf dem Parkplatz seinen Onkel und die Jäger getroffen, die ebenfalls im Aufbruch begriffen waren.

Sobald die Motorengeräusche verstummten, widmete sich Leon dem Schrank, vor dem er den Jungen überrascht hatte. Es war ein breiter stählerner Vorratsschrank, in dem Trockenwaren wie Nüsse, Körner, Mehl und Grieß sowie Gewürze lagerten. Er schob die Tüten hin und her, nahm ein paar Gläser und Dosen heraus, doch er konnte nichts Auffälliges entdecken.

Auch in der Umkleide fand er nichts. Der Junge war nicht so dumm gewesen, irgendwelche Hinweise für Leon zu hinterlassen. Es hatte keinen Sinn. Leon räumte auf und putzte, machte die Küche dicht und fuhr dann los. Neben Beatas verlassenem Auto hinter dem Tor musste er anhalten, weil sich sein Magen so sehr zusammenkrampfte, dass er nicht mehr lenken konnte. Er wählte die Nummer der Polizei und schaffte es, sich zu Braune durchstellen zu lassen. Der Kommissar ging offenbar davon aus, dass Leon ihm etwas zu berichten hatte. Denn als Leon ihn stattdessen nach Neuigkeiten zu Beata fragte, wurde er kurz angebunden und erklärte unwirsch, dass er noch nicht wisse, wo sie sei. Einzelheiten zu seinen Nachforschungen wollte er nicht preisgeben und wies vielmehr darauf hin, dass es fast Mitternacht und er außer Dienst sei.

Frustriert und völlig geschafft fuhr Leon heimwärts. Auf halber Strecke kam ihm Jacks alter VW-Bus entgegen. In der Dunkelheit erkannte Leon ihn erst, als sie aneinander vorbeisausten. Für den Bruchteil einer Sekunde tauchten Jack und Marlene vor ihm auf, die sich miteinander unterhielten. Sie hatten das Gesicht einander zugewandt und sahen ihn nicht.

Leon fragte sich, wohin die beiden um diese Uhrzeit noch unterwegs waren. Gleichzeitig schoss ihm eine andere Frage durch den Kopf. Es war, als hätten Jacks Scheinwerfer und der kurze Blick auf Marlene sie heraufbeschworen.

Hatte Marlene Anna damals den Termin bei Richard Scheffler besorgt? Höchstwahrscheinlich war es so gewesen. Nur warum hatte sie Leon dies bis heute verschwiegen?

ACHTZEHN

Das Piepen seines Telefons riss ihn aus dem Schlaf. Das schrille Geräusch jagte ihm eine Welle der Angst durch den Körper, gegen die sich sein müder Verstand kaum zur Wehr setzen konnte. Er tastete nach dem Handy auf dem Nachttisch und redete sich ein, dass es nur Thea sein konnte, die sich mitten in der Nacht mit einem weiteren Partyfoto einen Spaß auf Kosten ihres vermeintlich besorgten Vaters erlaubte.

Kurz bevor er ins Bett gegangen war, hatte er eine Nachricht von ihr erhalten, in der stand, dass das Festival grandios war und die Stimmung bestens. Zum Beweis hatte sie ein Foto von sich angehängt, breit grinsend mit einer Bierflasche in der Hand und umgeben von tanzenden Menschen. An einem anderen Tag hätte er über ihr aufmüpfig zur Schau gestelltes Erwachsensein gelacht, so aber hatte er nur erleichtert zur Kenntnis genommen, dass es ihr gutging.

Anders als angenommen war die Nacht inzwischen allerdings vorbei. Das Handy zeigte an, dass es bereits 6.32 Uhr war. Während Leon auf das Symbol für die eingegangene Nachricht tippte, überlegte er, dass die SMS vielleicht doch von Marlene kam. Er hatte die Ungewissheit letzte Nacht nicht ausgehalten und noch im Auto ihre Nummer gewählt. Dass sie nicht an ihr Handy ging, obwohl er sie eben auf dem Beifahrersitz neben Jack gesehen hatte, war ihm in jenem Moment wie eine bodenlose Unverschämtheit vorgekommen, und er hatte ihr auf die Mailbox geblafft, warum sie ihm nicht erzählt hatte, dass Anna bei Richard Scheffler in Behandlung gewesen war. Schon während er auflegte, hatte er das Ganze bereut.

Letzte Nacht jedenfalls hatte sich Marlene nicht mehr bei ihm gemeldet. Jetzt war sie vielleicht bei der Frühschicht und wollte ihn etwas wissen lassen. Er drückte sich von seinem Kissen hoch und zuckte zusammen, als er den Namen des Absenders las. Die Nachricht kam von Beata. *Komm zu meinem Auto. Ich muss dir was zeigen*, hatte sie geschrieben.

Fast hätte Leon das Handy weggeworfen. Er fühlte sich, als hätte er einen Stromschlag bekommen. Was sollte das? Wieso verschwand sie erst und tauchte dann am nächsten Morgen um halb sieben urplötzlich wieder auf beziehungsweise schickte ihm eine derart kryptische Nachricht?

Er sprang aus dem Bett und zog sich seine Hose an. Während er noch nicht ganz im zweiten Bein steckte, wählte er ihre Nummer, auch wenn ihm klar war, dass sie nicht drangehen würde. Er fluchte laut, suchte seinen Wagenschlüssel, zog sich die Schuhe an und rannte aus dem Haus.

Viel zu schnell raste er durch die leeren Straßen des Samstagmorgens. Je näher er dem Wald kam, desto lauter pochte sein Herz. Als er zwischen den hohen Wipfeln der Fichten die Bundesstraße hinaufschoss, fiel es ihm wie Schuppen von den Augen. Die SMS hatte keinen einzigen Rechtschreib- oder Grammatikfehler enthalten. Zwar sprach Beata ein sehr gutes Deutsch, aber Leon wusste, dass sie beim Schreiben ihre Probleme hatte. Die Nachricht stammte nicht von ihr.

Die Hand, mit der er das Lenkrad umklammerte, wurde feucht. Mit der anderen tastete er fahrig nach seinem Handy. Er wollte Braune anrufen, aber das Handy war nicht da. Panisch suchte er den Sitz ab, ohne es zu finden. Er musste es zu Hause beim Schuhanziehen auf die Flurbank gelegt und dort vergessen haben. Einen Augenblick überlegte er umzukehren, doch der Drang, der Sache jetzt und ohne Umwege auf den Grund zu gehen, war stärker.

Sobald er kurz vor dem Quellbach Beatas Renault sah, glaubte er, sein pochendes Herz würde jeden Moment zerspringen. Das silberfarbene Autoblech schimmerte matt wie das Fell eines schlafenden Wolfes. Als Leon aus seinem Wagen stieg, sah er, dass es mit winzigen Tautröpfchen überzogen war. Die Luft war frisch an diesem Augustmorgen, und ein herrlicher Geruch von feuchter Erde und aromatischen Fichtennadeln umfing ihn. Für einen Moment war er regelrecht benebelt von diesem reinen und unschuldigen Duft.

Die Sonne hatte es noch nicht geschafft, über die hohen Bäume zu steigen, das Morgenlicht war milchig, es gab noch keine Schatten. Die Angst, die für einen Moment verflogen war, kehrte zurück und fraß sich erneut in Leons Brust. Langsam setzte er sich in Bewegung und umrundete den Renault.

Kaum hatte er die Runde vollendet, entdeckte er den Körper. Er erstarrte, alles in ihm gefror.

Auf einer winzigen Lichtung, nicht größer als eine ausgebreitete Decke und etwa zwanzig Schritte entfernt, sah er das braune Borstenfell eines Wildschweins. Ein zufällig vorbeikommender Wanderer hätte wahrscheinlich vermutet, dass das Tier in einer Kuhle lag und schlief. Er hätte aus Angst vor der unberechenbaren, großen Kreatur einen weiten Bogen darum gemacht und sich eilig entfernt.

Leon dagegen verhielt sich völlig anders, denn er ahnte, dass das Tier nicht mehr als eine ekelhafte Attrappe war. Eine hässliche, leblose Hülle für den ebenso leblosen, ausgehöhlten Körper eines Menschen.

Es dauerte eine gefühlte Ewigkeit, bis Leon wieder wusste, wie er Beine und Füße zu bewegen hatte. Wie eine hölzerne Marionette, die sich an den eigenen Fäden vorwärtszieht, tat er die ersten Schritte. Doch dann blieb er erneut abrupt stehen und sah sich um.

Zum ersten Mal wurde ihm bewusst, dass er womöglich nicht der Einzige an diesem Ort war, den der Mörder für sein brutales Schauspiel gewählt hatte. Vielleicht war der skrupellose Regisseur des Todes noch in der Nähe. Vielleicht versteckte er sich hinter einem Baum und beobachtete, wie Leon auf sein jüngstes Werk zuging. Vielleicht fühlte er ja so etwas wie Stolz oder Erregung, wenn er miterleben konnte, wie die erste Reaktion auf das Kunstwerk ausfiel, dem er so viel Arbeit und Hingabe gewidmet hatte.

Leon hielt in der Bewegung inne und lauschte in den Wald. Mit einem Mal kam es ihm vor, als würde es von allen Seiten rascheln und knacken. Die Vögel schienen zu kreischen, und der sanfte Wind wie ein Orkan in den Baumkronen zu wüten. Verzweifelt versuchte er, ruhig zu bleiben. Im Wald war es nie still, sagte er sich beschwörend. Die Idee von der friedlichen Ruhe des Waldes war nichts als ein alberner Mythos.

Er hielt sich die Ohren zu und starrte auf den Boden, während er auf das Wildschwein zuging. Wie sehr hätte er sich gewünscht, dass er es aufschreckte, selbst wenn das nicht ungefährlich gewesen wäre. Doch obwohl er Schritt um Schritt voranrückte und am Ende über das braune Fell gebeugt dastand – das Tier rührte sich nicht.

Wie hätte es auch sollen? Die Schwarte mit den dichten braunen Borsten war nur noch ein großer schmutziger Flicken mit einem maskenhaften Haupt und vier länglichen Hautlappen, dort, wo einmal die Beine gewesen waren. Sie war teilweise über einen auf der Seite liegenden Menschen gebreitet. Fast angeschmiegt ruhte das Wildschweinhaupt auf seiner Schulter. Allerdings hatte das Tier keine Augen mehr, und auch der Schwanz und zwei der Klauen fehlten.

Der Mensch darunter sah aus wie eine Puppe. Eine nackte, kahlköpfige Puppe, die fror und versucht hatte, sich mit dem Fell zuzudecken. Leon schnappte nach Luft, als er Beatas Gesicht in den emotionslosen Zügen der Puppe wiedererkannte. Ein pfeifender Ton kroch aus seinem Hals, und er glaubte zu ersticken. Obwohl Beatas Körper auf der Seite lag, war ihr Kopf so gedreht, dass ihre glanzlosen grünen Augen geradewegs in den Himmel starrten.

Leon schaffte noch drei Schritte um das monströse Duo herum, dann sackte er zusammen. Auch wenn er geglaubt hatte, auf das Schlimmste eingestellt zu sein, überwältigte ihn die Wirklichkeit in ihrer Brutalität. Die fahle Haut der Toten, der aufgebrochene und ausgeweidete Brustkorb, der raue, kantige Stein unter dem linken Rippenbogen – es waren unfassbare Bilder, die sich unauslöschlich in sein Gedächtnis einbrannten. Das steinerne Herz war von einem gräulichen Grün, und fast glaubte er, es auch in seiner eigenen Brust schlagen zu spüren, ein krankes, von Schimmel befallenes Herz.

Mit letzter Kraft löste er sich von dem unerträglichen Anblick und stolperte zurück zu Beatas Auto. Ihm war so schwindelig, dass er fast gestürzt wäre, doch er schaffte es gerade noch, sich an dem Renault abzustützen. Dabei fiel sein Blick auf eine getrocknete Lache, in die er beinah getreten wäre. Sie war dunkelrot, durchsetzt mit braunen, fast schwärzlichen Bröckchen, die aussahen wie abgebissenes Fleisch.

Als die Polizei eintraf, saß Leon reglos hinter dem Steuer seines Volvos. Eine Viertelstunde zuvor war er zum verschlafenen Quellbach gehastet, hatte vom überraschten Haffmann das Handy verlangt, den Notruf gewählt und sich zurück zu seinem Wagen geschleppt. Seither hatte er sich nicht mehr bewegt.

Was sich in den folgenden Minuten und Stunden abspielte, erlebte er wie einen Film, bei dem er lediglich Zuschauer war. Innerhalb kürzester Zeit wimmelte es in dem kleinen Waldstück nur so von Menschen. Nachdem bereits die Einsatzwagen der Polizei, der Sanitäter und der Spurensicherung den schmalen Zufahrtsweg zum Quellbach verstopften, kam schließlich auch Kommissar Braune mit zwei Kollegen angefahren. Er ließ sich kurz von verschiedenen Seiten auf den aktuellen Stand bringen, bevor er sich Leon zuwandte und ihn an Ort und Stelle zu den wichtigsten Eckpunkten befragte.

Leon hörte sich ruhig Auskunft geben, mit einer Stimme, die einem anderen zu gehören schien. Ohne zu widersprechen, folgte er Braune zum Quellbach, wo der Kommissar ihn an einem Tisch im Gastraum platzierte, den er kurzerhand zum Einsatzstützpunkt umfunktionierte. Er entschied, dass der Gastbetrieb an diesem Tag ausfiel, und bat Haffmann, der sich um die Gäste in den Fremdenzimmern kümmerte, dafür zu sorgen, dass sie nicht gestört wurden. Anscheinend wollte er bei Leons Vernehmung keine Zeit verlieren und gleichzeitig in der Nähe des Leichenfundorts bleiben.

Wieder und wieder stellte er Leon Fragen, bis dieser das Gefühl bekam, in eine Endlosschleife geraten zu sein. Dabei verschränkte Braune die Arme, als wollte er Leon demonstrieren, dass er alle Zeit der Welt hätte. Der Stoff seiner Hemdsärmel spannte sich über seinen Muskeln.

Es waren entweder die immer gleichen Fragen, nur etwas anders formuliert, oder völlig abwegige, die nichts mit dem Geschehen zu tun zu haben schienen. Unterbrechen ließ sich Braune nur von seinen Kollegen, die regelmäßig neue Informationen an ihn herantrugen, wobei sie darauf achteten, dass Leon deren Inhalt nicht verstand.

Leon war in einem Albtraum gefangen. Allmählich verlor er jedes Zeitgefühl. Irgendwann fragte er sich, ob Jan-Philipp nicht schon längst hätte aufkreuzen müssen, aber wahrscheinlich hatte Haffmann ihn abgefangen und wieder nach Hause geschickt. Er wachte erst auf, als Braune ihn fragte, ob er die Polizei für bescheuert hielt.

«Wie bitte?»

«Halten Sie uns für bescheuert?», wiederholte der Kommissar ruhig und sachlich, als sei er tatsächlich an Leons ehrlicher Antwort auf diese Frage interessiert.

«Nein, natürlich nicht», beteuerte Leon. «Wie kommen Sie darauf?» Erst jetzt drang ihm der schale Wirtshausgeruch in die Nase. Es roch wie in einer billigen Kaschemme nach kaltem Braten und altem Bier.

«Sie haben Ihre Kollegin gestern Mittag gebeten, zum Tor vor dem Gasthaus zu kommen, und erklären uns dann am Abend, dass Sie sich Sorgen machen, weil Sie ihr Auto im Wald entdeckt hätten.»

Leon hatte keine Ahnung, wovon der Mann sprach. «Ich verstehe nicht …»

«Ach, kommen Sie!» Es war das erste Mal, dass Braune ungehalten klang. «Meine Kollegen haben das Handy der Toten im Wald gefunden. Die letzte Nachricht, die sie erhalten hat, stammt von Ihnen. Sie haben ihr gestern um sechzehn Uhr drei folgende SMS geschrieben …» Braune nahm einen

Zettel von einem seiner Kollegen entgegen und las laut vor: *«Kannst du gleich zum Tor vor dem Quellbach kommen? Ich muss dir was zeigen. Ich schalte mein Handy jetzt aus, also ruf nicht an, sondern komm einfach.»*

«Das ist doch Quatsch!», rief Leon. «Diese Nachricht stammt nicht von mir!» Um Braune zu beweisen, dass er unrecht hatte, griff er reflexartig in die Hosentasche. «Verdammt, mein Handy liegt zu Hause …»

«Geben Sie mir den Schlüssel. Ich werde es holen lassen.»

Leon zögerte. Doch was hatte er schon zu verbergen? Wenn es so weiterging, würde Braune ohnehin bald eine Erlaubnis zur Hausdurchsuchung haben. Leon händigte ihm seinen Hausschlüssel aus und beschrieb, wo das Handy vermutlich lag.

«Ich habe Beata überhaupt noch nie eine Nachricht geschrieben», erklärte er aufgebracht, wobei ihm aufging, wie schwer es zu beweisen war, dass man etwas nicht getan hatte. Schließlich brauchte es nicht mehr als drei Klicks, um einen ganzen Nachrichtenverlauf zu löschen. «Kann ich mir ein Glas Wasser holen?», fragte er mit kratziger Stimme und wollte sich erheben. Erst jetzt merkte er, wie trocken sein Hals war.

«Lassen Sie – wir machen das.» Mit gebieterischer Geste bedeutete ihm Braune, sitzen zu bleiben, und schickte seinen Mitarbeiter in die Küche.

Es dauerte zwei Stunden, bis ein Polizist mit dem Smartphone in die Gaststube kam. Leon war klar, dass Braunes Männer in der Zwischenzeit eine Kopie von sämtlichen Daten darauf angefertigt hatten.

Der Kommissar blickte ihm neugierig über die Schulter, als Leon die SMS-Funktion öffnete, sich aus dem Chat mit Thea zurück in die Übersicht klickte und erstarrte, als er unter Theas Namen *Beata* las. Er tippte darauf und fand exakt die Nachricht wieder, die Braune ihm vorhin vorgelesen hatte.

Der Kommissar hatte ihn genau beobachtet und nickte geradezu verständnisvoll. «Und? Erinnern Sie sich jetzt wieder?», fragte er.

Leon schüttelte nur den Kopf.

«Was wollten Sie ihr so Wichtiges vor dem Tor zeigen?»

«Gar nichts wollte ich ihr zeigen!» Leon schlug mit der Faust auf den Tisch. «Ich habe ihr diese verdammte Nachricht nicht geschrieben!»

«Und Sie waren es auch nicht, der gestern Nachmittag gegen siebzehn Uhr in einem schwarzen Volvo vor dem Wohnhaus Ihrer Kollegin mehrmals auf- und abgefahren ist?»

«Doch, das war ich.»

«Und was haben Sie da gemacht?»

«Ich habe mir Sorgen um Beata gemacht und wollte wissen, ob sie zu Hause ist.»

«Und warum haben Sie nicht bei ihr geklingelt?»

«Weil ich ihre genaue Adresse nicht kannte.»

«Sie sind also in ihrem Viertel auf- und abgefahren, um nach ihr zu suchen, obwohl Sie ihr Auto im Wald gesehen hatten?»

«Ich bin einfach losgefahren, um sie zu suchen! Verdammt noch mal, ich hatte Angst um sie!» Leon sah Braune fest in die Augen. «Sie glauben, dass ich es war, der sie umgebracht hat.»

Der Kommissar blieb stumm und zuckte mit keiner Wimper.

«Sie glauben, dass ich die drei Frauen getötet habe.»

«Wir glauben nicht, wir stellen fest und schlussfolgern», erklärte Braune, ohne Leons Blick auszuweichen. «Sie kannten die drei Frauen gut. Sie haben die Leichen gefunden. Mit den letzten beiden Opfern haben Sie noch kurz vor ihrem Tod Nachrichten ausgetauscht.»

«Aber Julia war doch schon längst tot, als die zwei SMS von der angeblichen Lehrerkonferenz geschrieben wurden!»

«Noch ist der Todeszeitpunkt nicht abschließend ermittelt», wandte Braune nüchtern ein.

«Und warum sollte ich Beatas Handy im Wald liegen lassen, wenn darin Dinge zu finden sind, die mich belasten?»

«Erklären Sie es mir!»

«Nein, erklären Sie es mir!» Leon verlor die Fassung. «Wenn Sie davon ausgehen, dass ich der gesuchte Mörder bin, dann möchte ich zumindest wissen, wie ich die Frauen getötet haben soll. Habe ich sie erwürgt, erstochen oder erschossen?»

«Sagen Sie bloß, Sie wissen nicht, dass die drei Opfer, gleich wilden Tieren, mit einer Armbrust erlegt wurden?» Braunes Ton hatte nun etwas Süffisantes. «Das ist doch inzwischen ein offenes Geheimnis. Sogar die Presse hat schon darüber berichtet.»

Genau wie Leon blickte auch Braunes Mitarbeiter erstaunt. Was hatte das zu bedeuten? Bluffte der Kommissar? Wollte er Leon eine Falle stellen?

«Ich habe noch nie mit einer Armbrust geschossen. Ich wüsste nicht mal, wie man sie spannt», meinte Leon.

«Und Sie wissen sicherlich auch nicht, wie man Wild aufbricht und zerwirkt», konstatierte Braune mehr, als er fragte.

«Ich bin kein Jäger.»

«Aber als Koch hantieren Sie täglich mit Fleisch. Sie zerlegen größere Stücke, lösen Knochen aus, kochen Innereien …»

Leon konnte sich denken, worauf der Kommissar hinauswollte. Die Oberkörper der Frauen waren fachmännisch ausgeweidet worden, die inneren Organe vollständig entnommen.

«Macht Ihnen das Spaß, oder verspüren Sie hin und wieder einen Anflug von Ekel dabei?»

«Wie bitte?»

«Wird Ihnen manchmal übel, wenn Sie mit rohem Fleisch zu tun haben?»

Braunes Interesse hatte eine Richtung eingeschlagen, der Leon nicht mehr folgen konnte. Er fragte sich, ob der Kommissar ihn einfach nur in den Wahnsinn treiben wollte. Doch dann sah er plötzlich den Zusammenhang. Oder vielmehr roch er ihn.

In seinem Gedächtnis stieg in der frischen Luft des Waldes eine säuerliche Ausdünstung auf, und er erinnerte sich an die dunkelrote Lache hinter Beatas Renault. Das war kein Blut gewesen, sondern Erbrochenes. Jemand hatte sich in unmittelbarer Nähe der Leiche übergeben.

NEUNZEHN

Die sinkende Sonne überzog die Waldlandschaft mit leuchtenden Farben, als Leon endlich, nachdem Braune ihn erneut hatte gehen lassen müssen, nach Hause fuhr. Der Himmel strahlte kobaltblau, und die sonst gräulich schimmernden Nadeln der Fichten glänzten in sattem Grün. Die langen Schatten ihrer schwarzen Stämme lagen wie Hindernisse quer über der Straße. Hell und Dunkel bildeten die Kontraste dieses späten Sommernachmittags. Doch es würde nicht lange dauern, bis die Dunkelheit die Oberhand gewann.

Durch Leons Adern strömte schon jetzt eine kalte Schwärze und wälzte sich unaufhaltsam auf sein Herz zu. Wieder war ein Mensch getötet worden, eine Kollegin, eine Frau, die er gekannt hatte. Wieder hatte er ihre Hülle im Wald entdeckt. Ein unscheinbarer Hohlkörper mit einem steinernen Herzen. Diesmal war es ein Malachit gewesen, den der Täter gewählt hatte. Leon kannte inzwischen eine Fülle an Mineralien. Er hatte sie in Schefflers Vitrine gesehen, ihre Fotos im Internet studiert. Der Stein war grün gewesen – eine Farbe, die an Krankheit und Gift denken ließ.

Allerdings hatte die Inszenierung von Beatas Leiche weniger aufwendig gewirkt als noch bei Linda oder Julia. Die Illusion war nicht mehr so perfekt gewesen. Wurde der Täter müde? Bereitete ihm sein Tun nicht mehr so viel Spaß wie zu Anfang? Hatte er zu wenig Zeit gehabt? Oder hatte er zum ersten Mal Nerven gezeigt? Wenn es der Mörder gewesen war, der sich dort im Wald neben der Toten übergeben hatte, warf das ein ganz neues Licht auf ihn. Auch wenn der Gedanke irritierte, so machte ihn diese Möglichkeit irgendwie menschlicher.

Leon hatte das Gefühl, dass ihm gleich der Kopf platzte. Er musste unbedingt mit jemandem reden. Hatte Marlene Dienst? Sie hatte ihm immer noch keine Antwort darauf gegeben, ob sie von Annas Termin bei Richard Scheffler gewusst hatte. Wenn sie noch zur Frühschicht eingeteilt war, musste sie inzwischen längst zu Hause sein.

Leon parkte den Volvo auf der Straße und ging direkt zu ihr. Ihr Land Rover stand nicht vor dem Haus. Nach dem zweiten Klingeln öffnete Jack. Er war unrasiert und sah verschlafen aus.

«Wo ist Marlene?», fragte Leon geradeheraus. Er hatte keine Kraft für amerikanische Begrüßungsmodalitäten.

«Im Krankenhaus. Sie hat die ganze Woche Spätschicht.» Jack sah ihn an, als wäre er ein Geist. «Was ist passiert?»

Leon winkte ab und wollte nach Hause, doch Jack starrte ihn weiterhin unverwandt an, sodass ein knapper Abschied einer Beleidigung gleichgekommen wäre. Widerwillig begann Leon daher, den jüngsten Mordfall so sachlich wie möglich zusammenzufassen.

Jack nickte die ganze Zeit und schaffte es mit dieser zustimmenden und gleichzeitig auffordernden Art, Leon ins Haus zu lotsen und ins Wohnzimmer zu lenken. Als Leon mit seinem Bericht zu Ende war, saß er am Esstisch und hatte einen Kaffee vor sich stehen. Er nahm die große Tasse in beide Hände und wärmte sich daran, als wäre es mitten im Winter. Auch wenn ihn jedes Wort Überwindung kostete, merkte er, dass ihm das Reden guttat.

«Und die Polizei glaubt, dass du was mit dem Tod deiner Kollegin zu tun hast, weil du sie gestern Nachmittag angeblich in den Wald gelockt hast?», wiederholte Jack ungläubig staunend.

«So ist es. Weil sie eine Nachricht von mir erhalten hat, die ich nie geschrieben habe.» Leon stellte den Kaffee ab und ließ die Arme kraftlos sinken. «Die Polizei hat mein Handy untersucht und tatsächlich diese Nachricht gefunden. Aber ich habe nichts damit zu tun, das schwöre ich dir. Hört sich blöd an, ich weiß.»

«Nein, überhaupt nicht!» Mit einem Mal war Jack so aufgeregt, dass er fast von seinem Stuhl aufsprang. «Gib mir das Ding!» Er fuchtelte mit dem Arm herum und konnte kaum abwarten, dass Leon ihm sein Handy reichte. Sein Zeigefinger fuhr nur ein paar Mal schnell über das Display, bevor er gefunden zu haben schien, was er vermutet hatte. «Hier!» Triumphierend präsentierte er Leon eine App, die dieser noch nie gesehen hatte.

«Was ist das?»

«Ein Scheduler. Findet sich zwischen einigen anderen Organisations- und Time-Management-Apps. Damit kann man Nachrichten schreiben, die das Smartphone später zu einem bestimmten Zeitpunkt verschickt, den du vorher festgelegt hast. Wenn man zum Beispiel Angst hat zu vergessen, seiner Mutter zum Geburtstag wenigstens eine SMS zu schreiben.»

Leon versuchte, sich zu konzentrieren und aus Jacks breitem amerikanischem Akzent alle wichtigen Informationen herauszuklauben. Er verstand immer noch nicht ganz, bis Jack auf eine Uhrzeit tippte.

«Dein Scheduler hat eine einzige Nachricht verschickt. Gestern um sechzehn Uhr drei an eine Frau namens Beata. Du musst das also irgendwann vorher so programmiert haben.» Erwartungsvoll sah er Leon an. «Du oder sonst jemand.»

Leon nahm das Handy zurück. Es fühlte sich mit einem Mal ganz anders an. Kalt und glatt, wie eine Waffe.

Konnte tatsächlich ein anderer eine SMS darauf getippt und zum späteren Versenden gespeichert haben? Im ersten Moment erschien ihm das geradezu unmöglich, denn er hatte das Handy fast immer in der Hosentasche. Fast immer. Fieberhaft überlegte er, wann dies nicht der Fall war. Erst fielen ihm nur wenige Situationen ein, dann immer mehr. Wenn er in der Küche arbeitete, ließ er es häufig in der Umkleide zurück, um nicht gestört zu werden. Oftmals vergaß er es auch im Auto, und mindestens zweimal schon hatte es auf dem Beifahrersitz gelegen, als er nach Feierabend aus dem Quellbach gekommen war. Nachts trug er es natürlich auch nicht bei sich, da lag es auf dem Nachttisch oder in der Küche.

«Es kann im Grunde jeder gewesen sein. Da braucht man nicht mal ein Passwort, weil mein Handy immer an ist», erklärte er und kam sich vor wie ein Idiot, dem man das unabgeschlossene Fahrrad aus der offenen Garage geklaut hatte.

«Das musst du ändern!», meinte Jack eindringlich. Leon erinnerte sich, dass sein neues Mountainbike mit einer kiloschweren Panzerkette gesichert war.

«Hast du noch den Armbrustpfeil, der in eurer Einfahrt lag?», fragte Leon unvermittelt.

Jack wirkte zum ersten Mal wirklich erschreckt. «Hat das was mit den toten Frauen zu tun?»

«Könnte durchaus sein», antwortete Leon. Sicherlich gab es auch unter den Jägern einige, die hin und wieder mit einer Armbrust schossen. Aber mittlerweile hatten sich die Vorkommnisse derart verdichtet, dass Leon nicht mehr an Zufälle glaubte.

«Ich hab ihn in die Waschküche gelegt, damit Marlene ihn nicht findet. Er würde ihr nur Angst machen.» Jack ging über den Flur voraus in einen Raum, der das Wohnhaus mit der Garage verband. Hier standen die Waschmaschine und der Trockner sowie ein breiter deckenhoher Schrank mit Haushaltsgeräten, Putzutensilien und Werkzeugen. Er zog eine der langen Schranktüren auf und begann, zwischen einem Fonduetopf und Kartons mit Weihnachtskugeln zu kramen.

«Ich dachte eigentlich, Marlene hätte dieses Wochenende Frühschicht», meinte Leon. «Zumindest glaube ich mich zu erinnern, dass sie es mir so erzählt hat.»

Jack hörte für einen Moment auf, nach dem Pfeil zu suchen, er schien über etwas nachzudenken. Dann wühlte er weiter und begann schließlich, das Schrankfach auszuräumen, indem er die Kartons auf den Boden stellte. «Das kann schon sein», sagte er dabei. «Ich habe gar keinen richtigen Überblick mehr über ihren Schichtplan … Weißt du, Leon, Marlene und ich, wir leben momentan ziemlich autonom …»

«Wie meinst du das?»

Jack wirkte unsicher, ob er mehr erzählen sollte. Vielleicht suchte er auch nur nach den richtigen Worten. «Wir, na ja, jeder geht seinen eigenen Weg.»

Leon war völlig perplex. Meinte Jack getrennte Wege? «Ihr habt euch getrennt?» Davon hatte er nicht ansatzweise etwas mitbekommen.

«Das haben wir noch nicht. Aber wir leben mehr oder weniger aneinander vorbei. Auch wenn wir unter einem Dach wohnen, sehen wir uns kaum noch.»

Leon zweifelte, ob er das glauben sollte. Immerhin hatte

er die beiden letzte Nacht noch zusammen im Auto gesehen. «Wieso denn das?» Ihm fiel nur eine mögliche Erklärung dafür ein. «Hast du eine andere Frau kennengelernt?»

«Nein, das ist nicht der Grund.» Jacks Antwort und sein vehementes Kopfschütteln kamen für Leon einen Wimpernschlag zu spät. «Ich habe schon länger das Gefühl, dass Marlene mit dem Kopf ganz woanders ist. Und vielleicht auch mit dem Herzen.»

Wieder war Leon absolut überrascht. «Du meinst, sie ist diejenige, die einen anderen hat?»

Ratlos zuckte Jack mit den Schultern. Aus seinem Blick sprach Hilflosigkeit. «Keine Ahnung. Mir ist nur irgendwann aufgefallen, dass sie mehr und mehr das Interesse an mir verloren hat. Ich habe mich auch schon gefragt, ob sie überhaupt jemals wirklich an mir interessiert war.»

«Wie kommst du denn darauf?», protestierte Leon mit ehrlicher Überzeugung. «Ihr lebt inzwischen über drei Jahre zusammen, soweit ich weiß. So was tut man doch nicht mit halbem Herzen!»

Jack hatte mittlerweile fast das ganze Schrankabteil leer geräumt. Kartons und Töpfe, Plastikboxen und gefüllte Plastiktüten türmten sich zwischen ihm und Leon auf. «Vielleicht doch.» Er stöhnte, und es klang wie ein Seufzen. «Ich wollte dir eigentlich noch etwas anderes zeigen. Doch es ist genauso verschwunden wie der Pfeil.»

Leon waren für einen Moment die Fragen ausgegangen. Er konnte nicht mit dem Tempo mithalten, mit dem Jack sein Bild von Marlene in Frage stellte.

«Dort hinten in der Ecke …», Jack deutete in ein leeres Schrankfach über seinem Kopf, aus dem er nur noch einen eingerissenen Zettel fischte, «… ist ein aufgerissenes Päckchen gewesen. Aus so einer grauen, festen Folie.» Er schluckte. «Da war ein Brautkleid drin. Ich hab's entdeckt, als ich den Pfeil versteckt hab.»

Leon verstand Jacks Reaktion nicht. «Was ist daran so schlimm? Wahrscheinlich wollte sie dich damit überraschen.»

Jack betrachtete den Papierfetzen in seiner Hand. Er lächelte schief, während er den Kopf schüttelte. «Hier ist noch ein Stück von der Rechnung, die außen in einer Hülle an dem Päckchen geklebt hat. Marlene hat das Kleid bestellt, bevor wir zusammengekommen sind.»

Er reichte Leon den Zettel, auf dem trotz des Risses und einiger Knicke die stolze Summe von 1899 Euro für ein spitzenbesetztes und handbesticktes weißes Seidenkleid zu lesen war. Dem Datum nach hatte sie es, ein gutes Jahr bevor Jack in ihrem Leben aufgetaucht war, bestellt.

Doch mehr als für den Preis oder für das Bestelldatum interessierte sich Leon für die Adressatin der Rechnung. *Frau Marie-Helene Schröter, Drosselweg 6* stand im Briefkopf, und normalerweise hätte Leon darüber hinweggelesen, denn dass Marlene offiziell Marie-Helene hieß, wusste er, seit er sie kannte. Aber als er ihren vollständigen Namen nun schwarz auf weiß vor sich sah, fiel es ihm wie Schuppen von den Augen, und schlagartig begriff er, wen Richard Scheffler fast ein Jahr lang regelmäßig nach Feierabend getroffen hatte. Die Abkürzung M-H Sch. in seinem Kalender konnte nichts anderes als Marie-Helene Schröter bedeuten.

Leons Gedanken rasten in alle Richtungen. Jedes Mal, wenn er nach einem von ihnen griff, entglitt er ihm. Was hatte Marlene damals von Scheffler gewollt? Kannten die beiden einander näher, als Leon ahnen konnte? Hatte Marlene Anna an ihrem Todestag zu Scheffler geschickt? Aber warum hätte sie das tun sollen? Warum rief sie Leon nicht zurück? Hatte sie Scheffler erzählt, wo sie damals die Steine vergraben hatte? Steckten die beiden unter einer Decke und führten alle anderen in die Irre?

Mit spitzen Fingern gab Leon Jack die Rechnung zurück, als wäre sie etwas Abstoßendes, das er nicht länger in der Hand halten wollte. Unwillkürlich trat er einen Schritt zurück und löste den Blick von dem unscheinbaren Stück Papier, das so viele Gewissheiten ins Wanken gebracht hatte. Sein Blick ging aus dem Fenster, als erhoffte er sich von dem klaren Sommerblau Beistand. Doch Marlenes Himbeersträucher versperrten größtenteils die Sicht auf den Himmel. Sie waren hoch und dicht gewachsen und trennten, bis auf einen schmalen Spalt, wie eine Mauer Marlenes Garten vom Grundstück der Schefflers.

Durch das Waschküchenfester bemerkte Leon diesen Spalt nun zum ersten Mal. Von links und rechts streckten sich die Sträucher ihre dornigen Zweige entgegen und schienen einander greifen zu wollen, um den Durchgang zu schließen. Die plattgetretenen Grashalme auf dem Boden allerdings ließen erkennen, dass ein Mensch etwas dagegen hatte. Dieser Mensch hatte den verwucherten Spalt öfter und sicherlich zuletzt vor nicht allzu langer Zeit genutzt, um von einem Garten in den anderen zu gelangen. Das kleine Holzhäuschen hinter den Sträuchern war vermutlich sein Ziel gewesen. Durch die Lücke zwischen den Himbeeren führte ein Trampelpfad von Marlenes Garten zum Schuppen der Schefflers.

Nachdem er sich von Jack mit einem freundschaftlichen Schulterklopfen verabschiedet hatte, ging Leon nach Hause und stellte sich ein halbe Stunde unter die Dusche. Warmes Wasser prasselte ihm auf Kopf und Schultern, doch er spürte es kaum. In ihm hatte sich eine solche Kälte ausgebreitet, dass sich seine Haut völlig taub anfühlte. Er drehte den Temperaturregler Stück für Stück weiter nach links, bis dampfend heißes Wasser aus dem Duschkopf rauschte. Unbeteiligt beobachtete er, wie sich die Haut auf seinen Schultern spannte und rötete. Aber er fühlte keinen Schmerz.

Schließlich stellte er das Wasser aus, trocknete sich ab und zog sich saubere Sachen an. Er holte den Ersatzschlüssel der Schefflers aus dem Flurschränkchen, auch wenn er befürchtete, dass der nicht in das Schloss an der Schuppentür passen würde. Auf dem Weg die Straße hinauf blickte er mehrmals über die Schulter zu Marlenes Haus, um sicherzugehen, dass Jack ihn nicht sah. Die Sonne hatte hinter dem Wald bereits ihren Rückzug angetreten und überließ einer weißen Mondsilhouette, die den Abend einläutete, das Feld.

Leon schlüpfte durch das Zauntor und schlich auf der Waldseite um das Haus herum, wo die Büsche und Sträucher schon so verwildert waren, dass er sich regelrecht durchkämpfen musste. Vor dem Schuppen drehte er sich noch einmal zum Haus um, das ihn mit seinen blinden, verklebten Fenstern feindselig anzustarren schien. Obwohl er wusste, dass dort seit Wochen niemand mehr wohnte, kam es ihm so vor, als ob ihn jemand beobachtete. Er drückte die Klinke des kleinen Holzhäuschens herunter und atmete auf. Die Tür war nicht abgeschlossen.

Sobald er jedoch zwei Schritte gemacht hatte, hielt er die Luft wieder an. Was von außen wie ein normaler Geräteschuppen wirkte, entpuppte sich als düstere Hexenküche. Es roch ekelhaft süßlich und zugleich nach stechenden Chemikalien. Leon legte sich die Hand auf Mund und Nase. Mit der anderen tastete er vergeblich nach einem Lichtschalter, bis sich seine Augen allmählich an den spärlichen Rest Tageslicht gewöhnt hatten, der von außen hereindrang.

Hacken, Rechen, Pflanzendünger und der Rasenmäher waren an die Wand gedrängt und hatten in der Mitte des Raums einer hohen Bank Platz gemacht, auf der ein riesiger alter Topf thronte. Daneben lag ein Tablett mit einem Bolzenschneider darauf, einem Cuttermesser, einer Art Gipsbecher, mehreren Modellierspateln und einer Pappschachtel mit Einweghandschuhen. Wie in einem Museum der Skurrilitäten sah sich Leon vorsichtig um, darum bemüht, ja nichts anzufassen.

Auf einem Regal hinter der Bank fanden sich Plastikflaschen und Sprühdosen. Sie waren gefüllt mit Klebstoffen und chemischen Flüssigkeiten, deren Bezeichnungen Leon nichts sagten. Auf den Brettern darüber entdeckte er weitere ungewöhnliche Werkzeuge. Seine Kehle schnürte sich zusammen, denn man hätte sie weniger in einem Gartenschuppen als in einem Krankenhaus vermutet. Seine Augen wanderten über Skalpelle, Arterienklemmen, Scheren, Zangen, stählerne Klammern, Pinzetten, lange Nadeln, seltsam gebogene Löffel, dicke Drähte und ein Abziehmesser.

Mit einem Mal wurde die Stille von einem Kratzen gestört. Ein dumpfes Trippeln war zu hören, und Leon bemerkte aus den Augenwinkeln, wie etwas über den Holzboden sauste. Er erstarrte, und auch die Maus, die er aufgescheucht hatte, blieb einen Moment orientierungslos unter der Bank vor einer großen Kugelhantel stehen, bevor sie quer durch den Raum schoss und in einer Lücke in der Bretterwand verschwand.

Leon hatte genug gesehen. Er brauchte frische Luft und wollte zur Tür, als sein Blick auf einen großen silberfarbenen Haken an der Schuppendecke fiel, der dort über einer Eisenstange hing. Ohne ihn anzufassen, glaubte er, das spitze, kalte Metall spüren zu können. Was war das hier? Eine Künstlerwerkstatt? Eine Schlachterstube? Ein Operationssaal? Wie ein eisiger Messerstich durchzuckte ihn die furchtbare Ahnung, dass dieser Schuppen wahrscheinlich all das zusammen war.

ZWANZIG

Er saß im Auto und konnte keinen klaren Gedanken fassen. Je schneller die Fragen in seinem Kopf durcheinanderwirbelten, desto langsamer fuhr er. Er hatte keine Ahnung, ob er das Richtige tat, aber er sah keinen anderen Weg – er musste Braune von dem angeblich toten Richard Scheffler berichten, von seinem Treiben im Wald und von seinem Schuppen.

Benommen war Leon aus der stinkenden Folterkammer herausgetaumelt und hatte sich gefragt, was sich dort in den vergangenen Wochen wohl alles abgespielt hatte. Erst als er wieder draußen gewesen war, hatten sich die einzelnen Bilder zu einem großen Ganzen zusammengesetzt, und er hatte begriffen, was er soeben gesehen hatte.

Bei seiner Ausbildung zum Koch hatte ihm einmal ein Jäger gezeigt, wie geschossenes Wild zerlegt wurde. Nachdem man es meist gleich vor Ort im Wald aufbrach und die Innereien entnahm, musste es eine Zeitlang abhängen. Erst danach wurden Fell und Schwarte abgezogen, was besonders bei Schwarzwild eine kräftemäßige Herausforderung sein konnte. Gut möglich, dass der alte Scheffler dabei das Gewicht, das unter der Bank lag, zur Hilfe genommen hatte. Unwahrscheinlich dagegen war, dass der riesige Topf für die Zubereitung des Wildbrets zum Einsatz gekommen war. Jäger und Trophäensammler kochten in so etwas für gewöhnlich die Geweihe aus. Scheffler war also nicht nur Jäger, sondern auch Präparator. Er tötete Tiere, um ihre Gestalt danach zu neuem Leben zu erwecken. Tiere – und womöglich auch Menschen.

Leon war nach Hause gegangen, hatte in der Küche ein Glas Wasser nach dem anderen hinuntergestürzt und hätte am liebsten gleich noch einmal geduscht. Aber ihm war klar gewesen, dass er keine Zeit verlieren durfte. Mit der Existenz des Schuppens konnte er beweisen, dass es Scheffler noch gab und dass er etwas mit den Morden an den Frauen zu tun hatte.

Er hatte nachgerechnet, dass ungefähr zwei Stunden vergangen waren, seit er vom Quellbach zurückgekehrt war. Braune würde sicher noch dort sein, denn Leon hatte am Nachmittag mitbekommen, dass der Kommissar Beatas Wagen und ihren Fundort noch einmal persönlich unter die Lupe nehmen wollte. Diesmal wollte Leon gleich mit ihm sprechen und nicht wieder mit irgendeinem begriffsstutzigen Beamten auf dem Kommissariat herumdiskutieren. Also hatte er sich Handy und Autoschlüssel geschnappt und war losgefahren.

Jemand hupte hinter ihm, und er beschleunigte den Volvo. Er hatte das Ortsschild schon hinter sich gelassen und befand sich auf der Bundesstraße in den Wald. Doch noch immer fuhr er seinem Hintermann zu langsam, der aufs Gas trat und mit wutverzerrtem Gesicht an ihm vorbeizog.

Leons Handy begann in der Hosentasche zu klingeln. Er zog es so ungeschickt heraus, dass es ihm aus den Fingern glitt und in den Fußraum fiel. Hektisch bog er auf einen kleinen Parkplatz für Wanderer ein und schaffte es gerade noch rechtzeitig dranzugehen. Es war Thea, die ihn gut gelaunt und ziemlich aufgedreht fragte, ob er sie am nächsten Tag vom Bahnhof abholen könne. Um zehn vor zwölf sei sie da. Sie schien zum Glück noch nichts von Beatas Tod mitbekommen zu haben.

«Oder musst du da schon im Quellbach sein? Wenn es nicht

geht, frage ich einfach Marlene», brüllte sie ins Telefon, um die Musik und die grölenden Menschen im Hintergrund zu übertönen.

«Nein, ich komme auf jeden Fall! Du brauchst Marlene nicht zu fragen», antwortete Leon schnell. «Die muss sowieso morgen Mittag arbeiten.»

«In Ordnung, Chef!», rief Thea fröhlich. «Wollte nur mal deine Stimme hören. Geht's dir gut?»

«Alles prima!», log Leon und bemühte sich, so unbeschwert wie möglich zu klingen. Trotzdem hatte er Angst, dass seine Tochter ihm nicht glauben würde.

Doch sie war weit weg und schien alles, was nicht zu ihrem Hier und Jetzt gehörte, so wirksam ausgeblendet zu haben, dass sie ihm nur einen Kuss und ein Lachen zum Abschied durchs Telefon schickte.

Er wollte gerade den Motor starten, als das Handy erneut klingelte. *Marlene* blinkte auf dem Display auf, und Leon fühlte sich ertappt. Auch wenn er wusste, dass es Unsinn war, hatte er das Gefühl, dass sie gerade mitbekommen hatte, wie er versuchte, seine Tochter von ihr fernzuhalten. Er hielt das Telefon in der Hand wie den Griff einer heißen Pfanne und rührte sich nicht. Es dauerte scheinbar endlos, bis das Klingeln verstummte.

Vorsichtig legte er das Handy auf den Beifahrersitz. Was hatte sie gewollt? Wollte sie ihm nach Beatas Tod ihr Beileid aussprechen? Oder war ihr plötzlich eingefallen, warum Anna Richard Scheffler aufgesucht hatte, wenige Stunden vor ihrem Unfall? Jenen Arzt, den Marlene weit besser kannte als angenommen. Leon drückte den Kopf gegen die Lehne und schloss die Augen. Er kam sich vor wie der Hauptdarsteller eines Bühnenstücks, der nicht wusste, was gespielt wurde.

Das Handy piepte durchdringend und informierte ihn über eine neue Nachricht auf seiner Mailbox. Er hörte sie ab und war überrascht von Marlenes aufgeregter Stimme.

«Leon, du musst schnell kommen. Du glaubst nicht, was ich entdeckt habe!», flüsterte sie gepresst. «Als ich eben zu Hause angekommen bin, sagt Jack plötzlich, dass unsere Nachbarin wieder da ist. Er hätte sie im Garten gesehen. Ich habe ihn gefragt, ob er wirklich sicher ist, dass es Luise Scheffler war. Es ist ja schon recht dunkel. Da ist er zurückgerudert, hat wohl nur kurz jemanden von hinten gesehen, der Richtung Haus gegangen ist. Er ist zu irgendeinem Freund gefahren, und ich hab die Chance genutzt und bin gleich rüber.» Sie musste kurz pausieren, um Luft zu holen. «Ich habe erst geklingelt und dann kurz ins Haus geschaut. Keine Spur weit und breit von Luise Scheffler. Aber hier im Garten war jemand! Du weißt, wen ich meine! Die Tür vom Schuppen stand offen, Leon! Den haben wir damals total übersehen! Leon, du musst kommen und dir das hier ansehen!», wiederholte sie eindringlich. «Ich weiß nicht, was Scheffler hier getrieben hat, aber …»

Der Satz brach ab, und Marlene verstummte. Im nächsten Moment klang ein Poltern zu Leon durch, begleitet von einem dumpfen Aufschrei, bevor die Verbindung abriss. Was sollte das? War sie gestolpert und hatte ihr Handy fallen lassen? Hatte jemand sie erschreckt?

Er hörte sich den atemlosen Bericht und sein abruptes Ende ein zweites Mal an. Er war alarmiert, das Herz schlug ihm bis zum Hals. Warum rief sie nicht noch einmal an? War ihr Telefon kaputtgegangen? War ihr etwas zugestoßen? Er wählte ihre Nummer, doch Marlene nahm nicht ab, war nicht mehr erreichbar.

Ein erster Impuls wollte ihn dazu treiben, zu wenden und

zurück in den Drosselweg zu fahren. Aber er widerstand ihm und zwang sich, das zu tun, was er die ganze Zeit über schon versuchte. Nachzudenken – er musste nachdenken. War es möglich, dass Jack ihn gesehen hatte? Hatte er wirklich die Tür zum Schuppen offen gelassen? Oder war das alles nur ein undurchsichtiges Ablenkungsmanöver? Wann war Marlene überhaupt nach Hause gekommen? Auf der Straße war Leon ihrem Land Rover nicht begegnet. War es denkbar, dass sie einander so knapp verpasst hatten?

Er merkte, dass er so nicht weiterkam. Solange er den zahllosen Fragen nachging, würde er sich nur im Kreis drehen. Er musste alle bisherigen Vorsichtsmaßnahmen über Bord werfen und etwas tun. Noch viel tiefer als jetzt konnte er sich ohnehin nicht in Bedrängnis bringen. Für Braune war er der Hauptverdächtige, und deshalb musste Leon ihn auf seine Seite ziehen. Er musste ihm berichten, was er wusste und was er mit eigenen Augen gesehen hatte.

Entschlossen fuhr er weiter, den Wald hinauf zum Quellbach, und erwischte Braune gerade noch, als dieser bereits auf dem Parkplatz zusammenpackte und mit seinem Team Feierabend machen wollte. Der Schleier der Dunkelheit hatte sich über die Bäume gesenkt – alles, was noch unter freiem Himmel entdeckt, untersucht oder fotografiert werden musste, hatte bis morgen zu warten.

Kriminalhauptkommissar Braune blickte erstaunt und gespannt zugleich, als Leon aus seinem Wagen stieg. Eilig winkte er Haffmann zurück, damit dieser die Gaststube wieder aufschloss und Licht machte, und geleitete Leon hinein, zu demselben Tisch, an dem sie schon den Vormittag und den Nachmittag verbracht hatten. Dann schaltete er sein Aufnahmegerät ein. Er war auf ein Geständnis gefasst und fürchtete anscheinend, dass Leon es sich in letzter Minute doch noch anders überlegen könnte.

Leon setzte sich und versuchte, sich so kurz wie möglich zu fassen. Er wusste, dass man dadurch überzeugender klang und sich nicht so schnell in Widersprüche verstricken konnte. Er erklärte, dass er den vermeintlich toten Richard Scheffler, den er mehrmals in der Nähe des Quellbach und im Wald beobachtet hatte, vorhin bei seinem Schuppen gesehen habe. Der Mann sei daraufhin erneut in den Wald geflohen, und Leon habe einen Blick in den Schuppen werfen können.

«Reden wir von Ihrem Nachbarn Richard Scheffler? Jenem Mann, der bei einem Raubüberfall so schwer verletzt wurde, dass er zum Pflegefall wurde und mittlerweile an den Folgen der Tat gestorben ist?» Mit jedem Wort wurde Braunes Gesicht finsterer und abweisender.

Leon nickte und beschrieb, was er in Schefflers Schuppen entdeckt hatte.

«Sie meinen, der Mann lebt?», fragte Braune, dem der Mund nun tatsächlich ein Stück weit offen stand.

«Ich bin überzeugt davon, dass Richard Scheffler lebt!»

Braune wirkte ratlos. Zum ersten Mal schien er nicht zu wissen, was er sagen sollte.

«Bitte sehen Sie sich den Schuppen an!», flehte Leon, der wusste, wie abwegig seine Geschichte klang. Solange der Kommissar nicht mit eigenen Augen sah, was er gesehen hatte, würde er ihm nie glauben.

Braune zögerte. Er stand auf, machte ein paar Schritte zur Tür, kehrte zu Leon zurück, nur um gleich darauf wieder zum Ausgang zu laufen. «Bleiben Sie hier, bis wir die Sache überprüft haben!», sagte er zu Leon und gab den beiden uniformierten Polizisten im Raum ein Zeichen.

Die folgenden zwei Stunden wurden für Leon die längsten, die er je erlebt hatte. Allein mit den beiden schweigenden Polizisten hatte er Zeit, noch einmal all die Fragen durchzugehen, die zu keiner einzigen sinnvollen Antwort führten und ihn nur immer mehr zermürbten. Warum sollte Richard Scheffler die Frauen getötet haben? Hatte es etwas mit dem seltsamen Heft zu tun, das er führte? Wie hing Marlene da mit drin? Wo war Schefflers Frau? Was hatte Anna bei ihm gewollt? Plante er, Leon etwas anzuhängen? Und was hatte Jan-Philipp mit Scheffler zu tun? Mit jeder Minute, die verging, wuchs Leons Überzeugung, dass seine Anwesenheit hier reine Zeitverschwendung war. Oder gefährliche Dummheit.

Er hatte keine Ahnung, ob Marlene wirklich mit Scheffler unter einer Decke steckte. Aber wenn dem so war, dann hatte sie mittlerweile garantiert alle Beweise im Schuppen beseitigt. In diesem Fall hatten sie und Scheffler ebenfalls dafür gesorgt, dass keinerlei Spuren von den Steinen zu ihnen führten. Allenfalls Leon und seine Tochter würden immer mehr ins Zentrum der Ermittlungen rücken. Marlene könnte schlichtweg leugnen, dass sie Scheffler im Felsenkeller gesehen hatte, und Leons Einwände als Hirngespinste abtun. Es war fraglich, ob Braune und seine Kollegen überhaupt noch belastendes Material im Schuppen und im Haus der Schefflers finden würden.

Als der Kommissar endlich zurückkam, wirkte er wie ausgewechselt. Er stürzte auf Leon zu – die Ärmel seines Hemds hochgekrempelt – und schlug mit der Faust auf den Tisch.

«Und jetzt erzählen Sie mir alles noch mal. Aber diesmal die richtige Version!»

Leon berichtete, dass Scheffler der Mann sein musste, den er hier im Quellbach bei den Mülltonnen überrascht hatte, und dass er sich höchstwahrscheinlich im Wald versteckt hielt.

«Womöglich im Felsenkeller?» Braunes Augen traten fast aus ihren Höhlen. «Haben Sie Ihren verschollenen Nachbarn dort gesucht? Oder was hatten Sie dort zu tun?»

Leon war sprachlos. Wer hatte ihn beim Felsenkeller gesehen? War es Gehler gewesen? Die Jäger?

Braune verriet nicht, woher er diese Information hatte, und starrte Leon nur weiter an.

«Dass sich Scheffler dort versteckt halten könnte, war lediglich eine Option. Er scheint aber nicht im Felsenkeller zu leben. Oder zumindest nicht mehr», versuchte Leon, die Wahrheit zu umschiffen. Er konnte dem Kommissar unmöglich erklären, dass er und Marlene Scheffler dort überrascht hatten.

«Sieht jedenfalls so aus, als würden Sie auf Alleingänge stehen. Sie betreiben Ihre eigenen Ermittlungen, weil Sie es vorziehen, nicht mit der Polizei zu kooperieren. Ist es nicht so?» Braune bleckte scheinbar freundlich die Zähne. «Dann war Ihr seltsamer Auftritt in dem Pflegeheim in Bad Lerchberg, wo Richard Scheffler seine letzten Tage verbracht hat, sicher auch Teil Ihrer Ermittlungen, nicht wahr?»

Auch davon wusste der Kommissar also mittlerweile. «Wir haben uns Sorgen um seine Frau gemacht und gehofft, dass dort jemand weiß, wo sie ist», antwortete Leon möglichst sachlich.

«Und stattdessen haben Sie herausgefunden, dass ihr Mann noch am Leben ist?»

«Er wurde nie auf dem Friedhof in Bad Lerchberg bestattet. Das hat uns der dortige Verwalter bestätigt.»

«Dank Ihrer so vehement vorgetragenen Theorie haben wir die Klinikleiterin und den Arzt, der Richard Schefflers Totenschein ausgestellt hat, aus dem Bett geklingelt. Die beiden haben allerdings absolut glaubhaft vermittelt, dass keinerlei

Zweifel am tatsächlichen Tod des Mannes besteht. Alle andersartigen Vermutungen seien absurd.» Braunes falsche Freundlichkeit war aus seinem Gesicht verschwunden. «Sie scheinen ja richtiggehend besessen von dieser Theorie. Aber ich frage mich: Warum nur kommen Sie damit erst jetzt? Wir suchen auf Hochtouren nach einem dreifachen Mörder, der seine Opfer im Wald ablegt, und Sie glauben, seit Tagen zu wissen, wer er ist, und informieren uns erst heute!»

«Sie hätten mich doch für verrückt erklärt! Ich hatte keine hinreichenden Beweise dafür, dass Scheffler lebt und womöglich etwas mit den schrecklichen Morden zu tun hat.»

«Und Sie glauben, dass wir diese Beweise im Schuppen des Ehepaars Scheffler finden werden? Das Haus der beiden ist, so wie es aussieht, seit längerer Zeit verlassen. Den Schuppen könnte demnach auch jeder andere genutzt haben.»

«Wo ist Luise Scheffler?», wagte Leon zu fragen, und Braunes Miene verfinsterte sich noch mehr.

«Wir haben ihren momentanen Aufenthaltsort noch nicht ermittelt», antwortete er in trockenem Beamtendeutsch.

Leon hatte nichts anderes erwartet.

«Auch wenn das Chaos in dem Schuppen – der umgestoßene Topf, das eingestürzte Regal und die ausgelaufene Flüssigkeit – darauf schließen lässt, dass hier jemand vor nicht allzu langer Zeit gewütet hat», der Kommissar blickte Leon durchdringend in die Augen, «möchte ich eine weitere Sache zu bedenken geben: Ist es nicht recht wahrscheinlich», fragte er mit süffisantem Unterton, «dass Richard Scheffler Spuren in seinem eigenen Schuppen hinterlassen hat? Auch wenn unsere Kollegen von der Spurensicherung echte Experten sind, wird es schwer sein zu bestimmen, wie alt solche Spuren sind.»

Leon hatte nur beim ersten Satz wirklich zugehört. «Jemand

hat den Schuppen verwüstet?» Er war völlig vor den Kopf gestoßen. Was sollte Marlene mit dieser Aktion bezweckt haben? Ergab das irgendeinen Sinn?

Ein Anruf lenkte Braunes Aufmerksamkeit von Leon ab. Er ging kurz vor die Tür, um ungestört sprechen zu können, und kehrte keine zwei Minuten später wieder zurück.

«Sind Sie verletzt?», fragte er, und Leon schüttelte nur verwirrt den Kopf. «Meine Kollegen haben frisches Blut im Schuppen entdeckt. Und noch etwas mehr im Garten, wo eine Schneise ins Gras getreten ist und mehrere Latten aus dem Zaun zum Wald gebrochen worden sind.»

«Was wollen Sie damit sagen?» Leon konnte Braune kaum noch folgen.

«Ich will damit sagen, dass in dem Schuppen womöglich vor unserer Ankunft ein Kampf stattgefunden hat und einer der Kontrahenten verletzt in Richtung Wald davongelaufen ist.»

Leon spürte förmlich, wie ihm das Blut aus dem Gesicht wich. Er musste sich am Tisch festhalten, damit er nicht umkippte.

«Haben Sie etwas mit dieser Verwüstung zu tun?», donnerte Braune los.

Nein, Leon hatte nichts damit zu tun. Er wusste aber, wer etwas damit zu haben könnte. Im gleichen Moment wurde ihm bewusst, dass er einen riesigen Fehler begangen hatte. Mit zitternden Fingern holte er sein Handy aus der Hosentasche.

«Was machen Sie da?», rief Braune, als befürchtete er, dass Leon eine Pistole zog.

Leon rief Marlenes Nachricht auf seiner Mailbox ab und streckte Braune das Handy hin. «Hören Sie sich das an! Bitte!»

Der Kommissar war alles andere als begeistert. In seinen

Augen ging es Leon nur darum, die Polizei hinzuhalten und vom eigentlichen Sachverhalt abzulenken. «Von wem ist die Nachricht?», fragte er barsch.

«Von meiner Nachbarin Marlene Schröter.»

Unwillig hielt sich Braune das Handy ans Ohr und lauschte Marlenes Stimme. Als ihr Bericht abrupt abbrach, blickte er Leon erneut forschend an, während er das Handy langsam auf den Tisch legte. «Sie gehen davon aus, dass das Blut von ihr stammen könnte? Dass Scheffler sie im Schuppen überfallen hat?»

«Was glauben Sie?» Leon fragte sich, ob der Kommissar wirklich nicht in der Lage war, eins und eins zusammenzuzählen. Ganz egal, ob Jack tatsächlich Scheffler im Garten gesehen hatte oder nur Leon, den er in der Dämmerung für Scheffler gehalten hatte – Marlene war nach Leon im Schuppen gewesen, und die Polizisten hatten dort Kampfspuren und Blut entdeckt.

«Was ich glaube?» Zum zweiten Mal schlug Braune mit der Faust auf den Tisch. «Ich glaube inzwischen, dass Sie mich für dumm verkaufen wollen! Ich glaube ziemlich sicher, dass ich Ihnen nichts mehr glauben kann.» Wie ein Tiger im Käfig lief er in der Gaststube auf und ab. «Erst sehen Sie im Schuppen nach dem Rechten, und kurz darauf kommt Ihre Nachbarin auf dieselbe Idee? Ohne dass sie sich abgesprochen haben? Und während Sie hierherfahren, erreicht Sie diese Nachricht, in der Ihre Bekannte Sie um Hilfe bittet, weil sie offensichtlich in Bedrängnis ist. Doch Sie reagieren nicht darauf. Stattdessen schicken Sie uns in den Schuppen und warten ab, welche Teile des Puzzles wir zusammensetzen!» Mit einem Mal blieb er stehen und zeigte mit dem Finger auf Leon. «Welches Spiel spielen Sie mit uns, Herr Bosch? Am Ende würde es mich nicht wundern, wenn die einzigen Spuren, die es in dem Schuppen gibt, von Ihnen und Ihrer Nachbarin stammen!»

Marlene hatte nichts mit diesem Spiel zu tun, im Gegenteil, sie war in großer Gefahr. Falls es nicht schon zu spät für sie war. «Sehen Sie bitte nach, ob Marlene zu Hause ist!», flehte Leon und sprang auf. Er wollte sofort selbst nach ihr schauen.

Braune legte ihm die Hände auf die Schultern und hielt ihn zurück. «Sie gehen nirgendwohin.»

Leon machte sich los. «Was soll das? Wollen Sie mich wieder festnehmen?»

«Sie sind immer noch tatverdächtig, zudem besteht Verdunklungsgefahr.» Er drückte Leon zurück auf den Stuhl. «Sie bleiben jetzt bei mir, bis wir Ihre Nachbarin gefunden und die Sache mit dem Schuppen aufgeklärt haben. Ich will keine heimlichen Absprachen, Telefonate oder Alleingänge mehr.»

Der Kommissar befahl ihm, Marlene anzurufen, doch natürlich nahm sie nicht ab. Daraufhin versuchte er es mit seinem eigenen Handy – mit demselben Ergebnis.

«Sehen Sie nach, ob sie zu Hause ist!», rief Leon. «Sind Ihre Männer noch im Schuppen? Dann schicken Sie sie, verdammt noch mal, bei ihr vorbei!»

Braune nahm einen der Polizisten mit vor die Tür zum Telefonieren. Jetzt war es Leon, der unruhig auf und ab lief, misstrauisch beobachtet von dem in der Gaststube verbliebenen Beamten. Es dauerte eine halbe Ewigkeit, bis Braune wieder zurückkam. In seiner Miene war nichts zu lesen.

«Und?», fragte Leon ungeduldig und wäre dem demonstrativ ruhigen Kommissar am liebsten an die Gurgel gesprungen.

«Nein, sie ist nicht zu Hause.»

«Und ihr Freund? Was sagt ihr Freund?»

«Er ist auch nicht da. Niemand ist zu Hause.»

«Dann rufen Sie ihn an!»

Nachdem sich der Kommissar die Nummer von Leon hatte geben lassen, rief er Jack an und hinterließ ihm eine Nachricht auf der Mailbox. Leon hatte keine Ahnung, wo Jack steckte. Mittlerweile war es fast Mitternacht, noch dazu Samstagabend, wahrscheinlich trank er irgendwo mit Freunden. Leon fiel wieder ein, wie ihm Jack und Marlene in der Nacht zuvor, etwa zur selben Stunde, auf der Straße entgegengekommen waren. Wohin waren sie so spät unterwegs gewesen? Noch dazu, wenn sich Marlene um fünf Uhr morgens zum Dienst fertig machen musste.

«Ihre Nachbarin ist Krankenschwester, nicht wahr? Wir werden uns im Krankenhaus nach ihr erkundigen. Vielleicht ist sie ja dort, oder jemand weiß, wo sie steckt.»

«Sie werden sie dort nicht finden!» Leon wurde immer verzweifelter. «Scheffler oder wer auch immer sie im Schuppen überfallen hat, wird sie nicht ins Krankenhaus gebracht haben!»

«Immer mit der Ruhe», meinte Braune nur, was Leon umso mehr aufbrachte. «Sie können mir und meinem Team ruhig zutrauen, dass wir in der Lage sind, gleichzeitig verschiedenen Spuren nachzugehen.»

«Was heißt das? Suchen Sie auch im Wald nach ihr? Sie haben gesagt, dass es Blutspuren und Fußabdrücke hinauf in den Wald gibt!»

Braune erhielt einen Anruf. Mit ausgestrecktem Arm gebot er Leon zu schweigen und entfernte sich nach draußen. Doch diesmal dauerte es nicht lange, und er war zurück.

«Okay, zeigen Sie mir den Felsenkeller!»

Leon war perplex. «Den Felsenkeller? Meinen Sie, dass Marlene dort ist?»

«Das ist jetzt nicht relevant», herrschte Braune ihn an. «Zeigen Sie mir einfach, über welchen Eingang Sie in den alten Stollen gelangt sind.»

Ein dumpfes Scheppern war zu hören. Leon kannte das Geräusch nur zu gut, da es ständig vorkam, dass jemand in der engen Küche gegen den Servierwagen stieß. Sein Blick ging automatisch zu der Tür, die die Gaststube von der Küche trennte. Sie war die ganze Zeit über geschlossen. Ob Braune nebenan einen weiteren Kollegen postiert hatte?

Der Kommissar schien nichts gehört zu haben, denn er zeigte keinerlei Reaktion. Stattdessen winkte er Leon eilig, ihm zu folgen, und dieser war heilfroh, endlich aus dem Gasthaus herauszukommen.

EINUNDZWANZIG

Sie fuhren zu zweit in Braunes Auto. Die beiden uniformierten Polizisten folgten im Streifenwagen. Auf dem Weg durch den Wald versuchte Leon, mehr über den Stand der Ermittlungen herauszubekommen, doch der Kommissar blieb verschlossen. Er berichtete lediglich, dass Jack sich gemeldet hatte. Er sei bei Freunden gewesen und wisse nicht, wo Marlene sei. Außerdem hatte die Polizei über das Krankenhaus in Erfahrung gebracht, dass Marlene im Frühdienst gearbeitet hatte und danach bis achtzehn Uhr auf dem Gartenfest einer Kollegin gewesen war.

Als Leon zwischendurch in den Außenspiegel blickte, schien es ihm kurz, als folgte ihnen hinter dem Streifenwagen noch ein weiteres Auto. Für einen Moment zeichneten sich – auf einer Bergkuppe vor dem sternenklaren Horizont – die Umrisse eines größeren Autos ab. Eines Autos, das ohne Scheinwerferlicht fuhr. Doch als er sich umdrehte, um nach dem Wagen Ausschau zu halten, sah er nichts als die blendenden Leuchten des dicht aufgefahrenen Streifenwagens.

Er musste sich konzentrieren, um dem Kommissar den Weg zum Sattelberg weisen zu können. Das letzte Mal war Marlene zum Felsenkeller vorausgefahren. Er lotste Braune über die schmalen Forst- und Wanderwege, bis es aus dem Wald hinausging, an der alten Brauerei vorbei und wieder zurück in den Wald.

Das letzte Stück folgten Braune und seine Kollegen ihm

zu Fuß. Vor dem verzogenen Holztor legte Leon die Taschenlampe beiseite, die der Kommissar ihm im Auto gegeben hatte, und riss an dem Tor, bis es aufging.

«Was ist mit den zwei anderen Eingängen, an denen wir gerade vorbeigekommen sind?», wollte der Kommissar wissen, und seine Mitarbeiter machten sich sofort daran, der Frage auf den Grund zu gehen.

Mit einem einzigen Ruck hatte der deutlich stämmigere der beiden das mittlere Tor aus den Angeln gerissen und hielt die morschen, zersplitterten Latten in der Hand. Dahinter tat sich ein verschütteter Gang auf, dessen Geröll sich hinter verrosteten Konserven und verkohltem Feuerholz bis zur Decke auftürmte.

«Hier hat wohl mal jemand übernachtet», stellte der kräftige Polizist fest und versuchte, mit dem Fuß die rostigen Blechdosen so weit zu drehen, dass ihre Etiketten sichtbar wurden. «Allerdings schon vor etlichen Jahren.» Die Beschriftungen waren nicht mehr zu lesen. Das gammlige Papier war aufgeweicht und zersetzt.

«Und davor muss jemand so viele Backsteine herausgeschlagen und entwendet haben, dass der Gang eingestürzt ist.» Braune ließ den Strahl seiner Taschenlampe über die tiefen Kerben im Gestein wandern. «Machen wir weiter», entschied er dann, und seine Kollegen wandten sich dem dritten Tor zu, das deutlich mehr Widerstand zeigte. Es war das einzige, das mit einem Vorhängeschloss versperrt war.

Der stämmige Polizist zog ein Messer aus seinem Gürtel und machte sich daran, das Schloss abzuschrauben. Er brauchte nicht lange. Sobald das Schloss entfernt war, ließ sich das Tor problemlos aufziehen, allerdings war der schmale Stollenzugang dahinter von mächtigen Steinen versperrt. Braune und seine Männer versuchten, den ersten davon – einen hüfthohen Felsbrocken – ein Stück zur Seite zu schieben, aber er bewegte sich keinen Millimeter vom Fleck.

«Das ist viel zu gefährlich. Wenn da was einstürzt, gehen wir alle drauf», keuchte der Kommissar und winkte seine Kollegen zurück vor das Tor. Er drehte sich zu Leon um. «Okay, zeigen Sie uns, wo genau Sie jenen Mann, den Sie für Richard Scheffler halten, im Felsenkeller getroffen haben.»

Sie wollten gerade in den Berg, als es auf dem Hügel hinter ihnen raschelte und knackte. Ein Schnaufen war zu hören. Die vier fuhren herum und starrten in die Finsternis des Waldes.

«Hallo?», brüllte Braune. «Ist da wer?»

Der Wald antwortete mit erschreckter Stille.

«Vielleicht nur ein Wildschwein», meinte der lange, schlaksige Polizist, der bisher noch kein Wort gesprochen hatte. Man sah ihm an, dass er sich hier im Wald alles andere als wohlfühlte und lieber im Büro seiner Arbeit nachgegangen wäre.

Zusammen mit dem stämmigen Polizisten ging Leon dem Kommissar hinterher, der den Hügel ein Stück hinaufgeklettert war. War dort Scheffler? Oder waren es wieder die Jäger? Leon musste an Lohmann und sein Nachtsichtgerät denken. Was aber, wenn es Marlene war, die ihrem Entführer entkommen war und sich verwundet durch den Wald schleppte? Panik stieg in ihm auf. Wie lange war sie nun schon verschwunden? Es musste bald ein Uhr nachts sein.

«Sehen Sie jemanden?», rief er Braune zu, der noch einmal mit seiner Taschenlampe nach rechts und links ins Dickicht leuchtete, bevor er umkehrte.

«Da ist niemand», sagte der Kommissar. Er wollte in den Felsenkeller.

«Sind Sie sicher?» Leon war stehen geblieben. Seine Verzweiflung verwandelte sich in Wut. Der Wald war riesig, und Braune stand hier mit zwei Kollegen, von denen mindestens einer nicht allzu mutig wirkte. Leon konnte sich kaum vorstellen, dass die anderen Polizisten, von denen Braune gesprochen hatte, tatkräftiger bei ihrer Suche nach Marlene vorgingen. «Sind Sie sicher, dass hier niemand im Wald ist? Niemand, der uns belauert oder unsere Hilfe braucht? Und sind Sie sicher, dass Sie auf diese Weise eine Frau finden werden, die womöglich vor Stunden in den Wald verschleppt wurde und das vierte Opfer eines skrupellosen Irren werden könnte?»

«Die drei bisherigen Opfer wurden zwar im Wald gefunden. Es ist aber nicht gesagt, dass sie dort auch getötet wurden», antwortete Braune.

«Ach ja? Aber so, wie es aussieht, haben Sie überhaupt keine Ahnung, wo die Frauen getötet wurden. Das bedeutet, Sie müssten theoretisch überall nach Marlene suchen und werden sie nicht rechtzeitig finden.» Leon drehte sich einmal um die eigene Achse und wurde sich der Aussichtslosigkeit des ganzen Unterfangens bewusst. Um sie herum waren nichts als Bäume, Felsen, Finsternis. Nur Tiere fanden sich in dieser Welt zurecht, der Mensch war hier verloren. «Was ist mit Spürhunden? Suchen Ihre Kollegen auch mit Spürhunden nach ihr?»

Braune lachte trocken auf. «Was glauben Sie, wo ich die auf die Schnelle hernehmen soll? Die warten nicht an irgendeinem Laternenpfahl! Wir haben hier im ganzen Bundesland nicht mal zehn derart ausgebildete Jagdhunde. Die kann ich mit ihren Haltern nicht einfach so herbeamen!» Er fasste Leon am Ellbogen und schob ihn mit sich zum Tor im Fels. «Und jetzt lassen Sie uns das hier zu Ende bringen, und zeigen Sie mir bitte, wo Ihnen dieser Tote angeblich begegnet ist.»

Seine Bitte war ein Befehl, der keine Widerworte duldete. Und so führte Leon die drei Polizisten durch den niedrigen Gang in das hohe Gewölbe, wo noch vor ein paar Tagen Schefflers Schlafstätte gewesen war. Er zeigte den Männern den engen Lüftungsschacht, wobei es der stämmige Polizist vorzog, nur mit seiner Lampe hineinzuleuchten, anstatt sich wie die anderen mühsam hineinzuzwängen.

«Was ist das für ein Gang? Woher kommt die kalte Luft?», fragte er aus dem Gewölbe, und seine Stimme schallte hohl durch den Berg.

Leon gab wieder, was ihm Marlene über die notwendige Frischluftzufuhr im Felsenkeller erklärt hatte.

«Geht es von dort weiter in den Berg?», wollte der andere Polizist daraufhin wissen.

«Nein!», rief Braune zurück. «Das ist ein toter Gang. Von hier kommt man auch nicht raus ins Freie.» Er leuchtete den Schacht hinauf, der sich nach oben hin immer mehr verjüngte. «Da passt vielleicht eine Maus durch, aber sicher kein Mensch.»

Ächzend schob er sich vor den beiden anderen zurück durch den niedrigen Gang. Dem hageren Polizisten hinter ihm, der im Felsenkeller zu seinem angespannten Schweigen zurückgefunden hatte, standen Schweißperlen auf der Stirn.

«Das war alles?», fragte der Kommissar und versuchte erst gar nicht, seine Enttäuschung zu verbergen. «Hier haben Sie angeblich einen Toten getroffen, der sich inzwischen aus dem Staub gemacht hat?»

Leon antwortete nicht. Er reagierte nicht auf Braunes Provokation, weil er sich auf etwas anderes konzentrierte. Der kalte Luftstrom strich über seine Wange, ließ Leon in dieser klammen Unterwelt noch mehr frieren und brachte gleichzeitig seine Gedanken in Bewegung. Wenn die Luft hier unten zirkulierte, dann musste es neben einem Eingang auch einen Ausgang geben. Der Gang bis zum Tor war lang, und wenn das Tor geschlossen war, würde die Luft darin stehen. Wer auch immer damals den Felsenkeller in dem alten Bergwerk angelegt hatte, hatte wahrscheinlich sichergestellt, dass es einen zweiten Belüftungsschacht gab. Leon schritt einmal im Uhrzeigersinn die Wände des Gewölbes ab, bis er vor dem Gang Richtung Tor stand.

«Was machen Sie da?», fragte Braune scharf.

Leon ließ sich nicht beirren, denn er hatte rechts neben sich, am Anfang des Gangs, eine Ausbuchtung entdeckt, die etwa einen halben Meter tief in den Fels gehauen war. Marlene hatte ihn damals daran vorbeigezogen, weil ihre Übelkeit sie nach draußen getrieben hatte. Leon trat einen Schritt näher und leuchtete die hell versinterte Wand ab. Sie war mit den typischen weißen und gelblichen Ablagerungen überzogen, die sich bildeten, wenn das Gestein über lange Zeit immer wieder Feuchtigkeit ausgesetzt war. Erst da fiel ihm der Spalt auf. Er war recht lang, aber dafür kaum breiter als sein Fuß. Es gelang Leon lediglich, sich quer hineinzuzwängen. Nur zentimeterweise kam er voran.

«Kommen Sie da raus! Das ist hier kein Abenteuerspielplatz!» Braune und seine Kollegen waren herbeigestürzt. In ihren Gesichtern spiegelten sich Erstaunen und Missbilligung.

Leon hatte erst wenige winzige Seitwärtsschritte getan, als es unter seiner Schuhsohle knackte. Er glaubte, auf ein Stück Holz getreten zu sein, und wollte sich bücken. Doch der Spalt war so eng, dass er sich nicht hinabbeugen konnte. Er konnte nur langsam in die Hocke rutschen und dabei hoffen, dass er nicht stecken blieb und dass sein Arm lang genug sein würde, um den Boden zu erreichen. Er hatte Glück – mit den Fingerspitzen angelte er den langen Gegenstand unter seinem Fuß hervor. Mühsam richtete er sich wieder auf und betrachtete den Pfeil in seiner Hand. Er war aus schwarzem Karbon, und er glich dem Pfeil, den Jack ihm neulich vor dem Haus gezeigt hatte.

«Ein Armbrustpfeil», meinte er und streckte ihn dem Kommissar entgegen.

«Geben Sie her!», verlangte Braune ungeduldig und forderte von seinem Mitarbeiter eine Plastiktüte, die dieser umständlich aus seiner Jackentasche kramte.

Leon hatte sich inzwischen weiter seitwärts geschoben und erreichte eine Öffnung im Fels. Er sprang einen halben Meter nach unten und verschwand gänzlich aus Braunes Blickfeld. Auch wenn die Stelle hier nicht breit war, fühlte sich Leon nach der Durchquerung des Spalts wie befreit.

«Wo sind Sie, Bosch?», rief Braune alarmiert, als hätte er Angst, dass sich Leon durch den Berg davonmachte.

Leon leuchtete den Fels hinauf. Er schien tatsächlich in einem zweiten Schacht zu stehen, denn auch wenn sich der Berg mehrere Meter über ihm immer weiter trichterförmig zusammenzog, musste dort irgendwo ein Loch nach draußen sein. Eisige Luft strömte an ihm herab, als stünde er in einem Kühlhaus.

Er ging ein paar Schritte weiter und lenkte seine Taschenlampe geradeaus. Anders als vermutet traf der gelbe Strahl nicht auf eine felsige Wand, sondern verlor sich im schwarzen Nichts. Vor Leon lag ein neuer Gang.

Er war mit grobem Werkzeug in den Berg gehauen. Von oben und von den Seiten ragten kantige Vorsprünge in ihn hinein. Keine Backsteinreihen sicherten die Wände. Dieser Gang aus nacktem Fels schien nicht zum Felsenkeller zu gehören. Er musste Teil des uralten Bergwerks sein.

«Bosch?», rief Braune erneut. «Sind Sie noch da?»

«Hier geht es anscheinend weiter», meldete sich Leon und wagte sich ein paar Schritte weiter in den engen Gang hinein, der sich wie ein finsterer Mantel um ihn schmiegte. Feuchtes Geröll schabte unter seinen Füßen, es roch modrig und metallisch.

Braune musste einen Augenblick gezögert haben, doch dann brüllte er: «Bleiben Sie, wo Sie sind! Wir kommen!»

Leon ging zurück und konnte hören, wie Braune Anweisungen gab. «Liebig, Sie kommen mit. Urban, Sie bleiben hier. Wenn wir in einer Stunde nicht zurück sind, geben Sie den Kollegen Bescheid», entschied er in resolutem Ton. Es war das erste Mal, dass Leon mitbekam, wie der Kommissar seine Mitarbeiter mit Namen ansprach. Anscheinend stufte er ihre Arbeit inzwischen als deutlich gefährlicher ein als noch vorhin im Wald.

Leise fluchend zwängte sich Braune durch den Spalt. Sobald er in der Öffnung zum Schacht sichtbar wurde, reichte Leon ihm die Hand und half ihm beim Sprung hinab. Dem Kommissar folgte der schlaksige Polizist mit dem ängstlichen Gesichtsausdruck. Der stämmige Polizist, der Wache halten musste, hätte ohnehin nicht durch den Spalt gepasst.

Braune legte den Kopf in den Nacken und leuchtete hinauf. «Was ist das hier?»

«Der zweite Lüftungsschacht.» Leon deutete mit der Taschenlampe in Richtung Gang. «Und hier geht es weiter in den Berg hinein.»

«Gut, dann wollen wir mal sehen, ob sich Ihr Toter vielleicht dorthin verkrochen hat.» Braune gab Leon ein Zeichen voranzugehen und Liebig eines, ihm zu folgen.

Vorsichtig führte Leon die kleine Gruppe an, die nur im Gänsemarsch vorankam. Der Gang war so eng, dass Leon sich immer wieder bücken und seine Hintermänner auf vorstehende Felskanten aufmerksam machen musste. Er hatte nicht die leiseste Ahnung, wohin dieser Weg führte. Aber es war durchaus denkbar, dass Scheffler es wusste. Vielleicht war er damals ja gar nicht durch das Tor nach draußen geflohen, sondern hatte sich durch den Berg davongestohlen.

Nach ein paar Minuten endete der Gang an einer Felswand, an der eine Stiege aus schwarzem Holz angebracht war. Sie war etwa drei Meter hoch und wirkte alles andere als vertrauenswürdig.

Braune schob sich an Leon vorbei und befühlte das Holz. «Wie alt wird das wohl sein?»

«Wenn der Stollen im Mittelalter angelegt wurde, können es schon ein paar Jahrhunderte sein», wagte Liebig vorzurechnen und drückte damit indirekt aus, dass er spätestens an dieser Stelle gerne umgekehrt wäre.

«Ich versuche es», sagte Leon. «Gehen Sie ein Stück zurück, falls sich Gesteinsbrocken lösen.» Er hielt sich an der feuchten Stiege fest und setzte die Füße auf die untersten Bretter. Das morsche Holz ächzte, aber es gab nicht nach. Oben angekommen, leuchtete er den Gang entlang. Das Gestein sah hier anders aus, es wirkte noch schwärzer und war mit grauen Einsprengseln durchsetzt, die im Taschenlampenlicht funkelten.

Nachdem auch Braune und Liebig die Felsenleiter gemeistert hatten, gingen sie ungefähr zehn Minuten lang weiter. Sie durchquerten zwei verlassene Abbauräume, in denen verwitterte Balken die Gruben notdürftig stützten, und folgten dem engen Gang, bis sie auf die nächste Stiege trafen. Leon spürte, dass ihr Unterfangen ins Leere führte. Sie vergeudeten wichtige Zeit bei der Suche nach Marlene.

«Sollen wir umkehren?», schlug er vor. «Dieses alte Stollennetz kann sich über Kilometer erstrecken. Ich glaube nicht, dass wir Scheffler auf diese Weise finden werden.» Vor allem zur Nachtzeit würden sie ihn hier kaum antreffen, wurde Leon klar, denn in der Finsternis flog er für gewöhnlich aus wie eine Fledermaus. Offenbar versteckte er sich nur tagsüber unter der Erde. Er schien das Sonnenlicht zu meiden wie der Teufel das Weihwasser.

«Lassen Sie uns noch ein Stück weitergehen», entgegnete Braune, der sich nicht weiter für Scheffler zu interessieren schien, sondern vielmehr für das unterirdische Wegenetz. «Vielleicht finden wir heraus, wohin dieser Gang führt.»

«Sicher endet er an einer toten Abtragungsstelle, die irgendwann aufgegeben wurde, als man nicht mehr genug Silbererz fand», meinte Liebig. Doch sein Vorgesetzter ging einfach über seinen Einwand hinweg und schickte Leon wieder als Ersten die unsicheren Stufen hinauf.

Es wurde eine wacklige Angelegenheit, und oben angekommen, kniete sich Leon hin, um Braune und Liebig heraufzuhelfen. Der junge Polizist stieß einen spitzen Schrei aus, als eine der mittleren Streben unter seinen Füßen zerbrach, und konnte sich nur dank seiner guten Reaktion und Leons festem Griff nach oben retten. Man sah ihm an, dass er im Stillen betete, dass dieser Albtraum bald ein Ende fand.

Nachdem sich der Stollen noch einmal so weit verengte, dass Leon schon glaubte, sie hätten tatsächlich das Ende des Gangs erreicht, fand sich hinter einem hervorstehenden Fels ein versteckter Durchgang. Die drei staunten, als sie plötzlich in einem hohen Felsengewölbe standen, das nur von ein paar natürlichen Gesteinssäulen gestützt wurde. Der spiegelglatte und tiefschwarze Boden weiter hinten entpuppte sich bei näherem Hinsehen als kleiner unterirdischer See. Dort, wo die Kegel der drei Taschenlampen auf ihn trafen, leuchtete das Wasser milchig auf.

Ein großer Tropfen klatschte Leon auf die Stirn. Er blickte sich in der riesigen Höhle um, deren bearbeitete Wände von weißen Sinternetzen und lila schimmernden Gesteinsadern überzogen waren.

«Sieht hier fast aus wie eine Tropfsteinhöhle», staunte Braune und strich mit der Hand über die feuchte Felswand. Seine Stimme hallte hohl von den hohen steinernen Wänden wider.

«In jedem Fall ist sie nicht natürlich entstanden. Das scheint einer der Haupträume gewesen zu sein. Hier hat man seinerzeit wohl ordentlich gegraben.» Es half Liebig offenbar dabei, seine Angst in der Unterwelt in den Griff zu bekommen, wenn er sich an Fakten klammern konnte. «Da vorne sind sogar noch Spuren von verrosteten Schienen!», rief er begeistert und stürmte gleich auf diese zu. «Hier hat man das Gestein in Waggons gefüllt und aus dem Berg gefahren, hier muss es einen Ausgang geben!»

Leon und Braune folgten ihm eine steinerne Rampe hinauf, die immer schmaler wurde, bis sie vor einer Wand endete. Der frühere Durchgang war zugemauert. Wo einst volle Karren mit Silbererz und anderem wertvollem Gestein ans Tageslicht geschoben worden waren, versperrte heute eine Mauer aus verwitterten Backsteinen den Weg ins Freie. In der Mitte der Mauer fand sich jedoch eine niedrige schwarze Eisentür, an der Liebig bereits rüttelte, so fest er konnte. «Verdammt, sie ist verschlossen!», schimpfte er verzweifelt und verlor zum ersten Mal wirklich die Fassung.

Mit einem Ruck zog Braune ihn zurück und brachte ihn mit einer entschlossenen Geste zum Schweigen. Er drückte den Zeigefinger auf die Lippen und starrte konzentriert ins Nichts. Er hatte etwas gehört.

Jetzt vernahm auch Leon ein leises Dröhnen. Oder war es ein Brummen? Es schien von der anderen Seite der Mauer zu kommen. Zwischendurch riss es ab, und stattdessen waren verzerrte, leiernde Töne zu hören.

«Sind das Stimmen?», flüsterte Leon, und ein eisiger Schauer kroch ihm den Rücken hinab. Erst jetzt spürte er die durchdringende Kälte des toten Gesteins, die ihm bis in die Knochen kroch, und er zog den Reißverschluss seiner Jacke bis oben zu.

Sofort begann Liebig gegen das Tor zu hämmern. Er holte tief Luft und wollte gerade um Hilfe rufen, als Braune ihn erneut zurückriss. «Was machen Sie da? Hören Sie auf damit!», fuhr er den jungen Mann mit gepresster Stimme an. «Wir haben keine Ahnung, wer da drüben ist. Wenn dort überhaupt jemand ist. Aber falls sich dort Personen aufhalten, sind es sicher keine friedlichen Bergleute. Denn das hier ist ein stillgelegter Stollen! Und es ist ein Uhr nachts!»

Entmutigt ließ Liebig die Arme sinken. Ihm schien gar nicht bewusst zu sein, dass hier etwas nicht stimmte. Er war nur enttäuscht darüber, dass ihn nicht schnell jemand befreite.

Leon hatte nur einen Gedanken. «Was ist, wenn Marlene dort ist? Wenn sie dorthin verschleppt wurde? Können Sie nicht Verstärkung anfordern?»

«Können Sie mir vielleicht sagen, wo wir uns gerade befinden? Wohin soll ich meine Kollegen bitte schön bestellen?»

Braune fuhr sich mit der Hand durch die Haare und sah auf sein Handy. «Hier unten ist kein Empfang. Wir erreichen niemanden, und niemand kann uns orten. Wir können nur zurückgehen und dann weitersehen.»

Das Brummen verebbte genau wie die gedämpften Laute, die geklungen hatten, als würde jemand etwas rufen. Braune hielt das Ohr gegen die eiserne Tür gedrückt.

«Wir müssen zurück», sagte er leise, als hätte er Angst, auf der anderen Seite einen schlafenden Riesen zu wecken. «Sonst glaubt Urban noch, wir wären verschollen.»

Liebig setzte sich als Erster in Bewegung und taumelte die Rampe hinunter. Er wirkte am Ende seiner Kräfte und schien den Rückweg so schnell wie möglich hinter sich bringen zu wollen. Der Strahl seiner Taschenlampe sprang im Zickzack hin und her, sodass der Polizist kaum sah, was vor seinen Füßen lag. Er stolperte und schlug mit den Knien auf. Braune schimpfte mit ihm wie mit einem Kind, während er ihm wieder auf die Beine half.

Leons Blick fiel auf den vermeintlichen Geröllhaufen, über den der Polizist gefallen war und der ungewöhnlich hell wirkte. Erst als er ihn direkt mit der Taschenlampe anstrahlte, sah er, dass dieser unförmige Haufen gar nicht aus Stein war. Er hob das gräuliche Etwas hoch, das weder hart noch schwer war, ganz im Gegenteil. Es war ein dickes Bündel aus schmutzigem Stoff, das sich zwischen seinen Fingern zu seiner ursprünglichen Form entfaltete. Als Leon erkannte, was es war, hätte er es am liebsten weit von sich geschleudert.

Er hielt ein graues Kleid aus Spitze und Tüll in der Hand und erahnte sofort, dass es nicht immer grau gewesen war. Einst musste es blütenweiß gewesen sein, denn es war ein Brautkleid.

«Was ist das?», fragten Braune und Liebig, die sich mühsam aufgerichtet hatten, wie aus einem Mund.

Leons Hand, die das Kleid hielt, begann unkontrolliert zu zittern. «Es gehört Marlene», stammelte er und starrte entsetzt auf die dunkelroten Flecken und Schlieren, die sich vom Halsausschnitt bis zum ausladenden Rock hinabzogen. Das Brautkleid war von oben bis unten mit Blut verklebt.

ZWEIUNDZWANZIG

Nervös warteten sie vor dem Felsenkeller. Urban sah fast so mitgenommen aus wie Liebig, der immerhin allen Grund dazu hatte, schließlich blutete er am Kopf. Das morsche Holz der letzten Stiege war beim Abstieg unter seinem Gewicht geborsten, und er war so unglücklich gestürzt, dass er sich sowohl den Fuß verstaucht als auch den Hinterkopf aufgeschlagen hatte. Gemeinsam hatten Leon und Gehler ihn mehr oder weniger zurückgeschleift und durch die Felsspalte in den Gang Richtung Tor gezogen.

Dort hatte sie allerdings nicht, wie vereinbart, Urban erwartet. Ihn hatten sie erst draußen angetroffen, wo er telefonierte und die drei bereits als vermisst gemeldet hatte. Als sie aus dem Tor herausgewankt kamen, Liebig mit blutendem Kopf in ihrer Mitte, wich er zurück und starrte sie an, als seien sie Berggeister, die nichts Gutes im Schilde führen konnten. Seinem Verhalten nach zu urteilen, hatten sie insgesamt mehr als die von Braune veranschlagte Stunde gebraucht, bis sie wieder aufgetaucht waren.

Braune klopfte Urban auf die Schulter, nahm ihm das Telefon aus der Hand und regelte alles Weitere selbst. Er forderte die Spurensicherung, Verstärkung sowie einen Krankenwagen für Liebig an, der auf dem Boden saß, erschöpft, aber sichtlich froh darüber, die schwarzen Felswände um sich herum gegen den dunklen Wald und den Nachthimmel eingetauscht zu haben.

Urban sah aus, als würde er frieren, und lief die ganze Zeit auf und ab, so wie er es bestimmt in den langen Minuten getan hatte, die er auf die Rückkehr der drei gewartet hatte. Der Berg hatte auch ihm zugesetzt.

Seine Unruhe war jedoch nichts im Vergleich zu der Leons. Dieser war rastlos, aufgebracht, verzweifelt. Er wusste, dass etwas Schreckliches mit Marlene passiert war. Der Pfeil und das blutbefleckte Brautkleid aus dem Berg hatten alle seine Befürchtungen nur noch verstärkt. Sobald Braune zwischen zwei Telefonaten auflegte, drängte Leon ihn weiterzusuchen. Ihm war, als wäre Marlene irgendwo in der Nähe, als müsste es hier einen weiteren Eingang in den alten Stollen geben. Aber Braune fauchte ihn nur an und drohte, er würde ihn ins Präsidium bringen lassen, wenn er sich nicht augenblicklich ruhig verhielt.

Nach und nach trafen immer mehr Polizisten ein, drei Sanitäter, die sich um Liebig kümmerten, und die Spurensicherer in hellen Schutzanzügen. In der Finsternis der Nacht beanspruchten sie Braunes ganze Aufmerksamkeit, der das scheinbar unkoordinierte Treiben wie ein hektischer Dirigent orchestrierte. Leon kam sich immer mehr wie ein unsichtbarer Zaungast vor, der aus reiner Schikane festgehalten wurde und zur Untätigkeit verdammt war.

Auf einmal entdeckte er Martin Gehler an Braunes Seite, und er fragte sich, woher der Förster so plötzlich aufgetaucht war. Hatte Braune ihn gerufen, oder hatte Gehler irgendwie Wind von den Vorkommnissen am Felsenkeller bekommen und wollte mit eigenen Augen sehen, was hier vor sich ging?

«Wie viele Zugänge zum Felsenkeller gibt es noch?», wollte der Kommissar von ihm wissen.

Gehler rieb sich das Kinn. «Da bin ich ehrlich gesagt überfragt», meinte er und machte einen ahnungslosen Eindruck.

«Mir allerdings wurde zugetragen, dass der Felsenkeller und das alte Bergwerk Teil eines Naturschutzgebietes sind, das unter die Zuständigkeit des Forstamtes fällt», entgegnete Braune, der sich zwingen musste, freundlich und geduldig zu klingen – wie Leon inzwischen selbst im Dunkeln erkennen konnte.

Leon machte ein paar Schritte auf die beiden zu und grüßte Gehler kurz, der nicht darauf reagierte.

«Warst du zur Nachtjagd mit den Jagdgästen unterwegs?», fragte Leon geradeheraus.

«Nein. Die liegen längst in ihren Betten, weil sie morgen wieder abreisen», antwortete der Förster.

Braune schien irritiert von dem Gespräch der beiden. Kurz blitzte so etwas wie Interesse in seinem Gesicht auf, doch dann zeigte er nur seine Ungehaltenheit über die ungebetene Unterbrechung und wiederholte, dass der Felsenkeller in Gehlers Zuständigkeitsbereich falle.

«Bis zum heutigen Tag bin ich davon ausgegangen, dass sämtliche Eingänge verfüllt oder zumindest verschlossen sind. Dass sich jemand Zugang zum Felsenkeller verschafft hat, habe ich nicht mitbekommen. Das Tor, durch das Sie in den Berg gelangt sind, war verriegelt, seit ich denken kann.» Gehler sprach ganz anders als gewöhnlich. Die Bedrängnis, in die Braune ihn offenbar brachte, ließ ihn geradezu redegewandt werden.

«Gibt es Pläne von dem alten Stollensystem?», beharrte der Kommissar.

«Nicht, dass ich wüsste … oder besser gesagt: So was liegt mir nicht vor.»

Braune kniff die Augen zusammen. «Dann haben Sie sicher auch keinen Schlüssel für die Eisentür im hinteren Teil des alten Bergwerks? Wahrscheinlich haben Sie überhaupt noch nie etwas von dieser Tür gehört?», fragte er und klang dabei regelrecht zornig.

Dem Förster wurde es anscheinend mulmig zumute. «Doch, doch», lenkte er ein. «Mein Vorgänger besaß so einen großen alten Eisenschlüssel, von dem er behauptet hat, er sei aus der Silbermine. Er hat ihn mir einmal bei sich zu Hause gezeigt.»

«Und dort ist er noch immer?»

Gehler schüttelte mit einem schuldbewussten Lächeln den Kopf. «Gerd ist vor vier Jahren gestorben. Seine Frau war schon lange vor ihm gegangen, und seine Tochter hat nichts von seinen Sachen haben wollen. Sie hat das Haus in Lehdorf von einem Entrümpler ausräumen lassen und anschließend verkauft. Das Verhältnis zu den Eltern war wohl zerrüttet.»

«Aha. Sie haben also keinen Schlüssel, keinen Plan des unterirdischen Netzes und keine Ahnung davon, dass der Felsenkeller von mindestens einer Person in der letzten Zeit betreten wurde», fasste Braune bissig zusammen. «Verzeihen Sie meine direkte Frage, aber können Sie uns in irgendeiner Form behilflich sein, oder verschwenden wir mit diesem Gespräch nur beide unsere Zeit?»

Anscheinend fühlte sich Gehler nun doch bei seiner Ehre gepackt. Auch wenn er selbst gegenüber Braune den Ahnungslosen gemimt hatte, schien es ihm nicht zu gefallen, am Ende auch als solcher hingestellt zu werden. «Meine Arbeit besteht darin zu kontrollieren, ob der alte Stollen von außen intakt ist, also ob es irgendwo Einstürze, Bewegungen im Gelände, Gräben oder Löcher gibt. Ich muss dafür sorgen, dass sich weder Wanderer noch Wildtiere in diesem Gebiet verletzen. Ich kenne sämtliche Halden aus früherem Grubenabraum, kenne zugeschüttete Luftschächte und zwei verfüllte

Mundlöcher. Wenn Sie wollen, führe ich Sie gerne dorthin», bot er an.

«Nur zu!», nahm Braune das Angebot an und winkte Urban, damit er sie begleitete. Auch Leon schloss sich an, während Gehler sie den Forstweg entlang tiefer in den Wald hinein führte. Er bemerkte, wie der Förster Braunes Blick suchte, so als hoffte er darauf, dass der Kommissar Leon zurückschicken würde. Aber Braune schien Leon inzwischen kaum mehr wahrzunehmen. Ungeduldig marschierte er an Gehlers Seite voran.

«Was ist eigentlich vorgefallen? Haben Sie wieder eine Tote gefunden? Im Bergwerk?», fragte Gehler, sobald sie sich ein Stück vom Felsenkeller entfernt hatten.

«Dazu kann ich Ihnen zu diesem Zeitpunkt nichts sagen. Wir stecken noch in den Ermittlungen», antwortete Braune und beschleunigte seinen Gang, um dem Förster zu verstehen zu geben, dass sie keine Zeit zu verlieren hatten.

Nach ein paar Minuten geleitete Gehler die kleine Gruppe nach rechts ins Unterholz und von dort einen Hang hinab in den dichten Wald hinein. Leon bemerkte nicht sofort, dass er hier vor kurzem schon einmal gewesen war. Gehler führte sie auf einen kleinen Hügel, unter dem sich angeblich ein alter Wetterschacht befand, und zeigte ihnen anschließend an der Flanke des felsigen Berges eine verschüttete kniehohe Grotte, die einst wohl ein weiterer Eingang in das Silberbergwerk gewesen war. Nur noch die Reste eines von Moos überwucherten gemauerten Rundbogens erinnerten daran.

Erst das schmatzende Geräusch seiner Schuhe in dem morastigen Boden ließ Leon erkennen, dass sie in das kleine Tal hinabgestiegen waren, das der Schwarzbach in den Wald gegraben hatte. Ein fauliger Geruch lag über der windstillen

Senke, und Leon fragte sich, ob er von dem unergründlichen Tümpel kam, den er gestern entdeckt hatte. Es war so dunkel, dass sie ohne das Licht der Taschenlampen keinen Meter weit schauen konnten.

«Ich nehme nicht an, dass in diesem Sumpf noch weitere Schächte oder Eingänge zu finden sind, oder?» Braune war stehengeblieben und hatte angewidert einen Fuß gehoben, um seinen Schuh aus dem Schlamm zu befreien.

«Nein, das hier ist seit jeher ein Feuchtgebiet. Bis hierher wurde nicht gegraben.»

«Was machen wir also hier?», fragte Braune eher verständnislos als genervt.

«Ich versuche, Sie auf dem kürzesten Weg zu einem größeren, verschütteten Mundloch zu führen. Kommen Sie, wir müssen in diese Richtung den Hang hinauf.»

Tat er das wirklich? War das tatsächlich die kürzeste Strecke? Auch wenn man die Hand nicht vor Augen erkennen konnte, hatte Leon das Gefühl, als schickte Gehler sie über Umwege wieder denselben Hang hinauf und ließ sie umständlich auf den felsigen Sattelberg kraxeln, unter dem sich der Silberstollen befand. So als führte er sie absichtlich in die Irre.

«Hier ist es», sagte der Förster schließlich und leuchtete vor ihnen ein unebenes Gelände ab, dessen Boden deutlich erkennbar abgesackt war. Die Bäume, die seinerzeit nicht umgestürzt waren, wuchsen schief in den Nachthimmel, und aus den Abbruchkanten der schwarzen Walderde ragten nackte Baumstümpfe wie bloßgelegte Zähne.

Braune stapfte kreuz und quer über das Gelände, in der Hand einen langen Ast, mit dem er hier und da auf den Boden klopfte. Urban, der immer noch vom Aufstieg laut schnaufte, suchte sich ebenfalls halbherzig einen Stock, konnte sich dann aber nicht dazu durchringen, sich auch der seltsamen Tätigkeit seines Vorgesetzten zu widmen.

«Nein, hier brauchen wir nicht weiterzusuchen. An dieser Stelle kommt kein Mensch mehr in den Berg hinein oder wieder heraus», konstatierte Braune nach ein paar Minuten das Offensichtliche. «War's das?», fragte er barsch den Förster, als hätte er sich nur ihm zuliebe zu dieser nutzlosen Besichtigungstour hinreißen lassen.

Gehler nickte und führte sie umsichtig den Berg hinab und zurück auf den Forstweg in Richtung Felsenkeller, wo inzwischen ein Transporter eingetroffen war, der die Spurensicherung mit allen möglichen Gerätschaften und der notwendigen Beleuchtung für den Felsenkeller ausstattete.

Leon holte sein Handy aus der Tasche und sah nach der Uhrzeit. Es war fast halb vier. Der sinnlose Ausflug hatte wegen der Dunkelheit sicher doppelt so viel Zeit wie tagsüber gekostet und eine halbe Ewigkeit gedauert. Wertvolle Zeit, die bei der Suche nach Marlene verloren gegangen war. Er spürte Braunes alarmierten Blick, bevor er ihn sah. Der Kommissar schien ihn auf einmal wieder wahrzunehmen und zu befürchten, dass er mit jemandem heimliche Absprachen treffen könnte. Leon ließ das Handy wieder in der Hosentasche verschwinden.

Inzwischen hatte Gehler alle drei Eingänge zum Felsenkeller in Augenschein genommen. Besonders das rechte Tor, hinter dem mächtige Gesteinsbrocken den schmalen Stollenzugang blockierten, schien ihn zu interessieren. Er spähte ein zweites Mal hinein und kratzte sich nachdenklich am unrasierten Kinn, als er schließlich zurückkam.

«Dieser Gang scheint mir nicht komplett verfüllt zu sein»,

meinte er. «Hinter den Felsbrocken könnte es noch eine Öffnung geben.»

«Sind Sie derselben Meinung?» Braunes eben noch so düsteres Gesicht hellte sich auf. «Ich hatte schon vorhin den Eindruck, dass es möglich wäre, den Gang wieder begehbar zu machen!»

«Ich werde ein paar Mitarbeiter und das notwendige Gerät anfordern», bot sich Gehler an. Umgehend veranlasste er alles per Telefon, während der Kommissar mit einigen anderen Männern noch einmal den blockierten Gang inspizierte.

Es fiel Leon schwer, den Enthusiasmus des Kommissars zu teilen. Vielmehr hatte er das Gefühl, dass sich Braune mit dieser Idee verrannte. Hoffte er auf neue Beweise im Fall der toten Frauen? Glaubte er, dort Schefflers Versteck entdecken zu können? Oder einen neuen Weg durch das Felsenlabyrinth, der in das Reich hinter der eisernen Tür führen würde?

Und was versprach sich Gehler von seinem Einsatz? So voller Tatendrang und Energie hatte Leon den mürrischen Förster noch nie erlebt. Doch wurde er das Gefühl nicht los, dass das alles hier nur ein Ablenkungsmanöver war.

Als Braune von einem Kollegen in den Felsenkeller gerufen wurde, während der Förster aufgekratzt telefonierte und sich ein paar Schritte in die Dunkelheit entfernte, nutzte Leon die Gelegenheit und stahl sich davon. Er tat es Gehler gleich und schlenderte erst langsam in die entgegengesetzte Richtung. Dann stürmte er in den Wald hinein, sobald er sicher war, dass niemand ihn gesehen hatte.

Es fühlte sich großartig an, so zu rennen. Endlich konnte er die Untätigkeit, die ihm Braune aufgezwungen hatte, abschütteln und seiner Wut, Verzweiflung und Angst freien Lauf lassen. Ohne darüber nachzudenken, wohin, rannte er einfach über den Forstweg, den sie zuvor zu viert entlangmarschiert waren. Nach ein paar Minuten schaltete er die Taschenlampe ein und schlug sich nach rechts in den Wald, denselben Hang hinab, an dem ihnen Gehler die verschüttete Grotte präsentiert hatte.

Nicht sein Kopf, sondern seine Füße schienen diesen Weg zu wählen. Es war, als würden sie in dieser Ausnahmesituation schneller arbeiten als sein Verstand, der mittlerweile völlig überstrapaziert war. Kein Wunder, denn die ungeklärten Ereignisse und der permanente Schlafmangel hatten Leon längst an seine Grenzen gebracht.

Er durchquerte die morastige Senke, roch die sumpfige Fäulnis, hörte ein Glucksen im Wasser und das hohe Quaken einer Kröte. Er rechnete damit, jeden Moment am Ufer des schwarzen Tümpels zu stehen, aber anscheinend war er einen Bogen um ihn gelaufen, denn schließlich gelangte er zu jenem Hügel, den er ebenfalls bereits zu kennen glaubte. Und richtig – sobald er stehenblieb und durchatmete, um für einen Moment das Brennen in seiner Lunge und das Dröhnen seines Pulses zu besänftigen, hörte er ein zartes Plätschern, das nur vom Schwarzbach kommen konnte.

Der Hügel erhob sich erst sanft, bevor er nach hundert Metern immer steiler wurde. Um nicht abzurutschen, griff Leon nach den schmalen Stämmen der Fichten, als wären sie Haken in einer Felswand. Als er sich der Hügelkuppe näherte, wurde er in seinen Bewegungen instinktiv langsamer. Er schaltete die Taschenlampe aus und versuchte, so geräuschlos wie möglich voranzukommen. Hier oben hatte ihn gestern Gehler überrascht.

Er ging in die Hocke und spähte vorsichtig zwischen den Bäumen hindurch auf das Plateau, auf dem der Pick-up des

Försters gestanden hatte. Er hatte sich keinen Moment zu früh geduckt. Einen knappen Meter vor ihm stapfte ein Paar Stiefel vorbei. Ein Mann lief oben auf dem Weg entlang und stoppte am gegenüberliegenden Rand. Das Ratschen eines Reißverschlusses, dann ein Prasseln auf trockenes Laub.

«Klaus, wo steckst du?» Lohmanns Stimme schallte durch die Waldnacht. Sie kam aus der anderen Richtung, wo ein langer Pritschenwagen stand.

Der Angesprochene beeilte sich, fertig zu werden, und ging zurück zum Auto. Im fahlen Licht der Rückscheinwerfer erkannte Leon in ihm einen der beiden Hobbyjäger wieder.

Lohmann war auf ihn zugekommen und klopfte ihm mit seiner Pranke aufmunternd auf die Schulter. «Wie immer», meinte er lachend. «Wenn's spannend wird, meldet sich die Blase, nicht wahr?» Er schob den anderen zum Wagen. «Fahr das Auto schon mal vor. Theo ist auch schon so weit. Jetzt müssen wir nur noch ein wenig die Spur zu unserem Schatz verwischen.» Wieder lachte er und ging zu Fuß den schmalen Weg voran, der sich nach einer Biegung zwischen hohen Bäumen im Wald verlor. Dahinter war das Dröhnen eines Motors zu vernehmen. Ein zweites Auto schien dort zu warten.

Nachdem sich der Pritschenwagen holpernd in Bewegung gesetzt und ebenfalls weit genug entfernt hatte, verließ Leon seine Deckung und kletterte hinauf auf den Weg. Lautlos folgte er dem Wagen und hielt sich dabei am Wegrand, um jederzeit wieder in den Schutz der Fichten abtauchen zu können.

Hinter der Biegung rückte – erhellt durch die Scheinwerfer der beiden Fahrzeuge – die Weggabelung ins Sichtfeld, an der sich Gehler gestern links gehalten hatte. Leon hatte nicht vergessen, dass auf dem Weg rechter Hand, der geradewegs auf den Berg zulief, Reifenspuren zu sehen gewesen waren. Er begriff, dass nicht der Zufall ihn noch einmal hierhergeführt hatte. Gehlers abweisende Reaktion gestern im Auto und sein seltsamer Auftritt vor dem Felsenkeller eben hatten in Leon einen Verdacht keimen lassen, der sich nun zu bestätigen schien.

Entlang der hohen Bäume pirschte er sich heran und sah bald das Loch in der Bergwand. Erst ein ganzes Stück hinter der Gabelung war es zu erkennen. Es hatte in etwa die Größe eines Garagentors, sodass der Wagen, zu dem Lohmann gelaufen war, gerade so hinein- und wieder hinausfahren konnte.

Lohmann beaufsichtigte das Geschehen, und Leon hörte ihn Anweisungen brüllen. Aber Leon war zu weit weg, um zu verstehen, was Lohmann rief, oder um zu erkennen, was dort vorne genau vor sich ging. Irgendwann setzten die beiden Männer mit ihren Wagen zurück, und Leon musste sich tiefer zwischen die Bäume zurückziehen, damit er nicht entdeckt wurde. Mittlerweile wusste er, dass der andere Mann der zweite Jäger war.

Im nächsten Moment ertönte ein lautes Dröhnen. Leon sah durch die Baumstämme, wie sich ein voll beladener Lkw im Schritttempo rückwärts dem Berg näherte. Lohmann, der am Steuer des Kippladers saß, rangierte so lange, bis das Lkw-Heck genau vor dem Eingang zur Höhle stand. Mit Hilfe der Hydraulik brachte er den Anhänger in eine hohe Kippposition und öffnete die Anhängerklappe, woraufhin mit ohrenbetäubendem Getöse ein Berg an Schutt hinabrauschte. Im hellen Gelb der Scheinwerfer konnte Leon die mächtige Staubwolke sehen, die sich gleichzeitig erhob.

Als sie sich ein wenig gelichtet hatte, sprang Lohmann aus dem Lkw, und die beiden Jäger eilten mit Schaufeln herbei. Gemeinsam schichteten sie den Schutt so weit auf, dass von dem Eingang der Höhle nichts mehr zu sehen war. Nach der schweren Arbeit klopften sie sich notdürftig die Kleidung ab und stiegen umgehend in ihre Fahrzeuge.

Was hatten sie in den Berg geschafft? Was versteckten sie dort so Besonderes, dass sie sich derartig abgemüht hatten, damit es für alle anderen unauffindbar blieb?

Leon, der sich so nah wie möglich an den Sattelberg herangeschlichen hatte, zog sich ins Unterholz zurück und wartete, dass sie davonfuhren. Während er kauernd und hinter einem Brombeerstrauch verborgen in die Richtung der Männer spähte, streifte sein Blick ein helles Rechteck auf dem Boden, das im diffusen Licht der Waldnacht weißlich schimmerte. Er sah genauer hin und erkannte ein gefaltetes Papier, das neben einer Fichte am Wegrand lag. Ein Stein sowie etwas langes Schwarzes lagen darauf, wie um zu verhindern, dass der Wind es wegwehte. Leon ging auf die Knie, beugte sich weit vor und angelte mit der Hand danach. Er erwischte das Papier an einer Ecke und zog es langsam, mitsamt dem Stein und dem schwarzen Gegenstand darauf, in den Schutz des dichtgewachsenen Strauchs.

Er schob den Stein beiseite und griff nach dem langen schwarzen Schlüssel, der eiskalt in seiner Hand lag. Es bestand kein Zweifel, dass er in die eiserne Tür passen musste, die ihnen vorhin den Weg durch den Berg versperrt und sie zur Umkehr gezwungen hatte.

Das zerknickte und beschmutzte Papier war ein viermal gefaltetes A3-Blatt. Leon holte sein Handy aus der Tasche und beleuchtete es kurz. Die wenigen Sekunden genügten, um zu erkennen, dass es sich um die Fotokopie einer alten Karte handelte. An den Rändern war sie mit den bräunlichen Schlieren getrockneten Bluts beschmiert. Die Zeichnungen und Schraffierungen bestanden hauptsächlich aus horizontalen Linien, unterbrochen von einigen längs verlaufenden oder diagonalen Querverbindungen. Das Bild, das sie ergaben, sowie einige Beschriftungen, die Leon in der Kürze der Zeit hatte entziffern können, deuteten darauf hin, dass hier das Stollensystem des einstigen Silberbergwerks skizziert war.

Schnell faltete er die Karte zusammen und steckte sie mit dem Schlüssel und dem Handy in seine Hosentasche. Er drückte sich tief in den dornigen Strauch, als die drei Fahrzeuge an ihm vorbeidröhnten. Wer auch immer Karte und Schlüssel hier zurückgelassen hatte, würde sich beides wieder abholen wollen. Sonst hätte er es kaum am Wegrand versteckt und mit einem Stein beschwert.

Doch von den drei Männern hielt niemand an. Gekonnt steuerte Lohmann den großen Lkw hinter den Transportern der Jäger über den schmalen Forstweg.

Sobald sie verschwunden waren, rannte Leon zum Eingang der Höhle. Oder zu dem Ort, wo diese eben noch gewesen war.

Die drei Männer hatten ganze Arbeit geleistet. Der Zugang zum Berg war komplett verfüllt, nicht nur mit Bauschutt, sondern auch mit Walderde, Geröll und altem Laub. Das alles mussten Lohmann und seine Helfer schon zuvor dort hingeschafft haben. Der Eingang war bestens getarnt und wirkte fast, als wäre er schon seit Jahrzehnten verschüttet.

Leon versuchte, einen wenn auch nur winzigen Spalt in dem verbarrikadierten Eingang zu entdecken. Irgendwo musste doch eine Lücke zu finden sein, eine Stelle, wo der Schutthaufen absackte oder nach innen nachgab! Ein unerträgliches Bild stieg vor seinem inneren Auge auf, und er sah einen Menschen in der schwarzen Höhle sitzen, ohne Licht, ohne Luft, ohne Wasser. Völlig außer sich begann er, mit den

Händen in dem Schuttberg zu graben, und brüllte immer wieder Marlenes Namen.

Verzweifelt krallte er die Finger in den harten Schutt. Es war klar, dass die Höhle der Raum sein musste, der hinter der eisernen Tür lag. An der Tür hatten sie das blutige Brautkleid gefunden, und dort hatten sie die Stimmen und das Dröhnen auf der anderen Seite gehört. Schon da musste Lohmann mit den Jägern im Berg zugange gewesen sein. Bestimmt war auch Gehler anfangs dabei gewesen.

Leon hörte erst auf, als seine Hände völlig aufgekratzt, die Nägel eingerissen waren. Allein würde er keinen Meter vorankommen. Mit zitternden, schmerzenden Fingern nestelte er sein Telefon aus der Hosentasche und wählte Braunes Nummer. Das Tuten ging ins Leere, und er versuchte es noch einmal. Eine Computerstimme erklärte ihm, dass Braune nicht erreichbar sei. War er noch immer im Felsenkeller und hatte deshalb keinen Empfang?

Leon hatte keine Ahnung, wie viel Zeit seit seiner Flucht vergangen war. Er musste den Notruf wählen, alles schildern und darauf hoffen, dass man ihn verstand, ihm glaubte und ihn mit Braune verband oder jemanden zu ihm hierherschickte. Wie spät war es überhaupt? Anstatt auf seine Handyuhr zu schauen, blickte Leon in den tiefblauen Himmel hinauf. Unbemerkt war die Morgendämmerung angebrochen, die Nacht war vorbei.

In diesem Moment vibrierte das Handy in seiner Hand, und ein bekannter Ton signalisierte den Eingang einer SMS. *Komm zum Abhang hinter dem Hirschberg. Schnell!*, las Leon, und das Blut gefror ihm in den Adern. *Marlene um 5.07 Uhr*, stand unter der Nachricht. Er taumelte ein paar Schritte im Kreis, weil ihm schwindlig war und er sich trotzdem bewegen musste.

Sie hatte sich gemeldet. Marlene wollte, dass er zum Hirschberg kam. Für jeden anderen hätte die Ortsangabe vage geklungen, aber Leon wusste genau, wo sie war. Dort, wo Anna von der Straße abgekommen war. Wo sie in ihrem Auto erfroren war.

Leon rief Marlene zurück, sie nahm nicht ab. Seine Beine setzten sich in Bewegung. Jede Faser in ihm wollte zu ihr rennen. Für spitzfindige Fragen, schlimme Befürchtungen oder schwelende Zweifel blieb keine Zeit. Zwar kannte er das Waldstück, in dem er sich befand, nicht gerade gut, dennoch wusste er genau, wohin er musste.

Er ließ die Taschenlampe liegen, die ihn nur behindert hätte, und rannte den Weg zurück zu dem Hügelplateau, wo er vorhin linker Hand aus dem Wald gekrochen war. Weiter vorne führte der Weg eine Steigung hinauf zu einer Lichtung. Leon lief hinauf und versuchte dabei, Marlenes SMS an Braune weiterzuleiten, doch das Handydisplay blieb schwarz. Wann hatte er den Akku zuletzt geladen? Er wusste es nicht mehr, in jedem Fall war es zu lange her.

Die Lichtung war durch eine breite Schneise entstanden, die der Orkan vier Jahre zuvor in den Wald geschlagen hatte. Sie bot Leon freie Sicht auf den Berg gegenüber. Dort erkannte er den «Fuchsschweif», ein beliebtes Ausflugslokal mit einem Aussichtsturm. Gleich dahinter erhob sich der Hirschberg.

Am Ende der Schneise fand Leon einen Trampelpfad, der nach unten führte. Er mündete in einen Wanderweg, der ebenfalls talwärts verlief, die Auffahrt zum Fuchsschweif querte und nach einem kurzen Stück Wald direkt an der Straße endete, die sich hundert Meter weiter den Hirschberg hinaufzuschlängeln begann. Leon rannte auf dem Asphalt den Berg hinauf.

Kein einziges Auto war um diese Uhrzeit an einem Sonntagmorgen unterwegs.

Irgendwann verließ ihn die Kraft. Er blieb stehen und rang nach Atem. Rote Punkte tanzten auf seiner Netzhaut, und er hatte ein Pfeifen in den Ohren. Er wusste nicht, wie lange er schon gerannt war. Bisher war es allerdings fast nur bergab gegangen, das schwerste Stück stand ihm noch bevor. Er zwang sich weiter den Berg hinauf, lief gekrümmt, die Hände in die Seiten gedrückt. Schnaufend und fast auf allen vieren kriechend, erreichte er die Lichtung auf dem Gipfel.

Die Sonne ging auf und umkränzte die kahle Bergkuppe mit goldgelben Strahlen. Wie aufs Stichwort begannen ringsum sämtliche Vögel zu singen. Der wachgeküsste Wald roch nach blühenden Kräutern und Sommertau. Es war ein geradezu feierlicher Moment, und Leon hatte das Gefühl, dass der Wald ihn verhöhnte.

Er holte tief Luft und wartete, bis seine Muskeln nicht mehr brannten. Leon wusste, dass er all seine Kraft brauchen würde, um sich dem Ort zu nähern, wo Annas Autowrack gelegen hatte. Alles in ihm sträubte sich dagegen, noch einmal dorthin zu gehen. Aber Marlene war da, und sie brauchte seine Hilfe.

Je mehr er wieder zu Atem kam und je weiter er sich der Rechtskurve näherte, die am Ende der Bergkuppe in den dichten Wald hinabführte, umso lauter meldete sich eine Stimme in ihm, die er in seiner Panik und wegen der Anstrengung die ganze Zeit über ausgeblendet hatte. Wer hatte ihn wirklich an diesen Ort bestellt? Marlene hatte nie erfahren wollen, wo genau Anna verunglückt war. Wer also kannte die Stelle, außer Leon und der Polizei?

Er tauchte in den Schatten des Waldes ein und kletterte über die Leitplanke in das Dickicht unter den Bäumen. Steil ging es in die Bergfalte hinab, die das Schmelzwasser im Laufe der Zeit in den Fels gegraben hatte. Mit jedem vorsichtigen Schritt spürte Leon stärker, dass hier etwas nicht stimmte. Er war im Begriff, in eine Falle zu tappen. In eine Falle, die er absichtlich übersah, weil er die Hoffnung nicht aufgeben wollte. Seit Annas Tod hatte er inständig gehofft, dass ihm Marlene blieb. Doch dieser Wunsch, diese Sehnsucht war ihm zu spät bewusst geworden. Stattdessen hatte er sie verdächtigt, mit Scheffler unter einer Decke zu stecken. Er hatte ihr zugetraut, ihn und seine Tochter ins Verderben reißen zu wollen und für den Tod dreier Frauen mitverantwortlich zu sein. Plötzlich kam ihm allein der Gedanke daran völlig absurd vor, und er konnte sich selbst nicht mehr verstehen.

Er glitt auf einem Teppich aus trockener Erde und Nadeln aus und rutschte den Hang hinab. Es wurde immer steiler, und er verlor das Gleichgewicht, wollte sich an einem Ast festhalten und griff ins Leere. Er machte eine halbe Drehung, landete auf dem Bauch und hätte sich fast überschlagen, wäre es ihm nicht im letzten Moment gelungen, sich mit der aufgeschürften Hand an einer Wurzel festzukrallen. Er rappelte sich auf, versuchte, den Schwindel abzuschütteln, und sah sich um. Dort unten, etwa fünfzig Meter entfernt, war die Stelle. Leon zweifelte keine Sekunde daran, auch wenn heute nicht mehr als eine kleine Lücke im Wald darauf hindeutete. Einige Bäume waren durch den Aufprall von Annas Wagen so stark verletzt oder gar entwurzelt worden, dass sie gefällt werden mussten.

Kein Vogel schien hier im dunklen Wald zu zwitschern. Um Leon herum war es totenstill.

«Marlene!», flüsterte er mehr, als dass er rief, während er vorsichtig von Baum zu Baum die restlichen Meter hinabwankte.

Ein einzelner, flacher Sonnenstrahl fand seinen Weg durch den Wald und lenkte Leons Blick auf einen breiten schulterhohen Baumstumpf. Er wirkte morsch, an einigen Stellen war die Rinde in dicken Streifen abgeplatzt. Doch erst nach einigen weiteren Schritten verstand Leon, was seine Aufmerksamkeit wirklich gefesselt hatte. Der Waldboden direkt daneben war aufgewühlt. Schuhabdrücke zeichneten sich auf der schwarzen Erde ab.

Er lief einen Bogen um den Stumpf, wobei er unwillkürlich darauf achtete, den Abstand nicht zu verringern. Sein Herz schlug so heftig, dass sein ganzer Körper bebte. Als er auf der Rückseite war, sah er den großen Spalt im Holz. Der tote Stamm war aufgebrochen. Sein Inneres schien hohl. Doch Leon korrigierte diesen Gedanken im selben Moment. Der Stamm wäre hohl gewesen, hätte nicht ein gedrungenes Wesen darin gesteckt.

Leons Schultern sackten nach unten, und die Luft wich aus seiner Lunge. Für einen langen Moment stand sein Herz still, dann atmete er zischend ein und begann zu brüllen. Er brüllte, bis sein Kopf völlig leer war.

Erst jetzt kümmerte er sich nicht mehr um den Sicherheitsabstand, der es nicht vermocht hatte, ihn vor dem Grauen der Wirklichkeit zu schützen. Mit jedem Schritt, den er näher kam, wurde das Wesen im Baumstamm mehr zu einem Menschen. Es war eine Frau, die nackt und schmutzig in dem toten Holz kauerte, die Arme um die angewinkelten Beine geschlungen. Wie ein Embryo in seiner Fruchthöhle.

Hände und Füße waren mit einer dicken Schnur umwickelt. Es sah so aus, als würden die gefesselten, von dunkelrot verkrusteten Wunden übersäten Arme die völlig zerkratzten Beine vor die Brust ziehen – wie zum Schutz vor Kälte und

Bedrohung. Doch die Frau brauchte keinerlei Schutz mehr, sie fühlte nichts mehr. Marlene fühlte nichts mehr.

Leon sackte auf die Knie. Die Leere in ihm hatte sich weiter ausgebreitet und sein Herz erfasst. Wie ein eisiger Schneesturm hatte Marlenes Anblick sämtliche Gefühle in ihm überdeckt, erstickt und erfroren. Genau wie sie fühlte er nichts mehr. Kalt starrte er auf ihre braun verklebten blonden Strähnen, die über geschlossene Augen in ein versteinertes Gesicht fielen. Ihr Kopf hing kraftlos nach vorne. Trotzdem war deutlich die große Schnittwunde zu sehen, die sich quer über ihren Hals zog. Hellrotes Blut sickerte heraus und rann über ihre Schultern und ihren Oberkörper.

Das Holz des toten Baums umgab sie wie eine Hülle. Wie ein Sarg.

TEIL DREI

DER WALD DER VERSEHRTEN EICHEN

DREIUNDZWANZIG

Scheffler hat mit Marlenes Handy den Notruf gewählt, bevor er ihr die Kehle durchgeschnitten hat?», fragte Leon heiser. Nur mit Mühe gelang es ihm, seine Ungläubigkeit in Worte zu fassen. «Was hat er gesagt?»

«Der Täter hat nicht selbst gesprochen, er hat sein Opfer dazu gezwungen», entgegnete Braune umständlich.

«Was musste sie sagen?»

Braune rückte auf der glatten Holzbank ein Stück von Leon ab, als könnte er damit verhindern, dass seine Antwort Leon Schmerzen bereitete. «Sie sagte, dass ein Mann sie zum Hirschberg verschleppt habe. Sie sei gefesselt, und der Mann würde sie in zehn Minuten töten.»

Leon musste nicht fragen, wie Marlene bei diesen Worten geklungen hatte. Er konnte es sich vorstellen. «Hat er durch sie irgendwelche Bedingungen genannt? Wollte er jemanden erpressen?»

«Nein, das war alles, was sie gesagt hat.»

«Und dann hat er das Handy im Wald verscharrt, hat gewartet, dass ich komme, hat den Schnitt an ihrem Hals gesetzt, das Messer weggeworfen und ist geflohen?»

«Danach sieht es momentan aus», murmelte Braune und richtete seinen Blick auf die hässliche, in hellem Mintgrün getünchte Wand gegenüber.

«Er musste damit rechnen, dass das Handy und das Messer schnell gefunden werden», meinte Leon.

«Das stimmt. Wenn er auch nicht davon ausgehen konnte, dass das dank unserer Spürhunde so schnell passieren würde.»

Nein, auch Leon hatte nicht ahnen können, dass die Polizei doch noch die Mantrailer heranschaffen würde, die schon am Vorabend so dringend benötigt worden waren. Bei dem Gedanken daran stieg Bitterkeit in ihm auf.

«Er hat alles vorausgeplant und nichts dem Zufall überlassen», sagte er. «Es ist ausgeschlossen, dass wir ihn gestört oder überrascht haben, denn er ist es gewesen, der mir die SMS von Marlenes Handy geschickt und damit später den Notruf gewählt hat.»

«Aber aus irgendeinem Grund – den wir immer noch nicht kennen – hatte er beschlossen, die Sache diesmal nicht zu Ende zu bringen.»

«Sie meinen, er wollte sie überhaupt nicht töten?», fragte Leon erstaunt.

Eine Schwester kam ihnen mit undurchdringlicher Miene auf dem Krankenhausflur entgegen. «Sie ist jetzt wach», verkündete sie, und beide Männer erhoben sich gleichzeitig. «Sie können jetzt zu ihr, Herr Bosch», sagte sie an Leon gewandt und fügte sofort hinzu, als sie sah, dass Braune ebenfalls einen Schritt vortrat: «Die Patientin ist noch sehr schwach und hat ausdrücklich gewünscht, zuerst nur mit ihrem Bekannten zu sprechen.»

Braune wollte protestieren, doch die Frau verschränkte resolut die Arme vor der Brust. Sie musste eine befreundete Kollegin von Marlene sein.

Der Kommissar funkelte sie zornig an, aber er akzeptierte, dass sie hier das Sagen hatte.

«Fünf Minuten!», rief er Leon hinterher.

Im ersten Moment sah Leon sie kaum, so blass und reglos, wie sie in ihrem weißen Nachthemd in dem weiß bezogenen Krankenbett dalag. Ihre Sommerbräune war verschwunden, die blonden Haare umrahmten aschfahl ein starres Gesicht, dessen Haut so durchscheinend war wie Pergament. Selbst ihre Sommersprossen schienen wegradiert. Ihr Hals war vollständig mit einem weißen Verband umwickelt.

Lediglich ein paar blutige Schlieren überzogen noch immer ihre Haut, die bisher nur notdürftig gesäubert worden war. An ihren Armen traten zwischen Pflastern und Verbänden rotblaue Schürfwunden hervor.

Marlene hob die Hand von der Decke und streckte sie Leon entgegen, bevor sie die Augen öffnete.

Behutsam nahm er die Hand, als könnte sie sonst zerbrechen, und war überrascht von der Wärme, die von ihr ausging und die sich sofort auf ihn übertrug. Wie ein Lavastrom wanderte sie durch seinen Arm in seine Brust und brachte den Eisklumpen darin zum Schmelzen, der bis jetzt sein Herz umschlossen hatte. Die Knie wurden ihm weich, und schnell zog er sich den Stuhl vom Fenster ans Bett und setzte sich.

«Er hat es nicht geschafft», sagte sie leise und lächelte. «Diesmal hat er es nicht geschafft.»

Leon schüttelte still den Kopf und schluckte. Er räusperte sich. Es dauerte einen Moment, bis er sprechen konnte.

«War es Scheffler?», fragte er.

Sie schloss kurz die Lider, als müsste sie eine schmerzhafte Erinnerung niederkämpfen. «Ich habe ihn nicht erkannt. Er war maskiert und hatte Handschuhe an. Ich konnte nicht mal seine Haare sehen.» Ängstlich blickte sie Leon an, so als hätte sie versagt. «Er hat kein Wort gesprochen.»

Ihr Blick brachte ihn dazu, sich nur noch schuldiger zu fühlen. Er streichelte ihre Hand, während sie mit dünner Stimme erzählte, wie sie am Vorabend irgendwann nach sieben nach Hause gekommen war, von der Grillparty einer Freundin, zu der sie am Nachmittag nach dem Dienst gegangen war. Doch war sie dann früher als geplant von dort wieder aufgebrochen, weil sie auf einmal todmüde gewesen war. In ihrem verlassenen Haus war sie auf der Suche nach Jack über das Chaos vor dem Schrank in der Waschküche gestolpert, aus dem alles Mögliche herausgezogen worden war. Fassungslos hatte sie davorgestanden und plötzlich aus dem Augenwinkel einen Schatten draußen vor dem Fenster wahrgenommen. Sie glaubte, vor dem Schuppen der Schefflers jemanden gesehen zu haben. Ohne nachzudenken, eilte sie in den Nachbarsgarten. Aber dort schien niemand zu sein. Sie ging davon aus, sich getäuscht zu haben, warf aber noch einen Blick in den Schuppen, was sie noch nie zuvor getan hatte. Sofort war ihr klar, dass hier etwas nicht stimmte. Doch anstatt Leon anzurufen, hätte sie sich lieber aus dem Staub machen sollen. Denn wie aus dem Nichts tauchte der Schatten wieder auf, diesmal hinter ihr, und im nächsten Moment überwältigte sie der Angreifer. Sie versuchte, sich loszumachen, und schlug um sich. Er stieß sie von sich, sie taumelte durch den Raum, stolperte, riss Dinge mit sich, die zu Bruch gingen. Als er ihr einen Schlag auf den Kopf verpasste, stürzte sie zu Boden. Sie rappelte sich auf und versuchte, aus dem Schuppen zu kriechen, wobei sie sich die Arme an spitzen Scherben aufritzte.

Doch bevor sie die Tür erreichte, griff er in ihre Haare und riss ihr den Kopf zurück. Er presste ihr ein feuchtes, stechend riechendes Tuch vor Mund und Nase. Sie verlor das Bewusstsein und kam erst im Wald wieder zu sich, eingeklemmt in das raue Holz des hohlen Baumstamms, gefesselt und nackt.

«Hat er dich angefasst?», fragte Leon. Seine Hand drückte fest die ihre.

«Ich weiß es nicht.» Eine Träne rann ihr über die bleiche Wange, wo sie eine nasse Spur hinterließ.

Im Wald hatte sie den Mann dann zum ersten Mal von vorne gesehen. Doch er war maskiert und von oben bis unten schwarz gekleidet, sodass sie keine Chance hatte, ihn zu erkennen. Er gab ihr Wasser und hielt ihr, als sie wieder zu sich gekommen war, ein Blatt Papier vor die Nase. Mit dem Messer in der Hand zwang er sie, laut vorzulesen, was darauf stand. Dann wählte er mit ihrem Handy den Notruf und ließ sie das Ganze wiederholen.

«Hast du seine Schrift erkannt?» Leon dachte an das Heft mit Schefflers Notizen, seine akkurate, altertümliche Handschrift.

Marlene schüttelte den Kopf. «Es war ein Computer-Ausdruck.» Sie holte tief Luft und redete mit fester Stimme weiter. «Danach hat er das Handy hinter einem Baum verscharrt und ist zurückgekommen. Er hat sein Jagdmesser genommen und ...» Sie stockte, ihr Mund begann zu zittern.

«Ich weiß, ich weiß», versuchte Leon, sie zu beruhigen. Niemand konnte auch nur annähernd nachempfinden, was Marlene durchgemacht hatte. Sie hatte dem Tod ins Auge gesehen, und Leon wollte nicht, dass sie diesen Moment noch einmal durchleben musste.

Er streichelte ihr über den Kopf, um ihr zu verstehen zu geben, dass nun alles überstanden war. Aber er spürte, wie sich seine Hand verkrampfte, weil er selbst noch immer viel zu aufgewühlt war.

Er hatte sie für tot gehalten. Er hatte vor ihr gekniet und ihren geschundenen leblosen Körper als das unumgängliche

Urteil betrachtet, das über ihn gesprochen worden war und wie ein Fallbeil auf ihn niederging, nachdem er an ihr gezweifelt und sie verraten hatte.

Erst hatte er nur ein leises Röcheln gehört, ein schwaches Pfeifen, als versuchte die Tote, zaghaft Luft zu holen. Er schreckte zurück, glaubte zu halluzinieren. Als sie im nächsten Moment jedoch die Augen aufriss und entsetzlich zu husten anfing, wurde Leon schlagartig aus seiner stummen Verzweiflung und seinem lähmenden Selbstmitleid in die Gegenwart zurückkatapultiert und begann zu handeln. Er zog sich die Jacke aus und presste den Baumwollstoff auf die blutende Wunde an Marlenes Hals. Gleichzeitig versuchte er, sie aus dem Baumstamm zu befreien und ihre Fesseln zu lösen. Seine Hände und sein Kopf arbeiteten auf Hochtouren, dennoch kam es ihm so vor, als dehnten sich die Sekunden zu Stunden.

Das Rascheln von Hundepfoten, Gebell und gebrüllte Worte rissen ihn aus seiner tranceartigen Betriebsamkeit. Er blickte auf, sah zwei Spürhunde und dahinter einen Tross von Polizisten. Sie hatten ein Rettungsteam im Schlepptau und befahlen Leon, zur Seite zu gehen. Als er keine Anstalten machte, sich von der Verletzten zu entfernen, stießen sie ihn einfach beiseite. Sie hoben Marlene auf eine Trage und trugen sie durch den Wald hinauf zur Straße, wo bereits ein Krankenwagen wartete. Leon rannte ihnen hinterher und fragte immer wieder, wie es um Marlene stand, doch niemand gab ihm eine Antwort.

Oben an der Straße schließlich hatte ihn Braune abgefangen und in seinen Wagen gedrängt wie einen ungehorsamen Hund. Während der Fahrt ins Krankenhaus hatte der Kommissar auf Vorhaltungen verzichtet, dafür aber sämtliche Details der zwei zurückliegenden Stunden wissen wollen.

Marlene ergriff Leons Hand, die noch immer auf ihrem Kopf ruhte, führte sie zum Mund und küsste sie zaghaft. Dann legte sie sie auf die Bettdecke und stemmte sich hoch. «Kannst du mir das Kopfteil höher stellen?»

Leon bewunderte sie für ihren Lebenswillen und ihre Kraft. Der Schnitt an ihrem Hals war lang, aber zum Glück nicht so tief, dass er die Luftröhre verletzt hatte. Dennoch hatte Marlene viel Blut verloren, war dehydriert und unterkühlt gewesen, als er sie gefunden hatte. Sie hatte sich in einer Art Schockzustand befunden und war erst im Krankenwagen wieder richtig zu sich gekommen.

Jetzt, keine zwei Stunden später, hatte sie anscheinend jedoch schon wieder genug davon, untätig herumzuliegen. Gemeinsam stellten sie das Bett auf, damit sie sitzen konnte. Sie verlangte etwas zu trinken, und Leon reichte ihr das gefüllte Glas Wasser vom Tisch. Etwas Farbe war in ihr Gesicht zurückgekehrt. Ein rötlicher Schimmer überzog ihre Wangen.

«Wo war Jack gestern Abend?», fragte sie.

«Er ist wohl zu Freunden gefahren, kurz nachdem ich bei ihm war.»

«Du warst bei ihm?»

«Ich wollte zu dir», antwortete Leon.

Marlene fragte nicht nach dem Grund. Etwas anderes schien sie zu beschäftigen. «Als ich vor dem offenen Schrank in der Waschküche stand, habe ich gesehen, dass etwas fehlt. Etwas, das ich lange dort verwahrt habe, in Erwartung des einen großen Tages.»

Leon bemerkte, wie schwer es ihr fiel, darüber zu sprechen. «Ein Hochzeitskleid», half er ihr.

Sie nickte, dankbar und erstaunt zugleich. «Du weißt davon? Wo ist es?», fragte sie aufgewühlt.

«Die Polizei hat es im Felsenkeller gefunden.» Leon erwähnte nicht, dass er dabei gewesen war, vielleicht weil es ihm dadurch gelang, sich von dem Grauen ein Stück weit zu distanzieren. «Es war voller Blut.»

Marlene erstarrte. Ihr Blick ging ins Leere. Sie schloss einen Moment die Augen. Als sie sie wieder öffnete, sagte sie leise: «Er hat mich gezwungen zu laufen. Ich weiß nicht, wie lange. Es kam mir vor wie Stunden. Die ganze Zeit habe ich sein Messer im Rücken gespürt. Ich erinnere mich nicht mehr an viel. Nur an dunkle Bäume, schwarze Felswände und einen glatten Seidenstoff auf meiner Haut. Als ich bemerkt habe, dass sich weißer Tüll um meine Beine bauscht, dachte ich, ich träume. Ich dachte, ich wäre in einem Albtraum gefangen.» Ein kalter Wind schien über sie hinwegzufegen. Sie beugte sich vor und verschränkte die verletzten Arme fest vor der Brust.

Auch Leon fühlte sich wie von eisiger Hand gepackt. «Was hat er mit dir gemacht?»

Marlene schüttelte vehement den Kopf, als wollte sie so die furchtbaren Erinnerungsbruchstücke vertreiben. «Wer hat den Schrank in der Waschküche ausgeräumt? Hat Jack das getan?»

Leon berichtete ihr von dem Armbrustpfeil, den Jack in der Auffahrt gefunden und im Schrank versteckt hatte. Als er ihn der Polizei hatte geben wollen, sei er aus dem Schrank verschwunden gewesen, genau wie das Brautkleid.

«Jack wusste von dem Kleid?»

Leon nickte und sah sie gespannt an. «Er sagt, dass du es gekauft hast, bevor ihr zusammengekommen seid.»

Marlene verzog das Gesicht. Vielleicht wollte sie spöttisch wirken, doch ihr Ausdruck verriet eine große Bitterkeit.

«Wusstest du, dass er mir in San Antonio einen Heiratsantrag gemacht hat?»

Leon war überrascht. Er wusste, dass sich die beiden auf Marlenes Amerikareise vor fünf Jahren kennengelernt hatten. Aber er hatte immer geglaubt, dass es erst bei ihrem Wiedersehen in Deutschland anderthalb Jahre später gefunkt hatte. «Ich dachte, ihr wart damals nur lose befreundet», meinte er.

Marlene starrte auf ihre Finger, die sich auf der Bettdecke ineinander verhakten. «Ich war bis über beide Ohren verliebt, und er hat mich regelrecht bedrängt. Er wollte unbedingt weg aus Amerika, wollte hier mit mir zusammen sein. Ich bin überglücklich nach Hause gekommen, habe mich sofort darangemacht, den notwendigen Papierkram zu erledigen und die Hochzeit vorzubereiten.» Mit Scham im Blick sah sie auf. «Anna hat mich gebremst. Sie fand es seltsam, dass er so überstürzt seiner Heimat den Rücken kehren wollte. Ich war sauer auf sie, bin ihr aus dem Weg gegangen und habe – wohl mehr aus Protest als aus Überzeugung – das Hochzeitskleid gekauft.» Ihre empörte Stimme wurde leiser. «Wenige Wochen später ist sie gestorben und hat recht behalten. Jack hatte es gar nicht mehr eilig. Er hat sich kaum noch gemeldet, bis der Kontakt völlig abgebrochen ist. Dann, anderthalb Jahre später, stand er auf einmal vor meiner Tür. Ich wollte wütend auf ihn sein, stattdessen habe ich mich wieder umgarnen lassen und bin ein zweites Mal auf ihn reingefallen.»

«Wieso reingefallen?»

«Unsere Beziehung ist nur noch Fassade, falls dir das noch nicht aufgefallen sein sollte», antwortete sie sarkastisch.

«Jack sagt, dass ihr euch auseinandergelebt habt», formulierte Leon vorsichtig, was er erst am Vortag erfahren hatte.

«Er meint, dass du dich nicht mehr für ihn interessierst, und er scheint ehrlich darunter zu leiden.»

Marlene lachte rau auf. «So beschreibt er also die Tatsache, dass er eine Affäre hat. Seit ein paar Wochen verbringt er mehr Zeit bei ihr als zu Hause.»

Leon war ehrlich erstaunt über diese Wendung. «Bist du dir sicher?» Er konnte sich kaum vorstellen, dass Jack Marlene betrog. «Vielleicht unternimmt er einfach nur viel mit seinen Freunden.»

«Leon, ich habe die beiden mehr als einmal zusammen gesehen. Jack macht sich nicht mal die Mühe, sie vor mir zu verstecken», sagte Marlene müde. «Ich habe sie sogar dabei fotografiert, wie sie vor unserem Haus in Jacks Bus knutschen. Wenn du willst, zeige ich dir das Bild, sobald ich mein Handy wiederhabe.»

«Nicht nötig.» Nie hätte er geglaubt, dass es so schlecht um die Beziehung der beiden stand.

«Du solltest es dir aber ansehen. Absurderweise sieht sie mir auch noch ziemlich ähnlich.»

Die ganze Zeit hatte sich Leon gefragt, wieso Marlene und Jack in den vergangenen Wochen trotz allem keinen unglücklichen Eindruck gemacht hatten, wenn er sie – zugegebenermaßen nicht oft – zusammen gesehen hatte. Jetzt ging ihm auf, dass die Frau an Jacks Seite womöglich gar nicht Marlene gewesen war. Er erinnerte sich, wie er die Garnelen gekauft und vor dem Einkaufszentrum geglaubt hatte, Marlene auf dem Beifahrersitz des Land Rover zu sehen. Jack hatte ungewohnt abweisend reagiert, war schnell eingestiegen und davongefahren. War das damals neben ihm gar nicht Marlene gewesen, sondern die andere Frau?

Und Leon dachte an Freitagabend, als ihm auf der Heimfahrt vom Quellbach mitten in der Nacht Jacks alter VW-Bus entgegengekommen war. Marlene hatte am nächsten Tag zur Frühschicht gemusst. Wahrscheinlich war das neben Jack gar nicht sie gewesen.

Gleichzeitig fiel ihm wieder ein, wie ihr vermeintlicher Anblick eine Welle negativer Gefühle in ihm ausgelöst hatte. Er hatte sich nicht erklären können, warum sie ihm verschwiegen hatte, dass Anna am Tag ihres Unfalls einen Termin bei Richard Scheffler gehabt hatte. Wenig später hatte er herausgefunden, dass Marlene selbst regelmäßig in Schefflers Terminkalender aufgetaucht war.

«Du warst Patientin bei Richard Scheffler?», fragte er geradeheraus.

Marlene hatte Mühe, ihm zu folgen. Sie schien nicht zu begreifen, was Leon mit dem plötzlichen Themenwechsel und seiner Frage bezweckte. Sie kniff die Augen zusammen und überlegte. «Ja, das war ich. Aber das ist sicher schon mindestens fünf Jahre her.»

«Es ist exakt fünf Jahre her.»

Marlenes Augen weiteten sich. «Ah, jetzt verstehe ich», meinte sie und klang erleichtert. «Du hast in Richard Schefflers Computer alte Terminpläne gefunden. Was hast du entdeckt?» Vor Anspannung krallte sie die Finger in die Bettdecke. «Hast du irgendeine Verbindung zu den toten Frauen herstellen können?»

Leon schüttelte den Kopf. «Warum bist du bei ihm gewesen?»

«Ich habe unter plötzlichen Schwindelattacken gelitten. Scheffler hat verschiedene Tests und Untersuchungen mit mir gemacht, um auszuschließen, dass es etwas Ernsthaftes ist. Am Ende ist er zu dem Schluss gekommen, dass ich einfach nur überarbeitet war. Auf seinen Rat hin habe ich meine Stunden im Krankenhaus ein wenig reduziert und die sechswöchige Amerikareise gebucht.» Sie grinste schief. «Was beweist, dass er kein guter Arzt war.»

«Dein Name war als einziger nicht ausgeschrieben in seinem Kalender, und eure Termine waren immer erst am frühen Abend. Hatte das einen bestimmten Grund?» Leon kam sich vor wie ein Großinquisitor, aber er wusste, dass er keine Ruhe finden würde, ehe nicht alle Fragen geklärt waren.

Marlene zuckte mit den Schultern. «Ich nehme an, dass er generell so vorgegangen ist, wenn er Kollegen behandelt hat. Damit seine geschwätzige Sekretärin nicht gleich dahinterkam und brühwarm ausplaudern konnte, wer alles aus dem Krankenhaus nicht ganz dicht im Kopf war. Genau aus dem Grund hat er mir jedenfalls auch die Treffen nach Feierabend angeboten, wenn sein indiskreter Vorzimmerdrache nicht mehr da war.»

«Warum hast du nie erwähnt, dass du Schefflers Patientin warst?»

«Das ist schon so lange her, und ich wäre nie darauf gekommen, dass es wichtig sein könnte.»

«Und dass Anna wenige Stunden vor ihrem Tod ebenfalls einen Termin bei ihm hatte? Hast du das auch nicht erwähnenswert gefunden?», platzte es aus Leon heraus.

Marlene erstarrte. Sie ließ den Kopf sinken und schluckte. «Ihr hattet damals keine gute Zeit, Leon. Anna war von deiner Arbeitslosigkeit überfordert und davon, dass sie ganz allein für die Familie sorgen musste», sagte sie stockend.

Das brauchte sie ihm nicht zu erzählen. Dass er damals nicht aus dem Bett gekommen war, weil er in Selbstmitleid zu ertrinken gedroht und sein Schädel von zu viel Wein gebrummt hatte, würde er sich nie verzeihen. Doch was Marlene ihm als Nächstes berichtete, war für ihn völlig neu.

«Anna ist in eine Depression gerutscht. Sie hatte mir schon vor dem Sommer von ihren Schlafstörungen und ihrer Appetitlosigkeit berichtet. Nachdem ich aus Amerika zurück war, haben wir uns eine Weile nicht mehr so oft gesehen. Wie gesagt, sie war deutlich weniger begeistert von der Sache mit Jack als ich.» Marlene hob den Kopf und sah Leon vorsichtig an, als würde sie prüfen, wie viel Wahrheit er noch verkraften konnte. «Erst habe ich ihre Zurückhaltung nur als schlechte Laune verbucht und mich ein paar Wochen von ihr ferngehalten. Als ich sie dann irgendwann wiedergetroffen habe, war ich schockiert. Sie hatte tiefe Augenringe, war abgemagert und sah einfach nur schlecht aus. Ich habe sie zu mir eingeladen und sie so lange bedrängt, bis sie mir geschildert hat, wie niedergeschlagen und antriebslos sie war. Sie litt unter Angstgefühlen und schlimmen Gedanken. Als mir klar wurde, wie ernst es um sie stand, habe ich ihr sofort einen Termin bei Scheffler besorgt, der damals eigentlich über Monate ausgebucht war.»

Während sie sprach, sank Leon immer weiter in sich zusammen. Er hatte von alldem nichts mitbekommen. Er hatte ja nicht einmal registriert, dass Anna damals besonders schlecht aussah oder abgenommen hatte. Er brauchte Marlene gar nicht zu fragen, warum sich Anna damals nicht an ihn gewandt hatte. Er war das Wrack gewesen, das ihre Sorgen und Probleme erst verursacht hatte. Von ihm war keine Hilfe zu erwarten gewesen.

«Dass ihr Termin bei Scheffler zufällig genau an dem Tag war, an dem du in Hamburg warst, hat sie beruhigt. Ich musste ihr versprechen, dass ich dir nichts davon sage.»

Leon war unfähig, sich zu rühren. Dass ihm Tränen übers

Gesicht liefen, merkte er erst, als Marlene sie ihm mit den Fingerspitzen wegwischte. Sie hatte ihre zerkratzten Beine unter der Decke hervorgeschoben und war bis zur Bettkante vorgerutscht. Bis ihre nackten Knie gegen Leons Knie stießen. Mit ihren warmen Händen umfasste sie sein Gesicht und zwang ihn, ihr in die Augen zu sehen. Er konnte Bedauern darin lesen, aber auch Stärke und Zuversicht.

Sie zog ihn zu sich heran und drückte ihre Lippen auf seinen Mund. Erst ungestüm, doch dann, als sie spürte, dass er keinen Widerstand leistete, unsicher und sanft. Hätte Leon nicht diese Angst in ihr gespürt, die sie mit großer Entschlossenheit bekämpfte, hätte er sie vielleicht von sich geschoben. So aber erwiderte er den Kuss, verwundert nur darüber, wie aus seiner Zuneigung mit einem Mal eine so starke Leidenschaft hervorbrach, dass er den Boden unter den Füßen zu verlieren drohte.

Er zog sie fester an sich, und seine Hände wanderten über ihre verschorften Arme, über den rauen Verband um ihren Hals, über den Sand in ihren Haaren. Er küsste sie gierig, hielt sich an ihr fest und fühlte ihre Hitze durch das dünne Nachthemd. Genau diese Hitze war es, die er so dringend brauchte. Sie brannte die Gedanken an Anna aus und an alles andere.

Wie ein wundersames Elixier sog er Marlenes Stärke in sich auf. Es war, als ließe sie ihrer Willenskraft freien Lauf und ihrer unbezwingbaren Liebe. Mit ihrem heißen Atem strömte diese Liebe in sein Inneres und belebte jede Faser seines Körpers. Was erschreckend war und erregend zugleich.

VIERUNDZWANZIG

Ein Klopfen ertönte oder vielmehr ein Poltern, und im selben Moment flog die Zimmertür auf.

Braune, der sich bewusst war, dass er störte, zeigte sich dennoch kein bisschen peinlich berührt. «Das waren mindestens fünfzehn Minuten!», zeterte er.

Hinter ihm tauchte das wutverzerrte Gesicht der Krankenschwester auf, das einen entschuldigenden Ausdruck annahm, sobald es sich Marlene zuwandte. Man glaubte der Frau sofort, dass sie alles in ihrer Macht Stehende getan hatte, um den Eindringling zurückzuhalten. Aber gegen den ungeduldigen Kommissar hatte selbst sie am Ende die Waffen gestreckt.

Marlene machte sich von Leon los und kroch zurück unter die Decke. Sie senkte das Kopfteil ab und bettete den Kopf zurück auf das Kissen. Mit einem Mal sah sie wieder schwach und zerbrechlich aus. Doch sie nickte Leon lächelnd zu und gab ihm so zu verstehen, dass er beruhigt gehen könne.

Als er den Raum verließ, spürte er eine gewisse Verwirrung, aber auch eine Leichtigkeit, wie er sie seit langem nicht mehr gekannt hatte und die so gar nicht zu der momentanen Situation passen wollte. Die resolute Krankenschwester legte ihm komplizenhaft eine Hand auf die Schulter und führte ihn den Gang entlang zum Fahrstuhl. Dabei erklärte sie, dass Marlene noch diverse Untersuchungen über sich ergehen lassen und daher noch mindestens zwei Tage zur Überwachung im Krankenhaus bleiben müsse. Auch wenn sie keine schweren Verletzungen davongetragen habe, sei ihr Organismus noch äußerst geschwächt.

Leon nahm ein Taxi nach Hause, weil sein Auto noch immer vor dem Quellbach stand. Der Fahrer musterte ihn misstrauisch, während er den Wagen aus der Haltebucht vor der Klinik steuerte. Leon wunderte sich kurz darüber, doch dann dachte er schon wieder an Marlene, die dem Kommissar an ihrem Bett nun noch einmal die furchtbaren Einzelheiten ihres Martyriums schildern musste. Er hoffte inständig, dass Braune bei dieser Befragung etwas feinfühliger als sonst vorging. Er hatte dem Kommissar zwar nicht mitgeteilt, dass er die Klinik verließ, aber Braune würde im Zweifelsfall schon wissen, wo er zu finden war.

Vor seinem Haus musste Leon den Taxifahrer kurz warten lassen, um von drinnen Geld zu holen. Als er vor der Haustür seinen Schlüssel aus der Hose kramte, sah er im Sonnenlicht die Blutflecken auf seinem Shirt und verstand die Blicke des Mannes, der kurz darauf mit seinem Geld eilig davonbrauste.

Leon machte sich einen Kaffee und setzte sich in die Küche. Sofort stülpte sich eine bleierne Müdigkeit über ihn und versuchte, ihn niederzudrücken. Schnell stürzte er den Kaffee hinunter und stellte sich unter die Dusche. Das Prasseln des lauwarmen Wassers auf seinem Körper gab ihm neue Energie, erweckte aber auch schlummernde Gedanken zum Leben, die die ganze Zeit im Verborgenen gearbeitet hatten.

Er fragte sich, was das zwischen Marlene und ihm zu bedeuten hatte. War das der Beginn von etwas Neuem, oder kam nun lediglich das längst Offensichtliche zum Vorschein, für das er nur nie Augen gehabt hatte?

Aber was sagte das über seine Beziehung zu Anna? Verriet er sie nicht damit? Oder hatte er sie vielleicht schon vor langer

Zeit verraten? Als er Marlene im Garten geküsst hatte? Als er sich nur noch um sich selbst gekümmert hatte? Nichts hatte er von Annas Schlafproblemen, ihrer Appetitlosigkeit, ihren Depressionen mitbekommen. Sie war bei Scheffler gewesen, weil sie allein nicht weitergewusst hatte. Aber bedeutete das nicht auch, dass ihr Unfall womöglich gar kein Unfall gewesen war?

Leon drehte das Wasser ab und schnappte nach Luft, als wäre er aus einem tiefen See aufgetaucht. Wenn Anna depressiv gewesen war und keinen Sinn mehr im Leben gesehen hatte, war ihr der Tod wahrscheinlich wie eine Erlösung erschienen. War es möglich, dass sie auf dem Hirschberg absichtlich von der Straße abgekommen war?

Er rieb sich hektisch mit dem Handtuch trocken und schlüpfte schnell in saubere Sachen, als müsste er den verstörenden Gedanken hinterhereilen, bevor sie sich in einer dunklen Ecke verkrochen. Aber selbst wenn Anna tatsächlich mit Absicht den Hang hinabgefahren war – woher wusste Scheffler, dass sie dort gestorben war, und warum hatte er Marlene ausgerechnet dorthin verschleppt? Das ergab alles keinen Sinn.

Leon ging zurück in die Küche. Wie spät war es? In knapp zwei Stunden musste er Thea vom Bahnhof abholen. Er fragte sich, wann er zuletzt etwas gegessen hatte. Er hatte keinen Hunger, aber er wusste, dass sein Magen etwas brauchte. Widerwillig biss er in eine Scheibe trockenes Brot und warf sie dann weg.

Egal was er tat oder dachte, alles fühlte sich falsch an. Er hatte Anna geliebt, und dennoch war er selbst es gewesen, der sie in den Tod getrieben hatte. Er hatte Linda gefördert, Julia gemocht und Beata geschätzt, und jetzt waren sie ebenfalls tot. Er riss die Menschen um sich herum ins Unglück. Vorhin hatte er Marlene geküsst, und ihm wurde klar, dass sich dieser Kuss falsch angefühlt hatte. Etwas daran war von Grund auf verkehrt.

Er durfte ihr keine falschen Hoffnungen machen. Vielleicht gelang es ihm so, den schicksalhaften Bann zu brechen. Entschlossen griff er zu seinem Handy, aber das schwarze Display zeigte ihm, dass der Akku noch immer leer war. Marlenes Handy dagegen wurde sicherlich noch von der Polizei untersucht, und so ging er zum Telefon im Flur und rief über die Auskunft im Krankenhaus an.

Womöglich war dies kein guter Moment, Marlene mit seiner Entscheidung zu konfrontieren. Sie hatte Unglaubliches durchlitten, war angegriffen und geschwächt, und das seelisch noch mehr als körperlich. Doch er wollte auf keinen Fall wieder in diesen Schwebezustand geraten, der ihnen beiden damals nach ihrem Kuss im Garten die Nerven geraubt hatte.

Er ließ sich mit der Stationsschwester verbinden, die ihn zu Marlene durchstellte. Zum Glück war Braune bereits gegangen.

Marlenes Stimme war ein wenig kratzig und noch nicht so klangvoll wie sonst, trotzdem transportierte sie eine Wärme, die Leon seinen Entschluss schon fast wieder bereuen ließ. Dennoch zwang er sich, ihr zu sagen, dass der Kuss vorhin ein Fehler gewesen sei. Er habe ihrer Freundschaft eine falsche Richtung gegeben, die sie korrigieren müssten. Leon wolle ihre tiefe Verbundenheit nicht gegen eine Leidenschaft eintauschen, die flüchtig und unsicher sei. Marlenes jahrelange, bedingungslose Treue sei ihm so wichtig, dass er sie für nichts aufs Spiel setzen wolle. Er entschuldigte sich dafür, dass er sie geküsst hatte. Das kurze Feuer sei bereits erloschen, und er hoffe, dass es ihr ähnlich ginge.

Am anderen Ende der Leitung war es die ganze Zeit über still. Leon glaubte schon, die Verbindung wäre unterbrochen worden, als er undeutlich Laute hörte, die wie eine Mischung aus Glucksen, Husten und Schniefen klangen.

«Kannst du bitte bei der Wahrheit bleiben?», fragte Marlene schließlich mit seltsam rauer Stimme.

«Was meinst du damit?», fragte Leon konfus.

«Nicht du hast mich geküsst – ich habe dich geküsst!» Sie lachte, nein, sie lachte und weinte.

Leon entschuldigte sich noch einmal und wusste nicht genau, wofür. Dafür, dass er, wie sie sagte, nicht bei der Wahrheit geblieben war? Dafür, dass er sie verletzt hatte?

Ihr Lachen wurde lauter, die Seufzer verebbten. «Hast du mir nicht erst neulich vorgehalten, dass ich mich immer entschuldige?», fragte sie dann fröhlich. «Endlich bin ich dabei, es mir abzugewöhnen, und nun fängst du damit an! Findest du nicht, dass wir ein seltsames Paar sind?»

Sie brachte Leon dazu mitzulachen. Seine Anspannung verflog, und er hörte ihr erleichtert zu, während sie von den zahllosen Untersuchungen berichtete, die sie über sich ergehen lassen musste, und davon, wie es war, Patientin im eigenen Krankenhaus zu sein. Amüsiert erzählte sie von einem langjährigen Kollegen, der sie vor lauter Verwirrung gesiezt hatte, und von der Visite des Oberarztes in Begleitung von zwei Schwestern, die weniger eine medizinische Bestandsaufnahme als vielmehr ein Kaffeekränzchen gewesen war.

Mit ihren fröhlichen Anekdoten und ihrer guten Laune befreite sie Leon von seinem schlechten Gewissen. Bevor sie sich voneinander verabschiedeten, verabredeten sie, dass er sie in zwei Tagen, wenn sie voraussichtlich entlassen würde, abholen und nach Hause bringen würde.

Leon hatte gerade das Gespräch beendet, als die Klingel ging. Jemand läutete ungeduldig, zweimal, dreimal, viermal.

Urban und ein weiterer Polizist, den Leon nicht kannte, standen vor der Tür.

«Wir müssen Sie bitten mitzukommen», sagte Urban.

«Bin ich jetzt verhaftet, weil ich mich unerlaubt aus dem Krankenhaus entfernt habe?», fragte Leon.

«Das besprechen Sie bitte mit Hauptkommissar Braune», lautete Urbans ausweichende Antwort, worauf sich Leon seine Schuhe anzog, Handy und Schlüsselbund einsteckte und den beiden zum Auto folgte.

Doch die Fahrt ging nicht in die Stadt zum Kommissariat, sondern durch den Wald hinauf zum Quellbach. Allerdings war es nicht Braune, der Leon dort auf dem Parkplatz empfing, sondern Lohmann.

Mit zusammengekniffenen Augen und aufgeblasenen Backen stürmte er auf ihn zu und explodierte. «Was soll das, Leonhard?», schnaubte er. «Hast du vor, mich zu ruinieren? Oder willst du uns alle kaltmachen? Es würde mich nicht wundern, wenn du diese Frauen auf dem Gewissen hast!» Er schob die beiden verwirrten Polizisten zur Seite und baute sich so dicht vor Leon auf, dass dieser die roten Äderchen auf seiner Knollennase deutlich sehen konnte. «Seit Tagen ist die Polente hier Dauergast, belästigt mich und alle anderen Tag und Nacht. Ich habe Haffmann schon vorgeschlagen, dass er den Herren ein Quartier herrichtet!» Seine Lautstärke steigerte sich, Spuckbläschen traten auf seine Lippen, und er packte Leon bei den Schultern. «Erzähl mir bloß nicht, dass du nichts mit der Sache zu tun hast! Schließlich hast du sie alle gefunden! Und wahrscheinlich hast du sie nicht nur gefunden! Du bist noch verrückter im Kopf, als wir alle dachten. Gehler hat schon immer gesagt, dass mit dir was nicht stimmt! Du treibst irgendein perverses Spiel mit diesen Frauen, vergraulst meine Gäste, und jetzt ziehst du auch noch meine Freunde in die Sache rein! Schlimm genug, dass uns allen dank deiner Kochkünste gestern übel war! Aber jetzt wird Armin auch noch dafür belangt, dass er wegen dir in den Wald gekotzt hat!»

Leon hatte es irgendwie geschafft, Lohmanns Pranken abzuschütteln, und war ein paar Schritte zwischen die parkenden Autos zurückgewichen. Während ihm Lohmann zeternd folgte, standen die beiden Polizisten weiter tatenlos und staunend daneben. Es war Braune, der Lohmanns Wutausbruch beendete und ihn von Leon wegzog.

«Kommen Sie, Bosch, es gibt da noch so einiges, was wir klären müssen», sagte er, und sein eiserner Griff um Leons Handgelenk fühlte sich an, als hätte er ihm Handschellen angelegt. «Wobei ich mir diesmal nicht sicher bin, ob Sie es schaffen werden, sich rauszureden.»

Leon deutete mit dem Kopf auf Lohmann, der schimpfend in sein Auto stieg und eine drohende Geste in Leons Richtung machte, bevor er davonfuhr. «Sind Sie bei der zugeschütteten Höhle gewesen? Haben Sie die Stelle im Berg gefunden, von der ich Ihnen berichtet habe?», fragte er.

«Meine Männer sind dort», wehrte der Kommissar genervt ab, als sei Leons Hinweis reine Zeitverschwendung und lenke vom eigentlichen Thema ab.

Er wollte Leon gerade in das Gasthaus bringen, als sich die Tür öffnete und drei Polizisten einen Urlauber aus dem Quellbach führten. Er war einer der beiden Jäger, die Leon am frühen Morgen zusammen mit Lohmann vor der Berghöhle gesehen hatte. Der Mann, der oben im ersten Stock sein Zimmer hatte, schien von den Beamten geweckt worden zu sein, die ihn nun in einem Streifenwagen abtransportierten.

«Ist er derjenige, der sich hinter Beatas Auto übergeben hat?», wollte Leon wissen.

Braune nickte kaum merklich. «Er schwört Stein und Bein, dass keine Leiche dort gelegen beziehungsweise er zumindest keine dort gesehen habe. Reinhard Lohmann hat das bestätigt. Die beiden sind nach dem Abendessen im Quellbach zusammen in Lohmanns Auto zur Jagd aufgebrochen. Als es Armin Franke kurz hinter dem Tor schlecht geworden ist, hat Lohmann neben dem parkenden Renault gehalten, damit er aussteigen konnte. Um Lohmann den unappetitlichen Anblick zu ersparen, hat sich Franke hinter den verlassenen Wagen zurückgezogen.»

«Wie sind Sie so schnell auf ihn gekommen?», fragte Leon.

«Die Kollegen im Labor haben unter Hochdruck gearbeitet und das Erbrochene untersucht. Wenn man Glück hat, kann man die DNA der Person bestimmen, von der es stammt. In diesem Fall hatten wir gleich doppeltes Glück, denn Frankes DNA-Profil war bereits in unserer Datenbank gespeichert.»

«Das heißt, er ist ein verurteilter Straftäter?»

«Er war als junger Mann an einem Raubüberfall auf eine Tankstelle beteiligt.» Braune war stehengeblieben und sah Leon direkt in die Augen. «Allerdings haben die Kollegen in dem quasi unverdauten Abendessen Frankes noch ein zweites DNA-Profil entdeckt.»

«Ich verstehe nicht», meinte Leon. Er begriff lediglich, dass es einen Grund dafür geben musste, dass ihm der Kommissar all das so bereitwillig erzählte. Braune war offensichtlich der Meinung, ein besonderes Ass im Ärmel zu haben.

Leon hatte sich nicht getäuscht, denn fast schon triumphierend dehnte Braune seine Worte, als er bekannt gab: «Die Leber, die Armin Franke in Ihrem Gasthaus genossen hat und die ihm anscheinend nicht bekommen ist, war größtenteils roh und stammt nachweislich von Linda Graf, dem ersten Opfer aus dem Wald.»

FÜNFUNDZWANZIG

Ich habe nichts damit zu tun. Die Leber war in der Tiefkühltruhe, in Plastik eingeschweißt. Da stand *Leber* drauf und das Datum. Ich habe sie aufgetaut, in Milch eingelegt, scharf angebraten und mit etwas Zucker in der Pfanne karamellisiert. Das Stück, das ich probiert habe, war gut durch.»

Jan-Philipp verteidigte sich mit einer Kaltblütigkeit, die Leon den Magen umdrehte. Wie konnte der Junge etwas derart Widerliches so gelassen berichten? Er lümmelte auf seinem Stuhl herum wie ein gelangweilter Schüler im Klassenzimmer.

«Und warum sind Sie davon ausgegangen, dass es sich um eine Rinderleber handelt?», fragte Braune. Seine Neugier schien nicht geheuchelt. Er hatte den Azubi umgehend herbringen lassen, nachdem Leon beteuert hatte, das Menü vom Vortag weder zusammengestellt noch zubereitet zu haben.

Jan-Philipp rutschte auf seinem Stuhl ein Stück nach hinten und streckte den Rücken durch. «Weil die Größe und die Farbe dafür gesprochen haben. Was hätte ich denn sonst denken sollen? Ich bin Koch und nicht Arzt», antwortete er großspurig.

Braune stand als Einziger in der Mitte der Gaststube. Er hielt ständigen Kontakt zu seinen Kollegen von der Spurensicherung, die gerade die Küche auseinandernahmen, und ließ dabei weder Jan-Philipp noch Leon aus den Augen. Die beiden saßen an verschiedenen Tischen, eingerahmt von Urban, Liebig und drei anderen Polizisten, von denen ein

Teil ebenfalls saß oder an der Wand lehnte. Die ganze Situation hatte irgendwie Ähnlichkeit mit einer Verhandlung im Gerichtssaal.

«Wissen Sie noch, welches Datum auf der Verpackung stand?», fragte der Kommissar Jan-Philipp.

Doch der zuckte nur mit den Schultern. «Keine Ahnung. Es lag auf jeden Fall noch nicht lange zurück.» Der Junge war schon immer selbstbewusst gewesen, aber die Vorstellung, die er hier ablieferte, war beeindruckend.

«Verstehe», murmelte Braune. «Wir durchsuchen den Müll noch.»

Ein Mann im weißen Schutzanzug durchquerte die Gaststube auf dem Weg nach draußen. «Die Datumsangaben auf den restlichen Gefriertüten stimmen mit den Todestagen von Opfer eins und Opfer zwei überein», meldete er Braune im Vorbeigehen.

Leons Magen krampfte sich weiter zusammen, als er versuchte, die gesagten Worte zu begreifen. Dort also, in seiner Küche, in der riesigen weißen Tiefkühltruhe aus beschichtetem Stahlblech, die an die sechshundert Liter fasste, hatten, unter eingefrorenen Delikatessen wie Hummer, Seeteufel und Jakobsmuscheln, die fehlenden Überreste von Linda und Julia gelegen.

Seit wann?, fragte er sich schockiert und angeekelt zugleich. Und wie waren sie dorthin gekommen? Ihm war klar, dass sich die Polizei bei ihrer Suche nach der Antwort in erster Linie auf ihn konzentrieren würde. Er allerdings dachte an den großen Schinken, der aus der Küche verschwunden und in Schefflers Besitz gelangt war. Und an das heimliche Treffen von Scheffler und Jan-Philipp, das er am Tag zuvor beobachtet hatte. Entweder war Scheffler irgendwann selbst in der

Küche gewesen, oder aber Leons Azubi erledigte derartige Gänge für ihn.

Braune kehrte aus der Küche zurück, wo er anscheinend persönlich die Gefriertüten inspiziert hatte, und schenkte Leon und Jan-Philipp erneut seine uneingeschränkte Aufmerksamkeit. «Hat jemand der Herren eine Idee, wo die Herzen der beiden Damen geblieben sein könnten?», warf er in den Raum, gespannt auf die Reaktion, die diese Frage hervorrufen würde. «Stand vielleicht in den letzten Tagen ein entsprechendes Feinschmeckergericht auf dem Speiseplan?» Sein Mund war zu einem scheinbar freundlichen Lächeln verzerrt, seine Augen dagegen lachten nicht.

Leon verschlug es die Sprache. Er starrte in Jan-Philipps Richtung, dessen Miene keinerlei Regung zeigte.

Braune sah von einem zum anderen und wartete einen Moment, bevor er weitersprach. «Wir konnten sämtliche inneren Organe der zwei Opfer sicherstellen, einzeln in Tüten verpackt, ordentlich beschriftet und mit Datum versehen. Nur die beiden Herzen sind nicht darunter.»

Leon dachte an die Steine, die den Platz der Herzen in den Körperhüllen der Toten eingenommen hatten. Man musste kein Hellseher sein, um zu ahnen, dass die Herzen der Frauen eine besondere Bedeutung für ihren Mörder hatten.

«Die Herzen hat der, der sie gegen die Steine ausgetauscht hat», meinte Leon ungeduldig, der das Gefühl hatte, dass er Braune wachschütteln musste. «Waren Sie in Schefflers Haus? Haben Sie sich seine Mineraliensammlung angesehen?» Er konnte keine Rücksicht mehr nehmen auf die Spuren, die von den Steinen womöglich noch immer auf die unüberlegte Tat einer damals Vierzehnjährigen deuteten. Richard Scheffler musste aufgehalten werden, das Morden musste ein Ende nehmen. «Und was ist mit seinem Schuppen? Hat er dort die Frauen ausgeweidet und ihnen ihre Organe entnommen?», fragte er drängend weiter.

«Im Schuppen des Ehepaars Scheffler wurden sowohl tierische als auch menschliche Kadaver *präpariert*. Wir haben eindeutige Spuren der Opfer gefunden», bestätigte Braune emotionslos. «Wir zögern allerdings, die Taten einem verstorbenen Mann und seiner nicht mehr vor Ort lebenden Witwe zuzuschreiben. Dagegen erscheint es uns relevant, dass Ihr Haus nur einen Steinwurf von diesem verlassenen Grundstück entfernt liegt.»

«Das Grundstück ist nicht verlassen, und Richard Scheffler ist nicht tot», wiederholte Leon gequält.

«Und was bitte hatte Richard Scheffler dann in Ihrer Gasthausküche zu suchen?», fragte der Kommissar spitz. «Wollen Sie mir tatsächlich weismachen, dass der Wiederauferstandene, der sich angeblich irgendwo im Wald versteckt, Ihre Kühltruhe nutzt und sich hier hin und wieder ein Essen brät?»

Leon deutete mit dem Kopf auf Jan-Philipp und sagte: «Unser Auszubildender kann Ihnen womöglich eine Antwort darauf geben. In jedem Fall kann er Ihnen bestätigen, dass Richard Scheffler am Leben ist.»

Zum ersten Mal wirkte der Junge überrascht. «Wovon redet er?», fragte er Braune, als wäre Leon ein armer Verrückter, von dem kein vernünftiger Satz zu erwarten war.

Leon sah ihm in die Augen. «Als ich gestern Abend hierhergekommen bin, habe ich dich gesehen, wie du am Waldrand mit ihm gesprochen hast», erklärte er mit fester Stimme. «Und so, wie es aussah, habt ihr nicht nur miteinander gesprochen. Scheffler hat dir am Ende etwas zugesteckt.»

Jan-Philipp warf den Kopf in den Nacken und lachte auf. Es

war ein angestrengtes Lachen, dem man anmerkte, dass der Junge damit Zeit gewinnen wollte.

«Was ist?», fragte Braune ungeduldig. «Haben Sie besagten Richard Scheffler nun getroffen oder nicht?»

Jan-Philipp räusperte sich, während seine Augen hin- und herhuschten. Vermutlich überlegte er kurz, alles abzustreiten. Aber die Polizei nahm nicht nur die Küche auseinander. Sie war dabei, das ganze Gasthaus inklusive der Mülltonnen nach neuen Spuren abzusuchen. Man konnte davon ausgehen, dass die Männer auch jeden Schuhabdruck, der in Richtung Wald führte, genauer unter die Lupe nahmen.

«Welchen Richard Scheffler? Ich kenne keinen Richard Scheffler!», antwortete er schließlich und klang dabei fast trotzig. «Ich habe nur diese Kräuterhexe vertrieben, die hier immer wieder aufkreuzt.»

«Eine Kräuterhexe?» Zum ersten Mal an diesem Tag schien auch Braune überrascht zu sein.

Der Junge nickte, auch wenn seine Geschichte im Folgenden nicht allzu überzeugend klang. «So eine lichtscheue Alte, die manchmal auftaucht, wenn es dunkel ist, und um Essen bettelt.»

«Lebt sie im Wald, oder kommt sie extra den ganzen Weg aus der Stadt hinauf?», wollte Braune gespannt wissen.

«Was weiß ich? Denken Sie, ich lasse mir von der ein Ohr abkauen? Zweimal hab ich sie draußen gesehen, und jedes Mal hab ich ihr gesagt, sie soll verschwinden!»

«Das hat gestern aber einen ganz anderen Eindruck gemacht.» Leon wusste, dass der Junge nicht die Wahrheit sprach. Aber er bezweifelte, dass es etwas brachte, ihn noch weiter in die Enge zu treiben. Was fehlte, waren auch in diesem Fall stichhaltige Beweise.

Braune setzte sich Jan-Philipp gegenüber und wollte mehr über die alte Frau erfahren, während ein zweiter Kriminalbeamter, der anscheinend neu hinzugezogen worden war, Leon noch einmal genauestens über die Abläufe in der Gasthausküche und die Arbeitspläne befragte. Leon bemühte sich, geduldig zu klingen, auch wenn er seine Antworten zum gefühlt hundertsten Mal abspulte. Nebenbei bekam er mit, wie sich der Azubi im Gespräch mit Braune wieder fasste und zu seiner gewohnten Arroganz zurückfand. Als Leon einmal zu ihm hinüberblickte, bleckte er grinsend die weißen Zähne. Mit seinen frech funkelnden Augen in dem faltenfreien Gesicht und den zurückgegelten schwarzen Haaren wirkte er an diesem Tag noch aalglatter als sonst.

Der neue Kriminalbeamte nahm Leon mit in die Küche und ließ sich die Funktion verschiedener Geräte erklären. Außerdem interessierte er sich für Bestellvorgänge, Lieferanten, Lager- und Aufbewahrungsgewohnheiten. Danach musste Leon ihn in den Weinkeller begleiten und über den Hinterausgang zum Verschlag mit den Mülltonnen führen. Der Mann wollte mit einer zermarternden Ausdauer wissen, wer vom Quellbach-Personal wann, wo und wie oft gewesen war, und quälte Leons völlig übermüdetes Hirn mit seinen Fragen.

Als sie irgendwann in die Gaststube zurückkamen, war auch das fast schon freundschaftlich wirkende Gespräch zwischen Braune und Jan-Philipp zu einem Ende gekommen, denn der Junge klopfte sich locker auf die Oberschenkel und wollte sich soeben erheben. «Das war's, oder? Ich muss nämlich los», teilte er dem Kommissar umstandslos mit.

Mit einer Geste, die nur im ersten Moment väterlich wirkte, legte Braune Jan-Philipp die Hand auf die Schulter und drückte ihn zurück auf seinen Stuhl. «Bleiben Sie sitzen. Wann

Sie gehen, entscheide ich.» Sein Lächeln war verschwunden. «Und nach dem, was wir hier entdeckt haben, werden Sie und Ihr Vorgesetzter …», sein Blick ging zu Leon «… uns noch eine ganze Weile Gesellschaft leisten. Sie werden uns in Kürze auf das Kommissariat begleiten, und erst die Ergebnisse der laufenden Untersuchungen werden zeigen, wann Sie wieder gehen können.»

Jan-Philipps Augen waren immer größer geworden. Er hatte den Kommissar offensichtlich unterschätzt. «Heißt das, ich bin verhaftet?», fragte er staunend.

«Und was ist mit Reinhard Lohmann, August Haffmann und Martin Gehler?», wandte Leon ein. «Die gehen hier genauso ein und aus wie wir. Sind die auch verhaftet? Und hat die Polizei inzwischen rausgefunden, was sie dort oben am Berg treiben?»

«Das haben Sie mich bereits vorhin gefragt», wies Braune ihn kühl zurecht. «Lassen Sie uns einfach unsere Arbeit machen und konzentrieren Sie sich darauf, uns die Wahrheit zu sagen. Mit dieser Strategie fahren wir am besten, meinen Sie nicht?»

Es sah so aus, als bereitete Braune alles für den Aufbruch vor. Er ging in die Küche, danach vor die Tür, sprach draußen mit dem anderen Kriminalpolizisten und telefonierte.

Leon fragte sich, wie spät es war. Die hohen Bäume, die das Gasthaus umstanden und ihren Schatten darauf warfen, machten es auch tagsüber fast unmöglich, mit einem Blick aus dem Fenster die Uhrzeit zu bestimmen. Siedend heiß fiel ihm ein, dass er Thea vergessen hatte. Er hatte ihr versprochen, sie vom Bahnhof abzuholen. Sicher saß sie längst zu Hause und war stinksauer auf ihn. Oder sie machte sich Sorgen. Verwirrt fragte er sich, warum sie nicht angerufen hatte, bis ihm klar wurde, dass sein Handy zum Aufladen in der Umkleide lag. Er war, gleich nachdem ihn Braune in die Gaststube gebracht hatte, auf die Toilette gegangen und hatte das Handy daraufhin schnell in die Steckdose neben dem Schrank gestöpselt, wo er immer ein zweites Ladekabel liegen hatte.

«Ich muss noch mal aufs Klo», sagte er, sobald Braune sein Telefonat beendet hatte.

Der Kommissar, der auf seinem Handy herumtippte, um den nächsten Anruf zu tätigen, nickte desinteressiert. «Aber kommen Sie nicht wieder auf den Gedanken, einfach grußlos zu verschwinden. Meine Kollegen haben hier drinnen und draußen alles im Blick», meinte er nur.

Urban hatte sich von der Wand gelöst und war einen Schritt vorgetreten, und auch der neue Kriminalbeamte blickte erwartungsvoll in Braunes Richtung, aber nachdem von diesem keinerlei Reaktion mehr kam, ließen sie Leon allein aus der Gaststube gehen.

Im Gang zu den Toiletten war niemand, und so schlüpfte Leon direkt in die Umkleide. Er zog das Handy vom Kabel und sah sofort, dass Thea angerufen hatte. Sie hatte um fünf nach zwölf wütend auf die Mailbox gesprochen, dass sie lange genug gewartet habe und jetzt ein Taxi nach Hause nehme. Zwei Stunden später hatte sie ihrem Vater eine SMS geschrieben, die Leon ganze drei Mal lesen musste, bevor er ihren Inhalt verstand: *Deine Tochter ist bei mir. Ich will, dass du endlich der Wahrheit ins Gesicht siehst und begreifst. Komm allein und lass die Polizei aus dem Spiel. Wir zwei treffen uns dort, wo alles seinen Anfang genommen hat.*

SECHSUNDZWANZIG

Während sich die Buchstaben vor seinen Augen zu Wörtern zusammensetzten und die Wörter zu Sätzen wurden, deren Sinn ihn mit voller Wucht traf, spürte Leon, wie sich sein Blut aus Kopf und Gliedmaßen in die Körpermitte zurückzog. Es war, als holte sich sein Herz aus sämtlichen Ressourcen Kraft, damit es nicht zerdrückt wurde. Ihm wurde schwindlig, seine Arme und Beine begannen zu zittern. Er torkelte zur Seite, riss einen eingeschweißten Stapel mit Tomatendosen um und fing sich an der Bank ab.

Er sah Thea vor sich wie die anderen Frauen im Wald, ausgehöhlt, tot. Er dachte an Marlenes Anblick an diesem Morgen zurück – ein schmutziges, verletztes Bündel Mensch mit einem leblosen Gesicht. Dann verblassten Marlenes Züge vor seinem inneren Auge und wurden übermalt von denen seiner Tochter.

Leon schnellte hoch, umklammerte das Handy und floh aus der Umkleide. Er kämpfte gegen die Schwärze vor seinen Augen an, erkannte Umrisse und folgte dem Gang bis zur Hintertür. Leise zog er sie auf, stolperte die beiden Stufen hinunter und rannte schwankend vorbei an dem Verschlag mit den Mülltonnen, hinein in den Wald.

Seine Flucht war purer Reflex. Er kümmerte sich nicht darum, ob hinter dem Quellbach Polizisten standen. Er war nicht einmal fähig, nach rechts oder links zu blicken, stürmte nur voran in der Hoffnung, dass seine Beine nicht noch einmal nachgaben. Erst im Wald wurden seine Gedanken wieder klar. Der ätherische Duft, den das Harz und die Nadelbäume verströmten, klärte seinen Kopf und gab ihm neue Kraft.

Er hatte Glück gehabt. Braune hatte sich nicht die Mühe gemacht, das Gasthaus von seinen Männern umstellen zu lassen. Genau wie vorhin, als Leon mit dem pedantischen Kriminalbeamten draußen bei den Mülltonnen gewesen war, stand anscheinend auch jetzt niemand hinter dem Gebäude.

Mehr als ein paar Sekunden gönnte er sich dennoch nicht, um Luft zu holen. Er sah kurz auf sein Handy, registrierte, dass es schon fast vier Uhr war, schaltete das Gerät aus und rannte weiter. Er hatte keine Ahnung, wie schnell es der Polizei gelingen würde, ihn über das Mobilfunksignal zu orten, aber er wollte keinerlei Risiko eingehen. Erst als seine Oberschenkel so heftig brannten und seine Lunge so sehr stach, dass er keinen Schritt mehr gehen konnte, blieb er stehen. Wie weit war er weg vom Quellbach?

Er versuchte zu hören, ob ihm jemand folgte, doch das Knacken des Waldes, das Gezwitscher der Vögel und sein eigenes Schnaufen vermischten sich in seinen Ohren zu einem solchen Getöse, dass es unmöglich war, einzelne Geräusche herauszufiltern. Ob Braune ihn überhaupt suchen lassen würde? Musste dem Kommissar nicht längst klar sein, dass ein anderer als er die Frauen auf dem Gewissen hatte? Vielleicht hatte er Leon auch absichtlich laufen lassen, um sich an seine Fersen zu heften und ihn mehr oder weniger auf frischer Tat zu ertappen.

Doch auf all das konnte Leon in diesem Moment keine Rücksicht nehmen. Es war nicht mehr relevant, was im Kopf des Kommissars vor sich ging, genauso wenig wie die Frage, was Jan-Philipp oder Gehler oder Lohmann oder die Jäger aus dem Quellbach mit der Sache zu tun hatten. Wichtig war jetzt nur, dass Scheffler Thea entführt hatte. Und dass er Leon sehen wollte. Es war das erste Mal, dass er direkten Kontakt mit ihm aufnahm. Dass er ihm eine Chance gab.

Oder war diese Chance eine Falle? Leon drehte sich im Kreis, sah nichts als Bäumstämme, die ihn wie ein Käfig eingitterten. Er raufte sich die Haare, hatte Angst, den Verstand zu verlieren. Was sollte er tun? Er wusste es nicht. Er wusste nur, dass er seine Tochter irgendwie retten musste.

Er zwang sich stehenzubleiben, nachzudenken. Wo war er? Wo wollte er hin? Als würde er einen dunklen Fluch beschwören, murmelte er Schefflers Nachricht vor sich hin: *Deine Tochter ist bei mir. Ich will, dass du endlich der Wahrheit ins Gesicht siehst und begreifst. Komm allein und lass die Polizei aus dem Spiel. Wir zwei treffen uns dort, wo alles seinen Anfang genommen hat.* Sosehr sich die Worte anfangs dagegen gesträubt hatten, in seinen Kopf zu wollen, so stark hatten sie sich, einmal in ihrem Sinn erfasst, nun darin eingebrannt.

Aber was meinte Scheffler mit … *wo alles seinen Anfang genommen hat*? Er konnte damit nur auf Theas Tat anspielen, auf den Tag, an dem sie ihn in seinem Haus bestohlen und niedergeschlagen hatte. Aber wollte er wirklich, dass Leon in sein Haus kam? Schließlich wimmelte es dort – nach den Entdeckungen im Schuppen – nur so von Polizisten. Nein, Scheffler musste die Buchen meinen, wo Marlene und Leon die gestohlenen Steine versteckt hatten. Dort sollte Leon *begreifen*, dass er sich gegen die Wahrheit entschieden hatte. Denn dort hatte er damals beschlossen, die Wahrheit zu vergraben, und hatte damit aus der unüberlegten Tat seiner Tochter ein Verbrechen gemacht.

Leon musste zu den kahlen Buchen, er durfte keine Zeit mehr verlieren. Er wandte sich um und ging ein Stück zurück, bis zu dem ausgetretenen Pfad, den er eben überquert hatte. Dort sah er in einer Biegung einen Wegweiserbaum, an dem ein zweiter Wanderweg kreuzte. Er spähte in alle Himmelsrichtungen, studierte die Angaben auf den Wegweisern, und ihm wurde klar, dass er in die falsche Richtung gelaufen war. Er musste die ganze Strecke wieder zurückgehen und dabei einen großen Bogen um das Gasthaus machen.

Leon rannte durch den Wald, versuchte, die breiten Wanderwege zu meiden, ohne dadurch die Orientierung zu verlieren. Er setzte alles daran, schnell zu sein und gleichzeitig leise, was jedoch fast unmöglich war. Jedes Mal, wenn er irgendwo in der Nähe Wanderer bemerkte, versteckte er sich hinter den Bäumen. Zweimal stellte er fest, dass er nicht vorangekommen, sondern im Kreis gelaufen war, obwohl es helllichter Tag war. Er verfluchte sich selbst und rannte weiter, getrieben von einer irren Angst.

Es dauerte eine Ewigkeit, bis über ihm die kahlen Äste der hohen Buchen vor dem tiefblauen Himmel aufragten. Abrupt blieb er stehen. Während er gerannt war, hatte er nicht eine Sekunde darüber nachgedacht, was ihn an diesem Ort wohl erwarten würde. Eine eisige Furcht drohte ihn zu lähmen, und er musste sich zwingen weiterzugehen. Langsam näherte er sich, von oben aus dem Wald kommend, den Buchen. Er konnte ein breites Stück der großen Lichtung überblicken, von der aus man bis auf die Stadt unten im Tal schauen konnte. Niemand war zu sehen.

Mit langsamen Schritten umkreiste Leon die Buchen, während er hektisch zu allen Seiten blickte. Er war wie ein scheues Tier jederzeit zur Flucht bereit. Seine Augen waren geschärft, seine Ohren gespitzt, tief sog er die Gerüche des Waldes ein. Er roch den herbstlichen Duft der vertrockneten

Buchenblätter, die sich wie ein dichter Teppich überall ausgebreitet hatten, und den stechenden Geruch der Angst, die ihn umgab.

Gehlers Männer waren noch nicht angerückt, um die vergifteten Bäume zu fällen. Der Förster hatte ihre Stämme lediglich für die Waldarbeiter mit einem neongelben Farbspray markiert. In der Zwischenzeit hatte sich das braune Laub wie ein überkochender Brei in sämtliche Richtungen verteilt, hatte die Sträucher bedeckt und war über den Weg gequollen.

Leon konnte nicht einmal mehr jene Stelle ausmachen, vor der Marlene und er erst kürzlich gestanden hatten, weil jemand dort augenscheinlich gegraben hatte. Hatte sich Scheffler die beiden Säcke mit seinen Steinen zurückgeholt? Oder hatte er das schon vor langer Zeit getan und hier etwas ganz anderes vorbereitet?

Leons Anspannung wuchs ins Unermessliche. Jeder Schritt, den er durch die toten Blätter tat, knirschte und raschelte in seinen Ohren so laut, als würde der Boden unter seinen Füßen zerbersten. Wo steckte Scheffler? Warum zeigte er sich nicht? Worauf wartete er noch?

«Scheffler, wo bist du?», brüllte Leon mit einer Stimme, die nicht ihm zu gehören schien, so rau und brüchig klang sie. Er drehte sich um, doch nichts geschah. Kein Mensch war in der Nähe. Er spürte von allen Seiten nur eine Leere, die sich wie ein Vakuum auszudehnen schien und ihm die Luft zum Atmen nahm.

Hustend wankte er weiter auf und ab, kümmerte sich nicht mehr darum, ob womöglich jemand vorbeikam, kickte mit den Schuhspitzen ins Laub, wirbelte die zerfaserten Blätter auf, schlug mit der Faust gegen die leblosen Stämme. «Lass die Spielchen, Scheffler, und komm raus!»

War es das, was Scheffler wollte? Weiter seine Spielchen spielen? Bisher hatte er immer nur über das Handy Kontakt mit Leon aufgenommen. Er hatte ihm vom Handy seiner Opfer Nachrichten geschickt oder der Toten das Mobiltelefon in die Hand gedrückt. So hatte er Leon die Frauen finden lassen.

Leon verstand, dass er keine Wahl hatte. Scheffler bestimmte die Regeln, und wenn er Thea wiederhaben wollte, musste er mitspielen. Er holte sein Handy aus der Hosentasche und schaltete es ein. Dass die Polizei ihn so wahrscheinlich schneller finden würde, zählte in diesem Moment nicht. Er versuchte, Thea anzurufen, doch seine nervösen Finger ließen das Telefon fallen. Panisch ging er auf die Knie und durchwühlte das Laub, bis er das glatte Gerät wiedergefunden hatte, das ihm erneut wie ein Fisch aus der Hand gleiten wollte. Leon brauchte mehrere Anläufe, um die richtigen Befehle zu drücken.

Sobald er das erste lange Tuten hörte, warf er das Handy von sich, als hätte er sich daran verbrannt, und hielt sich die Ohren zu. Er wusste, dass Scheffler nicht rangehen würde, und er hatte auf einmal panische Angst davor, dass im nächsten Moment irgendwo hier im Wald – vor ihm, hinter ihm, neben ihm – das Klingeln von Theas Handy ertönte, um ihm den Weg zu einem grauenhaften Fund zu weisen, von dem er sich nie wieder erholen würde.

Langsam zog er sich die Hände von den Ohren und erstarrte. Leise, ganze leise glaubte er den bekannten Klingelton in der Ferne zu hören, dieses typische Schrillen eines alten Telefons aus analoger Zeit, das sich seine achtzehnjährige Tochter aufs Handy geladen hatte, weil es so *vintage* war. Er erhob sich, und das Schrillen wurde zu einem anhaltenden Pfeifton. Wieder presste er sich die Hände auf die Ohren, der

Ton blieb. Sein übermüdeter Körper und seine überreizten Sinne hatten ihm einen Streich gespielt.

Er atmete tief durch, atmete, bis das Blut nicht mehr in seinen Ohren rauschte und das Pfeifen vorbei war. Doch die immense Erleichterung, die er nach der Panikattacke eben noch verspürt hatte, wich erneut der Verzweiflung. Wenn Thea nicht hier war, wo war sie dann? Hilflos sah er sich immer wieder um, schaltete das Handy erneut aus und steckte es zurück in seine Hosentasche.

Dabei berührten seine Finger den langen Schlüssel und die gefaltete Karte. Verwirrt zog er beides heraus und brauchte einen Moment, um sich zu entsinnen, wie er in ihren Besitz gekommen war. Er erinnerte sich an den verschütteten Zugang zum Felsenkeller, die eiserne Tür. Hatten Lohmann oder Gehler die Sachen am Wegrand versteckt? Gehler, der behauptet hatte, nichts von einem Schlüssel oder einer Karte des unterirdischen Stollensystems zu wissen? Auch wenn dies denkbar war, ergab es keinen Sinn.

Leon breitete das Papier auf dem Boden aus, im Sonnenlicht, das mühelos durch das nackte Geäst der Buchen fallen konnte. Die Karte aus dem Jahr 1956, wie in einer Ecke zu lesen stand, war schlecht kopiert, in unscharfem Grau. Er erkannte ein kleinteiliges Geflecht aus Wegen, die hauptsächlich unter der Erde zu liegen schienen. Es waren die Gänge des alten Silberbergwerks und zweier kleinerer Stollenanlagen, in denen anscheinend nach Kupfer und Flussspat gegraben worden war. Ein Teil der winzigen Beschriftungen war durch die bräunlichen Blutschlieren nicht mehr lesbar, aber so, wie es aussah, hatte sich jemand Mitte des letzten Jahrhunderts bemüht, eine grobe Bestandsaufnahme jener Bergwerke zu erstellen, die schon damals zum größten Teil stillgelegt gewesen sein mussten. In der Zeichnung, die anscheinend eher eine Skizze als eine maßstabsgetreue Karte war, waren sowohl passierbare Schächte als auch eingestürzte Stollen und verfüllte Eingänge festgehalten. Leon konnte Mundlöcher und Lüftungsschächte ausmachen sowie ein grobes Netz von unterirdischen Gängen auf drei Ebenen, die durch Blindschächte verbunden waren.

Doch es fiel ihm schwer, sich in dem Gewirr aus Linien und Schraffierungen zu orientieren. Erst nachdem er das Papier halb gedreht und schließlich auf den Kopf gelegt hatte, entdeckte er den Felsenkeller mit seinen drei Eingängen. Er sah, dass auch die mittlerweile verschütteten Gänge hinter den beiden anderen Toren in den noch begehbaren Zugangsstollen zum Silberbergwerk mündeten. Insbesondere der ehemalige Eingang auf der rechten Seite, den Braune mit Hilfe des Försters wieder hatte freilegen wollen, schien schon nach wenigen Metern auf den Gang zu treffen, der inzwischen zur Genüge inspiziert worden war. Gehlers hilfsbereiter Einsatz würde die Polizei in ihren Ermittlungen keinen Meter voranbringen.

Leon hätte nicht sagen können, warum er dem Kommissar die Karte am Vormittag nicht gezeigt hatte. Vielleicht hatte er sie mit einem gewissen Vorsatz in seiner Hosentasche vergessen, weil er längst geahnt hatte, dass der Ermittler bei der Suche nach Scheffler keine wirkliche Hilfe war. Auch wenn er es sich erst jetzt offen eingestand, musste er die ganze Zeit über gewusst haben, dass es bei allem, was passiert war, nur um ihn ging, und dass nur er allein diesem Albtraum ein Ende bereiten konnte.

Während er weiter konzentriert auf die alte Skizze starrte, konnte er allmählich den Weg durch den Sattelberg nachvollziehen, den er zusammen mit Braune und Liebig gegangen war. Er entdeckte sogar die zwei Stiegen, die mit einem winzigen Leitersymbol eingezeichnet waren, und die Eisentür im Berg, die mit *Schutztor* beschriftet war. Der Ausgang hinter der Tür war als intaktes Mundloch gekennzeichnet, und Leon begriff, dass es erst Lohmann und Gehler gewesen waren, die diesen ehemaligen Zugang zum Bergwerk unkenntlich und schließlich völlig unpassierbar gemacht hatten.

Mit dem Zeigefinger fuhr er den Weg durch das Innere des Berges noch einmal nach und umkreiste anschließend mehrmals den Sattelberg. Schefflers Schuppen war verständlicherweise nicht auf der Karte eingezeichnet, genauso wenig wie der Hirschberg, der ebenfalls zu weit entfernt lag. Dennoch kannte sich Leon gut genug in der Gegend aus, um zu wissen, dass der breite Sattelberg etwa auf halber Strecke zwischen beiden Punkten lag.

Er dachte an Marlenes zerkratzte Beine und daran, wie sie ihm im Krankenhaus erzählt hatte, dass Scheffler sie gezwungen hatte, stundenlang zu laufen. Leon schätzte, dass der Weg von Schefflers Schuppen bis zum Hirschberg an die drei Stunden dauerte – wenn man nicht die direkte Abkürzung durch den Felsenkeller nahm, wie Scheffler es offenbar mit Marlene getan hatte.

Leon stierte weiter auf die Karte, als könnte sie ihm eine Antwort auf die Frage geben, wo Scheffler zu finden war. Er sah, dass sich in der Senke neben dem Sattelberg, dort, wo der Schwarzbach floss, ein einzelner Stollengang im Nichts verlor, vermutlich an der Stelle, wo Gehler ihnen das niedrige, zugeschüttete Mundloch gezeigt hatte. Gleich daneben, im angrenzenden Kohlberg, waren die Gänge einer stillgelegten Kupfergrube eingezeichnet. Auf der Karte sah es so aus, als wäre die

Grube begehbar. Aber ob der Zugang heute, mehr als sechzig Jahre später, noch zu finden war?

Leon versuchte, sich den Kohlberg vor Augen zu rufen. Der Name sagte ihm nichts. Erst als er auf der Karte die Baumgruppe entdeckte, die über dem Stolleneingang zur besseren Orientierung eingezeichnet und mit der Beschriftung *Eichenwäldchen* versehen war, wusste er, dass er den Berg gut kannte. Er selbst hatte den Ort den *Wald der versehrten Eichen* getauft, nachdem er entdeckt hatte, dass die Bäume dort immer wieder verstümmelt und verletzt worden waren. Zuletzt war er vor einer Woche dort gewesen, als ihn in aller Früh und noch vor Sonnenaufgang ein umherschleichender Schatten zwischen den Bäumen paralysiert hatte, den er später – zu spät – mit dem Mann von den Mülltonnen in Verbindung gebracht hatte. Heute wusste er, dass es Scheffler gewesen sein musste.

Ohne einen wirklichen Plan zu haben, lief Leon los. Doch er hatte keine Wahl, er musste etwas unternehmen. Bei den Buchen zu warten, war keine Option. Jede Minute, die untätig verstrich, war eine Minute der Qual für Thea. Mit jedem Meter, den er zurücklegte, über schmale Pfade rannte und sich durchs Dickicht schlug, wurden seine Gedanken klarer. Der Eichenwald war für Scheffler jener Ort, an dem *alles angefangen hatte.* Schon vor Jahren hatte Leon die verkrüppelten Bäume bemerkt. Manche von ihnen waren mit Axt, Säge oder anderen Werkzeugen aufs schlimmste verstümmelt worden. Wenn es tatsächlich Scheffler war, der für diese unsinnigen Taten die Verantwortung trug, war der Eichenwald womöglich der Ausgangspunkt seiner verbrecherischen Karriere. Leon wusste, dass Sadisten häufig schon in der Kindheit auffällig wurden, weil sie Tiere quälten. Vielleicht wies Richard Schefflers Werdegang gewisse Parallelen dazu auf, nur dass er zuerst Bäume verletzt und getötet hatte, bevor er dazu übergegangen war, dasselbe mit Menschen zu tun.

Leon rannte, während sich das Licht aus dem Wald zurückzog. Im Schein der untergehenden Sonne ragten die Bäume wie schwarze Giganten auf, die durch ihre langen Schatten auf dem Boden noch größer erschienen. Als er den Kohlberg mit dem Eichenwald erreichte, war es Abend geworden.

Zum ersten Mal, seit er bei den Buchen losgelaufen war, blieb er stehen. Heftig schnaufend versuchte er, zu Atem zu kommen, und sah sich um. Immerhin hatte er um diese Uhrzeit keine Wanderer mehr zu fürchten. Aber wenn Scheffler nicht bald aus seinem Loch kroch, würde die bevorstehende Dunkelheit zum Problem werden. Leon hatte keine Taschenlampe dabei, er würde im Notfall nur sein Handy nutzen können.

Ob die Nacht Teil von Schefflers Plan war? Bisher hatte Leon ihn immer nur im Dunkeln überrascht, wo sich Scheffler trotz seines Alters erstaunlich geschickt bewegt hatte. Er glich einem nachtaktiven Tier, das sich erst nach Einbruch der Dunkelheit auf die Lauer legte und auf Beutezug ging, während es mit allen Sinnen wachsam blieb und den Rückzug antrat, sobald es Gefahr witterte.

Noch einmal holte Leon die Karte aus der Hosentasche, doch die Skizze war zu ungenau, der Maßstab insgesamt zu klein. Es war nicht genau zu erkennen, wo der Zugang zu der Kupfergrube gewesen war. Er steckte die Karte wieder ein, holte das Handy hervor und schaltete es ein. Zwanzig Uhr fünf. Keine neuen Nachrichten. Wieder wählte er Theas Nummer, und die Angst, ihr Handy irgendwo klingeln zu hören, war die gleiche wie vorhin. Obwohl es um ihn herum still blieb, brauchte Leon Minuten, um sich zu beruhigen.

Verzweifelt begann er, den Saum des Kohlbergs abzulaufen, inspizierte jeden Hang und folgte dann sämtlichen Hügeln und Kuhlen auf dem Bergrücken. Als die Sonne längst hinter dem Horizont abgetaucht war, stolperte er noch immer ratlos durch den Eichenwald. Die verletzten Bäume machten ihm Angst. Es war, als wollten sie ihm vor Augen halten, was ihn erwartete, wenn er seine Tochter nicht bald fand. Und selbst die gesunden alten Eichen sahen mit ihren knorrigen Stämmen und krummen Ästen im Dämmerlicht wie Gespenster aus.

Allmählich wurde es immer dunkler, das Licht zerschmolz. Noch immer war die Umgebung erkennbar, aber körniger, wie auf einem alten Foto. Leon konnte sich nicht mehr allein auf seine Augen verlassen. Seine Beine wurden langsamer, seine Schritte vorsichtiger. Er spürte die aufziehende Kühle, roch den schweren Abendduft des Waldes, hörte die trockenen Gräser und Preiselbeersträucher unter seinen Sohlen rascheln und knacken. Seine Hände krallten sich in die dicke, aufgeplatzte Rinde einer Eiche, als er fast über eine tote Birke stolperte, die quer über dem Boden lag. War auch sie durch Schefflers Hand gestorben?

Leon kletterte über den morschen Stamm und fragte sich, warum der Förster diesen Teil seines Reviers so auffallend vernachlässigte. Während Gehler sonst schnell zur Stelle war, wenn es darum ging, kranke Bäume zu fällen und Totholz zu entfernen, rührte er im Wald der versehrten Eichen keinen Finger. Hatte auch er hier Angst? Spürte auch er das seltsame Grauen, das von diesem Ort ausging?

Plötzlich glaubte Leon, etwas hinter sich zu hören. Erschreckt verharrte er mitten in der Bewegung und hielt den Atem an. Langsam drehte er den Kopf. Doch inzwischen war die Dunkelheit zu einer dunklen, diffusen Wand geworden, sodass er nichts mehr erkennen konnte. Instinktiv wollte er sich hinter einem breiten Baum verbergen und machte zwei große Schritte darauf zu.

Doch er erreichte ihn nicht. Unter ihm tat sich die Erde auf. Sein rechter Fuß trat ins Leere, und er verlor das Gleichgewicht. Während seine Beine ins Nichts rutschten, kippte sein Oberkörper nach vorne. Reflexartig griff er nach ein paar langen Grasbüscheln, die ihm durch die Finger glitten. Als sein Kopf an einer felsigen Kante aufschlug, spürte er nur noch, wie er jeden Halt verlor. Er riss Erdklumpen und Steine mit sich, als er in dem finsteren Trichter verschwand.

SIEBENUNDZWANZIG

Eine sanft gesummte Melodie weckte ihn. Vor seinem inneren Auge sah er eine Mutter, die ihr Kind in den Schlaf wiegte. Anna, die die kleine Thea auf dem Arm durch das nächtliche Haus trug. Das Bild versickerte in der Dunkelheit, während das Summen leiser wurde.

Leon hatte die Augen längst geöffnet und sah trotzdem nur Schwarz um sich herum. Noch bevor er wusste, wo er war und was geschehen war, befühlte er seine Stirn. Ein Brennen ließ seine Hand zurückzucken, sein Kopf dröhnte. Mit dem Schmerz kehrt auch das Bewusstsein zurück, und Leon realisierte, dass er halb saß, halb auf dem Rücken lag, an einem Ort, der eng und finster war. Er versuchte sich aufzurichten, doch Blitze zuckten in seinem Rücken, verschmolzen zu einem heftigen Stechen, das sich über sein Steißbein bis hinab in die Füße zog. Er sackte zurück gegen die kalte Felswand und begriff, dass er in einem Schacht steckte.

Wie tief war der Schacht? Leon musste seinen hämmernden Kopf qualvoll weit nach hinten biegen, um weit, weit oben, irgendwo zwischen den Blättern eines Baums, einen Fetzen Sternenhimmel ausmachen zu können. Wie lange schon lag er hier unten? Zusammen mit der Finsternis hatte sich die Zeit ins Unermessliche ausgedehnt. Leon hätte nicht sagen können, ob er nur Sekunden, Minuten oder gar Stunden ohnmächtig gewesen war. In jedem Fall war es immer noch Nacht.

Ihm blieb nichts, als sich aus eigener Kraft aufzurichten. Kein Mensch war in der Nähe, er war völlig auf sich allein gestellt. Er zwang sich zu einem weiteren Versuch und schaffte es schließlich, unter Stöhnen und Ächzen auf die Beine zu kommen. Sobald er stand, bekam er eine Ahnung davon, wie tief der Schacht war. Bis zur Erdoberfläche waren es mindestens drei bis vier Meter.

Er versuchte, Kanten und Vorsprünge im Fels zu ertasten, um sich daran hochzuziehen, doch das Gestein war feucht und glatt, sodass er immer wieder abrutschte. Wütend gab er irgendwann auf. Zum ersten Mal, seit er am Nachmittag aus dem Quellbach losgelaufen war, spürte er, wie entsetzlich müde und kraftlos er war. Und wie durstig. Wenn er gekonnt hätte, hätte er vor Verzweiflung losgebrüllt, doch sein Mund war trocken, sein Hals rau.

Ihm wurde klar, dass er die alte Kupfergrube gefunden hatte, zumindest einen Teil davon. Doch dieses Loch hier war sicherlich kein Zugang gewesen, sondern höchstwahrscheinlich ein Wetterschacht, der die Bergleute mit frischer Luft versorgt hatte. Nur warum hatte sich niemand darum gekümmert, ihn zu sichern oder zuzuschütten? Hatte Gehler das Loch nicht bemerkt, weil er den Eichenwald nie betrat? Hatte der Regen über die Jahre den Boden abgetragen und zu einer Erosion geführt, die diesen Trichter plötzlich freigelegt hatte? Oder hatte das ein Mensch getan, in voller Absicht?

Leon saß in einer Falle fest, aus der er sich nicht befreien konnte. Er sank in die Knie und kauerte sich frierend auf den feuchten Boden. Er musste an Marlene denken, die in einer ähnlichen Stellung in den hohlen Baumstamm gezwängt gewesen war. War es das, was Scheffler bezweckte? Sollte Leon hier unten, gefangen zwischen kalten Steinen, den Tod finden?

Aber was war mit Thea? Welche Erniedrigungen und Qualen hatte sich Scheffler für sie aufgespart?

Gegenüber gab es eine Stelle, die vom Boden etwa einen Meter vertikal hinaufreichte, wo das Schwarz des Felsens noch kräftiger als im Rest des Schachts zu sein schien, so als hätte sich dort ein breiter Streifen Kohle im Gestein abgelagert. Leon streckte den Fuß danach aus und war überrascht, keinerlei Widerstand zu spüren. Er ging auf die Knie, um die Stelle mit den Händen zu betasten, und entdeckte eine Ausbuchtung, die in den Fels gehauen war. Er kroch so weit vor, dass sein Oberkörper darin verschwand, und stellte fest, dass sich ein Gang daran anschloss. Allerdings war der Gang so niedrig, dass Leon zögerte. Er kämpfte seine Panik nieder und machte sich klar, dass ihm keine andere Möglichkeit blieb, dann zwängte er sich hinein.

Zentimeter um Zentimeter schob er sich voran. Mit den Knien, den Oberschenkeln, dem Bauch schürfte er über das schroffe Gestein. Als gleichzeitig sein Kopf gegen den Fels stieß, wurde ihm bewusst, dass er sich aller Wahrscheinlichkeit nach in eine aussichtslose Lage manövrierte. Er riskierte, stecken zu bleiben. Er versuchte zurückzukriechen und stellte erschrocken fest, dass es ihm nicht gelang. Die ganze angestaute Panik brach sich Bahn, und er wollte nur noch schreien, doch in seiner Lunge war keine Luft mehr. Er würde ersticken in dieser Finsternis und Enge. Kalter Schweiß brach ihm aus und mit ihm eine unbändige Wut, die seinen Überlebenswillen weckte. So wollte er nicht sterben, eingeklemmt und gefangen in einer kalten Welt aus Stein.

Ruckartig drückte er sich zentimeterweise nach vorn, so lange, bis ihn die Kraft verließ. Er schlug sich den Hinterkopf auf und zerkratzte sich die Arme, aber er nahm den Schmerz kaum wahr, denn mit einem Mal spürte er Luft und, wie es schien, Raum. Zuerst atmete er nur, bis er sich einigermaßen beruhigt hatte. Danach kroch er vorsichtig weiter, während er in der absoluten Dunkelheit die Wände abtastete. Er fühlte, roch und hörte, dass er in eine Höhle gelangt war. Der intensive Geruch nach Moder und Eisen wurde ein wenig gemildert durch die Frischluft, die durch den Schacht hereinströmte, in den Leon gefallen war.

Er richtete den Oberkörper auf, um sein Handy aus der Hosentasche zu holen. Gleichzeitig stieß sein Fuß gegen etwas, das klirrend zu Bruch ging. Hektisch schaltete er das Handy ein und aktivierte die Taschenlampenfunktion. Das Erste, was er sah, waren die Porzellanscherben einer Tasse. Ein Teller und eine kleine Schüssel standen noch intakt auf dem Boden. Ihm war sofort klar, dass er das weiße Geschirr mit dem Goldrand schon einmal gesehen hatte. Genauso wie das Besteck, den Gaskocher und die Isomatte mit dem Kissen. Auf einer Plastiktüte neben der Matte lag ein langes Messer, ein halbes altes Brot und der riesige Schinken. All diese Dinge hatte Scheffler vom Felsenkeller hierhergeschafft, nachdem Leon und Marlene sein Versteck entdeckt hatten.

Bevor Leon wusste, was er tat, hatte er sich die große volle Plastikflasche neben der Isomatte gegriffen und die Hälfte des Wassers hinuntergekippt. Sein Rachen brannte noch immer, genauso wie die Wunden an Stirn, Hinterkopf und Armen, ganz zu schweigen von den stechenden Schmerzen im Rücken und in den Füßen. Dennoch fühlte er sich, als hätte er den Gipfel eines steilen Bergs erreicht, und einen Moment lang war er euphorisch und voller Energie. Bis ihm sein Verstand sagte, dass er gar nichts erreicht hatte. Er war keinesfalls am Ziel. Scheffler war nicht hier und vor allem nicht Thea.

Schnell hatte er jede Ecke und Ritze der kleinen Höhle abgeleuchtet, die gerade einmal genug Platz bot, um darin zu sitzen und sich auszustrecken. Sie glich mehr dem Unterschlupf eines Tieres als dem Wohnraum eines Menschen. Was trieb Scheffler hier? Was anderes konnte man hier tun, als zu essen und zu schlafen? Das Heft mit den seltsamen Aufzeichnungen war nicht da. Trug Scheffler es bei sich, auf einem seiner Streifzüge durch die Nacht?

Gleich hinter dem Fußende der Isomatte verjüngte sich die Höhle zu einem breiten Schlauch, der nach etwa einem Meter einen Bogen nach rechts machte. Leon, der sich weiter auf allen vieren fortbewegte, traf dort auf einen großen Stein, der ihm den Weg versperrte. Er wollte ihn nach vorne schieben, doch ein zweiter Stein dahinter hinderte ihn daran. Dennoch konnte er die herrliche Nachtluft riechen und wusste, dass er es geschafft hatte, aus diesem finsteren Kerker zu entkommen.

Er steckte das Handy weg, um beide Hände frei zu haben, und zwängt sich irgendwie an dem ersten Stein vorbei, während er sich gleichzeitig gegen den zweiten drückte. Der Felsbrocken kippte um, rollte nach vorne, und Leon war draußen im Freien. Langsam richtete er sich auf. Es kam ihm vor, als hätte er seit Tagen nicht mehr auf zwei Beinen gestanden. Jeder Knochen, jeder Muskel schmerzte höllisch.

Der Mond stand hoch oben am Sternenhimmel. Leon blinzelte durch die Zweige des Dickichts zu ihm hinauf und musste die Augen mit der Hand abschirmen. Nach der Finsternis in der Höhle blendete ihn das Mondlicht wie die gleißende Mittagssonne. Während er sich vorsichtig umsah, überlegte er, ob er vorhin schon einmal hier vorbeigekommen war. Farne und Sträucher versperrten die Sicht auf das unscheinbare Loch im Fels. Leon hatte Ausschau nach einem mannshohen Mundloch gehalten und daher den niedrigen Zugang zu der Höhle übersehen, den Scheffler zudem noch mit den Steinen verbarrikadiert hatte. Wollte er damit verhindern, dass tierische Besucher seine Küche und Schlafstube verwüsteten, oder hatte er Angst, hier im Berg entdeckt zu werden?

Leon durchquerte das Dickicht bis zum Weg, stieg von dort aus erneut auf den Kohlberg und näherte sich langsam der Stelle, an der er in den Schacht gestürzt war. Obwohl Mond und Sterne den Wald dort, wo es die Äste der Eichen zuließen, hell erleuchteten, nahm er noch einmal sein Handy zu Hilfe. Auf keinen Fall wollte er ein zweites Mal in die Falle tappen.

Er stellte fest, dass sich der Boden im Umkreis des Schachts abgesenkt hatte. Das Loch lag in einer Kuhle, in die er vorhin hineingestolpert sein musste, als ihn das Geräusch in seinem Rücken abgelenkt hatte. Allerdings war sein Sturz in die Tiefe kein unglücklicher Zufall gewesen – neben der Kuhle im Gebüsch stieß Leon auf einen großen runden Betondeckel. Normalerweise sicherte er den ehemaligen Lüftungsschacht. Jemand hatte ihn entfernt.

Leon versuchte, sich die Situation ins Gedächtnis zu rufen, die zu seinem Sturz geführt hatte. Was hatte er hinter sich gehört? Waren es Schritte gewesen? Eine Stimme? Er erinnerte sich nicht mehr. Nur noch an die gesummte Melodie, die in seinen Ohren geklungen hatte, als er im Schacht wieder zu sich gekommen war.

Er ging weiter. Wenn vorhin tatsächlich Scheffler hinter ihm gewesen war, war dieser vermutlich geradeaus weitergelaufen, dorthin, wo sich der Eichenwald verdichtete und die meisten der verstümmelten Stämme standen. Mit unsicheren Schritten schlich Leon zwischen den Bäumen hindurch, jederzeit darauf gefasst, in das nächste Loch zu stürzen. Er hatte die

Augen so konzentriert auf den Boden gerichtet, dass er fast den schwachen Schein weiter vorne im Wald übersehen hätte, der sich, gleich einem Glühwürmchen, mal in die eine, mal in die andere Richtung bewegte.

Hinter einem breiten Baum verborgen, harrte Leon aus und beobachtete das matte Leuchten eine Weile, bevor er sich aus seiner Deckung wagte. Während er sich langsam näherte, kam ihm wieder das Summen aus dem Schacht in den Sinn, bis er feststellte, dass er es erneut hören konnte. Diesmal war es keine vage Erinnerung, sondern klar und deutlich vernehmbar. Es war eine fröhliche Melodie, erschreckend gut gelaunt und sorglos.

Leon war bis auf etwa zwanzig Schritte an das Licht herangekommen. Er presste sich an eine Eiche und atmete in ihre raue Rinde, um sich nicht zu verraten. Nicht die körperliche Anstrengung hatte ihn derart aus der Puste gebracht, sondern die Erkenntnis, dass der unbekümmert vor sich hin summende Mann Richard Scheffler war.

Auch in dieser Nacht trug er eine weite Hose und ein weites Hemd. Nur seinen speckigen alten Rucksack sah Leon zum ersten Mal. Auf dem Kopf mit den langen Haaren saß das große Käppi, und darüber war die Stirnlampe gespannt, die Scheffler schon damals im Felsenkeller aufgehabt hatte. Ihr weißlicher Strahl huschte bei jedem Schritt, den Scheffler tat, auf und ab über den Waldboden und die Baumstämme.

Sobald Leon das Gefühl hatte, seinen Atem halbwegs kontrollieren zu können, wagte er einen weiteren Blick hinter der Eiche hervor. Sein Herz setzte einen Schlag aus, als er sah, dass Scheffler genau auf ihn zukam. Keine fünf Meter vor ihm blieb der Alte stehen und wandte sich einer zierlichen Birke zu, in deren weißem Stamm eine breite Wunde klaffte.

Schon vor einiger Zeit musste jemand ein großes Stück Holz wie einen Keil aus dem Stamm herausgeschlagen haben. Die Birke hatte sich nach Kräften bemüht, die schwere Verletzung mit einem dicken Sekret zu verschließen. Dennoch hatte sie den Kampf gegen die eindringenden Pilzsporen, Schädlinge und Krankheitserreger verloren, denn auch sie hatte keine Blätter mehr.

Der Flecken, auf dem Scheffler stand, wurde vom Mondlicht beschienen. Er legte das Heft, das Leon nur zu gut kannte, auf den Boden und holte ein Maßband aus seiner Hosentasche hervor. Nachdem er die Wunde der Birke vermessen und ihre nackte Krone studiert hatte, hob er das Heft wieder auf, blätterte darin, bis er die richtige Seite gefunden hatte, und schrieb mit einem Bleistift aus seiner Tasche etwas hinein.

Von seinem Gesicht konnte Leon kaum etwas erkennen, da es unter dem Schirm der Baseballmütze verborgen war und die Stirnlampe darüber blendete. Er registrierte nur den entspannten Zug um Schefflers Mund. Als der Alte mit dem Studium der verkrüppelten Birke fertig war, klappte er das Heft zu, steckte es zusammen mit dem Bleistift in den Rucksack und wandte sich um. Er schlenderte davon, während er erneut zu summen begann.

Leon schlich hinterher. Scheffler wirkte so in sich versunken, dass er ihn kaum hören würde. Dennoch ließ er dem Alten einen gewissen Vorsprung, denn es war nicht schwer, seinen schwarzen Umrissen, dem Schein der Stirnlampe und der Melodie zu folgen. Erst jetzt wurde Leon bewusst, dass sie schief und viel zu hoch klang.

Er rechnete damit, dass Scheffler noch vor anderen verletzten Bäumen anhalten und seine Notizen machen würde. Doch anscheinend hatte er seine Arbeit abgeschlossen, denn er ging immer weiter und trat schließlich aus dem Eichenwäldchen hinaus.

Wo war Thea? War Scheffler auf dem Weg zu dem Ort, wo er sie gefangen hielt? Am liebsten wäre Leon hinter ihm her und hätte sich auf ihn gestürzt. Doch er ahnte, dass der verrückte Alte ihm nicht einfach so preisgeben würde, wo er seine Tochter versteckt hielt. Daher heftete er sich still und unsichtbar an seine Fersen, in der verzweifelten Hoffnung, gleich bei ihr zu sein.

Der Weg des Alten verlief zwischen eng stehenden Fichten einen steilen Hang hinab. Leon musste höllisch aufpassen, nicht auszurutschen und zu stürzen. Im Gegensatz zu Scheffler stand ihm bei diesem anspruchsvollen Abstieg kein künstliches Licht zur Verfügung. Doch der Alte ging gemächlich, er hatte keinerlei Eile.

Leon war so damit beschäftigt, weder zu straucheln noch den anderen aus den Augen zu verlieren, dass er erst unten in der breiten Senke bemerkte, wohin Scheffler ihn geführt hatte. Sie waren in das Tal zwischen Kohlberg und Sattelberg abgestiegen, durch das der Schwarzbach floss. In seinen Turnschuhen rutschte Leon über die feuchte Erde, bis er den trockenen Pfad erreicht hatte, den der Alte weiter vorne entlangging.

Plötzlich blieb Scheffler stehen. Der Schein seiner Stirnlampe wanderte über eine breite, glatte Fläche, in deren Mitte sich der Mond spiegelte. Am Ufersaum des schwarzen Teichs ließ er sich nieder. Was hatte er vor? Was wollte er hier?

Leon war hinter ihm nah genug herangeschlichen, um zu sehen, dass sich der Alte auf einen bemoosten Baumstumpf gehockt hatte. Er setzte den Rucksack ab, zog das Käppi mit der Stirnlampe vom Kopf und schaltete das Licht aus. Der Schein des Mondes fiel auf seine weißen Haare, die ihm in langen Strähnen bis über die Schulterblätter hinabhingen. Umständlich begann er damit, seine Schuhe und Strümpfe auszuziehen. Nachdem er auch das Hemd ausgezogen und Hose sowie Unterhose abgestreift hatte, erhob er sich und tapste mit vorsichtigen Schritten auf das schwarze Wasser zu.

Sein Rücken, der Hintern und die Oberschenkel waren faltig und schlaff. Im Mondlicht leuchteten sie hellgrau wie rissiger Weißzement. Mit den Füßen bog Scheffler die hohen Farnwedel auseinander, ging hindurch und stakste zwischen Seerosenblättern in den Tümpel hinein. Er blieb nicht stehen, sondern watete in gleichbleibendem Tempo immer tiefer in das schwarze Wasser hinein. Als es ihm bis zur Hüfte reichte, drehte er sich um und stieß sich kraftvoll nach hinten ab, um auf dem Rücken fast bis zur Mitte des Tümpels zu gleiten.

Leon merkte, wie sein Mund aufklappte und er einen Schritt nach vorne taumelte, weil er seinen Augen nicht trauen wollte. Während er sich an einem Baum festhielt, konnte er den Blick nicht abwenden und starrte auf die schlaffen weißen Brüste, die wie leere Mehlsäcke an der Wasseroberfläche trieben. Der Waldmensch, den er für Richard Scheffler gehalten hatte, war eine alte Frau.

ACHTUNDZWANZIG

Das Quaken der Kröten war verstummt und nur noch das dumpfe Glucksen des Wassers zu hören, als sich die Alte auf den Bauch drehte und mit langen, ruhigen Schwimmzügen bis zur anderen Seiten des Tümpels und von dort aus wieder zurück zum Ufer schwamm.

Mitternacht war längst vorüber, hier und da knackte es in den Bäumen, raschelte es im Unterholz. Eine Eule schickte ihre Rufe in die Dunkelheit. An einer Stelle, wo keine Seerosen und keine Wasserlinsen die spiegelglatte, schwarze Oberfläche bedeckten, blieb die Alte im seichten Wasser hocken, legte den Kopf zurück und fächerte ihre langen grauen Haare auf, um sie auszuspülen. Sie richtete sich auf, schöpfte sich Wasser ins Gesicht, rieb sich dann die Augen trocken und wrang sich sorgfältig die Haare aus.

Damit war die Waschprozedur beendet, denn sie stand auf und versuchte, aus dem Tümpel zu kommen. Irgendetwas hinderte sie daran, sie strauchelte, kippte im flachen Wasser nach vorne und kroch auf allen vieren ans Ufer. Als sie sich aufrichtete, waren ihre Hände, Füße und Schienbeine mit Schlamm überzogen. Umständlich spülte sie den Schmutz wieder ab, bevor sie zu dem Baumstumpf zurückstakste.

Spätestens da wusste Leon, wer sie war. Während sie gebadet hatte, war er noch näher herangekommen und erkannte nun in der großen Frau, die ihren Mann um einen halben Kopf überragt hatte und einmal füllig gewesen war, jetzt allerdings abgemagert und verhärmt aussah, seine Nachbarin Luise Scheffler wieder.

Die Alte ließ sich auf den morschen Stumpf sacken und trocknete sich mit einem Tuch aus ihrem Rucksack ab. Leon beobachtete sie dabei, wie sie wieder in die unförmigen, weiten Kleidungsstücke schlüpfte, die augenscheinlich keine Frauensachen waren und vermutlich einmal ihrem Mann gehört hatten. Vergeblich kämpfte er darum, in der Flut aus Gedanken, die wie ein Tsunami über ihm zusammengebrochen war, zu Atem zu kommen.

Was tat Luise Scheffler hier im Wald? Warum hatte sie ihr Haus verlassen und hielt sich in einer Höhle versteckt? Hatte sie die drei Frauen umgebracht? War sie es gewesen, die Marlene verschleppt hatte? Wusste sie, wo Thea war? Leon merkte, wie er zu zittern begann und schnaufte.

Die Alte, die versuchte, sich Strümpfe und Schuhe anzuziehen, horchte auf. Sie drückte den Rücken durch und drehte langsam den Kopf in seine Richtung. Leon hatte gerade noch Zeit, sich hinter einem breiten Baum zu verstecken.

Er fragte sich, wo Luise Schefflers Mann war. Ob er etwas mit den Ereignissen zu tun hatte oder ob er tatsächlich tot war. Wollte sie sich deshalb an Leon rächen? Hatte sie ihn aus diesem Grund in den Eichenwald gelockt? Hatte sie beobachtet, wie er in den Schacht gestürzt war, und ging jetzt davon aus, dass er sich das Genick gebrochen hatte und dort krepierte?

Als Leon wieder hinter dem Baum hervorlugte, schulterte sie gerade ihren großen Rucksack, setzte das Käppi wieder auf und schaltete die Stirnlampe ein.

Allerdings schlug sie nicht den Weg zurück zum Eichenwald ein, sondern kletterte neben dem Schwarzbach den Hang hinauf. Leon heftete sich an ihre Fersen. Er musste sich zwingen, den Abstand so groß zu lassen, dass sie ihn nicht bemerkte. Immer wieder sagte er sich, dass er bald schon bei Thea wäre, auch wenn er sich alles andere als sicher sein konnte. Doch er durfte diese Chance nicht leichtfertig aufs Spiel setzen.

Luise Scheffler erreichte den Forstweg auf der Kuppe, wo unlängst Gehlers Pick-up und später die Transporter der Jäger geparkt hatten. Leon wartete ab, bevor er ebenfalls hinaufschlich, denn er wollte nicht das Risiko eingehen, dass die Alte ihn aus dem Unterholz kriechen sah, während sie oben verschnaufte.

Er sah gerade noch ihren Rücken, als sie auf der anderen Seite des Wegs wieder in den Wald eintauchte. Ihr Weg führte Luise Scheffler nicht etwa zu dem Stolleneingang im Sattelberg, den Lohmann und seine Helfer zugeschüttet hatten, und auch nicht an der Stelle vor der Höhle vorbei, wo Leon den Schlüssel und die Karte gefunden hatte. Stattdessen stieg die Alte auf der anderen Seite den Hang hinab und schlug sich durch den Wald, bis ein brachliegendes Feld vor ihr auftauchte.

Dort, wo der Wald zu Ende war, setzte sie den Rucksack ab. Leon verfolgte, wie sie hinter einer Tanne auf die Knie ging und mit beiden Händen im Boden zu wühlen begann. Wie ein Hund hockte sie auf allen vieren und schaufelte die Erde zur Seite. Was tat sie da?

Anfangs sah es so aus, als wollte sie ein Loch in den Boden graben. Aber nach einer Weile stellte Leon fest, dass sie vielmehr damit beschäftigt war, etwas aus der Erde zu befreien. Stöhnend vor Anstrengung, förderte sie ein längliches Käfigkonstrukt zutage, das aus einem Drahtgeflecht gefertigt war. Sie mühte sich ab, die Falle zu öffnen, und zog einen großen Feldhasen an seinen langen Ohren heraus. Sie verstaute das schlaffe Tier in ihrem Rucksack und verbarg die Falle erneut hinter der Tanne. Während sie sich aufrichtete und dicke Erdklumpen von der Hose klopfte, murmelte sie etwas vor sich hin. Die unverständlichen Worte wurden von dem bekannten Summen abgelöst, als sie ihren Weg den Feldrand entlang fortsetzte.

Erst jetzt wurde Leon bewusst, dass sie beinah ununterbrochen vor sich hin murmelte oder summte. Wie ein Mensch, der unter Einsamkeit litt oder sich in eine Geisteskrankheit geflohen hatte.

Am Ende des Feldes bog sie auf eine Straße, der sie einen halben Kilometer folgte, bevor sie wieder ein Waldstück durchquerte, nur um erneut auf eine Straße zu gelangen. War sie auf dem Weg zum Hirschberg? Bei diesem Gedanken begannen Leons Hände zu kribbeln, und sein Herzschlag beschleunigte sich. War das der Ort, wo sie Thea versteckte? Der Ort, an dem alles begonnen hatte?

Ein Auto tauchte in der Ferne auf, und Leon war überrascht von Luise Schefflers Reaktion. Schnell kletterte sie in den Straßengraben hinab und legte sich mit dem Gesicht nach unten auf den Boden. Auch Leon wollte nicht gesehen werden und versteckte sich, allerdings nicht mit einer solchen Panik, wie Luise Scheffler sie gezeigt hatte. Die Szene wiederholte sich ein paar Minuten später, als ein zweites Auto vorbeifuhr. Die Alte schien sich förmlich in den Grund des Grabens hineinzuwühlen. Sie erinnerte Leon an ein Kind, das davon überzeugt war, nur fest genug die Augen schließen zu müssen, um nicht mehr da zu sein.

Dort, wo sich die Straße am Ende des breiten Tals in den Wald hinaufschlängelte, glaubte Leon, vor dem Sternenhimmel die Umrisse des Hirschbergs zu erkennen. Je länger er Luise Scheffler folgte, desto überzeugter war er, dass nichts anderes als dieser Berg ihr Ziel sein konnte. Umso erstaunter war er, als sie unvermittelt die Straße verließ und nach rechts in einen Schotterweg einbog.

Die Schotterpiste führte zwischen zwei abgeernteten Rapsfeldern zu einem verlassen wirkenden Natursteinhaus. *Alte Ölmühle Wiesental* las Leon über der Eingangstür, die offenbar in einen kleinen Laden führte. Weder in dem Verkaufsraum noch im Rest des Hauses brannte irgendwo Licht.

Luise Scheffler schenkte dem Haus keinerlei Aufmerksamkeit, sondern verschwand dahinter. Leon folgte ihrem Summen über einen ausgestorbenen Parkplatz und sah, wie sie auf ein Feld mit langstieligen Pflanzen zusteuerte, die noch in voller Blüte standen. Aus dem Rucksack mit dem toten Hasen holte sie das Tuch, mit dem sie sich zuvor abgetrocknet hatte, und breitete es auf dem Boden aus. Sie begann, die im Mondlicht goldgelb schimmernden Blüten, die wie zerzauste Kügelchen aussahen, von den langen Stängeln zu rupfen und mehrere Handvoll auf das Tuch zu legen. Sobald sie genügend hatte, knotete sie das Tuch zu und verstaute es in ihrem Rucksack neben dem erlegten Tier.

Leon hatte sich vom Rand des Feldes in den sicheren schwarzen Schatten des Hauses zurückgezogen und drückte sich enger an die Hauswand, als er die Alte zurückkommen sah. Vorne an der Straße bog sie nach links und wählte damit nicht den Weg zum Hirschberg, sondern die Strecke, die sie gekommen war.

Leon, der ihr weiterhin auf Schritt und Tritt folgte, geriet immer mehr außer sich. Wo wollte sie verdammt noch mal jetzt wieder hin? Was war ihr nächstes Ziel? Würde sie ihn irgendwann doch noch zu Thea führen? Oder war es möglich, dass sie mit dem toten Hasen und den seltsamen gelben Blüten einfach zurück in ihre Höhle kroch?

Zwar ging die Alte nicht denselben Weg zurück, dennoch sagte ihm sein Orientierungssinn, dass sie auf dem Weg in den Eichenwald war. Mit jeder weiteren Minute, die verging, wuchsen seine Verzweiflung und sein Zorn. Die Zeit verstrich, während Thea auf ihn wartete. Er hatte keine Ahnung, wie es ihr ging, ob sie noch bei Bewusstsein war – ob sie überhaupt noch am Leben war. Wie spät war es inzwischen? Drei Uhr nachts? Vier Uhr?

Seine Geduld war erschöpft. Er achtete kaum noch darauf, bei der Verfolgung der Alten genügend Abstand zu halten. Doch auch wenn er ihr immer näher kam, nahm sie ihn hinter sich nicht wahr. Als es neben dem Schwarzbach den Hang hinabging, verlor Leon für einen Moment das Gleichgewicht. Er stolperte über eine Wurzel und rutschte auf den trockenen Blättern mehrere Meter hinab, bis es ihm schließlich gelang, sich an einem Baum festzukrallen.

Sobald er wieder fest auf beiden Beinen stand, spürte er das Licht, das auf ihn gerichtet war – und die Augen der Alten, obwohl sie hinter ihm stand. Er wandte sich in ihre Richtung und blickte, keine zehn Schritte entfernt, in das beschattete Gesicht unter der Schirmmütze. Die Stirnlampe blendete ihn schmerzhaft.

Für einen langen Moment herrschte Stille. Bis aus der Kehle der Alten ein Geräusch entwich, das wie ein hohes Stöhnen klang.

«Wo haben Sie meine Tochter?», fragte Leon laut. Er war überrascht von seiner eigenen Stimme, die durch den nächtlichen Wald wie Kanonendonner dröhnte.

Die Alte rührte sich nicht. Wie festgewachsen harrte sie aus, während das Licht ihrer Lampe weiter auf Leon gerichtet war, als wollte sie ihn so in Schach halten.

«Schalten Sie das verdammte Ding aus!», rief er und riss den Arm vor die Augen.

Sie wankte einige Schritte zurück, strauchelte. Der Strahl ihrer Stirnlampe irrte durch den Wald und kehrte dann zu Leon zurück. Statt auf sein Gesicht versuchte sie, das Licht auf seine Brust zu senken.

«Wer sind Sie?», fragte sie heiser. Sie wirkte harmlos und überrascht.

Ihre vorgetäuschte Unbedarftheit brachte Leon zur Weißglut. «Wo ist sie?», brüllte er. «Wo haben Sie sie versteckt?»

Luise Scheffler wich weiter zurück. Auch wenn er ihr nicht ins Gesicht sehen konnte, spürte Leon ihre Furcht. Die Alte wirkte ehrlich verängstigt. Oder spielte sie ihm nur etwas vor? Er hatte keine Ahnung, was hier vor sich ging. Er wusste nur, dass er schon zu viel kostbare Zeit verloren hatte.

Er ging auf sie zu und packte sie an den Handgelenken. «Wo ist meine Tochter? Wo ist Thea?»

Die Berührung seiner Hände versetzte sie in Panik. Sie riss die Arme zurück, als hätte er sie mit einem glühenden Eisen berührt. Ruckartig drehte sie sich um und rannte davon.

Leon wollte sie auf keinen Fall noch einmal entkommen lassen. Nach wenigen Schritten war er bei ihr und versuchte, sie festzuhalten. Doch die Alte entwand sich ihm. Sie war groß wie ein Mann und durchaus kräftig. Sie trat nach ihm, stolperte und fing sich mit den Händen am Boden ab, wo sie nach Laub und Steinen griff, die sie nach ihm schleuderte.

Diesmal zögerte Leon nicht und warf sich auf sie. Schon einmal hatte sie ihn und Marlene angegriffen, als sie im Felsenkeller überrascht worden war. Ein weiteres Mal würde er nicht zulassen, dass sie sich aus dem Staub machte.

Mit Wucht überwältigte er sie und stieß sie zu Boden. Die

Alte gab einen Seufzer von sich, bevor sie reglos unter ihm liegen blieb. Das Käppi mit der Stirnlampe war ihr vom Kopf gerutscht, das Licht brannte nicht mehr.

Leon rollte zur Seite, rappelte sich auf und sah sofort die Wunde an ihrem Kopf. Auch wenn die Morgendämmerung noch nicht den Nachthimmel verscheucht hatte, war das dunkelrote Blut, das Luise Schefflers Schläfe hinablief, nicht zu übersehen. Ihr Kopf musste auf einem Stein oder einer harten Wurzel aufgeschlagen sein.

Leon trat einen Schritt zurück, sein Herz hämmerte wild. Er hatte einen Menschen getötet, eigenhändig, im Affekt. Er spürte ein schmerzhaftes Mitleid mit der Toten, dann überrollte ihn eine Welle wütender Scham. Was unterschied ihn jetzt noch von dieser Frau? Auch wenn es nicht seine Absicht gewesen war, hatte er ein Leben ausgelöscht.

Doch all diese Gefühle waren nichts im Vergleich zu dem Gedanken, der als Nächstes in Leons Bewusstsein drang und ihm die Kehle zuschnürte. Wer sollte ihm jetzt noch sagen, wo Thea war? Wenn Luise Scheffler tot war, würde seine Tochter dort, wo sie steckte, verhungern, verdursten oder auf andere Weise elendig zugrunde gehen. Denn wie sollte er sie jemals finden?

Kraftlos sank er zu Boden und starrte auf den vermeintlich toten Körper. Mit einem Mal glaubte er zu sehen, wie sich der Brustkorb der Alten ganz leicht hob und senkte. Er sagte sich, dass ihm seine Sinne einen Streich spielten, weil ein Teil von ihm nicht wahrhaben wollte, was offensichtlich war. Weil er noch immer hoffte. Um sich davon zu überzeugen, dass er sich täuschte, hielt er das Ohr vor den Mund der alten Frau. Er versuchte, sämtliche Geräusche des nächtlichen Waldes auszublenden, in der Erwartung, nichts weiter zu hören. Doch er hörte sie tatsächlich gleichmäßig atmen. Luise Scheffler war nicht tot.

Sie war bewusstlos, hatte womöglich eine Gehirnerschütterung, aber sie lebte! Die Erkenntnis belebte auch Leon neu. Er musste diese Chance nutzen. Er musste sie aus ihrer Ohnmacht wecken und zum Reden bringen.

Er ahnte, dass sie erneut in Panik ausbrechen würde, sobald sie zu sich kam. Vermutlich würde sie um sich schlagen und wieder versuchen zu fliehen. Deshalb musste er dafür sorgen, dass sie nicht wegrennen konnte und einigermaßen ruhig blieb.

Er sah sich um. Nur einen Steinwurf entfernt, ein kleines Stück weiter unten, schimmerte das schwarze Wasser des Tümpels zwischen den Baumstämmen hindurch. Leon zog der Alten den Rucksack von den Schultern, griff unter ihre Arme und schleifte sie hinab auf den Pfad vor dem Ufer. Sie stöhnte und jammerte, als er sie mit dem Rücken gegen einen Fichtenstamm lehnte. Wie bei einem Betrunkenen sackte ihr das Kinn immer wieder auf die Brust.

Leon holte ihren Rucksack und kippte ihn aus. Der schwere Hase plumpste auf das Tuch mit den gelben Blüten, die sich auf dem dunklen Waldboden wie vom Himmel gefallene Sterne verteilten. Mit dem Fuß schob Leon das tote Tier zur Seite, bis das Maßband zum Vorschein kam, mit dem Luise Scheffler die verkrüppelten Bäume vermessen hatte. Er kniete sich neben sie, führte das Band um den Baumstamm herum, bog ihre Arme nach hinten und verknotete es an ihren Handgelenken.

«Frau Scheffler, wo ist meine Tochter?», fragte er noch einmal, wobei er versuchte, ruhig und geduldig zu klingen. Gleichzeitig klapste er ihr vorsichtig gegen die Wangen.

Doch die Alte schaffte es nicht, die Augen zu öffnen. Sie murmelte nur Unverständliches, ihr Kopf kippte immer wieder nach vorn.

Leon schüttelte die gelben Blüten von dem Tuch, tränkte es im Tümpel und kühlte ihr damit die Stirn, während er auf sie einredete. Mehrmals glaubte er, dass sie zu sich käme, doch dann verließen ihre Kräfte sie wieder. Er verlor die Geduld, sprang auf, marschierte nervös hin und her. Die Morgendämmerung brach über den Wald herein, bald würde die Sonne aufgehen. Was für einen Sinn hatte das alles hier?

Er sah Luise Schefflers Käppi im Wald liegen, die Stirnlampe darüber. Hektisch ging er hin, hob es auf und zog die Lampe ab. Er schaltete sie ein, sie funktionierte noch. Ihr grelles Licht blendete ihn und entfachte erneut die ganze Wut, die er auf die Alte hatte, die ihn so lange in die Irre geführt hatte und es womöglich noch immer tat.

Er stürzte zu ihr, richtete den Lichtstrahl direkt in ihr Gesicht – wie ein Ankläger in einem Verhör, für das keine Regeln mehr galten. «Hören Sie auf, mich zu verarschen! Ich will jetzt wissen, wo Thea ist! Sofort!», brüllte er.

Luise Scheffler riss die Augen auf. Ihre Pupillen verengten sich zu schwarzen Stecknadeln, die weiße Netzhaut war blutunterlaufen. Im selben Moment öffnete sie den Mund und begann zu kreischen. Ihre gefesselten Hände rissen an dem Maßband, ihr Kopf zuckte hin und her und schlug gegen den Baumstamm. Sie schrie um Hilfe und versuchte, den Kopf abzuwenden, als würde Leon sie schlagen. «Bitte», flehte sie, «tun Sie mir nicht weh!»

Leon ließ, überrascht von dieser heftigen Reaktion, die Lampe sinken und fragte sich, ob die Alte den Verstand verloren hatte. Auch wenn die Schramme an ihrer Schläfe inzwischen nicht mehr blutete, hatte ihr Kopf bei dem Aufprall vermutlich einen ziemlichen Schlag abbekommen.

Doch sobald er sie nicht mehr anstrahlte, beruhigte sie sich.

«Wer ist Thea?», fragte sie mit einem Mal, als wäre sie die ganze Zeit hellwach gewesen. Sie kniff die Augen zusammen und musterte Leon wie jemand, der ein seltenes Tier betrachtet und zu bestimmen versucht.

«Was machen Sie hier im Wald?», fragte Leon barsch zurück. Allmählich wurde ihm klar, dass er nicht auf direktem Weg zum Ziel kommen würde. «Wieso sind Sie nicht in Ihrem Haus?»

Sie schien einen Moment nachdenken zu müssen. Schließlich legte sie den Kopf leicht schief, und es sah so aus, als wollte ein Lächeln auf ihre Lippen treten. «Ich studiere die Eichen. Und ein paar der Birken und Buchen, die dazwischen wachsen.»

«Haben Sie die Bäume verletzt?»

Nun war das Lächeln deutlich zu sehen. «Nein, mein Mann.» Ihre Stimme klang fast sanft, ihr Blick ging nach innen. Er kehrte zu Leon zurück, als sie erklärte: «Aber er hat es im Auftrag der Wissenschaft getan. Und der Förster hat es ihm gestattet. Er hat ein Auge zugedrückt, nachdem mein Mann ihn für den waldwirtschaftlichen Verlust entschädigt hatte», krächzte sie, wobei es auch sein konnte, dass sie kicherte. «Wenn Sie wissen, was ich meine …»

Das wusste Leon. Er konnte sich problemlos vorstellen, dass sich Gehler sein Wegschauen hatte gut bezahlen lassen.

«Wo ist Ihr Mann?», fragte er und sah Luise Scheffler gespannt an.

Ihr Lächeln verschwand. Ein ungläubiger Ausdruck trat auf ihr Gesicht. «Ja, wissen Sie das denn gar nicht? Er ist tot!»

Leon hatte immer noch keine Ahnung, welches Spiel sie spielte. «Erzählen Sie mir nicht, dass Sie ihn in Bad Lerchberg beerdigt haben! Sein Grab ist leer!»

Ihre Augen flackerten auf. «Jetzt weiß ich, wer Sie sind! Sie sind der Koch, der zwei Häuser unter uns gelebt hat.» Sie reckte den Kopf nach vorn, wollte sich aufsetzen, doch die gefesselten Arme hielten sie zurück. «Ihre Frau ist verstorben, nicht wahr? Und Ihre Tochter ist das nette Mädchen, das hin und wieder bei uns ausgeholfen und nach dem Rechten geschaut hat.» Sie sank zurück an den Baumstamm, schüttelte den Kopf und wurde leiser. «Ihre beiden Namen sind mir allerdings entfallen, tut mir leid.»

Leon dagegen spürte einen lauten Zorn in sich aufkommen, der ihn aufspringen ließ. «Sie heißt Thea! THEA!», schrie er.

Ängstlich und verwirrt sah Luise Scheffler zu ihm auf. «Warum halten Sie mich hier gefangen?»

War sie wirklich so ahnungslos, wie sie tat? Leon ging erneut in die Knie und sah der Alten direkt in die rot geränderten, von unzähligen Fältchen umkränzten Augen. Langsam und deutlich wiederholte er seine letzte Frage. «Wo ist Ihr Mann?»

«Er ist tot», wiederholte sie matt.

«Und warum ist sein Grab in Bad Lerchberg leer?»

«Sind Sie deshalb so wütend auf mich?» Hoffnung glomm in ihren Augen auf, und sie beeilte sich, es ihm zu erklären. «Ich weiß, dass es in unserem Land verboten ist, die sterblichen Überreste eines geliebten Menschen außerhalb der Friedhofsmauern zu bestatten. Aber der letzte Wunsch meines Mannes war es, dass seine Asche zwischen den Eichen verstreut wird. Und der nette Herr auf dem Friedhof hat das verstanden. Er hat mir die Urne ausgehändigt und nicht einmal etwas dafür verlangt. Wenigstens am Ende unserer Tage sollten wir frei sein dürfen, hat er gesagt.»

Sollte das die Wahrheit sein? War der Mann, dem Leon und Marlene nachgestellt hatten, tatsächlich tot? Waren sie die ganze Zeit seiner Witwe hinterhergerannt, die – von großer Statur und in der Kleidung ihres verstorbenen Gatten – diesem auf den ersten Blick so ähnlich sah, dass sich sogar Marlene im Felsenkeller hatte täuschen lassen?

Leon wollte nicht glauben, dass die Frau so unbedarft war, wie sie tat. Wenn ihr Mann tot war, konnte nur sie diejenige sein, die die Steine unter den Buchen gesucht und wahrscheinlich auch ausgegraben hatte. Bestimmt wollte sie sich an Thea, Marlene und ihm für den Tod ihres Mannes rächen und ging dafür sogar über Leichen.

«Was machen Sie hier im Wald? Warum leben Sie nicht in Ihrem Haus?» Vielleicht kurbelte dieses Frage-Antwort-Spiel ja ihr Gedächtnis an, und ihr fiel wieder ein, wo Thea war.

«Zu heiß», meinte sie zuerst nur. Sie schien sich zu wundern, warum Leon das Thema wechselte.

Leon verstand nicht gleich. «Sie leben in einer Höhle, weil es Ihnen zu Hause zu heiß ist?»

«Das viele Licht tut mir weh», erklärte sie matt. «Es brennt wie Feuer auf meiner Haut. Ich bekomme Pusteln und Blasen davon.»

«Seit wann haben Sie das?»

«Seit mein Mann ausgeraubt wurde. Ich war über Monate betrübt und hatte Angstzustände. Ein Arzt hat mir etwas dagegen verschrieben. Erst haben nur meine Augen empfindlich reagiert, dann bekam ich höllische Schmerzen am ganzen Körper.»

Vermutlich sprach sie von einem Antidepressivum. «Warum haben Sie das Medikament nicht abgesetzt?»

«Das habe ich irgendwann. Aber aus der Hölle gab es keinen Weg zurück.»

Leon dachte an ihre Reaktion eben, als er ihr mit der Stirnlampe ins Gesicht geleuchtet hatte. Und daran, wie sie sich vor den vorbeifahrenden Autos im Straßengraben versteckt hatte. Und er erinnerte sich an die verklebten Fenster in ihrem Haus. Es war das erste Mal, dass er ihr glaubte.

«Warum tragen Sie die Kleidung Ihres Mannes?», wollte er von ihr wissen.

«Es gibt nur wenige Sachen, die ich noch tragen kann. Ich ertrage keine Enge auf der Haut. Wo der Stoff zu dicht anliegt, wird die Hitze unerträglich.» Ihre Stimme klang belegt, und sie räusperte sich. «Immer ist mir zu heiß, immer bin ich auf der Suche nach Kälte und frischer Luft.»

Leon sah ihren Schlafplatz vor sich, die Isomatte ohne Decke. Und er dachte an den langen, weiten Rock, den er mit Marlene im Felsenkeller entdeckt hatte. Wie hätten sie damals ahnen sollen, dass sie es nicht mit Richard, sondern mit Luise Scheffler zu tun hatten?

«Können Sie nicht die Fesseln lösen?» Sie sah ihn mit flehenden Augen an. «Das Band schneidet mir in die Arme!»

Er ignorierte ihre Bitte. «Sie haben einen Hasen gefangen. Jagen Sie auch mit einer Armbrust?»

«Nein», rief sie verwundert. «Nein! Ich habe ein paar Fallen aus Draht gebastelt, aber mit einer Waffe kann ich nicht umgehen!»

«Sie ernähren sich als nur von den Hasen, die Sie fangen?»

«Ich sammle auch Beeren und Kräuter», erwiderte sie unsicher.

«Und Sie bedienen sich im Quellbach.»

«Ich habe nur genommen, was im Müll lag!», verteidigte sie sich.

«Erzählen Sie mir keinen Unsinn! Der Schinken aus der Küche lag sicher nicht im Müll», herrschte Leon sie an. «Sie haben ihn von dem jungen Koch bekommen, der im Quellbach arbeitet. Was haben Sie ihm dafür gegeben?»

«Er hat Färberdisteln gewollt», antwortete sie, als gäbe es nichts Naheliegenderes. «Er hatte gehört, dass hier in der Nähe welche wachsen. Ich habe ihm welche besorgt, und dafür hat er mir ein paar Lebensmittel gegeben.»

Leon hatte das Gefühl, den Faden verloren zu haben. Irgendetwas musste ihm entgangen sein. «Färberdisteln?», fragte er verdattert.

Die Alte deutete mit dem Kopf auf die orangegelben Blüten, die aus dem Tuch gerollt waren. «In der alten Ölmühle im Tal gibt es ein kleines Feld. Ich habe ein paar gepflückt und ihm gebracht. Danach wollte er noch mal welche. Es waren ja nicht viele. Das wird dort niemanden stören», fügte sie entschuldigend hinzu.

«Was in aller Welt will er damit?»

Luise Scheffler schien ratlos. «Ich nehme an, er braucht sie für die Küche.» Wieder ihr entschuldigender Tonfall.

«Woher kennen Sie ihn?»

«Er hat mich einmal bei den Mülltonnen überrascht und festgehalten. Dafür, dass ich hinter dem Haus geblieben bin und geschaut habe, ob jemand kommt, hat er mir später Brot und Käse gegeben. Derweil hat er einen großen Rucksack aus seinem Auto geholt und über den Hintereingang ins Gasthaus geschafft.»

«Was war in dem Rucksack?»

«Das weiß ich nicht. Als Nächstes hat er mir den Auftrag mit den Färberdisteln gegeben.»

Leon verstand überhaupt nichts mehr. Was hatte Jan-Philipp in das Gasthaus geschafft? Hatte das etwas mit dem zu tun, was die Polizei in der Tiefkühltruhe gefunden hatte? Aber wenn es der Junge gewesen war, der die drei Frauen umgebracht hatte – welche Rolle spielte dann Luise Scheffler in diesem Puzzle? Leon drehte sich im Kreis. Er kam keinen Schritt voran und fand mit jeder Antwort nur neue Fragen.

«Wo ist Ihr Handy?» Fahrig durchsuchte er den leeren Rucksack der Alten. Es war hell geworden im Wald. Die Sonne stand kurz davor, über die bewaldete Kuppe oberhalb des Tümpels zu steigen.

«Ich habe kein Handy. Habe noch nie eins besessen», murmelte sie.

Wie ein Löwe, gefangen in einem viel zu engen Käfig, ging Leon vor ihr auf und ab. Wenn nicht sie die SMS geschrieben hatte, wer hatte es dann getan? Allerdings war Luise Scheffler bestimmt nicht so harmlos, wie sie tat.

«Es reicht! Sie tun, als könnten Sie kein Wässerchen trüben, aber im Felsenkeller haben Sie ein ganz anderes Gesicht gezeigt. Marlene ist hart gestürzt, als Sie sie beworfen haben. Warum haben Sie sie angegriffen und sind weggerannt, wenn Sie nichts zu verbergen haben?»

Die Alte kniff die Augen zusammen. «Das waren Sie? Sie und Ihre Frau?» Gequält sah sie zu Leon auf. «Bitte! Machen Sie mich los! Das Licht …»

«Warum?», wiederholte Leon mit Nachdruck.

Sie stöhnte. «Ich habe mich erschreckt. Bevor ich den Unterschlupf im Felsenkeller gefunden habe, habe ich am Waldrand in einer Höhle gelebt. Dort haben mich einmal ein paar

Jugendliche überfallen und einen Teil meiner Habseligkeiten zerstört.» Sie schüttelte den Kopf. «Natürlich hätte ich nie so reagiert, wenn ich gewusst hätte, dass Sie und Ihre Frau …»

«Meine Frau ist tot», unterbrach Leon sie. «Ich spreche von unserer gemeinsamen Nachbarin Marlene Schröter.»

Ein erster heller Sonnenstrahl hatte es über die Kuppe geschafft. Er brach durch den Wald, fiel auf Leons Hinterkopf und ein Stück weiter oben auf den Fichtenstamm, an den Luise Scheffler gefesselt war. Leon spürte sofort die Kraft der Sonne auf seinen dunklen Haaren.

Die Alte sah auf und duckte sich instinktiv, auch wenn das Licht sie nicht traf. «Wie geht es ihr? Ich erinnere mich an sie», bemühte sie sich. «Sie war bei meinem Mann in Behandlung. Wegen einer schweren Depression.»

Hatte sie ihm überhaupt zugehört? Schon wieder kam sie auf Anna zu sprechen.

«Die Sonne, die Sonne …», schnaufte sie wie jemand, der zu schnell gelaufen war.

«Haben Sie die Buchen vergiftet und dort nach den Steinen gegraben?», fragte Leon und sah sie gespannt an.

«Welche Steine?» Sie schien ihm nicht mehr folgen zu können.

«Die, die unter den kahlen Buchen waren», half er ihr auf die Sprünge.

«Meinen Sie die kranken Bäume, die ihre Blätter abgeworfen haben?» Sie blinzelte immer wieder panisch nach oben. Mit jeder Minute stieg die Sonne höher den Himmel hinauf, und ihr Licht wanderte weiter den Fichtenstamm hinab. «Dort habe ich nur einmal Ihre Frau gesehen. Es sah so aus, als würde sie dort etwas suchen.»

Wann wollte sie Anna dort gesehen haben? Offenbar hatten

ihr der Tod ihres Mannes, die angebliche Lichtempfindlichkeit und ihr Auszug in den Wald ziemlich zugesetzt.

«Warum hat sie im Wald ihr Brautkleid getragen?», fragte sie plötzlich.

Nun war es Leon, der nicht mehr mitkam. Sprach sie jetzt von Marlene und dem Kleid, das im Stollen gelegen hatte? «Wer hat ein Brautkleid getragen?», versuchte er, sich Klarheit zu verschaffen.

«Ihre Frau … Die Tochter des Försters …», meinte die Alte und schüttelte matt den Kopf. «Das schöne weiße Kleid. So schmutzig ist es geworden. Und all das Blut, das draufgetropft ist, als sie die Herzen gegessen hat.»

Leon geriet völlig außer sich. Was erzählte sie da? Seine Frau? Gehlers Tochter? Der Mann hatte keine Familie! Am liebsten hätte er die Alte geschüttelt, um sie zur Vernunft zu bringen. «Welche Herzen?»

«So hat sie es mir gesagt. Frisch und roh müssen sie sein. Nur so geben sie Kraft.»

«Wen meinen Sie? Wer war die Frau?», brüllte er.

Immer näher rückte die Sonne von oben an Luise Scheffler heran. Mit schmerzverzerrtem Gesicht flehte sie: «Bitte, machen Sie mich los. Lassen Sie mich ins Dunkel!»

«Wer war die Frau?»

Die Alte schnaubte und stöhnte. «Das wissen Sie! Sie kennen Sie! Schon damals hatte sie Blut im Gesicht und kam aus dem Wald. Gezittert hat sie vor Kälte, und verletzt war sie!», schrie sie zurück, bevor sie abrupt verstummte. Es schien, als käme sie für einen Moment zu sich. «Nein, das war nicht Ihre Frau», überlegte sie laut. «Es war an dem Tag, an dem Ihre Frau gestorben ist.»

Leon hatte das Gefühl, genau wie die Alte, den Verstand zu

verlieren. Die Tochter des Försters – Leons Frau – Marlene – von wem sprach sie nur? Am Tag von Annas Tod hatte Luise Scheffler Marlene, die auf dem Glatteis an der Bushaltestelle ausgerutscht war, zu sich nach Hause gebracht und verarztet. Wen hatte sie sonst noch gesehen? Wer war aus dem Wald gekommen?

Doch mehr war nicht aus ihr herauszubringen. «Bitte, bitte, bitte …», jammerte sie nur noch in einem fort.

Er entfernte sich ein paar Schritte von ihr, griff nach seinem Handy und schaltete es ein. Mit Luise Scheffler kam er nicht weiter. Er musste Marlene anrufen. Sie war mit der Alten auf der Straße gewesen. Vielleicht fiel ihr wieder ein, wer damals aus dem Wald gekommen war.

Schon wählte er ihre Handynummer. Sie ging nicht ran, nur ihre Mailbox sprang an. Leon war kurz davor, eine Nachricht zu hinterlassen, als ihm aufging, dass ihr Handy noch immer bei der Polizei sein musste, wo es untersucht wurde. Er hatte ganz vergessen, dass Marlene noch immer im Krankenhaus lag.

Er wählte die Nummer der Klinik, auch wenn es erst kurz nach sechs Uhr morgens war. Eine Krankenschwester meldete sich, und Leon bat ohne Umschweife, zu Marlene durchgestellt zu werden. Die Schwester verstummte und schien zu zögern.

«Ich weiß, dass es früh ist, aber es ist dringend», sagte Leon mit Nachdruck.

«Marlene ist nicht mehr hier, sie ist wieder zu Hause», erwiderte die Frau.

«Was? Wieso das?», fragte er überrascht. Gestern noch hatte es geheißen, dass Marlene aufgrund ihres Zustand und einiger ausstehender Untersuchungen noch mehrere Tage im Krankenhaus bleiben sollte. «Wann ist sie gegangen?»

«Sie wurde abgeholt. Gestern Mittag. Am besten versuchen Sie es etwas später bei ihr zu Hause», schlug die Schwester vor und wollte sich verabschieden.

«Wer hat sie abgeholt?», rief Leon dazwischen.

«Ihr Freund. Einen schönen Tag noch.»

Jack hatte sie abgeholt? Leon verstand die Welt nicht mehr. Er hatte gedacht, zwischen den beiden herrsche Funkstille. Aber warum hatte sie sich nicht gemeldet, wenn sie wieder zu Hause war? Er wählte Jacks Nummer, doch sein Anruf ging ins Leere.

Etwas stimmte da nicht. Leon spürte, dass er sofort zu Marlene musste.

Hektisch versuchte er, Luise Scheffler, die fortwährend jammerte, flehte und bettelte, von ihren Fesseln zu befreien. Dadurch, dass sie immer wieder an dem Maßband zerrte, hatte sie die Knoten nur noch fester gezogen. Leon hatte kein Messer zur Hand, und so gelang es ihm nur mit großer Mühe, die Alte loszumachen. Er arbeitete mit den Zähnen und brach sich mehrere Fingernägel ab, bis er es schließlich geschafft hatte.

Sobald das Band gelöst war, ließ er Luise Scheffler sitzen, wo sie war, und rannte los.

NEUNUNDZWANZIG

Der Drosselweg wirkte wie ausgestorben. Kein Mensch war zu sehen, als Leon aus dem Wald hinab zu Marlenes Haus schlich, vorbei am Haus der Schefflers. Der Himmel war strahlend blau, und obwohl es erst gegen acht war, lag schon eine brütende Hitze über der kleinen Straße. Leon zwang sich, langsam zu gehen. Er war verschwitzt und entkräftet von dem langen Weg durch den Wald, den er im Laufschritt und ohne Pause zurückgelegt hatte. Er hatte sein Handy vorhin gleich wieder ausgeschaltet und duckte sich nun im Schatten des Gartenzauns, doch von der Polizei war nichts zu sehen.

Marlenes Haus machte ebenfalls einen verlassenen Eindruck. Die Terrassentür war geschlossen. Im grellen Sonnenlicht war nicht zu erkennen, ob drinnen irgendwo Licht brannte. In der Einfahrt stand Jacks alter VW-Bus. Das Garagentor war zu, aber für einen Moment schien es, als wäre in dem breiten Spalt über dem Boden ein Schatten zu sehen, der sich zur Seite bewegte.

Leon wandte sich zur Haustür. Er verzichtete darauf zu klingeln und drückte leise die Klinke herunter. Im Flur, in den noch kein Tageslicht fiel, war es düster. Es dauerte einen Moment, bis sich seine Augen an die plötzliche Dunkelheit gewöhnt hatten. Langsam schloss er die Tür hinter sich. Noch bevor er den Tod sah, konnte er ihn riechen und spüren. Seine Nackenhaare stellten sich auf, seine Nasenflügel blähten sich, und seine Muskeln waren so angespannt, dass er zitterte, als er den Flur durchquerte.

Im Wohnzimmer sah er den Rücken eines Mannes. Jack saß müde am gedeckten Esstisch, den Kopf zur Seite geneigt. Die Fenster und die Terrassentür des großen Raums gingen nach Westen, sodass es auch hier um diese Uhrzeit noch ziemlich düster war. Leon fragte sich, warum Jack kein Licht gemacht hatte. Fast hatte es den Anschein, als sei er beim Frühstück eingenickt.

«Jack, wo ist Marlene?»

Leons Frage war noch nicht ganz verklungen, als er den dunklen Fleck bemerkte, der sich unter Jacks Stuhl auf dem Parkett abzeichnete. Er brauchte mehrere Sekunden, um zu begreifen, dass es sich um eine Blutlache handelte. Sie wirkte dick und zähflüssig und war an den Rändern bereits eingetrocknet.

Wie in Zeitlupe bewegte sich Leon in einem großen Bogen um die dunkelrote Pfütze, bis er neben dem Tisch stand und in das ausdruckslose Gesicht des Toten sehen konnte. Jacks Augen waren weit aufgerissen, sein halbgeöffneter Mund sah schief und schlaff aus. In seinem Hals klaffte eine riesige Wunde. Jemand hatte ihm die Kehle durchgeschnitten.

Langsam ging Leon den Bogen wieder zurück. Er konzentrierte sich darauf, einen Fuß vor den anderen zu setzen und dabei zu atmen. Er hatte Angst, dass ihm beides sonst nicht gelingen würde. Was ging hier vor sich? Wer hatte Jack das angetan?

Die Antwort auf diese Frage ging mit einer gleichermaßen erschreckenden und offensichtlichen Erkenntnis einher, die Leon selbst jetzt noch nicht wahrhaben wollte. Doch auch wenn er sich vor der Wahrheit noch nie so gefürchtet hatte wie in diesem Moment, wusste er, dass er sich ihr stellen musste. Es ging um Thea, und nur um sie. Alles, was ihm noch bevorstand, war womöglich nichts im Vergleich zu den Qualen, die sie gerade litt. Wenn er sie noch retten wollte, dann durfte er die Augen nicht länger vor der grausamen Wirklichkeit verschließen.

Ohne zu zögern, schritt er über den Flur in die Waschküche. Die schmale Tür, durch die man direkt die Garage betreten konnte, stand offen. Während er darauf zuging, hörte er, wie sich etwas in dem dunklen Raum bewegte, Metall kratzte über den Betonboden. Er bemerkte ein orange flackerndes Licht, das gegen die Düsternis ankämpfte.

Sobald er in der Tür stand, sah er, dass es Kerzenlicht war. Mindestens zehn kleine Flammen zitterten in der dunklen Garage und bemühten sich vergeblich, dem hässlichen Raum mit Jacks Mountainbike an der Wand sowie zahllosen Werkzeugen und Gerätschaften eine Aura von Feierlichkeit und Romantik zu verleihen. In der Mitte standen ein Klapptisch und zwei Gartenstühle.

Marlene hatte sich aus ihrem Stuhl erhoben und kam auf Leon zu. Sie trug ein ärmelloses Chiffonkleid in Lachsrot, als wäre sie Gast auf einem Galadiner. Die blonden Haare hatte sie kunstvoll hochgesteckt. Doch ein paar dicke Strähnen hatten sich gelöst. Ihre Frisur wirkte derangiert, genauso wie die Wimperntusche, die Schlieren um ihre Augen gezeichnet hatte, und der verschmierte rote Lippenstift. Der Verband um ihren Hals war entfernt. Wie ein eigenwilliges Schmuckstück prangte die lange, mit schwarzen Fäden zusammengehaltene Wunde darauf.

«Du kommst spät», hauchte sie und versuchte, Leon zu küssen.

Er schreckte zurück, doch ihre Lippen streiften noch seine Wange. Ihr heißer Atem roch schal nach saurem Wein.

Nur einen Moment wirkte sie beleidigt, dann fand sie zu ihrem Lächeln zurück. Sie setzte sich wieder an den Klapptisch, griff nach einer halbleeren Rotweinflasche und schenkte sich und Leon ein Glas ein. Neben ihrem Glas lag ein langes Tranchiermesser. Sein scharfes Blatt war blutverklebt.

Zärtlich strich Marlene mit der Hand über das dunkelgraue Plastik der Tischplatte. «Du erinnerst dich doch noch an den Tag, als wir dieses – vielleicht nicht sonderlich schöne, aber doch sehr praktische – Möbel zuletzt benutzt haben, nicht wahr?»

In der Tat, er erinnerte sich genau. Es war an einem Samstag vor fast genau fünf Jahren gewesen, an Annas letztem Geburtstag. Aber er ahnte, dass es nicht der schöne Tag mit der besten Freundin war, der in Marlenes Erinnerung noch immer lebendig war, sondern der vertrackte Abend, als Leon den offenbar größten Fehler seines Lebens begangen hatte. In Marlenes verzückt blickenden Augen konnte er förmlich sehen, wie sie noch einmal den imaginären Film ihres Lebens zurückspulte bis zu dem Moment, als sie nach der Feier zusammen mit Leon den Klapptisch zurück in ihre Garage gebracht hatte. *Dort, wo alles seinen Anfang genommen hat …*, hatte sie in ihrer SMS geschrieben und damit jenen unüberlegten Kuss an diesem hässlichen Ort gemeint.

«Du wolltest, dass ich hierherkomme. Also wo ist Thea?» Leon hatte keine Lust, sie auf ihrer kranken Reise in die Vergangenheit zu begleiten. Für ihn zählte nur die Gegenwart, die sich inzwischen zu einer einzigen Frage verdichtet hatte.

«Setz dich und trink ein Glas mit mir.» Marlene deutete auf den freien Gartenstuhl ihr gegenüber und fing an zu kichern.

«Vielleicht hätten wir uns damals im Wohnzimmer küssen sollen, dann würde unser heutiges Rendezvous etwas stilvoller ablaufen. Entschuldige, aber ich bin nun mal ein abergläubisches Huhn, das an die Macht des Schicksals und an die Kraft der Symbole glaubt.»

Mit jedem ihrer Worte spürte Leon mehr Wut und Hass in sich aufsteigen. Als ihr Kichern in ein aufreizendes Lachen überging, explodierte etwas in ihm, und er griff nach dem Messer. Mit einem einzigen Schritt war er neben ihr und hielt ihr die Klinge an die Kehle, so wie sie es bei Jack getan haben musste.

Sie rührte sich nicht vom Fleck und schloss schicksalsergeben die Augen.

Leons Hand begann zu zittern. Die Knöchel traten weiß hervor, während er den Griff des Messers fest umklammerte. Er zweifelte nicht daran, dass Marlene, im Gegensatz zu ihm, keine Sekunde bei Jack gezögert hatte.

«Was hast du mit ihr gemacht? Wo ist sie?», presste er hervor.

Noch immer hielt sie die Lider geschlossen. Sie schien fast darauf zu warten, dass er sie tötete.

Die Klinge zitterte an Marlenes verletztem Hals. Wie eine drängende Aufforderung leuchtete Leon ihre lange rote Narbe entgegen. «Wo?», brüllte er.

In ihren Augen war etwas wie Enttäuschung zu lesen, als sie sie wieder öffnete. «Keine Sorge, du hast noch Zeit. Es geht ihr gut», antwortete sie ruhig.

Leon wurde klar, dass diese Frau keine Angst hatte. Sie hatte nie welche gehabt. Die Furcht und die Panik, die in den letzten Tagen immer wieder in ihrem Gesicht gestanden hatten, waren nur gespielt gewesen. Genauso war alles, was sie gesagt und getan hatte, nichts als List und Täuschung gewesen.

«Du hast Linda, Julia und Beata umgebracht», sagte Leon. Die Tatsache, dass die angebliche Freundin, die Thea und ihm in der Vergangenheit stets so selbstlos geholfen hatte, eine Lügnerin und Mörderin war, zog ihm den Boden unter den Füßen weg. Ihm wurde schwindlig. Er konnte das Messer nicht mehr halten und ließ sich auf den freien Stuhl sinken.

«Hätte ich denn einfach zusehen sollen, wie du dich davonmachst und mit einer Frau, die dich nicht wirklich liebt, in dein Unglück rennst? Gib doch wenigstens jetzt zu, dass du mit der kleinen Polin abhauen und in Frankreich ein schönes neues Leben beginnen wolltest!»

Im ersten Moment glaubte Leon, sie hätte völlig den Verstand verloren. Er hatte keine Ahnung, wovon sie redete. Doch dann ging ihm auf, dass Thea ihr von der Schnapsidee mit Südfrankreich berichtet haben musste. Die kurze Affäre und der Plan auszuwandern waren längst Vergangenheit und für Leon fast schon vergessen. Beides hatte seit Wochen keinerlei Bedeutung mehr für ihn gehabt, während es für Marlene immer mehr Teil ihrer verblendeten Wirklichkeit geworden war.

Wahrscheinlich hatte Thea Marlene – so wie Freundinnen es taten – unter dem Siegel der Verschwiegenheit verraten, dass ihr Vater frisch verliebt war und sogar schon plante, seiner neuen Flamme hinterherzureisen, ohne zu ahnen, was sie damit auslösen würde. Denn Marlene hatte fortan jede Frau, die Leon zu nahe kam, als eine Bedrohung betrachtet, die es zu beseitigen galt.

«Wie kommst du dazu, über mich und mein Leben bestimmen zu wollen? Zwischen dir und mir war nie etwas. Ich habe dir nie etwas versprochen», meinte Leon fassungslos. Er hörte selbst, dass seine Worte klangen, als müsste er sich verteidigen.

Marlene nahm einen Schluck von ihrem Rotwein. «Manchmal denke ich, du willst einfach nicht sehen, dass wir füreinander bestimmt sind.» Auf dem Boden neben ihr, an der Garagenwand, stand eine zweite, bereits geleerte Flasche. Wie es aussah, hatte sie früher mit ihm gerechnet. «Schon als Anna dich mir zum ersten Mal vorgestellt hat, habe ich diese Verbindung zwischen uns gespürt. Als dann das Haus neben euch frei wurde, war mir klar, dass das nur Teil eines höheren Plans sein konnte. Und als ich schließlich eingezogen bin, wusste ich längst, dass deine Ehe mit Anna nur eine vorläufige Hürde sein würde – eine Art Prüfung, die wir gemeinsam überwinden würden.» Sie erhob ihr Glas und prostete ihm zu. «Auf die Liebe!»

Leon wurde übel. Anna hatte sich damals riesig gefreut, als sie erfahren hatte, dass ihre alte Schulfreundin die neue Nachbarin war. Wie hätten sie und Leon auch ahnen sollen, dass es mehr als freundschaftliche Gefühle waren, die Marlene ihre Nähe suchen ließen? Angewidert betrachtete er das Messer mit Jacks Blut, das er noch immer in der Hand hielt, und legte es zurück auf den Tisch.

«Was war mit Jack?», fragte er, obwohl er die Antwort längst kannte. «Ihn wolltest du heiraten, als du von deiner großen Reise zurückgekommen bist. Du hast dir sogar ein Brautkleid gekauft.»

«Jack …» Marlene spuckte den Namen aus wie einen Bissen verschimmeltes Brot. «In Amerika hatte ich mich tatsächlich ein wenig in ihn verguckt. Aber das hielt nicht lange.» Sie sah Leon verträumt an. «Als ich zurück war, hat mich unser Kuss auf den rechten Pfad zurückgeführt. Dass Anna kurz darauf gestorben ist, war nur ein letzter Beweis dafür, dass wir füreinander bestimmt sind.»

Leon schüttelte den Kopf, weil er nicht hören wollte, was sie da von sich gab. «Du hast damals gesagt, der Amerikaner ist deine große Liebe. Er hatte dir sogar einen Heiratsantrag gemacht, den du überglücklich angenommen hast.»

«Da habe ich ein wenig übertrieben», meinte sie lächelnd. «Ich wollte sehen, wie du reagierst. Und du hast ja auch wirklich einen ziemlich eifersüchtigen Eindruck gemacht.» Wieder ihr unerträgliches Kichern. «Als Jack dann vor drei Jahren vor meiner Tür stand, habe ich ihn aus reiner Nächstenliebe bei mir aufgenommen. Er hatte eine schwere Zeit hinter sich. Familiäre Probleme, Drogen, Schulden – das übliche Programm. Ich wäre aber jederzeit bereit gewesen, die Sache zu beenden, sobald du deine Trauerzeit abgeschlossen hättest.»

Leon wurde immer klarer, dass diese Frau nicht nur krank, sondern eiskalt war. Jack war für sie nicht mehr als Dekoration gewesen, die ihr zur Tarnung diente. So hatte sie ihre wirklichen Sehnsüchte weiter nähren können. Dass Jack sie irgendwann halbwegs durchschaut und sich eine neue Freundin gesucht hatte, hatte sie nicht im Geringsten interessiert, so fixiert, wie sie auf Leon gewesen war. Marlene hatte Jack nur benutzt und am Ende einfach aus dem Weg geräumt. Genauso hatte sie in Anna nie wirklich eine Freundin gesehen, sondern nur ein Mittel zum Zweck, um sich Leon zu nähern.

Er dachte an sein letztes Zusammentreffen mit Jack zurück und erinnerte sich, wie er die Plastikverpackung des Brautkleids in der Hand gehalten hatte. Er hatte sich nur auf das Adressfeld konzentriert, wo Marlenes ausgeschriebener amtlicher Vorname gestanden hatte. Über das Bestelldatum hatte er damals scheinbar hinweggelesen. Dennoch hatten sich ihm die Ziffern aus irgendeinem Grund ins Gedächtnis gebrannt, und als er sich nun wieder an sie erinnerte, wurde ihm auch bewusst, warum.

Marlene hatte das Hochzeitskleid am 2. November 2013 bestellt, genau einen Tag nach Annas Tod.

«Die Zeit, die *du* um Anna getrauert hast, war jedenfalls nicht allzu lang», stellte er voller Sarkasmus fest, was Marlene jedoch zu überhören schien.

«Ich hatte keine Zeit zu trauern. Ich musste mich um dich und Thea kümmern», gab sie zurück. «Du hast doch bestimmt nicht vergessen, wer dir damals Geld geliehen und dafür gesorgt hat, dass du hier einen ordentlichen Job findest und nicht am Ende der Welt in Hamburg.»

Leon wurde hellhörig. «Was hattest du mit Hamburg zu tun?» Er war all die Jahre davon ausgegangen, dass sich der Geschäftsführer des Hamburger Nobelrestaurants nach seinem Vorstellungsbesuch aus mangelndem Interesse nicht mehr bei ihm gemeldet hatte.

«Ich habe das einzig Richtige getan und in deinem und Theas Interesse entschieden. Du weißt, dass ich sie wie eine eigene Tochter liebe. Daher habe ich euch einen traumatischen Umzug erspart. In Hamburg hatte man volles Verständnis dafür, dass du so kurz nach dem Tod deiner Frau nicht die Kraft besessen hast, dich persönlich zu melden, geschweige denn den dortigen Job anzutreten.»

Leon traute seinen Ohren nicht. «Du hast was?»

«Ich habe nur dein Wohl im Blick gehabt und dir ein anstrengendes Telefonat abgenommen.» Es war absurd, aber sie schien aufrichtig der Meinung zu sein, richtig gehandelt zu haben.

«So wie dir wohl auch nichts als Theas und mein Wohl am Herzen lag, als du mit mir die Steine weggebracht hast, um sie unter den Buchen zu vergraben?» Weil er völlig blind gewesen war gegenüber Marlenes wahnhafter Liebe, war ihm nicht aufgegangen, dass niemand anders als Marlene die Bäume vergiftet haben konnte. Selbst Luise Scheffler musste mehr gesehen und begriffen haben als er. Auch wenn die alte Frau geistig verwirrt war und Anna mit Marlene verwechselt hatte, war ihre Annahme, dass Marlene Leons Frau sei, gar nicht so abwegig. Im Gegensatz zu ihm musste sie die Fessel wahrgenommen haben, die Marlene wie ein Lasso um ihn geworfen hatte und mit aller Kraft festzuziehen versuchte. «Was ich nur nicht verstehe: Wieso hast du damals vorgeschlagen, die Steine im Wald zu vergraben, nur um sie ein paar Jahre später wieder aus der Erde zu holen?»

«Ich hatte Angst, dass du gehst, Leon.» Ihr Gesicht wurde traurig. Die wasserblauen Augen füllten sich mit Tränen. «Und ich wusste, dass du hier bleiben wirst, solange die Gefahr besteht, dass jemand die Steine entdeckt.»

«Und jetzt willst du Thea, die du wie eine eigene Tochter liebst, ans Messer liefern, damit ich nicht mit einer anderen Frau die Stadt verlasse?», fragte Leon, obwohl er wusste, dass es sinnlos war, mit einer Frau zu streiten, die, ohne mit der Wimper zu zucken, auf brutale Weise drei vermeintliche Rivalinnen aus dem Weg geräumt hatte – wegen ihrer obsessiven Liebe zu einem Mann, der ihre Gefühle nicht annähernd erwiderte. Aber er hatte begriffen, dass sie reden wollte. Nicht umsonst hatte sie dieses unsägliche Tête-à-Tête in der Garage inszeniert. Sich auf sie einzulassen und ihren wirren Gedanken zu folgen, war vielleicht die einzige Möglichkeit, an Thea heranzukommen.

«Gehler wird nichts finden», entgegnete Marlene lapidar. «Ich habe die beiden Säcke schon damals, am Tag nachdem wir sie vergraben hatten, wieder aus der Erde geholt.»

«Und du hast sie die ganze Zeit über bei dir versteckt.»

Leon begann zu verstehen, wie diese Frau tickte. Auch wenn es in ihm brodelte, versuchte er, ruhig zu bleiben. Er verstand, dass es ihr von Anfang an darum gegangen war, einen Trumpf gegen ihn in der Hand zu haben. Wahrscheinlich hatte sie damals noch nicht genau gewusst, wozu sie diesen Trumpf einmal brauchen würde, dennoch war es ihr wichtig gewesen, die Kontrolle zu behalten. Dass sie die Buchen vergiftet und dafür gesorgt hatte, dass es so aussah, als hätte jemand darunter nach den Steinen gesucht, war nur eine weitere Inszenierung gewesen, bei der es ihr gerade recht gekommen sein musste, dass Leon Richard Scheffler verdächtigt hatte. «Seit wann weißt du, dass Luise Scheffler im Wald lebt?», wollte er von ihr wissen.

«Ich habe sie im Felsenkeller erkannt», antwortete Marlene ohne Umschweife. «Bist du deswegen sauer?», fragte sie zuckersüß, als wäre dies ihr schlimmstes Vergehen. «Sie weiß nichts von der Sache mit den Steinen. Und dafür, dass ihr Mann für immer den Mund hält, habe ich schließlich damals persönlich gesorgt.»

Fast schon stolz strahlte sie ihn an, und es fiel Leon schwer, sein Erstaunen und Entsetzen zu verbergen. Doch er gönnte ihr nichts von beidem. «Du bist damals, nachdem Thea dort war, zu Scheffler gegangen, hast ihm den Stein gegen den Kopf geschlagen und die Reisetasche aus seinem Haus geschafft», schlussfolgerte er in nüchternem Ton, als wäre ihm dies schon die ganze Zeit klar gewesen.

Marlene nickte eifrig wie eine fleißige Schülerin. «Ich bin von der Nachtschicht gekommen, es war noch früh. Da habe ich gesehen, wie Thea ganz verstört aus dem Haus der Schefflers gestolpert kam und die Straße rauf in den Wald gerannt ist. Die Haustür stand noch offen, und als ich rein bin, hat sich Richard Scheffler gerade aufgerappelt. Er hat mich angebrüllt, dass er nicht nur diese kriminelle Göre, sondern auch dich und mich zur Verantwortung ziehen würde. Ich habe den tobenden Alten zum Schweigen gebracht und danach Theas Spuren verwischt», bekannte sie, und es war offensichtlich, dass sie sich keineswegs die Schuld von der Seele reden wollte, sondern vielmehr mit dem prahlte, was sie bereits alles für Leon getan hatte.

Seine Hände krallten sich um den Rand der Tischplatte. Wenn es nicht so bitter gewesen wäre, hätte er fast lachen können über die Absurdität dieser skrupellosen Tat. Denn wenn Marlene Scheffler nicht erschlagen hätte, wäre Theas Kurzschlusshandlung nur eine lächerliche Jugendstraftat gewesen, die inzwischen längst verjährt wäre. Wahrscheinlich hätte sich auch ein Weg gefunden, das Ganze ohne Polizei und Richter wiedergutzumachen.

Er starrte Marlene direkt in die Augen, aus denen der ganze Wahnsinn sprach, der in ihrem Kopf tobte.

«Wo – ist – meine – Tochter?», fragte er langsam, indem er jedes Wort einzeln betonte. In seinen Armen und Beinen kribbelte es. Er wollte aufspringen, Marlene vom Stuhl stoßen, ihr an die Gurgel gehen. Dennoch schaffte er es, sich zurückzuhalten. Lange würde es ihm allerdings nicht mehr gelingen, das Spiel dieser kranken Frau mitzuspielen. Marlene hatte drei Frauen getötet, weil sie angenommen hatte, dass Leon sie liebte. Zuletzt hatte sie sich Thea geschnappt, bei der sie sich in dieser Hinsicht absolut sicher sein konnte. «Was hast du mit ihr gemacht?»

«Du verschließt die Augen, Leon, viel zu lange schon.» Mit der Hand fuhr sie sich über ihr verschwitztes Dekolleté. Über ihrer Oberlippe glänzten winzige Schweißperlen. «Wenn du nicht immer vor der Wahrheit weglaufen würdest, müsstest du nicht so viele Fragen stellen. Die Antworten liegen die ganze Zeit schon vor dir.»

Auch wenn Leon kurz davor war zu explodieren, verstand er, dass sie in diesem Punkt vermutlich recht hatte. Er war mit Blindheit geschlagen gewesen – und war es in manchen Punkten immer noch. So viele Fragen, die ihm seit Tagen durch den Kopf spukten, hatten sich mit einem Schlag zu einem hässlichen Puzzle zusammengesetzt. Damals vor dem Einkaufszentrum hatte er Jack mit seiner neuen Freundin, die er für Marlene gehalten hatte, auf dem Parkplatz gesehen. Währenddessen musste diese zur selben Zeit Lindas Leiche im Wald abgelegt haben. Sie war es auch gewesen, die sein Handy benutzt hatte. Sie hatte Julias Nachricht gelesen und so erfahren, dass die beiden essen gehen wollten. Genauso wie sie später mit Hilfe des Schedulers eine Nachricht in Leons Namen an Beata verschickt und sie so in den Wald gelockt hatte.

«WO – IST – SIE?»

Leon staunte fast, wie gelassen Marlene blieb. Mit Schaudern erinnerte er sich, wie sie ihn auf der Fahrt nach Lerchenau beruhigt hatte, indem sie über die Ermittlungen der Polizei gespottet und ins Feld geführt hatte, dass Braune ja noch nicht einmal den Tatort der Verbrechen ausfindig gemacht hätte. Leon hatte gespürt, dass etwas an ihrer Argumentation seltsam gewesen war, aber erst heute ging ihm auf, dass damals außer ihm und der Polizei niemand gewusst hatte, dass der Fundort der Leichen nicht dem Tatort entsprach.

«Es gibt so viele Dinge, die du nicht siehst oder nicht sehen willst», sprach sie ungerührt weiter, ohne auf seine Frage einzugehen. «Jahrelang war ich von der Liebe zu dir erfüllt. Doch irgendwann habe ich gemerkt, dass du dich zurückziehst. Du hast dich gegen unsere Liebe gewehrt. Ich habe gespürt, dass du sie nicht sehen wolltest. Und so wurde ich unsichtbar für dich. Ich wurde innerlich immer leerer. Habe mich ausgehöhlt und ausgetrocknet gefühlt. Bis ich nur noch eine Hülle war …»

«Halt den Mund!», herrschte Leon sie an, der keine Sekunde länger zuhören wollte. Diese Frau drehte sich nur um sich selbst, sie bezog alles auf sich. Sie wollte ihm und der Welt zeigen, wie es in ihrem Innersten aussah. Deshalb hatte sie ihre Opfer auch so «kunstvoll» im Wald drapiert, hatte sie in unsichtbare Hüllen mit einem Stein anstelle des Herzens verwandelt. Ihre Taten waren nichts anderes als der krankhafte Hilfeschrei einer Frau, die sich vernachlässigt fühlte und sich wie ein trotziges kleines Mädchen Gehör verschaffen wollte. Nur hatte ihre Rache nicht aus Gejammer und Gebrüll bestanden, sondern aus dem lautlosen Abschlachten unschuldiger Menschen.

«Was hast du mit ihren Herzen getan?», brüllte Leon, obwohl er die Antwort längst kannte. Luise Scheffler hatte von der Frau in dem Brautkleid erzählt, die die noch warmen Herzen verspeist hatte. Voller Ekel und Grauen wurde ihm bewusst, dass diese Geschichte keineswegs ein Schauermärchen war.

«Sie waren mein Elixier. Sie haben mir neue Energie gegeben, mich aus der Totenwelt zurückgeholt.» Sie schenkte sich von dem restlichen Rotwein nach und leerte das Glas. Mit verklärtem Blick, ja fast zufrieden, betrachtete sie Leon. «Du hattest dich verirrt und diesen falschen Frauen zugewandt, die dir nicht gutgetan haben. Sie hatten dich verhext und in die Irre geführt. Indem ich ihnen ihre Kraft geraubt und mir einverleibt habe, habe ich dich auf den rechten Weg zurückgebracht.»

Leon lief es eiskalt den Rücken herunter. Marlene war nicht nur geisteskrank, sie war eine narzisstische Sadistin, für die alles zum Symbol ihrer wahnwitzigen Überzeugung wurde. Alles hatte für sie eine Bedeutung, und im Zentrum all ihrer Deutungen stand immer nur sie selbst. Sie hatte Leon zum Hirschberg gelockt, sich dort in den hohlen Baumstamm gekauert und mit dem Messer selbst verletzt. Damit hatte sie nicht nur von sich als Täterin ablenken wollen, sondern sich auch als Opfer inszeniert, weil sie sich tatsächlich als eines fühlte. Und wahrscheinlich hatte sie ihr Schauspiel genau dort abgezogen, wo Anna einst ums Leben gekommen war, um Leons Gefühle herauszufordern. Sie hatte die SMS selbst geschrieben, das Handy weggeworfen, ihre Hände vor der Brust gefesselt und sich den Schnitt am Hals gesetzt. Als Krankenschwester hatte sie einschätzen können, wie tief sie schneiden konnte, ohne tatsächlich ihr Leben aufs Spiel zu setzen. Um sicherzugehen, dass sie auch wirklich gerettet wurde, hatte sie noch selbst die Polizei gerufen.

Und tatsächlich hatte sie mit dieser ganzen Show fast erreicht, was sie wollte. Aufgewühlt und erschüttert war Leon im Krankenhaus von seinen Gefühlen übermannt worden und hatte sie geküsst. Nur waren es Mitleid und Erleichterung gewesen, die ihn dazu gebracht hatten, und nicht die große Liebe.

«Warum nur wolltest du das Naheliegende so lange nicht sehen? Warum hast du nicht an unser Glück geglaubt? Hast du Angst, es nicht zu verdienen? Leon, wenn die Liebe groß genug ist, kann man sich nicht schuldig machen. Wahre Liebe rechtfertigt alles», säuselte sie.

Wie sie ihm so gegenübersaß, sich in ihrem lachsroten Kleid auf dem Stuhl rekelte und ihn mit schmachtenden Augen ansah, kam sie Leon vor wie eine giftige Schlange, der man besser nicht zu nah kam. Auch wenn sie sich sanft und einfühlsam gab, so war sie doch mitleidslos, durch und durch falsch und ohne Empathie. Das einzig Echte an ihr war ihr Wahn.

Sie hatte die Buchen vergiftet und die Frauen getötet, nur damit Leon bei ihr blieb. Jede Frau, die ihm ihrem Empfinden nach zu nahe gekommen war, hatte sie als Bedrohung erlebt. Die Panik, Leon verlieren zu können, erschütterte sie im Innersten. Das hatte nichts mit simpler Eifersucht zu tun, denn sie betrachtete Leon nicht bloß als ihr Eigentum. Vielmehr war er für sie zum Lebenszweck geworden – sie war besessen von ihm.

Er lehnte sich vor und stemmte die Ellbogen auf den Tisch. «Sag mir, wo Thea ist.»

Marlene beugte sich ebenfalls vor und näherte ihr Gesicht dem seinen. Ein dunkler Rotweinrand war auf ihren Lippen eingetrocknet. Ihre Zähne hatten sich rötlich verfärbt. «Das, was passiert ist, hast du dir selbst zuzuschreiben. Wenn deiner Tochter etwas zustößt, ist niemand anderer dafür verantwortlich als du allein», flüsterte sie, während sie den restlichen Rotwein aus der Flasche in ihr Glas kippte. Ihre Augen blieben leer. Die lange Narbe an ihrem Hals hatte sich bläulich verfärbt. Sie sah aus wie eine Puppe, der man den Kopf abgerissen und wieder angenäht hatte.

«Was soll das heißen?», fragte Leon aufgewühlt. «Du hast gesagt, es geht ihr gut!»

Plötzlich rückte Marlene nach hinten. Die Beine ihres Stuhls scharrten laut über den Garagenbeton. Sie streckte den Arm aus und nahm aus dem Regal an der Wand einen kurzen Bleistift und einen streifenförmigen Papierschnipsel. Eilig kritzelte sie eine lange Folge von Ziffern darauf, getrennt nur durch ein paar Punkte. Sie rollte den Streifen zusammen, stand auf und nahm von einem oberen Regalbrett eine durchsichtige Kapsel. Sie öffnete das kleine ovale Behältnis, das ursprünglich wahrscheinlich zur Aufbewahrung eines pulverförmigen Medikaments gedacht war, und bevor Leon realisierte, was sie tat, hatte sie das kleine Papier hineingelegt, die beiden Kapselhälften wieder ineinandergesteckt und sie sich in den Mund geschoben. Mit einem großen Schluck Rotwein spülte sie die Kapsel hinunter.

Leon starrte sie fassungslos an, während sie nach der blutigen Waffe griff, mit der sie Jack getötet hatte. Sie raffte den Rock ihres roten Chiffonkleides und wischte damit wie mit einem Geschirrtuch das große Messer gewissenhaft sauber.

«Der Sauerstoff für Thea reicht noch etwa eine Stunde. Wenn du sie rechtzeitig finden willst, solltest du dir die Koordinaten beschaffen, die ich eben für dich notiert habe. An deiner Stelle würde ich keine Zeit verlieren», sagte sie und legte Leon das Messer hin.

DREISSIG

Es war, als erschütterte ein Erdbeben seinen Körper. Leon musste sich am Stuhl festhalten, um nicht umzukippen. Obwohl er saß, geriet er völlig aus dem Gleichgewicht. Die Garagenwände schienen zu wackeln, auf ihn zuzustürzen, der Beton unter seinen Füßen wellte sich und brach auf.

Was hatte sie gesagt? Was hatte sie da eben getan? Die heftige Reaktion seines Körpers schien ihn davor bewahren zu wollen, dass Marlenes Worte zu ihm durchdrangen. Doch sobald das innere Beben nachließ, hatte er verstanden. Seine Hand schnellte zu dem Messer, das griffbereit vor ihm lag. Aber noch bevor er es berührte, hielt er inne.

Marlenes Stuhl stand ein Stück vom Tisch entfernt. Sie setzte sich langsam und blickte Leon erwartungsvoll an.

Genau das war es, was diese Schlange wollte. Sie wollte durch seine Hand sterben. Nur deshalb hatte sie ihm all ihre dunklen Geheimnisse so bereitwillig anvertraut. Auch wenn sie verrückt war, war ihr doch klar, dass es für sie keinen Ausweg mehr gab.

«Du willst, dass ich dich umbringe, damit meine Tochter dieses Theater überlebt?», fragte er mit bebender Stimme.

Sie entgegnete nichts, nickte nicht, starrte ihn nur weiter völlig ergeben an. Zu ihrer kruden Liebestheorie gehörte offenbar der Wunsch, von dem Mann, den sie liebte, eigenhändig getötet zu werden. Außerdem wäre Leon kein Deut mehr besser als sie, wenn er sie umbrachte. So sorgte sie dafür, dass er nicht mehr der Überlegene war und sich auf eine Stufe mit ihr begab. Genau wie sie wäre er fortan ein kaltblütiger Mörder.

Er sprang auf, sein Stuhl flog krachend nach hinten. «Wenn du mir nicht sofort sagst, wo Thea ist, werde ich dir jeden Knochen einzeln brechen und dabei zusehen, wie du langsam und qualvoll krepierst!»

«Tu, was immer du möchtest. Allerdings solltest du dir nicht allzu viel Zeit damit lassen.» Sie zuckte mit keiner Wimper und zeigte sich völlig unbeeindruckt von seinem Wutausbruch. Ihre Gleichgültigkeit hatte fast schon etwas Laszives. Als bereitete ihr die Vorfreude auf einen langsamen Tod durch Leons Hand eine gewisse Lust.

Er schloss die Augen und holte tief Luft. Seine Hand schwebte immer noch wenige Zentimeter über dem Messer.

Marlene genoss es, ihn weiter zu reizen. «Wie gesagt, Thea wäre dir sicher dankbar für etwas Luft und Licht.»

Vor Leons innerem Auge tauchte ein Sarg auf. Thea lag darin und drohte zu ersticken. Sie schrie mit letzter Kraft, hustete und trommelte mit den Fäusten gegen den Deckel. Hatte Marlene seine Tochter begraben? Irgendwo im Wald? Hatte sie ein Grab geschaufelt und das Mädchen dort hineingelegt?

Die verstörende Vorstellung wurde überlagert von einem zweiten, diesmal bekannten Bild. Leon sah ein rechteckiges Loch im Waldboden. Es war noch nicht tief, dennoch war deutlich erkennbar, dass jemand die obere Schicht der schwarzen Erde abgetragen und am Rande des Rechtecks mehrere Laubhaufen aufgeschichtet hatte. Leon wusste, wo sich dieses viereckige Loch befand. Vor ein paar Tagen hatte er zusammen mit Marlene davorgestanden, weil er geglaubt hatte, dass dort jemand nach den Steinen gesucht hatte. Und gestern Abend war er ganz in der Nähe dieser Stelle gewesen, in der bangen Vermutung, dass Richard Scheffler Thea dort irgendwo gefangen hielt. Inzwischen jedoch wusste er, dass Scheffler tot war und die Steine schon seit Jahren nicht mehr unter den Buchen lagen. Wenn Marlene neulich dort gegraben hatte, dann hatte sie nicht nach den Steinen gesucht. Dort, unter den toten Buchen, hatte sie stattdessen ein Grab ausgehoben. Das Grab für Thea.

Leon riss die Augen auf, doch die Welt blieb schwarz. Rote Punkte tanzten auf seiner Netzhaut, um ihn herum drehte sich alles. War Thea schon gestern Abend dort gewesen, als er vergeblich nach Richard Scheffler gerufen hatte? Hatte sie irgendwo dort unter der Erde gesteckt, verscharrt und nur durch ein schmales Luftloch mit der Welt über ihr verbunden, während ihr Vater über sie hinweggestapft war? Ihm wurde übel. Auf der Suche nach Halt umklammerte seine Hand den Griff des Messers. Er erhob sich, wankte vorwärts und stieß mit dem Oberschenkel den klapprigen Gartentisch zur Seite. Die Rotweinflasche und die Gläser zersplitterten klirrend auf dem Garagenboden.

Leon stürzte auf Marlene zu, packte sie an den Haaren und riss sie von ihrem Stuhl. Er drückte ihr das Messer erneut an die Kehle und zog sie mit sich aus der Garage durch die Waschküche in den Flur. Sie wehrte sich nicht.

«Wo ist der Schlüssel zu Jacks VW?», brüllte er. Er roch seinen eigenen Schweiß, ihr aufdringliches, süßes Parfüm und das Blut des Toten im Wohnzimmer.

«Wenn du mich loslässt, hole ich ihn dir», sagte Marlene ungerührt und befreite sich sanft aus seiner brutalen Umklammerung. Sie gab acht, nicht in die eingetrocknete Blutlache zu treten, während sie zu Jack ging und den Autoschlüssel aus seiner Jeanstasche fischte.

Leon hätte ihre Nähe keine Sekunde länger ertragen. Er ekelte sich vor ihr und schüttelte angewidert eine blonde Haarsträhne, die er ihr ausgerissen hatte, aus seiner schweißnassen Hand. «Nimm einen Spaten mit», befahl er ihr.

Den Schlüssel fröhlich zwischen den Fingern schwenkend, kam sie auf ihn zu. «Jack ist ein Naturbursche, ein Surfer und Camper. Hast du das vergessen? Er hat immer einen Spaten hinten im Wagen.» Ihre Worte klangen liebevoll, so als säße Jack tatsächlich beim Frühstück und würde sich gleich umdrehen, um ihnen gute Fahrt zu wünschen. «Wohin entführst du mich?», fragte sie gespannt, und ihre Augen blitzten komplizenhaft.

Leon packte sie am Oberarm und stieß sie zur Haustür. «Du fährst!»

«Kein Problem, wenn du mir verrätst, wohin unsere Spritztour gehen soll …» Sie tat noch immer, als wäre das alles ein Spiel.

Er drängte sie zum Auto und schob sie hinter das Steuer. Nachdem er kontrolliert hatte, dass der Spaten auch wirklich im Kofferraum war, eilte er zur Beifahrerseite.

Marlene startete den Motor und sah ihn erwartungsvoll an.

«Du weißt, wohin», stieß er hervor. Vor Anspannung hatte er die Zähne zusammengebissen. «Also fahr endlich!»

Marlene dagegen war die Ruhe in Person. «Verrätst du es mir trotzdem noch mal?»

«Zu den Buchen!»

Sie sah ihn an, als versuchte sie, seine Gedanken zu lesen. «Zu den Buchen? Bist du dir sicher?» Mit dem Kinn deutete sie auf das Messer, das er noch immer in der Hand hielt. «Wenn du wirklich wissen willst, wo deine Tochter ist, solltest du nicht noch länger zögern. Ich habe dir gesagt, es bleibt nicht mehr viel Zeit.»

«Los!», schrie er und presste ihr erneut die Klinge an den Hals.

Sie zuckte mit den Schultern und gab Gas.

Er rückte ein Stück von ihr ab. Dennoch war er bereit, ihr ins Lenkrad zu greifen oder sie vom Gaspedal zu stoßen, falls sie einen anderen Weg einschlagen oder auf andere Ideen kommen würde.

Doch Marlene fuhr zügig und routiniert die bekannte Strecke. Sie wirkte völlig entspannt, ganz anders als Leon, der einem Nervenbündel glich und nicht in der Lage gewesen wäre, auch nur einen Meter geradeaus zu fahren.

«Vielleicht wäre es besser gewesen, wenn ich auch damals selbst gefahren wäre», sagte sie plötzlich.

Leon hatte keine Ahnung, wovon sie redete.

«Doch wir saßen ja in Annas Auto. Da ist natürlich sie gefahren. Mein Wagen stand ja zu Hause, weil ich mal wieder den Termin für die Winterreifen verschwitzt hatte. Deshalb habe ich auch am Morgen den Bus ins Krankenhaus genommen. Schon in den Frühnachrichten hatten sie nämlich vor dem Wintereinbruch gewarnt», plauderte sie weiter und fügte entschuldigend hinzu: «Aber wenn ich nur annähernd geahnt hätte, wie sehr sie der Termin bei Scheffler mitnehmen würde, hätte ich sie nie und nimmer ans Steuer gelassen.» Ihre Stimme bekam einen verzweifelten Ton. «Wenn sie doch nur nicht gewartet hätte, bis mein Dienst vorbei war, und schon vorher allein nach Hause gefahren wäre! Oder wenn wir doch nur nicht noch zu meinem Vater nach Lehdorf gefahren wären! Aber er hatte am Telefon gejammert, dass es ihm nicht gutgeht. Dass sein Blutdruck mal wieder viel zu hoch ist …»

Leon starrte stumpf durch die Windschutzscheibe. Er wollte nicht hören, was sie da erzählte. Bei jeder Bodenwelle nickte sein Kopf dumpf, während er mit aller Macht versuchte, das Gehörte nicht an sich heranzulassen. Doch Marlenes Worte sickerten in sein Bewusstsein. Eins nach dem anderen. Und sie brachten Leon dazu, dass er noch mehr schwitzte, dass seine Beine zuckten und er das Messer auf das Armaturenbrett legen musste. Weil er es vor lauter Zittern nicht mehr halten konnte. Und weil er befürchtete, jeden Moment zuzustechen.

Vielleicht war das alles ja nur eine große Lüge. Marlene wollte, dass er ausrastete. Sie wollte, dass er die Kontrolle über sich verlor und sie erstach. Aus dem Augenwinkel bemerkte er, wie sie kurz zu ihm herübersah. Sie wartete auf seine Reaktion. Sie wollte ihn zur Weißglut treiben und hatte sich deshalb diese Geschichte ausgedacht.

Aber bohrende Zweifel nagten an diesem Wunsch, bis sie den Kern der Wahrheit erreichten. Leon war nicht vorbereitet auf das Entsetzen und den höllischen Schmerz, den die Erkenntnis mit sich brachte. Es war, als würde ihm jemand das Herz aus der Brust schneiden. Bei lebendigem Leib.

Luise Scheffler hatte Marlene an jenem grausamen 1. November vor fünf Jahren tatsächlich aus dem Wald kommen sehen. Gezittert habe sie vor Kälte, hatte die alte Frau vorhin am Teich gestottert. Leon hatte geglaubt, die Sonne habe dem Hirn der verwirrten Alten zu sehr zugesetzt. Doch sie musste Marlene damals schon weit vor der Bushaltestelle getroffen und sich gefragt haben, warum ihre Nachbarin an solch einem Abend frierend aus der Dunkelheit herangehumpelt kam. Sicher hatte Marlene sofort eine einleuchtende Begründung parat gehabt.

Ihm fiel wieder ein, dass Marlene damals nicht nur ein verletztes Knie, sondern eine große Platzwunde an der Stirn gehabt hatte. Bestimmt hatte er sie gefragt, wie man es schaffte, auf dem Gehweg derart unglücklich zu stürzen. Aber all diese kleinen Ungereimtheiten waren sofort von der furchtbaren Tragödie verschluckt worden, deren Hauptperson Anna gewesen war.

Marlenes Geständnis war für Leon so unfassbar, dass es alle anderen Verbrechen, die sie begangen hatte, für einen Moment in den Schatten stellte. Die Wahrheit, die er von nun an akzeptieren musste, lautete: Marlene war an jenem Abend nicht, wie immer behauptet, beim Aussteigen aus dem Bus gestürzt. Sie war überhaupt nicht mit dem Bus gefahren. Sondern mit Anna.

Er presste sich die Hände an die Schläfen, denn die Bilder, die nun folgten, drohten ihm den Schädel zu sprengen. Er sah, wie Marlene und Anna die Leitplanke durchbrachen und den Hang hinabschossen, sah, wie sich der Wagen einmal überschlug, im Unterholz verfing und von einem Baum gestoppt wurde. Und er sah, wie Marlene die klemmende Beifahrertür mit aller Kraft aufstieß, stöhnend den Wagen verließ, sich aufrichtete und genauso verwundert wie erleichtert feststellte, dass sie keine ernsthaften Verletzungen davongetragen hatte. Sie beschloss, unbeobachtet zu Fuß durch den Wald nach Hause zu gehen, und ließ ihre Freundin allein zurück, die weniger Glück gehabt hatte, aber trotzdem noch mehrere Stunden lebte und sicherlich auch überlebt hätte, wäre sie nicht in dem zerbeulten Wagen erfroren.

Hatte Anna mitbekommen, was ihre Freundin da tat? War sie bei Bewusstsein gewesen und hatte Marlene angefleht zu bleiben? War Marlene klammheimlich davongeschlichen, oder hatte sie Anna beruhigt und ihr versprochen, Hilfe zu holen?

Leon hätte sie fragen können. Die Frau, die nichts Menschliches an sich hatte, deren eigenes Herz aus Stein war, saß keinen Meter entfernt neben ihm. Aber er ertrug es nicht, sie anzusehen. Er hätte sie töten können, doch sie stieß ihn so sehr ab, dass er sie nicht anzurühren vermochte.

Er befahl sich, sich zusammenzureißen. Er musste es irgendwie schaffen, seinen Körper und seine Gedanken unter Kontrolle zu bekommen. Er musste das Zittern abstellen, die Verzweiflung, den Schmerz. Wenn er Thea befreien wollte, brauchte er seine ganze Kraft.

Sie waren fast da. Längst hatte Marlene die Bundesstraße verlassen und steuerte den Wagen über die holprigen Forstwege, die sie nur allzu gut kannte. Keine Menschenseele kam ihnen an diesem Montagmorgen im Wald entgegen.

Allmählich spürte Leon, wie sie nervös wurde. Sie schien verwundert darüber, dass er stumm blieb. Er sah die weißen Knöchel ihrer Finger, die das Lenkrad umschlossen, und ihm wurde klar, dass dies die größte Strafe war, die er ihr zuteilwerden lassen konnte. Das Schlimmste für sie war seine Missachtung.

Sie räusperte sich und klang weder fröhlich noch herzlich, als sie sagte: «Auch wenn ich dich liebe wie niemanden sonst auf der Welt, ist es nur fair, wenn ich dir einen Teil des Schmerzes zurückzahle, den du mir all die Jahre zugefügt hast. Findest du nicht?»

Ihre beleidigten Worte ließen für einen Moment ihr wahres Wesen durchblitzen. Leons jahrelange Zurückweisung hatte sie zutiefst gekränkt. Er wusste, dass Kränkungen buchstäblich krank machten. Sie waren der Nährboden für Hass, Rachepläne und Mordgelüste. Gekränkte Menschen erstachen ihren Chef, erwürgten ihren Ehepartner oder liefen Amok und schossen um sich. Dass Leon überhaupt nicht mitbekommen hatte, wie sehr er sie verletzte, hatte für Marlene keine Bedeutung. Sie hatte sich von ihm schmerzhaft missachtet gefühlt und sich immer weiter in ihren Wahn hineingesteigert.

«Halt an!», befahl er.

Vor ihnen stachen die kahlen Äste der Buchen ins wolkenlose Himmelsblau.

Sobald Marlene den Wagen am Wegrand gestoppt hatte, sprang er heraus, stapfte um den Kleinbus herum und riss die Fahrertür auf.

«Hol den Spaten!», fuhr er sie an.

Sie fügte sich mit einem schiefen Lächeln.

«Wo ist die Stelle?» Mit dem Messer in der Hand drängte er sie zu den Buchen. Am Abend zuvor war das Rechteck im Waldboden nicht mehr zu sehen gewesen. Der dichte Laubteppich hatte sich lückenlos ausgebreitet.

«Ich weiß nicht, welche Stelle du meinst.» Sie blieb stehen und sah ihn halb verwundert, halb amüsiert an.

Voller Verachtung hielt er ihrem Blick stand. Er wusste, dass es keinen Sinn hatte, ihr mit dem Messer zu drohen. «Wo hast du gegraben?», fragte er noch einmal langsam.

«Du meinst die Stelle, an der ich das Laub ein bisschen zur Seite geschoben und im Boden gescharrt habe?» Sie tat, als fiele der Groschen erst jetzt. «Nachdem ich dir vorhin erklärt habe, dass Schefflers Steine längst fort sind, glaubst du jetzt, Thea dort finden zu können?» Resigniert, so als wäre nicht sie, sondern Leon der arme Kranke, schüttelte sie den Kopf und ging voraus. Hinter einer der Buchen blieb sie stehen und stocherte mit dem Fuß im Laub. «Wenn dir das wirklich weiterhilft – bitte sehr, hier war es!», verkündete sie, und Mitleid lag in ihrer Stimme.

Leon ging auf die Knie und begann, hektisch mit dem Messer und der freien Hand die Blätter wegzufegen. Irgendwann legte er das Messer weg und schob ganze Berge von Laub zur Seite. Hier war es. Diesmal hatte sie nicht gelogen. Die rechteckige Vertiefung im Boden war noch immer deutlich zu erkennen. Sie war sicher anderthalb Meter lang und mindestens einen Meter breit. Doch mittlerweile war die Erde nicht mehr locker, sondern fest und trocken. Es hatte nicht den Anschein, als hätte jemand erst gestern dort gegraben.

«Fang an! Worauf wartest du noch?», herrschte er Marlene an und richtete sich auf.

«Denkst du nicht, dass ich das Loch wieder komplett zugeschüttet hätte, wenn ich hier irgendetwas verstecken wollte? Oder irgendwen?», spottete sie, während sie sich belustigt auf der Schaufel abstützte.

Rasend vor Wut riss Leon ihr den Spaten aus der Hand und stieß sie beiseite. Sie taumelte, fiel stolpernd gegen einen Baum und fing sich mit beiden Händen im Laub ab.

Er beachtete sie nicht weiter. Mit ganzer Kraft rammte er das Schaufelblatt bis zum Schaft in den Boden und fing an zu graben. Stück um Stück arbeitete er sich voran und kämpfte sich mit dem Spaten immer tiefer ins Erdreich vor. Er wusste nicht genau, was er zu finden erwartete. Einen Sarg? Eine Kiste? Einen toten Körper? Er verbot es sich, weiter darüber nachzudenken, denn nur eines wusste er mit Sicherheit. Dass die Zeit gegen ihn arbeitete.

Und so lenkte er seine Gedanken krampfhaft in eine andere Richtung. Während er durch die Kraft seiner Hände den Boden durchpflügte, bemühte er sich, die letzten Teile des Puzzles zusammenzusetzen, das ihm in den vergangenen Tagen den Verstand geraubt hatte.

Inzwischen war ihm klargeworden, von wem Marlene gelernt hatte, mit der Armbrust zu schießen, und wie sie sich ihr Wissen über den Wald, die Jagd und das Ausnehmen von Wild angeeignet hatte. Nachdem sie eben am Steuer erzählt hatte, dass sie sich damals von Anna zu ihrem Vater in Lehdorf hatte fahren lassen, hatte er die Verbindung gezogen. Womöglich wäre er auch schon früher darauf gekommen, wenn er nur im Entferntesten damit gerechnet hätte, dass Marlene etwas mit den Morden zu tun hatte.

Ihr Vater war etwa ein Jahr nach Annas Autounfall in dem kleinen Dorf hinter dem Hirschberg gestorben. Davor war er Förster gewesen, jener Vorgänger, von dem Gehler gesprochen hatte. Marlene hatte nie viel über ihre Familie erzählt. Leon wusste nur, dass ihre Mutter Mann und Tochter früh verlassen hatte und Marlenes Kindheit alles andere als eine schöne, unbeschwerte Zeit gewesen war. Als Erwachsene hatte sie ihren Vater nur besucht, wenn es ihm gesundheitlich schlechtging. Offenbar hatte sie ihm nur gegenübertreten können, wenn sie die Rolle der hilflosen Tochter gegen die der dominanten Krankenschwester eintauschen konnte.

Nach seinem Tod hatte sie das alte Haus umgehend verkauft. Zuvor hatte sie jedoch anscheinend noch einige Dinge in ihren Besitz gebracht, wie die alte Bergwerkskarte und den Schlüssel zur Stollentür. Beides konnte nur von ihrem Großvater stammen, denn als sie Leon den Felsenkeller gezeigt hatte, hatte sie selbst erklärt, dass dieser Bergmann gewesen war.

Während er den Spaten wieder und wieder in den Boden stieß, dachte Leon daran, wie er die Karte und den Schlüssel im Gebüsch gefunden hatte. Bei ihrer vorgetäuschten Entführung hatte Marlene die Abkürzung durch das alte Silberbergwerk genommen und den Schlüssel und die Karte hinter dem Ausgang abgelegt. Beides hätte sie sonst am Hirschberg, wo sie sich als halbtotes Opfer inszeniert hatte, in Erklärungsnot gebracht. Mit ihrem Auftritt am Hirschberg war es ihr gelungen, jeden möglichen Verdacht von sich zu weisen, nachdem Leon ihr gegenüber zum ersten Mal misstrauisch geworden war. So hatte sie es erneut geschafft, die Spur, der er folgte, in eine völlig falsche Richtung zu lenken.

Aus demselben Grund hatte sie wohl auch die Organe im Quellbach versteckt. Vielleicht hatte sie sogar Jan-Philipp mit Luise Scheffler beobachtet und sich zunutze gemacht, dass im Schatten des Gasthauses offenbar ein seltsamer Handel getrieben wurde. Den Schlüssel zum Quellbach konnte sie sich jederzeit besorgt haben. Sie besaß einen Schlüssel zu Leons Haus, außerdem hatte er oft genug seine Schlüssel sowie sein Handy irgendwo bei ihr abgelegt, wenn er vorbeigeschaut hatte. Schließlich hatte er nicht geahnt, dass sich hinter der Maske der treuen Freundin eine eiskalte Lügnerin und Mörderin verbarg.

Wie sie da jetzt im Laub hockte, mit ihrem schmutzigen Kleid und den zerzausten Haaren, wirkte sie beinah wie ein armes Mädchen, dem schlimmes Leid zugefügt wurde. Leon musste sich fast zwingen, in dieser scheinbar harmlosen Frau eine skrupellose Hexe zu sehen, die hier irgendwo unter ihm seine Tochter verscharrt hatte.

Er hatte sich einen halben Meter ins Erdreich vorgearbeitet, als das Schaufelblatt auf etwas Hartes traf. Immer wieder stieß es auf festes Holz. Leon warf den Spaten beiseite und kauerte sich hin, um das Holz zu befühlen. Mit den bloßen Händen schabte er Erdklumpen und kleine Steine beiseite, die sich wie Messerspitzen unter seine Fingernägel bohrten.

«Leon, hör auf damit, du wirst hier nichts finden», hörte er Marlene beschwichtigend hinter sich. Er musste ihr Gesicht nicht sehen, um zu wissen, dass ein besorgter Ausdruck darauf lag. «Lass es gut sein, da unten sind nur Wurzeln. Du hast dich doch schon völlig verausgabt!»

Er ignorierte sie und ließ sich nicht davon abbringen, weiter in dem Loch herumzukriechen und den Boden abzutasten. Er wollte nicht wahrhaben, dass er tatsächlich am Ende seiner Kräfte war. Seine Beine waren weich wie Gummi, seine Arme brannten, und aus seiner rechten Schulter strahlte ein stechender Schmerz den ganzen Rücken hinab. Doch noch weniger wollte er wahrhaben, dass Marlene recht hatte. Das Holz unter ihm gehörte den Buchen. Er hatte nichts als die starken Wurzeln freigelegt, mit denen sich die riesigen Bäume in der Erde festkrallten. Hier würde er nicht weiterkommen, hier würde er nichts finden.

Er wollte sich gerade aufrappeln, als ein Schatten auf ihn fiel. Mühsam drehte er sich um und sah, dass Marlene sich aufgerichtet hatte. Die Sonne schien durch den transparenten Stoff ihres roten Chiffonkleides, das ein leichter Windstoß bauschte. Mit dem Messer in der Hand stand sie über ihm, am Rande des Erdlochs, wie ein übernatürlicher Racheengel.

Leon saß in der Falle wie ein einfältiges Kaninchen, das in einer Grube gefangen war. Mit einem Satz zur Seite versuchte er, den Spaten zu erreichen. Doch seine Beine waren zu steif, er kam nicht weit genug. Ein Schlag stoppte ihn, und ein seltsames Brennen in der Hüfte ließ ihn in der Bewegung verharren. Er blieb gebückt stehen und sah erstaunt, wie ein Bach aus Blut seinen Oberschenkel hinunterrann.

Der Racheengel war zu ihm hinab in die Tiefe gerauscht. Mit einem schnellen Sprung war Marlene neben ihm gewesen und hatte ihm das Messer in die Seite gerammt.

Jetzt hielt sie es ihm vor die Augen, damit er sehen konnte, wie sein eigenes frisches Blut daran klebte. «Wir waren füreinander bestimmt und sind es noch immer!», sprach sie feierlich. «Nur hat es das Schicksal nicht vorgesehen, dass wir unser Glück in dieser Welt finden. Doch im Tod werden wir vereint sein. Dein Blut wird sich mit meinem vermischen, wenn wir gemeinsam diese große Reise antreten. Wir werden frei sein und auf ewig zusammen!»

Leon presste die Hand auf die Wunde. Es dauerte einen langen Moment, bis Marlenes Worte zu ihm durchdrangen und er begriff, was sie vorhatte. Ihre Besessenheit kannte keine Grenzen. Wenn er nicht Teil ihres Lebens sein wollte, würde sie zusammen mit ihm sterben. Sie hatte ihn das Grab für sie beide schaufeln lassen.

«Ich liebe dich, Leon, hab keine Angst. Wir gehen diesen Weg gemeinsam», raunte sie. «Dieses Ende wird unser Anfang sein!» Während ihre Stimme noch bebte, erhob sie das Messer. Ein Sonnenstrahl ließ die Klinge aufblitzen.

Leon fragte sich, ob sie ihm wie Jack die Kehle durchschneiden oder ihm das Messer ins Herz rammen würde. Sein letzter Gedanke aber galt nicht dieser rettungslos verblendeten Frau, sondern Thea. Er verfluchte sich dafür, dass er sie im Stich gelassen hatte. Auch wenn er nicht gläubig war, schickte er ein kurzes Gebet zum Himmel und bat Gott darum, sie nicht lange leiden zu lassen. Er war bereit, alle Schmerzen zu ertragen, wenn sie nur seiner Tochter dadurch erspart blieben.

Da sah er sie. Über den Rand der Grube hinweg, zwischen

den Bäumen. Die Sonne im Rücken, sah er seine Tochter auf sich zukommen. Sie winkte ihm zu, inmitten einer Schar von Menschen, die nichts anderes als Himmelsboten sein konnten. Er hörte noch, wie sie etwas rief, bevor sich Marlene auf ihn stürzte und ihn mit sich in das kühle Grab riss.

EPILOG

Genau wie wir Menschen empfinden sie Schmerz. Und genau wie bei uns Menschen schließt ihr Leiden das Leiden um andere mit ein. Sie leiden mit. Das Mitleid oder die sogenannte Empathie ist eine Empfindung, die auch Bäume kennen. Sie sorgen sich um Familienmitglieder und Nachbarn. Ist einer von ihnen verletzt, verarzten sie ihn mit Nährstoffen und Wasser. Mit Hilfe ihres Wurzelnetzwerks kümmern sie sich umeinander. Sie kommunizieren miteinander, fragen beim anderen an, wie es ihm geht, werden hellhörig, wenn er krank oder geschwächt ist, und pflegen ihn, damit er wieder zu Kräften kommt.

Eine solche Gemeinschaft gedeiht allerdings nur dort, wo Bäume unter natürlichen Bedingungen heranwachsen, dort, wo man den Wald in Ruhe lässt und erlaubt, dass wie eh und je Laub- und Nadelbäume zusammen mit Sträuchern, Kräutern, Pilzen und Tieren ihren eigenen bunten Staat formen.

In unseren Forsten dagegen sind die Fichtenbäume – durch menschliche Hand in Reih und Glied aufgezogen – zu Einzelkämpfern geworden, die sich nicht im Geringsten dafür interessieren, wie es den Artgenossen um sie herum geht. Im Kampf um den besten Platz unter der Sonne schießen sie in Windeseile nach oben, nur um beim ersten richtigen Sturm zu bemerken, dass da niemand ist, der sie stützt und auffängt.

Nur wenn sich der Mensch aus den Wäldern zurückzieht, können Bäume so leben, wie es ihrer natürlichen Bestimmung entspricht – als soziale Wesen …» Thea holte Luft und veränderte ihre Stimmlage. Sie klang nun nicht mehr oberlehrerhaft, sondern wie ein gewöhnlicher respektloser Teenager, als sie spöttisch meinte: «Dein Freund – der Baum … Hört sich irgendwie nach abgedrehter Hippie-Romantik an.» Ihre Beine schlenkerten hin und her, wie so oft, wenn sie auf ihrem Schreibtischstuhl vor dem Computer saß.

Leon lachte. Er fand, dass seine Tochter nicht unrecht hatte. «Wo hast du den Artikel gefunden?» Er trat hinter sie und blickte über ihre Schulter auf den Bildschirm.

Thea scrollte zum Seitenanfang hinauf. Ein Verfasser namens Richard Scheffler hatte zwei Tage zuvor unter der Überschrift *In guten wie in schlechten Zeiten* eine Studie über das Sozialverhalten der Bäume im Internet veröffentlicht. «Das Forum heißt *Die intelligente Pflanze – Neues aus der Pflanzenneurobiologie.* Hört sich ganz schön kompliziert an.»

«Und ganz schön esoterisch», meinte Leon. «Wahrscheinlich wollten die Fachzeitschriften, in denen Richard Scheffler seine Artikel früher publiziert hat, diese Studie nicht veröffentlichen. ‹Der Baum als der bessere Mensch› ist auch irgendwie eine ziemlich gewagte These …»

Dennoch hatte sich der Verfasser größtmögliche Mühe gegeben, sämtliche wissenschaftlichen Standards einzuhalten. Das Ergebnis dieser «Studie» war durch Daten in Tabellenform belegt, die über einen Zeitraum von beinah zehn Jahren erhoben worden waren. Leon wusste, dass sie auf den Einträgen aus jenem Heft basierten, das er mit Marlene im Felsenkeller entdeckt hatte. Und er wusste, wo genau die Studienobjekte Richard Schefflers zu finden waren – sie wuchsen im Wald der versehrten Eichen.

Doch zuletzt war es nicht mehr Richard Scheffler gewesen, der dort geforscht hatte, sondern seine Frau Luise. Neben seinen neurologischen Untersuchungen, die sie weiterbetrieben, beendet und zur Veröffentlichung gebracht hatte, hatte sie auch diese Arbeit von ihrem toten Mann übernommen und in seinem Namen fortgeführt. Und vielleicht hatte sie ja mit dem Abschluss dieser Studie sein Werk vollendet.

«Glaubst du, dass sie noch im Wald lebt?», fragte Thea, die die Gedanken ihres Vaters zu erraten schien.

«Eher unwahrscheinlich. Die Polizei hat überall nach ihr gesucht. Aber außer ihren Habseligkeiten in der Höhle unter dem Kohlberg haben sie keine Spur mehr von ihr gefunden.»

«Denkst du, sie ist tot?»

«Möglicherweise», antwortete Leon ausweichend. «Dass der Artikel erst vorgestern erschienen ist, bedeutet ja nicht zwangsläufig, dass sie noch am Leben ist. Sie kann ihn schon vor einiger Zeit bei der Redaktion eingereicht haben.»

«Ich glaube, dass sie noch lebt. Irgendwo im Wald, nicht allzu weit entfernt. Bestimmt will sie nah bei ihrem Haus bleiben. Und bei der Asche ihres Mannes.» Thea wandte sich vom Bildschirm ab und sah durch das Fenster hinaus in die weiß verschneite Winterlandschaft. Es war Februar, der Schrecken des Sommers lag ein halbes Jahr zurück.

Leon erkannte die Trauer in ihren Augen. «Es ist nicht deine Schuld.»

Seine Tochter blitzte ihn an. Aber es war nicht Wut, die ihre Augen zu schmalen Schlitzen verengte, sondern Verzweiflung. «Und Marlene? Hatte sie Schuld? Oder war sie einfach nur krank?»

«Auch wenn sie psychisch krank war, wusste sie, was sie tat», entgegnete Leon. Sein Mund wurde trocken.

Aus den Akten des Krankenhauses und den Abrechnungen mit der Krankenkasse hatte man rekonstruiert, dass Marlene bei Richard Scheffler wegen schwerer Depressionen in Behandlung gewesen war. Demnach hatte sie Leon einmal mehr angelogen. Nicht Anna hatte unter einer unüberwindbaren Niedergeschlagenheit gelitten, sondern sie selbst. Annas Autounfall, den Marlene ihm zuletzt als möglichen Selbstmord verkauft hatte, war dagegen vielleicht nicht nur auf das Glatteis zurückzuführen, sondern auf eine Schwindelattacke, wegen der sie an jenem Tag Rat bei Professor Scheffler gesucht hatte. Laut Unterlagen hatte dieser eine harmlose Erkältungsinfektion als Ursache vermutet. Marlene hatte also einfach, nachdem Leon die Termine in Schefflers Kalender entdeckt und sie zur Rede gestellt hatte, kurzerhand die Krankheiten vertauscht.

«Dass sie als Kind vernachlässigt wurde und so zu einer Narzisstin heranwuchs, die unter Depressionen litt, erklärt vielleicht einiges, aber es entschuldigt nichts», meinte Leon aufgebracht, der daran verzweifelte, dass Marlene auch über ihren Tod hinaus sein Leben und das seiner Tochter derart vereinnahmte und bestimmte.

Thea wurde noch immer von einer Psychologin betreut, und es würde eine ganze Weile dauern, bis sie das Erlebte halbwegs verarbeitet hätte. Natürlich kannte sie mittlerweile die ganze Wahrheit, denn sie war volljährig, und es wäre gleichermaßen lächerlich wie sinnlos gewesen, ihr die Einzelheiten und Hintergründe von Marlenes Verbrechen verschweigen zu wollen.

Sie kannte die ganze Wahrheit bis auf eine einzige Sache. Dass Marlene mit Anna im Auto gesessen hatte, als sie den Hang hinabgestürzt war, hatte Leon seiner Tochter verschwiegen. Der Tod ihrer Mutter hatte eine schlimme Narbe hinterlassen, die nicht noch einmal aufreißen durfte. Und was hätte das Wissen, dass Marlene es in der Hand gehabt hatte, ihre Mutter vor dem Erfrierungstod zu retten, daran geändert?

Thea klappte ihr Notebook zu und stand auf. «Aber sie hat mir so oft geholfen, war immer für mich da. Das kann sie doch nicht alles nur gespielt haben!» Es wollte ihr einfach nicht in den Kopf, dass die Frau, der sie wie einer zweiten Mutter vertraut hatte, eine Lügnerin und Mörderin gewesen war.

«Es kann schon sein, dass sie so etwas wie echte Zuneigung für dich empfunden hat, aber ihre dunkle Seite hat einfach alles überschattet und am Ende ihr komplettes Handeln bestimmt», versuchte Leon zu erklären, was er selbst bis zu diesem Tag nicht ganz begriffen hatte. Er kannte Auszüge aus dem psychologischen Gutachten, mit dem Marlenes Wesen im Nachhinein beleuchtet worden war. Dort war von ihrer ambivalenten Persönlichkeit die Rede, was konkret bedeutete, dass sie nicht nur eine Sadistin und Psychopathin mit der Lust am Töten gewesen war, sondern gleichzeitig eine hilflose, nie richtig erwachsen gewordene Frau, die sich in eine märchenhaft anmutende Welt aus Symbolik und Schicksalsgläubigkeit geflüchtet hatte. Verzweifelt hatte sie sich danach gesehnt, dass Leon sie in ihrer Not und Gekränktheit verstand. Sie hatte gehofft, dass er irgendwann die Augen aufschlagen und ihre Gefühle für ihn erkennen würde. Deshalb hatte sie ihm auch bestimmte Hinweise wie den Armbrustpfeil und das blutverschmierte Brautkleid im Felsenkeller hinterlassen.

«Als sie mir die kalte Cola gebracht hat, da hat sie so freundlich und so …», Thea suchte nach dem richtigen Wort, «… fürsorglich gewirkt. So wie immer.»

Leon nickte. Er wusste genau, was sie meinte.

«Ich war total besorgt, als ich mit dem Taxi nach Hause kam. Dass du mich nicht am Bahnhof abholst und mir nicht mal

Bescheid gibst, konnte ich mir nicht erklären. Ich war so froh, dass Marlene und Jack zu Hause waren. Marlene hat mich gleich beruhigt und mir erzählt, dass du nicht erreichbar bist und es nicht zum Bahnhof geschafft hast, weil die Polizei dich aufgehalten hat. Sie hat gesagt, dass du in einer halben Stunde da bist und es gute Neuigkeiten gibt. Sie hätten den Frauenmörder an diesem Morgen verhaftet. Ich war so überwältigt von dieser Nachricht, dass ich überhaupt nicht überlegt habe, woher sie das alles weiß und warum mir trotzdem niemand kurz geschrieben hatte, dass ich nicht am Bahnhof warten soll.»

Thea ging in ihrem Zimmer auf und ab, was sie selbst nicht zu merken schien. Leon kannte diese Geschichte in allen Einzelheiten. Er wusste genau, was an jenem Nachmittag passiert war. Seine Tochter hatte es schon oft erzählt. Doch er wusste auch, dass es wichtig für sie war, immer wieder darüber zu sprechen, denn nur so würde sie es irgendwann schaffen, das zu verarbeiten, was für sie auch jetzt noch unbegreiflich war. Also setzte er sich auf ihren Schreibtischstuhl und hörte ihr zu.

«Sie hat gemeint, ich würde aussehen wie ein Hippie nach Woodstock und genauso riechen, und mich lachend zum Duschen nach Hause geschickt. Ihre gute Laune hat sich sofort auf mich übertragen. Ich war total erleichtert. Als ich nach einer halben Stunde geduscht und umgezogen war und nicht du vor der Tür standest, sondern sie, habe ich mir immer noch keine Gedanken gemacht. Weil sie wusste, dass nichts mehr in unseren Kühlschrank war, hat sie mir ein Sandwich vorbeigebracht und die kalte Cola. Sie hat sich zu mir in die Küche gesetzt, mir eingeschenkt und sich selbst einen Kaffee gemacht. Wir haben auf das Ende dieser schrecklichen Zeit angestoßen und auf dich gewartet. Als ich sie gefragt habe, woher die Kratzer in ihrem Gesicht und der Verband an ihrem Hals stammen, kam sie sofort mit ihrer Geschichte von dem Radunfall, die sich eher lustig als schlimm angehört hat. Sie hat mir so genau beschrieben, wie sie von einem anderen Radfahrer geschnitten wurde und ins Gebüsch gesegelt war, dass ich es mir bildlich vorstellen konnte.»

Leon ahnte, dass es ihm genauso gegangen wäre. Marlene war eine wahre Meisterin im Lügen gewesen. Auch ihre Kollegen aus dem Krankenhaus hatten berichtet, dass sie am Ende mehr als einmal zu spät zum Dienst gekommen war, aber immer eine überzeugende Ausrede parat hatte. Weil sie jahrelang zuverlässig gewesen war, hatte man ein Auge zugedrückt. Das hatte man auch zuletzt getan, als sie sich nach der Sache im Wald selbst entlassen und Jack mit dem Wagen zum Krankenhaus bestellt hatte.

Genauso hatte sie manche Verabredung mit Freunden überraschend abgesagt oder war nur kurz aufgetaucht und dann schnell wieder verschwunden. Wie kurz vor ihrer angeblichen Entführung bei jener Grillparty, wo sie nach nur zehn Minuten wegen einer plötzlichen Übelkeit wieder gegangen war. Einige hatten als Grund für ihr unerklärliches Verhalten eine noch frische Schwangerschaft vermutet.

Thea schüttete den Kopf, als wollte sie die hässliche Erinnerung von sich abschütteln. «Wir haben über diesen komischen Radunfall gelacht. Das ist das Letzte, was ich noch weiß.» Sie blieb stehen und sah Leon an.

Sie war fast genauso groß wie er. Äußerlich wirkte sie wie eine typische junge Frau ihres Alters – mit ihrem fledermausförmigen Strickpullover, den Skinny-Jeans und den weißen Turnschuhen, die sie sowohl im Haus als auch draußen im Schnee trug. Doch durch ihre Augen konnte Leon in die Seele eines verstörten Kindes blicken.

«Komm, lass uns noch einen Tee trinken. In einer Stunde muss ich zum Gericht.» Er erhob sich und ging voran in die Küche. Es war schon Mittag. Thea war an diesem Dienstag überraschend früh aus der Schule zurückgekommen. Sie hatte nur drei Stunden Unterricht gehabt, weil ein Großteil des Lehrkörpers von der Grippe ans Bett gefesselt worden war, wie sie vorhin gewitzelt hatte. Da hatte sie noch gute Laune gehabt.

Während Leon das Wasser aufsetzte, ließ sie sich mit hängenden Schultern auf einen Küchenstuhl plumpsen. Als hätte jemand einen Film zurückgespult, sah Leon auf einmal vor sich, wie sie damals hier am Tisch das Bewusstsein verloren hatte, auch wenn er gar nicht dabei gewesen war.

Marlene hatte Thea zuerst mit Tropfen betäubt und die Dosis später, nachdem sie das Mädchen ins Schlafzimmer gezerrt haben musste, intravenös verstärkt. Als Thea am nächsten Morgen, nach etwa achtzehn Stunden, mit trockenem Mund und dröhnendem Kopf zu sich kam, konnte sie sich nur noch bruchstückhaft an den Vortag erinnern. Entkräftet schleppte sie sich zum Waschbecken in der Küche und sah draußen Jacks VW-Bus vorbeirauschen. Nachdem sie getrunken hatte, fiel sie zurück ins Bett und versuchte mühsam, die Erinnerungsfetzen in ihrem Kopf so aneinanderzureihen, dass sie einen Sinn ergaben. Sie schaffte es nicht, und doch dämmerte ihr, dass etwas nicht stimmen konnte.

Sie rappelte sich auf und rief die Polizei. Kurz darauf stand Hauptkommissar Braune mit einem Notarztteam neben ihrem Bett. Während sie medizinisch versorgt wurde, lichtete sich der Nebel in ihrem Kopf, und sie berichtete Braune, was sich am Vortag ereignet hatte. Als sie ihn nach Leon fragte, wich der Hauptkommissar aus. Wenig später brach Hektik aus, denn seine Kollegen waren in der Zwischenzeit in Marlenes Haus gewesen und hatten Jacks Leiche dort entdeckt. Gegenüber Thea erwähnten sie davon nichts, fragten sie nur, wann sie Marlene und Jack zuletzt gesehen hatte. Da fiel ihr der VW-Bus wieder ein, der draußen vorbeigefahren war.

Weil Thea spürte, dass das alles etwas mit ihrem Vater zu tun haben musste, drängte sie den Kommissar, ihn begleiten zu dürfen. Braune, der zuerst kategorisch dagegen gewesen war und sie ins Krankenhaus bringen lassen wollte, änderte plötzlich seine Meinung. Vermutlich war ihm die Idee gekommen, dass Thea als nützliches Pfand taugte, mit dem ihr Vater zur Vernunft zu bringen war. Braune ging wahrscheinlich davon aus, dass Leon sie ruhiggestellt hatte, um Jack umbringen und Marlene entführen zu können.

Inzwischen hatte ein Wanderer den weißen VW-Bus und das seltsame Paar, das mit einem Spaten ausgestiegen und in den Wald verschwunden war, aus der Ferne beobachtet und die Polizei informiert, weil er Wilderer oder Baumdiebe vermutete. Der Mann hatte die genaue Position des weißen Kleinbusses durchgegeben, sodass es für Braune und sein Team kein Problem darstellte, sich schnell und unauffällig zu nähern.

Was dann passiert war, hatte Thea wie in einem Traum erlebt. Sie hatte ihren Vater vornübergebeugt in einem tiefen Loch gesehen und neben ihm Marlene, das Messer in der erhobenen Hand. Gleichzeitig hatte sie wahrgenommen, wie ein Polizist sie zurückhielt und ein anderer stehenblieb, zielte und abdrückte. Entsetzt hatte sie die Hände hochgerissen und nur noch geschrien.

Leon stellte den Tee auf den Tisch und setzte sich zu seiner Tochter. Er konnte genau nachvollziehen, was in jenem Moment in ihr vorgegangen war. Dass er damals mit einer tiefen, aber nicht lebensbedrohlichen Schnittwunde überlebt hatte, während die tödliche Pistolenkugel Marlenes Lunge durchschlagen hatte, kam ihm noch immer völlig unwirklich vor.

«Du darfst dich nicht verrückt machen. Vieles werden wir nie verstehen, weil wir nicht annähernd alle Antworten finden werden.» Er legte Thea die Hand auf die Schulter. «Manchmal macht es mich rasend, dass ich nie erfahren werde, ob sie das alles tatsächlich bis zum Ende hin geplant hatte. Hat sie gewusst, dass ich es nicht über mich bringen würde, sie zu töten? Wäre ihr ganzer Plan aufgegangen, wenn du nicht mit der Polizei in den Wald gekommen wärst?» Leon wusste es nicht, und er würde es auch nie herausfinden. Wahrscheinlich lag die Wahrheit wie so oft irgendwo dazwischen. Marlene hatte ihre Taten akribisch geplant, vorbereitet und durchgeführt. Dennoch hatte sie ihre Impulsivität nie ganz kontrollieren können. Dadurch hatte sie Fehler gemacht, und es wäre nur eine Frage der Zeit gewesen, bis man ihr auf die Spur gekommen wäre. «Aber all ihre möglichen Pläne sind nicht mehr von Bedeutung. Jetzt zählt nur noch, dass wir unsere eigenen Pläne haben. In ein paar Monaten lassen wir uns frischen Wind um die Nase wehen, der uns auf neue Gedanken bringt.»

Thea nahm seine Hand von ihrer Schulter, doch sie ließ sie nicht los. Sie lächelte und begann von den Abiturfächern zu erzählen, die ihr den meisten Schlaf raubten.

Als Leon eine Stunde später im Auto saß, hatte er zum ersten Mal das Gefühl, dass alles gut werden würde.

Der Flur vor dem Gerichtssaal war schlecht beheizt. Selbst die lange harte Holzbank unter seinem Hintern war eiskalt. Leon wippte mit den Füßen und starrte auf den welligen Linoleumboden. Der Gerichtsdiener hatte ihm eben mitgeteilt, dass es noch etwas dauern würde, bis man ihn hineinrufen würde. Dummerweise hatte Leon nicht gefragt, was genau dieses *etwas* bedeutete.

Als er wieder aufsah, saß ein kleiner, rundlicher Mann neben ihm und nickte ihm freundlich zu. Ohne darauf zu warten, dass Leon seinen Gruß erwiderte, schlug er eine abgewetzte Aktentasche aus speckigem Leder auf.

«Ludwig Kreil, Heimatforscher», eröffnete er das Gespräch und zog ein vergilbtes Zeitungsblatt aus seiner Mappe. «Wie mir zugetragen wurde, waren Sie im alten Silberbergwerk und sogar bei dem unterirdischen See hinter der Eisentür.» Er senkte die Stimme und rückte ein Stück näher an Leon heran. «Hier in der Stadt weiß heute kaum noch einer, dass der gesamte Sattelberg von Gängen und Höhlen durchzogen ist. Selbst ich bin mit meinen fünfundsechzig noch zu jung, denn zwei Jahre nach meiner Geburt wurde diese Tür in den Berg gemauert. Sehen Sie hier …» Er hielt Leon den alten Zeitungsartikel hin und klopfte mit der anderen Hand darauf, als müsse Leon dadurch sofort etwas ins Auge springen.

Leon nahm das dünne Papier und betrachtete das alte Foto, auf dem zwei Männer in adretter Bergmannskluft vor einer Höhle standen. Er las, dass die beiden im Jahre 1955 den Zugang zu dem unterirdischen See in dem stillgelegten Bergwerk verschlossen hatten, indem sie die eiserne Tür in den Fels gemauert hatten, nachdem sich mehrere junge Leute bei romantischen Bergerkundungen Verletzungen zugezogen hatten und ein Mädchen sogar ertrunken war.

Ungeduldig wartete der Heimatforscher, dass Leon fertig gelesen hatte, und schob dabei immer wieder seine dunkle Hornbrille die Nase hinauf. «Dass unter dem Berg ein See ist, habe ich erst durch meine Recherche in den Archiven erfahren. Aber kein Wunder, wenn man da unten schon in den Fünfzigern alles vorbereitet hat!»

Leon verstand nicht, worauf er hinauswollte, und sah ihn fragend an. Die Halbglatze des kleinen Mannes glänzte. Obwohl sein kariertes Hemd unter den Hosenträgern nur kurzärmelig war, schien er alles andere als zu frieren.

«Klingelt da nichts bei Ihnen?» Er machte eine kurze Pause, um Leon die Möglichkeit zu geben, doch noch selbst auf das scheinbar Offensichtliche zu kommen. «In welchem Jahrzehnt wurden wohl die ersten Atomkraftwerke gebaut?», raunte er ihm zu. «Schon damals wurde in unserer Stadt ein riesiger Umweltskandal vorbereitet! Dieser Prozess heute ist eine einzige Farce und soll nur vertuschen, dass die Politik knietief in der Sache mit drinsteckt. Lohmann und seine Kumpane sind für die echten Drahtzieher doch nur die Bauernopfer!»

Leon kam mit dem Tempo des Mannes nicht mit und betrachtete noch einmal den alten Zeitungsartikel. Sein Interesse galt den beiden Bergleuten, die laut Bildunterschrift aus Lehdorf stammten. Genauer gesagt interessierte er sich nur für den einen, denn der Mann namens Fritz Schröter musste Marlenes Großvater gewesen sein. So also war der Schlüssel zu der Tür im Berg in ihre Hände gelangt. Er war sozusagen als Familienbesitz weitervererbt worden.

«Haben Sie irgendwelche Fässer da unten gesehen?», flüsterte der Heimatforscher drängend und riss Leon aus seinen Gedanken. «Meinen Sie, dass Giftstoffe in den See gelangt sind und das Grundwasser verseucht haben?»

Soweit Leon wusste, ging es hier heute nicht um Atommüll, sondern nur um Asbest. «Tut mir leid, ich würde Ihnen gerne weiterhelfen, aber …», sagte er ehrlich und kam nicht weiter mit seiner Antwort, denn die Tür zum Gerichtssaal öffnete sich.

Während der Gerichtsdiener in den Flur trat und die Tür aufhielt, fiel sein Blick auf den rundlichen Mann und verfinsterte sich umgehend.

«Was soll das, Kreil? Du hast hier nichts zu suchen!», zischte er. «Muss ich erst den Sicherheitsdienst auf dich hetzen oder dich wegen Hausfriedensbruch anzeigen?»

«Lass gut sein», meinte der Angesprochene beleidigt und riss Leon den Artikel aus der Hand. Dann verschwand er mit seiner Aktenmappe so schnell, wie er gekommen war.

«Ein Journalist?», fragte Leon, dem dämmerte, dass ein Heimatforscher beim Zusammentragen von Informationen normalerweise weniger unverfroren zu Werke ging.

Der Gerichtsdiener wiegte den Kopf. «Eher Verschwörungstheoretiker.»

Ein gut gekleideter junger Mann mit zurückgegelten Haaren eilte an ihm vorbei aus dem Saal. Er sah Leon auf der Bank sitzen, und seine Augen verengten sich. Ohne zu grüßen, verließ er das Gerichtsgebäude.

Derselbe Junge, der sich noch im Sommer der Kochkunst mit Leib und Seele verschrieben und im Eiltempo Kurs auf die Sterne am Himmel der Spitzenköche genommen hatte, hatte mittlerweile die weiße Kochjacke an den Nagel gehängt und gegen einen eleganten schwarzen Zweireiher getauscht. Jan-Philipp war seit Jahresbeginn Auszubildender bei einer Bank, wie Leon wusste. Er zweifelte nicht daran, dass Lohmanns Neffe es einmal weit bringen würde.

Bei seiner zukünftigen Karriere würde der Junge allerdings kaum noch auf seinen Onkel zählen können. Leon hatte keine

Ahnung, was Jan-Philipp hier und heute ausgesagt hatte und ob er als Zeuge für oder gegen die Angeklagten geladen worden war. Sicher war jedoch, dass er nicht davor zurückschrecken würde, selbst seinem Onkel zu schaden, wenn es für ihn selbst von Vorteil war.

Die Färberdistelblüten, die Luise Scheffler im Sommer in ihrem Rucksack gehabt hatte, waren von ihm bestellt worden. Weil er selbst zu bequem oder zu feige dazu gewesen war, hatte er die Alte, der als Lohn ein paar Lebensmittel aus der Gasthausküche winkten, losgeschickt, um die Blüten von dem Feld neben der Ölmühle zu pflücken. Eigentlich machte man aus ihnen Distelöl oder nutzte ihre Farbstoffe, aber ihr Zweitname Saflor beziehungsweise Falscher Safran hatte Jan-Philipp wohl auf eine lukrative Idee gebracht. Er hatte die zarten orangegelben Blütenblätter gegen die exklusiven Safranfäden getauscht, die sein Onkel für teures Geld aus Kaschmir hatte kommen lassen. Den echten Safran hatte er daraufhin über das Internet, wo er sich als Feinkosthändler ausgegeben hatte, für zehn Euro pro Gramm weiterverkauft. Genauso hatte er es mit Lohmanns edlem Rotwein aus dem Weinkeller im Quellbach gehalten, den er durch billigen Fusel mit gefälschten Etiketten ersetzt hatte.

Leon hatte keine Ahnung, wie Reinhard Lohmann auf diese Enthüllungen reagiert hatte. Vielleicht hatte er getobt, vielleicht hatte er die Sache aber auch als Dummejungenstreich abgetan und seinem Neffen längst verziehen. In jedem Fall fand Leon die Energie, die der Neunzehnjährige investiert hatte, um ein paar hundert Euro zu verdienen, beachtlich und sah darin eine vielversprechende Voraussetzung, um nicht nur als Banker, sondern auch als Kleinkrimineller in die Zukunft durchzustarten.

«Bitte, kommen Sie mit!», forderte ihn der Gerichtsdiener förmlich auf.

Leon erhob sich, um in den Gerichtssaal zu gehen und gegen Reinhard Lohmann und seine Helfer auszusagen. Er war darauf vorbereitet, dass sein ehemaliger Arbeitgeber genauso wenig Unrechtsbewusstsein an den Tag legen würde wie dessen Neffe.

Am Nachmittag, als die Winterschwärze hinter dem Wald hervordrängte und das Haus langsam schluckte, konnte Leon die Einsamkeit, die ihn umgab, regelrecht mit Händen greifen. Am Waldrand stand das verwaiste Haus der Schefflers. Solange niemand Luise Scheffler für tot erklärte, würde es weiter leer stehen. Daneben lag Marlenes verlassenes Haus, für das sich ebenfalls so schnell kein Käufer finden würde. Was hinter jenen Mauern passiert war, war einfach zu abschreckend.

Leon hatte sich die Stiefel angezogen und sah durch das Flurfenster den tief verschneiten Drosselweg hinauf. Nicht einmal der Räumdienst fuhr hier noch hoch. Es war, als würde ein Fluch auf dieser Straße lasten.

Er überlegte, wie es jetzt wohl beim Quellbach aussah. Kein Lichtstrahl sickerte mehr durch die Fenster des Gasthauses, kein Rauch stieg aus dem Schornstein. Wahrscheinlich trafen sich Rehe, Füchse und Wildschweine auf dem zugeschneiten Parkplatz davor. Nicht einmal August Haffmann lebte mehr dort. Der nunmehr arbeitslose Hausmeister hatte in der Stadt eine Einzimmerwohnung bezogen, wobei sich Leon beim besten Willen nicht vorstellen konnte, wie der umtriebige Alte in einem Sessel vor dem Fernseher saß, anstatt die ganze Zeit herumzurennen, nach dem Rechten zu schauen und überall seine Nase hineinzustecken.

Sicherlich bedauerte Haffmann es zutiefst, dass sein ehemaliger Chef das Gasthaus einfach dichtgemacht hatte. Noch vor Prozessauftakt hatte Lohmann versucht, einen Käufer dafür zu finden, doch die Gutachter der wenigen Interessenten hatten abgewinkt. Das Gebälk war morsch, das Mauerwerk feucht und verschimmelt. Jahrhunderte im Schatten der hohen Bäume, ohne ausreichend Sonnenlicht, hatten das Gasthaus dahinsiechen lassen, sodass nun keine Rettung mehr möglich war. Wenn Lohmann Pech hatte, würde er auch noch den Abriss finanzieren müssen. Dabei brauchte er gerade all sein Geld, um den Asbest und den Bauschutt, den er illegal deponiert hatte, fachgerecht entsorgen zu lassen.

Ob ihn diese Sorgen um den Schlaf brachten oder ob er schon wieder einen Plan hatte, wie er sich am eigenen Schopf aus dem trüben Sumpf ziehen konnte, in dem er steckte, war ihm vorhin im Gerichtssaal nicht anzusehen gewesen. Genau wie neben ihm Martin Gehler hatte auch er mit undurchdringlicher Miene auf seinem Platz gesessen und völliges Desinteresse zur Schau gestellt, als Leon von der Nacht berichtet hatte, in der er Lohmann und die beiden Freizeitjäger dabei beobachtet hatte, wie sie etwas in das alte Bergwerk transportiert und die Höhle danach zugeschüttet hatten.

Nur August Haffmann war die ganze Zeit nervös auf seinem Stuhl herumgerutscht, und Leon hatte an das Scharren hinter der Küchentür denken müssen, als er dem Kommissar im Quellbach vom Felsenkeller erzählt hatte. Sicherlich war es Haffmann gewesen, der ihnen damals in seinem Wagen gefolgt war, um seinen Chef auf dem Laufenden zu halten und notfalls warnen zu können. Wie der Förster Martin Gehler und einige andere Männer war er einer von Lohmanns willigen Helfern gewesen, die unauffällig ihren Dienst im

Hintergrund geleistet und diesem so den Rücken freigehalten hatten.

Ruhig und sachlich hatte Leon die detaillierten Fragen des Richters beantwortet und im Laufe der Befragung herausgehört, dass die Platten aus Wellasbest, die Lohmann im Sattelberg versteckt hatte, nur die Spitze des Eisbergs waren. Anscheinend hatte er jede Menge giftigen Schutt nicht nur hier im Wald entsorgt, sondern bis ins benachbarte Ausland geschafft. Während des Prozesses hatte sich immer weiter herauskristallisiert, dass Lohmann nicht allein mit dem Kauf, Verkauf und Neubau von Immobilien sein Geld verdiente. In der illegalen Entsorgung von teilweise asbestverseuchtem Bauschutt hatte er eine zusätzliche lukrative Einnahmequelle entdeckt.

Der misstrauische «Heimatforscher» lag mit seiner Verschwörungstheorie im Grunde gar nicht so weit von der Wahrheit entfernt, dachte Leon, als er im dunklen Hausflur seinen Mantel anzog. Zwar hatte Reinhard Lohmann «nur» mit Asbest und nicht mit Atommüll gehandelt, aber selbst damit hätte er wohl kein großes Problem gehabt.

Leon hatte noch immer kein Licht gemacht. Die Finsternis, die von draußen herankroch, schwappte ins Haus. Thea war bei einer Freundin, und er spürte, wie ihn die Einsamkeit einschnürte. Er sagte sich, dass er nur noch wenige Wochen durchhalten müsste, bis Licht am Ende des Tunnels zu sehen wäre. Seit er und Thea beschlossen hatten, den Harz zu verlassen, hatten die Taubheitsgefühle und das Kribbeln in seinen Gliedern merklich nachgelassen. Er hoffte, dass beides vollends verschwand, sobald er mit seiner Tochter woanders wäre.

Gleich nach den Abiturprüfungen im Juni wollten sie los. Thea hatte vor, als Surflehrerin in Dänemark zu jobben und im Herbst dort vielleicht ein Studium zu beginnen. Leon, der wochenlang Stellenangebote studiert und sich bei diversen Vorstellungsgesprächen von seiner charmantesten Seite gezeigt hatte, hatte am Ende – durch einen Zufall, der ihm wie ein kleines Wunder vorkam – eine Stelle als Küchenchef in einem netten Dünenhotel an der Nordsee angeboten bekommen, sodass er ganz nah bei Thea sein würde. Die Vorstellung allein schon machte ihn glücklich. Genauso wie die Aussicht, die alte Heimat hinter sich zu lassen. Endlich keine Bäume mehr, keine Felsen, keine Berge.

Er setzte sich die Wollmütze auf und holte die Handschuhe aus dem Kommodenschubfach. Dennoch wusste er schon jetzt, dass er den Wald vermissen würde. Es war absurd, aber er ahnte, dass ihm die Bäume fehlen würden. Trotz all des Grauens hatte er begriffen, dass der Wald kein Ort des Schreckens war. Mit seinen Bäumen bot er Frieden und Schutz. Es waren die Menschen, die die Finsternis hineintrugen.

Während Leon durch den knöcheltiefen Schnee stapfte, dachte er über das nach, was Luise Scheffler in ihrem Artikel geschrieben hatte. Er kam zu dem Schluss, dass es so war, wie sie sagte: Die Menschen hatten nichts im Wald zu suchen. Sie stifteten nur Unruhe, brachten Gewalt und Zerstörung. Dass der Wald jedoch der einzige Ort war, an dem die alte Frau noch leben konnte, musste ihr dabei selbst wie eine Ironie des Schicksals vorgekommen sein.

Leon war die Straße hinaufgelaufen, über den Panoramaweg auf dem Plateau und weiter über schmale Pfade in das Dickicht der hohen Bäume hinein. Der helle Schnee markierte seinen Weg. Gerne hätte er erfahren, ob es Luise Scheffler, falls sie wirklich noch lebte, auch jetzt noch zu heiß war. Er konnte es sich beim besten Willen nicht vorstellen.

Aber was wusste er schon von ihrem Leiden, das sie damals, verwirrt und verängstigt, mit nur wenigen Worten angedeutet hatte? Er hatte nachgelesen und herausgefunden, dass die Haut bei einer sogenannten Lichtallergie auf Sonnenstrahlen mit Juckreiz, Bläschen, Entzündungen und im schlimmsten Fall sogar mit Selbstzerstörung reagierte. Daher hatte sich Luise Scheffler auch nur zwischen Sonnenuntergang und vor Sonnenaufgang unter der Erde hervorgetraut. Ihre Haut musste immer empfindlicher geworden sein und am Ende so sensibel, dass sie keinerlei Wärme mehr vertrug. Sogar in den Höhlen, in denen sie sich vor der Sonne versteckte, war es ihr manchmal offenbar zu warm geworden. Sie schlief ohne Decke und hatte den Wetterschacht, in den Leon gefallen war, mühsam freigelegt, damit kühle Luft in den Berg strömen konnte.

Stumpf knirschte der verharschte Schnee unter seinen Füßen. Jedes Mal, wenn er gegen einen verschneiten Fichtenast stieß, prasselte von oben eine kleine Lawine auf seine Mütze und seinen Mantel hinab. Ihm wurde klar, dass es zwischen ihm und Luise Scheffler einige Parallelen gab, auch wenn diese eher auf Gegensätze hinausliefen. Sie beide hatten ihren Ehepartner verloren, doch Leon hatte sich nach diesem Unglück einen Panzer zugelegt, während Luise Scheffler ihre Schutzhülle ganz und gar verloren hatte. Leon hatte sich eingeschlossen und taub gefühlt, ihm war oft kalt gewesen, Luise Scheffler dagegen war schutzlos gewesen, ohne Obdach, und litt unter einer unerträglichen Hitze. Anders als er war sie nicht auf der Suche nach Sonne und Licht, sondern nach Dunkelheit und Schatten. Und während Leon zu einem rastlosen Wanderer geworden war, war aus Luise Scheffler ein einsamer Höhlenmensch geworden, der einen Großteil des Tages zur Untätigkeit verdammt war.

Am Ende ihrer Tage lebte die alte Frau in einer Welt aus Stein. Auch diese bittere Tatsache entbehrte nicht einer gewissen Ironie, denn Luise Scheffler hatte das ausgeprägte Interesse ihres Mannes Richard für Mineralien sicher geteilt. Schließlich standen sogar in ihrem Wohnzimmer zwei hohe Vitrinen mit den ungewöhnlichen Sammlerstücken. Vielleicht war ja die Erforschung der besonderen Wesenszüge, die das Ehepaar sowohl den Steinen als auch den Bäumen zuschrieb, für beide eine Art Ausgleich zum grauen Alltag gewesen und zu Richard Schefflers vernunftbetonter Arbeit als Professor der Neurologie. Durch ihre esoterisch anmutende Begeisterung für Steine und Bäume war es den beiden gelungen, sogar dem stummen Teil der Natur eine Stimme zu geben.

Die Luft wurde eisig, als sich Leon dem Rand einer Lichtung näherte. Keine Wolke bedeckte den sternenklaren Himmel. Dünne Eisplättchen auf dem gefrorenen Laub zerbrachen knisternd unter seinen Stiefeln.

Als der Herbst gekommen und es kühler geworden war, hatte er sich gewundert, wie viel Thea aß. Erst hatte er ihren Hunger auf die Jahreszeit geschoben, dann voller Angst eine Essstörung vermutet. So etwas kam bei Teenagermädchen nicht selten vor, noch dazu, wenn sie durchgemacht hatten, was Thea durchgemacht hatte.

Allerdings hatte Leon irgendwann, als es bereits Winter war, festgestellt, dass hauptsächlich Lebensmittel verschwanden, die nicht so schnell verdarben oder deren Verpackung nicht angebrochen war. Kuchen oder geöffnete Joghurtgläser stießen dagegen kaum auf Theas Interesse. Stattdessen verschwanden Brot, Käse, Würstchen, Konserven, Marmeladengläser und auch Äpfel, Kartoffeln und Karotten.

Leon war kurz davor gewesen, Thea zur Rede zu stellen,

als er eines Nachmittags auf einem Waldspaziergang Spuren im Schnee entdeckt hatte, die zu einem verrotteten Hochsitz führten. Auf der Plattform oben hatte er etwas Blaues leuchten sehen. Neugierig war er die noch intakten Sprossen hinaufgeklettert und hatte einen prall gefüllten, blauen Stoffbeutel gefunden, den er nur allzu gut kannte. Er war mit einigen Lebensmitteln gefüllt gewesen, die Leon zu Hause in den Kühlschrank und in den Keller geräumt hatte. Den Großteil musste Thea jedoch von ihrem eigenen Geld gekauft haben. Ein paar Tage später war der Beutel wieder zu Hause aufgetaucht, dann war er erneut verschwunden gewesen.

Im Mondlicht sah Leon am Rande der Lichtung denselben Hochsitz vor sich aufragen. Diesmal stieg er nicht hinauf, um nachzuschauen. Er wusste, dass seine Tochter Luise Scheffler noch immer Essen brachte. Jetzt im Winter waren die Nächte lang. Es wurde früh dunkel und spät hell, sodass Luise Scheffler, die vor dem Licht fliehen musste, länger als im Sommer draußen unterwegs sein konnte. Allerdings war nun das Nahrungsangebot sehr knapp. Es gab keine Beeren und Kräuter mehr, wahrscheinlich war die alte Frau ausschließlich auf das Kleinwild angewiesen, dass sie, wenn es gut lief, mit ihren Fallen fing. Vielleicht war sie auch gezwungen, sich an den Stadtrand vorzuwagen und in den Mülltonnen vor den Häusern zu wühlen.

Er fragte sich, ob sie und Thea sich hier einmal begegnet waren? Hatten die beiden miteinander geredet? Wusste Thea, dass die Alte irgendwo in der Nähe hauste? Er hatte seine Tochter nie gefragt, denn wenn sie ihm von sich aus nicht davon erzählte, schien sie ihre Gründe dafür zu haben. Er verstand, dass sie bestimmt nicht nur helfen, sondern sich auch von einer Schuld reinwaschen wollte, die eigentlich Marlene trug. Auch wenn Luise Scheffler nicht wusste, dass damals Thea die Steine gestohlen hatte, fühlte sich das Mädchen für das verantwortlich, was daraufhin geschehen war.

Leon blieb stehen und blickte über die Lichtung. Weder Tier noch Mensch waren zu sehen. Wahrscheinlich hatten seine stapfenden Schritte sie alle längst verscheucht. Bevor er umkehrte, schickte er Luise Scheffler einen stummen Gruß in den Wald und wünschte ihr eine gute Nacht.

Die folgenden Wochen vergingen mit Umzugs- und Abiturvorbereitungen. Während sich Thea immer tiefer in ihren Büchern vergrub, kümmerte sich Leon um die Vermietung des Hauses und um einen Lagerplatz für einen Großteil ihrer gemeinsamen Habseligkeiten. Vor allem Theas Möbelsammlung stellte diesbezüglich ein nicht gerade geringes Problem dar. Leon wollte das Haus nicht gleich verkaufen, sondern erst einmal vermieten und dann weitersehen. Allerdings fand er, dass keinem Menschen ein derart vollgestopftes Haus zuzumuten war.

Während er organisierte, aussortierte und verpackte, wurde die Stimmung seiner Tochter immer düsterer. Er schrieb es dem Lernstress und dem bevorstehenden Umzug zu, bis er zu spüren begann, dass mehr dahintersteckte.

An einem sonnigen Tag Ende Mai ging er frische Luft schnappen und unternahm einen Spaziergang zu der Lichtung im Wald. Schon bevor er die Leiter zum Hochsitz hinaufstieg, roch er die verdorbenen Lebensmittel. Oben auf den verwitterten Holzplanken erwartete ihn ein breiter, unappetitlicher Haufen aus verdorbenen Essensresten. Über einen Teil der Lebensmittel hatten sich anscheinend Tiere hergemacht, ohne dass der Hochsitz sie davon abgehalten hätte.

Sobald Leon wieder zu Hause war, klopfte er an Theas Tür.

Sie drehte sich von ihrem Bildschirm zu ihm um und sah ihn mit müden, traurigen Augen an.

«Du glaubst, sie lebt nicht mehr», sagte er unumwunden.

Thea wirkte nicht erstaunt, dass ihr Vater Bescheid wusste. «Seit Wochen ist sie nicht mehr zu der Stelle gekommen.» Sie bemühte sich, ihre Gefühle nicht zu zeigen, doch ihre Mundwinkel zuckten.

«Es ist fast Sommer. Vielleicht ist sie einfach nicht mehr auf deine Hilfe angewiesen.» Er merkte sofort, dass sein Erklärungsversuch sie nicht beruhigte.

Im Gegenteil, ihre Stimme wurde aufgebracht. «Es passt einfach nicht zu ihr, dass sie gar nichts mehr von sich hören lässt.»

Bevor Leon fragen konnte, was genau Thea damit meinte, zog sie eine Schublade auf und präsentierte ihm eine Sammlung bunt schimmernder Quarzsteine und Kristalle.

«Sie sind klein und nicht sonderlich spektakulär, ich weiß. Aber sie muss sie für mich gesammelt haben, wann immer ihr irgendwo einer vor die Füße gefallen ist.»

Leon verstand ihre Angst. Auch er hatte kein gutes Gefühl. Am Tag zuvor hatte er im Autoradio gehört, dass etwa dreißig Kilometer entfernt in einem Straßengraben am Waldrand eine Frauenleiche gefunden worden war, deren Identität noch ungeklärt war. Er wusste nicht, ob Thea diese Nachricht ebenfalls gehört oder gelesen hatte, dennoch brachte er es nicht übers Herz, ihr davon zu erzählen.

Mitte Juni hatte Thea ihre Prüfungen bestanden und blühte langsam wieder auf. Dass der ganze Stress nun hinter ihr lag und ein neues, aufregendes Kapitel vor ihr, erfüllte sie mit neuer Energie. Leon ließ sich von ihrer guten Laune und Zuversicht anstecken und zählte die Tage bis zu ihrem Aufbruch. Auch er hatte den anstrengendsten Teil des bevorstehenden Umzugs hinter sich gebracht, alles Wichtige war verstaut oder gepackt, und es hatte sich eine nette dreiköpfige Familie gefunden, die das Haus vorübergehend mieten würde, bis sie beschlossen hätte, ob sie dauerhaft in Rothenau bleiben wollte.

Als Thea drei Tage vor ihrer Abreise bestens gelaunt am Nachmittag nach Hause kam, ging Leon davon aus, dass sie ihre Prüfungsergebnisse erfahren und Grund zur Freude hatte.

«Und? Erzähl schon! Welche Noten sind's geworden?», fragte er neugierig und fügte scherzhaft hinzu: «Oder bist du etwa doch durchgefallen?»

Vehement schüttelte sie den Kopf, ohne dabei jedoch ihr Lächeln zu verlieren. «Keine Noten. Die erfahren wir erst nächste Woche.»

Sie stellte ihre große Umhängetasche auf den Küchentisch, kramte darin und zog schließlich triumphierend einen faustgroßen Stein hervor. Er war betongrau, kantig und wirkte auf den ersten Blick völlig unscheinbar.

Thea trat einen Schritt auf Leon zu und hielt ihm das unförmige Stück Fels unter die Nase. «Sie hat die verdorbenen Lebensmittel weggeschafft und alle Essenreste beseitigt. Es sah fast so aus, als hätte sie sauber gemacht. Ich glaube nicht, dass sie noch einmal zurückkommt», erklärte sie aufgeregt.

Erst jetzt sah Leon, was seine Tochter an diesem Stein so begeisterte, den ihr Luise Scheffler offenbar auf dem Hochsitz zurückgelassen hatte. Auf seiner Oberfläche fanden sich hier und da winzige, durchscheinende Erhebungen, die wie Perlen aus Eis aussahen. An einer Stelle verdichteten sie sich und füllten eine tiefe Kerbe aus. Dort glänzten sie nicht mehr weißlich, sondern leuchtend türkis.

«Ich habe schon recherchiert», sagte Thea mit beinah feierlicher Stimme. «Das ist ein Türkis. Den findet man in Deutschland nur ganz selten.»

Leon nickte. Er verstand ihre Euphorie über dieses steinerne Lebenszeichen. «Aber wieso denkst du, dass sie nicht mehr zurückkommt?»

Seine Tochter wirkte kein bisschen traurig. Die Sommersonne, die durchs Küchenfenster fiel, spiegelte sich in ihren Augen, als sie antwortete: «Der Türkis ist der Schutzstein der Reisenden. Er wacht über all jene, die einen weiten Weg vor sich haben.»

FSC
www.fsc.org
MIX
Papier aus verantwortungsvollen Quellen
FSC® C083411

Das für dieses Buch verwendete Papier ist FSC®-zertifiziert.